CHARLY BARBIER

LE TRÉSOR DE LEVASSEUR

TOME 2 – L'HOMME À LA BARBE NOIRE

roman

ISBN : 978-2-901158-00-4

LE TRÉSOR DE LEVASSEUR

trilogie

Tome 1 – Libertalia

Tome 2 – L'homme à la barbe noire

Tome 3 – Requiem

1721, au large de La Réunion, un pirate français braque le navire du vice-roi de l'Inde Portugaise :

Un magot de 4,5 milliards d'euros s'évapore. Il ne sera jamais retrouvé.

Ce casse, c'est l'histoire de toute une vie.

Ce casse, c'est l'histoire de la piraterie.

Une histoire vraie.

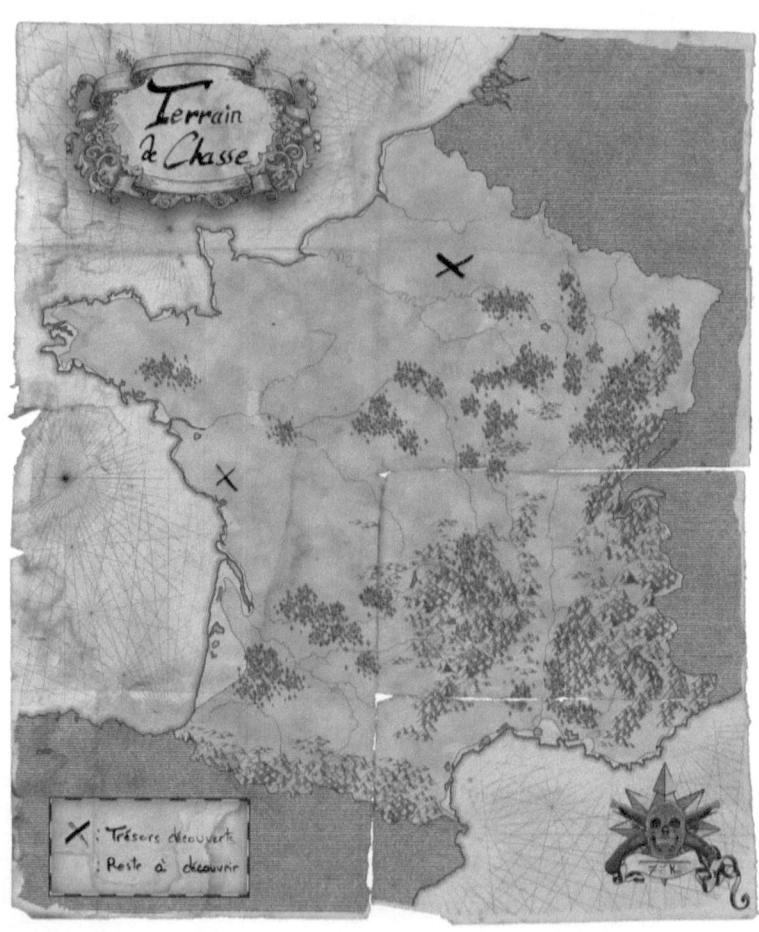

NOTE AU LECTEUR

7 énigmes – 7 crânes – 7 trésors

Le Trésor de Levasseur est un roman retraçant le véritable âge d'or de la piraterie, tel que les rois refusèrent de le voir consigné dans l'Histoire.

Afin de faire vivre au lecteur une authentique aventure de pirate, sept énigmes ont été dissimulées à l'intérieur du récit, chacune permettant de retrouver un trésor caché en France.

Le ou les vainqueurs gagneront des voyages pour l'île de La Réunion, ainsi qu'une part du trésor de Levasseur – se référer à l'état de la chasse aux trésors sur le site.

Appréhendez les bonnes distances
Groupez vos informations et
Mutualisez vos efforts : chassez en meute
Sortez vérifier vos découvertes et reportez
Yards, mètres ou encablures
/. donnera 5

www.letresordelevasseur.com

PRÉCÉDEMMENT

En 1680, au large du Mozambique et à la suite d'une invraisemblable succession de catastrophes, un navire français cherche un havre où se cacher. À sa tête, deux analphabètes bombardés capitaines après qu'une bataille, finalement remportée, ait tué tous les officiers. L'équipage fuit les ports. Ainsi décapité, il sait qu'il sera accusé de mutinerie. Dans ses cales dort un secret d'Etat : un trésor de plusieurs milliards d'euros. Le salut viendra d'une baie de Madagascar où ils s'ancrent avec l'accord et l'aide de l'ethnie locale. Le lieu est paradisiaque, autonome, à l'abri des guerres, des rois et de leurs folies. Une micro société se forme alors sur ces plages idylliques, faite de libertaires, de réfugiés et d'utopistes que les nations avaient transformés en forbans.

Libertalia, première république pirate de l'histoire, était née.

Dix ans plus tard, des flibustiers en déroute y débarquaient en catastrophe. Leur commandant, John Taylor, était un fou capable de carnages pour sauver son amant, un Français séducteur et manipulateur, à l'article de la mort : Olivier Levasseur. L'équipage, à sec, vécut dix ans sur ce rivage. Taylor et Levasseur s'installèrent chez Sara, une belle Irlandaise dont le Français tomba follement amoureux. Ce ménage à trois donna naissance à une petite furie aux cheveux rouges, Anne. La mère ne survécut pas à l'accouchement. Avec l'amour de sa vie, Olivier Levasseur perdit pied. Dans la foulée, la république vacilla avant d'imploser, à cause d'une trahison de quelques milliards... Le trésor que les capitaines analphabètes avaient caché faisait tourner des têtes. Les chefs de Libertalia désignèrent Levasseur pour le protéger mais une nuit, une flotte portugaise ravagea la baie.

La république s'évanouit dans le sang et son trésor disparut... pour un temps.

PERSONNAGES

Olivier Levasseur

Pour 4,5 milliards…

Séducteur et manipulateur, Levasseur était le maître de manœuvre de la confrérie. Il fut hanté toute sa vie par la fin brutale d'une république pirate et le souvenir d'un être aimé, cristallisant son *spleen* dans une quête : la chasse au trésor de Libertalia. Connu pour avoir toujours un plan, son nom rimait avec secrets, amours et trahisons.

John Taylor

Forban cannibale au grand cœur.

Commandant en second, il fuit les responsabilités de pacha, tout en imposant ses propres caps, dans le sillage de l'homme de sa vie. Cannibale à ses heures, John Taylor était un excentrique sûr de lui, fils de dissidents irlandais et, lui aussi, un enfant liberi.

Anne Bonny

La plus célèbre des femmes pirates.

Héritière d'une plantation, elle garda l'argent, libéra les esclaves et incendia les champs de coton. Recherchée dans toutes les colonies, elle se réfugia aux Bahamas, devenus un nouveau paradis de forbans.

Jack Rackham

« La belle-gueule au calicot ».

Jack était un logisticien, pas un meurtrier. Obsédé par l'organisation et la tenue des comptes, il était capable de fuir au combat comme de monter à l'échafaud dans l'espoir de sauver son amour.

Benjamin Hornigold

Je-m'en-foutiste devenu roi.

Insouciant, alcoolique et amoureux de la mer. Il abordait ses ennemis avec des pirogues et devint célèbre en s'emparant de fort Nassau, derrière lequel s'abritait toute la fraternité. Un jouisseur invétéré, piégé dans un échiquier géopolitique en pleine mutation.

Charles Vane

Pirate sanguinaire.

Capitaine bedonnant à la peau mate et au regard sombre, il avait le charisme et la détermination d'un impitoyable « chien de guerre », capable de scalper ses propres hommes.

Barbenoire

L'homme sans passé.

Angoissant, méprisant et effrayant, il avait inventé son nom, mais pas oublié son passé. Lettré, il ne laissa aucun journal de bord et ne confia jamais ses desseins à quiconque. Une histoire complexe et mystérieuse, ou le récit d'un homme qui voulait simplement rentrer chez lui.

Retrouvez tous les personnages sur

www.le**tresor**de**levasseur**.com

À Antoine, Judi, Sax et Z

Préambule

Sur la mer du diable, le soleil brûlait ce que les alizés caressaient. Allongés sur des rochers, une poignée d'iguanes profitaient de la canicule frappant une île déserte, isolée, abandonnée, au nord des Bahamas. Un confetti de roches et de verdure, cerné de sable blanc, perdu au milieu de l'océan. Un eden désolé, que seule la Bête pouvait s'approprier.

Naufragés ou maronnés, les candidats à l'évasion devaient affronter les rouleaux qui brisaient les radeaux et projetaient les corps sur des coraux. Ils se débattaient dans les flots, s'épuisant contre les courants, dans une danse macabre avec les squales. Les plus chanceux revenaient sur l'île, tombeau ardent dans l'immensité bleue. Surpris par la fournaise, la faim et la vitesse du processus de déshydratation, les suppliciés s'y effondraient, accablés et à bout de forces, en deux ou trois jours à peine. Vers 1713, un damné y fut emmené, ligoté de la tête aux pieds. Un militaire de trente-trois ans qui s'était « souvent distingué par son audace peu commune et son courage au combat »[1]. Jeté dans une oubliette à ciel ouvert avec pour tout bagage une flasque de rhum, un mousquet et une seule balle, l'ultime. L'escouade qui l'y laissa ne prit pas le risque de le détacher et rejoignit l'amirauté, en Caroline, sans attendre au large la confirmation de sa mort...

---

[1] *L'Histoire générale des plus fameux pyrates*, Charles Johnson.

C'était un soldat radié, au nom effacé des archives, condamné à la *damnatio memoriae*. L'homme était instruit et d'une stature imposante, ficelé dans son manteau d'officier. Ses mains étaient rugueuses. Son dos et ses bras, tatoués, étaient parsemés de cicatrices. Il avait des yeux sombres, les cheveux bruns, courts, et un visage symétrique. Un guerrier, affûté comme une lame, fruit d'une époque extraordinaire.

La guerre de Succession avait débuté en 1700, à la mort du roi d'Espagne, Charles II. Sans héritier direct, le souverain avait légué son trône au jeune Philippe d'Anjou, petit-fils de Louis XIV. Un calcul politique posthume permettant à une Espagne en déclin de s'appuyer sur un allié solide et à la France d'annexer tout un royaume :

« Il n'y a plus de Pyrénées », avait dit l'ambassadeur d'Espagne.

Un autre héritier légitime en poche, l'empereur autrichien avait alors déclenché un conflit que le reste de l'Europe ressentit comme une menace. Rapidement, ce fut l'escalade : l'Angleterre, les Pays-Bas, le Danemark, la Suède, la Prusse et les Provinces-Unies s'allièrent à l'Autriche. En 1707, la reine d'Angleterre – Anne Stuart – entraîna l'Irlande et l'Écosse dans la guerre en instituant le royaume de Grande-Bretagne. La France s'enlisa et se laissa envahir, avant de vaincre l'ennemi qui l'asphyxiait. En 1713, le traité d'Utrecht ramenait la paix et Philippe V asseyait enfin la dynastie des Bourbon sur le trône madrilène. À travers l'Europe et sur toutes les mers du Nouveau Monde, plus de six cent mille hommes avaient croisé le fer pour l'avenir du royaume d'Espagne. Moins d'un tiers seulement avaient survécu.

Le colosse maronné était de ceux-ci. Il s'était sorti de toutes ses batailles, menées en première ligne : à Gibraltar, Marbella et Rio de Janeiro, en Floride, à Cuba ou Charleston… Déjà, jeune élève de l'académie de Bristol, il se savait programmé pour vaincre et résister, et rêvait alors d'un destin au service de l'Angleterre :

agent d'Hampton Court, commandant de la Navy ou corsaire de la reine. Il avait entamé une carrière pleine de gloire, d'or et de sang, s'illustrant à maintes reprises avant de tomber en disgrâce. Écarté pour raison d'État, il avait été condamné au maronnage : déposé sur une terre inhabitée et suffisamment éloignée de tout pour que la survie soit impossible. Une peine de mort pour officiers. Ses amis l'appelaient Edward et ses supérieurs, Drummond. Un nom bafoué, rayé, à jamais oublié. Le seul soldat disparu des archives sans motif ; ni condamnation, ni renvoi, ni retraite, ni décès. Il s'était volatilisé.

Laissé pour mort sur le rivage, il s'était empressé de trancher ses liens contre des brisants, tout en analysant calmement sa situation. Froid, pragmatique, méthodique, il observait la position du soleil, la marée, la petite jungle derrière lui et le pic de rocailles, espérant y trouver une grotte ou un peu d'eau. Le regard effrayé de sa femme hantait ses pensées. Afin de rester concentré, il étouffait ses cris et chassait sa terreur de son esprit. Ayant lui-même participé à des « opérations de nettoyage », il savait que la Navy n'épargnait pas les familles d'ennemis dont la Couronne souhaitait effacer la trace. Il se libéra de ses cordes et roula sur le sable, épuisé, l'écume aux lèvres et la rage au cœur : elle était déjà morte, quoi qu'il advienne. Écrasé par la chaleur, sa tête commença à tourner. À genoux, il épousseta sa veste dont les galons avaient été arrachés, se redressa et ferma les yeux un instant. Il tentait d'oublier son amour, sa vie, ses rêves et sa renommée. Il méditait, comme il l'avait toujours fait avant l'abordage.

S'il devait combattre, ce serait pour faire une prise.

Il voyait conflits et dilemmes comme autant de batailles, auxquelles appliquer ses stratégies. Celle-ci, il le sut tout de suite, aurait trois actes : ressusciter, corrompre, vaincre ou périr. La première phase de l'acte un, survivre, venait à peine de commencer. D'abord, chercher de l'eau, un abri, des fruits, des vers ou des araignées pour se nourrir, des lianes et du bois, pour faire du feu, des armes et des outils. Il contourna le monticule de pierres et, à travers une faille, devina une cavité qu'il explorerait plus tard. Il s'enfonça d'un pas lent dans la petite brousse, écoutant le chant des colibris et le bruit des vagues léchant les plages qui l'encerclaient. Il songea que l'atoll n'était pas grand (peut-être six encablures de diamètre). Mais il ne l'arpenterait pas maintenant. Chaque minute comptait. Au crépuscule, il but la sève des arbres et se nourrit de vers de terre. Tapi dans une minuscule grotte sous les rochers, il s'était aidé du rhum et de la poudre du mousquet pour allumer un feu. Il n'avait pas trouvé d'eau claire, seulement cinq cocotiers. En retournant la terre, il ne faisait remonter que de l'eau de mer. Pour la dessaler, il construisit un ingénieux système avec deux grandes feuilles, placées l'une dans l'autre. Il versa l'eau dans le plus grand récipient, recouvrit le tout d'une troisième feuille et mit un caillou dessus. À l'aube, l'eau salée s'évaporerait et la condensation, formée sur la feuille servant de plafond, finirait par couler dans les autres. Tombant de fatigue, il s'empiffra d'insectes et entretint le feu, aussi longtemps que possible. La fumée s'échappait mal et aurait dû l'asphyxier, mais elle lui rappelait l'odeur de la guerre ; il l'inhalait à pleins poumons.

Le deuxième jour, il se jeta sur les quelques gouttes recueillies et entreprit de quadriller l'îlot. Il n'y avait rien. Ni eau, ni animaux sauvages ni la trace d'un quelconque passage : rien de rien. L'endroit, désert, était minuscule et lorsqu'il escaladait le pic de rocs sous lequel il avait dormi, il dépassait à peine les cimes et avisait l'immensité s'étirant autour de lui, à perte de vue. Pas une terre, ni la moindre route maritime.

Les puissances européennes étaient sorties de la guerre de Succession d'Espagne exsangues, ruinées. La plupart des deux cent mille soldats rescapés avaient été licenciés, sans solde.

C'étaient des marins et des tueurs, parfois virés sur place, sans moyen de rentrer du Nouveau Monde, ni nulle part où aller. Le gros de ces troupes limogées s'était donc retrouvé dans un nouveau « paradis de forbans », aux Bahamas. Les monarchies manquaient d'or, mais aussi de main-d'œuvre capable de rapatrier les trésors des colonies. De plus en plus rares, les convois militaires n'avaient même plus d'escorte et étaient devenus les proies désignées d'une flibuste désorganisée mais pléthorique. Ils étaient des milliers à abriter leurs rapines derrière les canons d'un fort qu'Anglais et Espagnols avaient abandonné à Nassau, sur l'île de New Providence. Les plus célèbres s'appelaient Levasseur, Low ou Hornigold… Tous trafiquaient sous la tutelle d'un pirate nommé Charles Vane.

Le naufragé les connaissait bien. Comme tout patron de la Navy, il avait étudié leurs fiches et leurs parcours, un par un. Il mesurait les risques à naviguer dans ces eaux et du haut de son caillou, scrutait le néant à l'horizon : canailles ou militaires, personne n'aborderait son île pour l'arracher à sa tombe.

À son royaume.

Il revit des iguanes, des coquillages, trouva des insectes et secoua l'un des cocotiers, dont il devrait rationner les fruits. Avec des pierres, des branches, des filaments d'arbres et de coco tressés, il fabriqua ses armes de chasse et de pêche, des outils, puis érigea une tanière au bord de la micro-jungle. Il la renforça, l'imperméabilisa, s'y créa un hamac, une table et une assise. Le tout à partir de rien et avec vue sur la mer. Son alimentation ne serait pas variée, mais avec la multiplication des feuilles de dessalage et les pluies, courantes dans cette partie du monde, il resterait en vie. La sauvegarde du feu demeurait sa priorité : pour se signaler — même s'il n'avait plus d'espoir que quiconque lui vienne en aide ; pour se souvenir de l'odeur du soufre, s'intoxiquant dans sa cabane comme sous la caverne ; pour rester un homme. Toutes les nuits, il jouait avec la balle qu'on lui avait laissée. Assis près des braises, il caressait son mousquet en respirant la fumée.

Il organisait ses journées en fonction de sa stratégie et prenait soin de rester occupé. Avec sagaies, coutelas, harpons et cannes de fortune, il chassait l'iguane ou l'oiseau tôt le matin, et pêchait en soirée. Le reste du temps, il s'entraînait, se musclait, réalisait des pièges, creusait des trous, comptait les jours, faisait des mathématiques, dansait, chantait ou composait sur des troncs. Le son du piano lui manquait particulièrement. Il avait un air préféré, de Lully ou d'un autre, un thème qui ne l'avait jamais quitté depuis ses folles soirées d'ivresse en garnison, après avoir guerroyé et cru mourir. Pourtant, coincé sur ce rocher ardent, la mélodie lui échappait. Il enchaînait les notes et accords sur l'écorce ou le sable et enrageait de ne pouvoir s'en souvenir. Il avait voyagé, toujours vaincu, mais affrontait là un nouvel adversaire : plus désespérant qu'une mer d'huile, aussi vicieux qu'une armada espagnole et invisible, comme les vents incessants qui rendent fou. Le plus dangereux, celui que l'être humain fuit toute sa vie : la solitude. La vraie. Celle qui terrorise et écrase, comprime la poitrine, prend aux tripes et retourne l'esprit ; qui s'impose ou que l'on épouse dans une lente agonie. Celle qui mesure l'homme à lui-même.

Les hurlements de sa femme et de ses hommes, amis ou collègues, retentissaient toujours dans son esprit. Comment étaient-ils morts ? L'unité chargée de les éliminer avait-elle été aussi brutale que lui par le passé ? Porte fracturée en pleine nuit, exécution sans sommation et vol du corps, inhumé à l'abri des regards ? Avait-elle souffert ? L'avaient-ils violée ? Torturée ? Massacrée ? Les premiers mois, il restait actif en espérant étrangler leurs cris, abominables et accusateurs. Pendus, flingués, égorgés, roués de coups, passés « en carène », par les armes ou au fil de l'épée… Combien de personnes avaient expiré à cause de lui ? Pour les couleurs de la reine, de Marbella aux côtes de Cuba, il avait trucidé, achevant systématiquement ceux qu'il avait croisés sur un tillac ou dans un fort, ceux qu'il était venu chercher. Redoutable bretteur et formidable tacticien jusqu'au cœur de l'action, il avait tué avec un mélange de force et de minutie, de colère et de froideur. Un soldat comme un autre, féroce mais obéissant, dans une guerre comme une autre. Les innocents parmi ses proches, eux, avaient payé de leur vie pour ce qu'il avait dit, vu ou fait. Ils étaient morts, à cause d'un secret dont il ne parlerait jamais.

Cette île était-elle son purgatoire ?

Partout, il s'était illustré. Il rêvait d'honneurs et méritait des distinctions, mais finissait radié, effacé. À la folie s'ajoutaient la haine, l'amertume et le mépris. Il trouvait plus de grâce aux iguanes qu'il chassait, qu'au plus noble des capitaines pour lesquels il avait servi. À ses yeux, l'homme, bête politique et sanguinaire, n'était plus qu'un animal comme les autres. Un primate, un prédateur, et même pas foutu d'être le meilleur. Il se voyait de l'extérieur, parmi ses congénères. Les mois passaient et il pouvait sentir les vers sous l'écorce des arbres, prévoir la pluie, anticiper l'envol de l'oiseau, le mouvement du poisson… Il ne regardait plus le soleil, mais écoutait la mer pour situer le moment de la journée. Sa métamorphose le transportait.

Sa femme criait toujours. Il restait aux aguets, courait, s'entretenait, améliorait son ordinaire et s'imposait des tours de garde au sommet du rocher, ne se laissant jamais aller. La solitude et la démence s'installaient. Il lui arrivait de parler seul en marmonnant près du feu. Une semaine, il manqua d'eau de pluie, malgré une épaisse couverture nuageuse. Il eut beau anticiper et compenser en pêchant davantage, il finit par courir nu autour de l'île jusqu'à tomber d'insolation. Par miracle, il s'évanouit sous un arbuste et une tempête ravagea son camp dès le lendemain. Elle dura trois jours, remplit ses cuves mais détruisit sa hutte. Il en refit une autre. Sa femme criait encore. Il déchira son corps, tordit ses membres, et affronta un petit requin égaré. Il se recousit avec une arête et un fil de sa veste, manqua de s'empoisonner, tomba malade et rêva de mourir. Il survécut.

Dix mois plus tard, au matin du 1er août 1714, la Grande-Bretagne chavira de nouveau. Gravement malade, la reine Anne Stuart s'éteignit sans héritier protestant. En vertu de l'Acte d'établissement, la Couronne devait donc revenir à un membre protestant de la maison Hanovre, liée aux Stuart : George Ier. Changement de crèmerie, d'air et d'ambiance.

Résolument lié à sa patrie, le sort du maronné allait bientôt basculer, mais il ne pouvait que l'ignorer. Défiguré par le sel et le soleil, il dévisageait son reflet dans les flaques que lui laissait la pluie. Il devinait les longs poils broussailleux d'une barbe, qui assombrissait son visage creusé et durcissait son regard mort. Ses yeux avaient jauni ; son foie était attaqué. Malgré les exercices épuisants qu'il s'imposait, il avait considérablement maigri. Ses longs cheveux noirs étaient sales. Il dégageait une épouvantable odeur de sueur, mêlée à celle des feux et du cuir (humide et pourri) de ses bracelets de force. Il fixait sa barbe hirsute dans le mouvement de l'eau et, cherchant Drummond, n'y trouvait même plus son âme. Ils lui avaient tout pris : son amour, son nom, son honneur, ses espoirs, sa vie. Il dévisageait son image et n'y voyait pas l'être, mais l'animal traquant ses proies.

Un soir de fin d'été qu'il contemplait la mer, accroupi au sommet de son île, il discerna un trait, à trois lieues. Le soleil se couchait et, avant de disparaître, laissa entrevoir trois lignes à l'horizon ; un *HMS*[2]. Ils largueraient l'esquif dans la nuit et aborderaient son

---

[2] *Her* ou *His Majesty's Ship*.

îlot sous l'éclat de la lune. Il le savait, car c'était ce que lui aurait fait. La vengeance, dernière étape du premier acte, pouvait enfin démarrer. À minuit, une trentaine de soldats de la Royale débarquaient sur l'atoll avec un sloop de trois canons. Chargés par un légat de Caroline de trouver la dépouille du condamné, ils se répartissaient en trois catégories : les jeunes recrues, tendres comme de la mie de pain et avides d'aventures ; les vieilles troupes qui avaient servi du temps de l'animal et le redoutaient encore ; et les intrépides de la compagnie des Indes.

L'escouade sauta dans l'eau à pieds joints et entama une marche au pas sur la plage, fusils à deux mains. Face à eux, un cabanon de bois et de palmes de cocotiers, au milieu duquel rougeoyaient des braises. Le lieutenant qui commandait la troupe s'approcha, étonné. Il chercha une silhouette, le cœur tambourinant. La soldatesque le suivit. L'artillerie cliquetait dans les tremblements fiévreux. Un silence angoissant sifflait sur la plage, où l'unité se sentait observée. Un autre militaire remarqua une lueur dans la grotte et l'indiqua à l'officier. Le groupe pivota avec discipline autour du pic, et longea l'abri de fortune sans le quitter des yeux. Ils s'enfoncèrent dans la brousse et tout à coup, la première ligne disparut dans un cri.

Un trou, creusé depuis des mois et soigneusement masqué par un mélange de feuilles, de sable et de brindilles, les avait aspirés. Quatre hommes étaient tombés et s'étaient empalés sur des pieux, trois mètres plus bas. Le lieutenant se pencha et découvrit ses gars, transpercés des pieds à la tête. Il se racla la gorge. Les vingt-cinq suivants se regroupèrent immédiatement en carré, visant la pénombre autour d'eux. Les malheureux piégés expirèrent lentement dans d'interminables râles, hoquetant des bulles de sang. La faune, affolée par l'intrusion, se mit à crier. Le groupe approcha de la caverne, hésitant. Un feu y scintillait par intermittence, voilé par les paquets de fumée noire qui s'échappaient par l'interstice. Impossible de voir à l'intérieur sans y entrer et la faille, étroite, obligeait à s'y glisser un par un. Le lieutenant désigna deux « volontaires ». Leurs contours s'évanouirent dans la brume, sous l'œil inquiet de leurs compagnons.

Étourdis par les émanations, ils toussèrent, puis crachèrent. L'un d'eux prit une grande bouffée et tous entendirent le bruit sourd d'un corps qui s'effondre. Stupeur. Le second passa ses mains dans la fente pour s'en extraire, asphyxié, et ses camarades, croyant qu'ils étaient attaqués, s'empressèrent de l'aider. Tous étaient agglutinés contre la roche, quand un bruissement retint leur attention. Ils eurent à peine le temps de lever un œil, qu'un éboulis de pierres leur tomba dessus. Certains s'écartèrent. Une petite moitié de l'escouade n'en eut pas le temps.

« Attention ! » vociféra le lieutenant en se retournant.

Jaillissant de la jungle en silence, un sombre monstre venait de sauter sur un soldat. Virevoltant, il lui brisa le genou d'un coup de pied, puis lui rompit le cou en s'emparant de sa lame et de son pistolet. Il le déchargea sur un fantassin qui, à l'image du reste de l'escouade, dégainait mousquet et rapière. Le lieutenant et cinq autres chargèrent l'animal. Il les reçut au fer, crachant sa hargne. Il para les attaques, bouscula, déséquilibra et frappa. Il cogna, trancha, tourbillonna et découpa, sous le regard médusé du reste de la troupe. Tétanisés, ils dévoraient des yeux le sinistre titan, terriblement majestueux, impitoyable et rugissant à la mort à chaque coup de lame. En moins d'une minute, le lieutenant et les plus braves gisaient dans une flaque écarlate aux pieds d'une bête en transe ; une furie des mythes antiques.

Trois coups de feu claquèrent.

Le monstre se pencha et inspecta ses guêtres, intactes. Il ramassa deux pistolets et répliqua aussitôt. Les soldats, qui n'étaient plus qu'une poignée, reculèrent en chancelant. Trois d'entre eux s'agenouillèrent devant l'ogre de sang, levant leurs mains grelottantes. Quatre autres s'échappèrent vers la plage à toute allure. Le maronné ne fit pas de distinction et, dans un éclair, en égorgea deux puis planta le dernier. Presque dans le même mouvement, il saisit deux fusils, chargea le premier, ajusta sa mire et abattit l'un des fuyards, tel un gibier. Il attrapa le deuxième tromblon et voulu rééditer le coup dans le dos d'un autre qu'il distinguait encore, mais l'arme s'enraya. Il serra les dents, mais sourit.

À ses pieds et baignant dans une mare rougeâtre gémissaient une dizaine de soldats, écrasés par les blocs de roche qu'il avait accumulés sur son mont et retenus par des lianes. Le goût du sang revenu à ses lèvres, il les aurait volontiers achevés s'il en avait eu le temps. Il leur vola deux mousquets, des balles et un sac de poudre, puis s'engouffra dans la brousse. Le menton haut et le dos droit, il marchait d'un pas vif et assuré, vérifiant machinalement l'ourlet des manches de son manteau déchiré. Il passa devant les quatre empalés, sans leur adresser un regard. Son cœur s'allégeait. Il allait à l'esquif comme on traverse sa passerelle après avoir harponné l'ennemi, au terme d'un abordage réussi. Il rejoignit la plage et repéra deux mousses, halant les cordages du sloop à la hâte. Il se dirigea vers eux, enfonçant ses pieds nus dans le sable sans ralentir ni forcer l'allure. L'un des marins le remarqua et, prévenant son comparse, dégaina une arme. Le naufragé brandit ses pistolets et tira sans hésiter. Le marin tomba sur le parapet et passa par-dessus bord. Son compagnon, survivant de l'escadron de la mort, sauta dans l'eau, leva les mains, s'agenouilla et demanda grâce en pleurant. Le maronné avançait sereinement. Il rechargea calmement, le visa et, avec un flegme effroyable, lui demanda son âge d'une voix caverneuse.

« Dix-sept ans », répondit la recrue.

Il pressa la détente. Le jeune homme bascula dans l'écume, un trou rouge au côté droit. Il refit les comptes, sourit, remit une bille dans le canon et fit demi-tour. Un dernier lâche s'était terré sur le trajet et croyait le surprendre en bondissant de derrière la cabane. Il le tua d'une balle avant qu'il n'ait tenté quoi que ce soit, puis il tracta les cadavres jusqu'au sloop et sauta à bord, cap sur l'*HMS*.

Dans les bancs de brume de l'aurore, la vigie de la Navy discerna l'étrave de l'esquif à quinze encablures. Elle sonna la cloche de garde, mais son tintement, d'habitude si régulier, s'arrêta brusquement, comme bridé par une gêne soudaine. Tous les membres de l'équipage se réunirent au bastingage, penchés contre les garde-fous en espérant entrevoir la dépouille du prisonnier, si fameux qu'ils ne devaient pas en connaître le nom. C'est d'abord du nid-de-pie qu'ils entrevirent, bouches bée, les corps de leurs camarades se balançant dans les vergues. L'embarcation glissait sur l'eau, splendide et silencieuse, tandis que les vents agitaient une quinzaine de pendus dans ses mâtures.

Un bosco reconnut ses hommes et injuria les marins, afin qu'ils manœuvrent pour approcher. Plus expérimenté, le quartier-maître retint les barreurs et le brouillard se dissipant, tous virent le maronné apparaître derrière la barre du sloop. Il était maigre, mais d'une très grande taille. Il riait si fort et son timbre était si rauque que sa voix, terrifiante, résonnait sur l'océan. Les officiers de l'*HMS* lâchèrent la mission et ordonnèrent de virer au large. Un canon tonna.

L'*HMS* vibra. Tout l'équipage, du capitaine aux soldats, se dévisagea, incrédule. De sa plateforme à trente mètres de haut, le guetteur avisait la longue traînée de fumée s'élevant du sloop, ainsi que son canonnier fou, chargeant les deux autres pièces en ricanant. La vigie s'égosilla :

« À couvert. »

Et même si personne à bord n'aurait pu croire cela possible, l'équipage entier se jeta au sol, tandis qu'un homme seul ouvrait le feu sur un bâtiment armé de la Navy. Voie d'eau en proue. Troisième tir. Voie d'eau tribord. Artilleurs, canonniers, moucheurs, gabiers, charpentiers, le capitaine et le bosco convoquèrent tous les hommes à leurs postes. L'*HMS* empanna pour couler l'esquif et douze coups fusèrent sur la mer, mais le sloop passait déjà hors de portée, sous la figure de proue du militaire. La masse et les premières avaries du vaisseau de ligne l'empêchèrent de répliquer à temps. Le maronné libéra trois nouvelles salves à bout portant, transformant la déchirure en trou béant dans la coque de Sa Majesté. Le vaisseau gîtait et sombrait à vue d'œil.

« Abandonnez le bâtiment ! » mugit le capitaine.

En trois minutes à peine, les trois cents tonneaux de l'*HMS* disparurent dans l'abîme et le crépitement des flots, accompagnés des hurlements d'une centaine de soldats. La plupart, désespérés, ne savaient même pas nager. L'ogre éloigna son sloop pour ne pas être emporté avec le mastodonte et, avec ses canons, s'amusa à tirer sur ceux qui essayaient d'en réchapper. Lorsqu'il ne trouva plus assez de survivants pour jouer, il changea d'amure et vogua au sud, croisant un marchand et un négrier qu'il attaqua, tour à tour. Le premier lui fournit un vaisseau plus robuste et mieux armé, ainsi que trois prisonniers qu'il libéra, jetant à l'eau le reste de l'équipage. Il s'empara de l'autre avec l'aide de ses esclaves, qui provoquèrent une mutinerie. À bord, il exécuta tous les Blancs et rendit leur liberté aux Noirs, n'en enrôlant que cinq, dont l'instigateur de la révolte : un grand guerrier aux muscles saillants et bardé de grigris, Caesar. Le petit clan de prisonniers libérés poursuivit sur sa lancée en rencontrant une galère, chargée de condamnés. À l'approche, les rebelles pouvaient entendre le cri universel des rameurs, éreintés et s'encourageant dans l'effort :

« Ahu ! »

Ils lancèrent l'assaut à neuf contre cent et l'emportèrent dans un carnage sans précédent, un effroyable et enivrant bain de sang. Le maronné enflamma les Caraïbes en quelques semaines seulement. Flamboyants, ses premiers actes de piraterie paralysèrent notables et commerçants. Tous s'interrogeaient sur la fureur qui ravageait les océans et massacrait systématiquement, ne laissant pratiquement aucun survivant. Les célèbres flibustiers faisaient tout pour que l'on retienne leur nom, des couleurs à la manière. Ils tuaient beaucoup, mais préféraient épargner les témoins qu'ils terrifiaient. Contagieuse, la peur rapportait gros. La peur parcourait les tavernes et incitait les prochaines victimes à se rendre ; elle facilitait le boulot. Ces nouveaux forbans, eux, n'étaient qu'une dizaine, tous aux carrures de lutteurs, manifestement délivrés par le clan lui-même et donc reconnaissants. Ils étaient forçats, galériens, esclaves, Noirs, Blancs ou Indiens, condamnés à vie, parfois à mort. Le message de leur étendard était limpide : sur fond noir, le squelette du diable tenait un sablier dans une main et, dans l'autre, une lance plantée dans un cœur ensanglanté.

Ces pirates masquaient leurs visages en s'enturbannant. Ils ne se présentaient pas, ne menaçaient pas, ne demandaient rien. Ils frappaient par surprise et sans motif, naviguant sur un bateau enfumé, sinistre spectre sur l'océan. Quand ils hurlaient, les victimes entendaient les tambours et les violons accompagner cris et chants barbares. Anglais, Africains ou Arawak, personne ne les comprenait : ils bramaient et grognaient comme des sauvages ivres de vengeance, assoiffés de sang. Intraitables, ils assassinaient sans relâche et s'emparaient de tout ce qu'ils trouvaient, pour un maître aussi énigmatique que charismatique, sans nom ni passé.

Immédiatement, d'Hampton Court aux ruelles de Brest, de Cap Cod aux Bahamas et de Charleston aux lugubres portes de Ouidah, un murmure s'enfla en une terrible légende, dans laquelle revenait sans cesse une angoissante description.

L'homme ne parlait pas, il ensorcelait. Impassible, calme et méthodique, il enrôlait et, inlassablement, tuait. Grand, fin, et doté de larges épaules, il portait un *holster* multiple qui soutenait six mousquets et un sabre d'abordage. Il ne se lavait pas et dégageait une odeur infernale, mélange de sueur, de feu de bois et de soufre. Il était captivant et ses yeux jaunes semblaient jaillir de son visage, encagé par une grande barbe noire.

– I –

Coups d'État

Un drapeau noir, effiloché et délavé, claquant au vent. Un bastion laissé à l'abandon, doté d'une batterie de canons dominant la baie. Un chapelet d'îles offrant jungles, cascades et plages de sable blanc, bordées d'une mer turquoise et transparente. Des fêtards et du soleil toute l'année, beaucoup de pluies en été et un climat tropical modéré : bienvenue aux Bahamas !

Ancienne possession espagnole puis anglaise, l'île de New Providence était délaissée par les puissances coloniales depuis le XVIIᵉ siècle. Une guerre après l'autre, la confrérie des Frères de la côte n'avait fait que croître, se cherchant sans cesse de nouveaux territoires. En 1696, lesté d'une rapine de soixante mille livres arrachée au grand Moghol, Henry Every avait été le premier à s'emparer du château de Nassau, capitale de New Providence. Dix-sept ans plus tard et à l'issue de la guerre de Succession d'Espagne, le pirate Henry Jennings lui avait succédé sur les remparts. Ex-corsaire de la reine, Jennings hissa son Jolly Roger (une simple étoffe noire) sur le fort et repartit aussitôt en quête de rapines. Il était secondé par Charles Vane, une brute intrigante au teint mat et au regard froid. Ensemble, ils jetèrent les bases d'une république, sans parvenir à la doter d'une administration, ni d'une constitution.

Alors que son capitaine était en mer, Vane perdit le fort au profit d'autres capitaines. Destituée par Jennings, la brute au teint mat enrôla un équipage, vola un navire et des armes puis bombarda la redoute, simultanément de la mer et de l'intérieur des terres. Le soir même, Vane dormait à « l'abri » des murailles qu'il avait éventrées. Il essayerait de les réparer, sans succès. Fait étonnant : aucun des assaillants qui s'étaient succédé dans la forteresse n'avait jamais décroché les couleurs d'Henry Jennings. Le drapeau noir de Nassau était devenu le nouveau phare de la fraternité, un symbole rappelant que le rêve était à portée de main.

Après les affres de Port Royal et les revers de la Tortue, les anarchistes des mers ne s'étaient pas unis depuis Libertalia, un vieux mythe, une république qu'ils appelaient aussi leur utopie. Elle avait été un paradis de forbans au large de Madagascar et avait disparu dans l'horreur. Sans survivants ni témoins officiels, il n'y eut pas d'Histoire, seulement des déclarations, des suppositions, quelques récits et une fable, échappée des lèvres les plus rêveuses : un immense tas d'or, de rubis et de diamants (estimé à plus de deux cent trente-six millions et deux cent mille livres [3]), accompagné de l'acte de souveraineté du sultanat d'Anjouan. Un butin sacré et maudit, comme tous, imprégnant les consciences et condamnant les âmes. Un magot hérité des Comores et que les premiers Libéris s'étaient juré de protéger, avant de le perdre entre les griffes des Portugais.

Une chimère, ou la légende d'une république.

Des vétérans de guerre hors du ban s'unirent sous les couleurs de Jennings, puis de Vane. Chaque forban, quel que fût son âge ou son rang, avait les idéaux libéris dans le sang. Un rêve

---

[3] Près de cinq milliards d'euros.

commun : des cendres de l'anarchie, accoucher d'une vraie démocratie. Une folie au regard des vieilles monarchies, engendrant l'âge d'or de la piraterie.

En 1713, les Bahamas ne comptaient plus qu'une dizaine de navires militaires pour trois mille soldats. Plus de quatre mille pirates, boucaniers et recéleurs avaient emménagé dans l'archipel : du bastion aux rivages et des fermes aux campements, les trois quarts vivaient à Nassau. Sans école, ni police, ni armée, sans autre loi que le Code. Une société sans tribunaux, mais faite de bourreaux. Bien que sans constitution, ils s'étaient proclamés « république » et avaient trois mille guerriers pour en défendre l'idée. La baie de Nassau était devenue le berceau des péchés capitaux. Les bordels, camps et gargotes poussaient sur le sable et jusque dans l'eau, sur pilotis et appuyés contre les jetées. Des centaines de pirogues et petits sloops mouillaient dans la baie, entre le fort et Hog Island[4] : une mer de sable que les navires plus lourds ne pouvaient approcher sans s'échouer. L'Espagne avait abordé le Nouveau Monde par cet archipel et l'avait aussitôt baptisé *Bajamares* (marées basses).

Les coups de feu n'en finissaient pas de claquer et les hommes y hurlaient, jouissaient, mouraient ou tuaient, tandis que les femmes riaient, charmaient ou simulaient, à toute heure. Des marchands faisaient braiser poissons et brochettes, dans un délicieux et permanent parfum printanier. La flibuste abusait du rhum, des filles et des boucans, dans une ville de bric et de broc. Ni route ni chemin, mais une multitude de sentiers anarchiques, entrecoupés d'arbres et des quelques buissons que les récurrentes tornades n'avaient pas arrachés. Partout, il y avait de la vie, des corps fiévreux, dansant, amis, amants...

---

[4] Devenue Paradise Island.

Des centaines de cabanons, plus ou moins grands et confortables, s'éparpillaient du bord de mer au fond de la plage, dans le village pirate. Les équipages les plus pauvres dormaient dans l'écume et les plus riches, plus haut, le long d'une colline où commençait la jungle. Les voiles de navires servaient de tentes ou recouvraient des abris, remplaçant moins efficacement les feuilles de palmiers – pour l'essentiel arrachés par les récents ouragans.

Sur le rivage au clair de lune, un quinquagénaire Blanc scrutait une foule dansant entre des flambeaux, le cœur en liesse. Une barbe de trois jours, un corps sec, taillé par l'armée et cintré dans une longue veste à jabot, John Cockram était un ancien corsaire, un banquier et un homme d'affaires. Il regrettait la guerre de Succession. Il s'en était tiré, blessé et rendu à la vie civile – sans solde – depuis le port de Charleston. À Eleuthera Island, il avait épousé la fille de l'armateur et plus riche marchand de l'archipel, Thompsons, et ainsi intégré la bourgeoisie locale. Cependant, Cockram s'emmerdait comme un rat mort. La marine militaire lui manquait. Pas les corvées, ni le rationnement, mais l'esprit d'aventure et ses frères. L'un d'entre eux, tout particulièrement.

Parmi les nouvelles figures de Nassau, son nom revenait sans cesse depuis plus d'un an : Benjamin Hornigold dansait tous les soirs sur le sable avec les hommes qui l'avaient suivi dans la journée. Il était le seul chef de meute à entraîner forbans ou vauriens, sans se constituer d'équipage.

« Une certaine idée de la liberté », disait-il.

Chacun pouvait embarquer avec lui, sur de simples pirogues. Armés jusqu'aux dents, ils ramaient comme des forçats vers leur proie et l'abordaient sans vergogne. Hornigold avait les cheveux blancs coupés court, une courte barbe blanche et un gros ventre rond. À quarante-cinq ans, il avait la bouche d'un jouisseur invétéré, mais le regard dur d'un marin prêt à tout pour boire et manger. Une vraie gueule, à jamais coupée en deux par un bandeau dissimulant le trou béant sous son sourcil gauche… Je-m'en-foutiste extraverti, Benjamin riait, chantait et dansait avec ses hommes et des filles de joie, mais n'était vraiment lui-même qu'avec trois personnes : une veuve hollandaise, une chienne cane corso et un flibustier français.

Héritière, Magda Kapper s'était retrouvée, la trentaine venue, propriétaire d'une des exploitations de l'île. Ben l'avait rencontrée sur le rivage six mois plus tôt et avait eu un coup de foudre. Il vivait chez elle la moitié de la semaine et ils dansaient ensemble tous les soirs.

Lors de sa désertion de l'*HMS Lynn*, Hornigold avait embarqué douze livres de pain, du rhum, trois canots et un chiot noir et blanc, passager clandestin promis à la noyade. Les chaloupes broyées par une tempête, l'animal et lui étaient restés coincés trois mois sur une langue de sable, proche d'Abaco. Désert et minuscule, l'îlot n'avait à offrir que vingt cocotiers, trois grottes où s'abriter et une caisse de Mount Gay, fameux rhum de la Barbade qui avait donné son nom au cabot. Deux Karibs (rescapés du premier peuple des Bahamas) pêchant dans la zone les avaient finalement sauvés. Mount et Ben avaient survécu ensemble à ce purgatoire et ne s'étaient plus quittés depuis.

À Nassau, Hornigold avait retrouvé un ami perdu de vue depuis la fin du rêve libéri. Il riait fort et chantait faux, mais tenait tous les forbans sous le charme. Une nuit, Ben l'avait surpris dans son hamac de bord de plage : des cartes, un compas, une pipe et une bouteille vide sur la poitrine, Olivier Levasseur dormait, serein. Quadragénaire séduisant, il était resté mince et ses mains, redevenues rugueuses, racontaient le retour en mer. Ses boucles brunes tombaient sur ses épaules et l'une d'entre elles frôlait son nez, un roc imposant. Sur sa puissante mâchoire, ses lèvres bien dessinées esquissaient un sourire narquois jusque dans son sommeil. Comme nombre de Frères, il s'était fait percer l'oreille et, signe des vicissitudes du métier, se vautrait dans des nippes hors d'âge. Silencieusement, Benjamin avait posé le bout de sa rapière sur la paupière gauche du Français, attendant qu'il se réveille. Levasseur avait tressailli, ouvert un œil et souri en découvrant l'air amusé de son compagnon d'antan.

John Cockram s'avança entre les violoneux et une trentaine de fêtards. Benjamin valsait avec sa concubine, le Français et la cane corso, qui dansait en faisant des bonds. L'homme d'affaires fit quelques pas en les fixant. La chienne releva ses oreilles et ses babines tombantes, tournant vers lui sa gueule menaçante. Un système de défense sans pareil. Le maître ne réagit pas. Cockram planta ses bottes dans le sable et l'animal se mit à aboyer dans sa direction. D'aucuns auraient fait demi-tour. John attendit que Ben pivote et le remarque, sourcil levé, bouche entrouverte.

— Mon salaud ! s'exclama Hornigold en courant l'embrasser. J'te croyais mort !

John Cockram le serra dans ses bras, sous les regards hébétés de Magda, de la chienne et d'Olivier.

— C'est pas passé loin, répondit sobrement Cockram. J'me suis marié.

Ils s'étaient liés d'amitié sur un brick de la Navy, servant côte à côte et sous lettre de marque, puis avaient abandonné leurs postes respectifs à un an d'intervalle. Ils s'enlacèrent un long moment au son des violons, exultant, ravis. Hornigold fit les présentations et Cockram refusa de serrer la main du Français, ahuri.

— On s'est battus contre ces fumiers combien de temps, Ben ? demanda-t-il.

Olivier Levasseur se contenta de sourire.

— J'le connaissais d'avant et tu t'es pas battu contre lui, rassura le joyeux Hornigold. Il n'a pas fait la guerre.

— Ah ? s'étonna Cockram. Et où étiez-vous ?

— Planqué, s'amusa Olivier.

Cockram lui tendit alors sa main. La concubine, la cane corso et les trois hommes volèrent deux bouteilles de rhum et s'isolèrent dans une chaloupe de bord de plage, pour y refaire le monde. Magda faillit s'en aller à force d'entendre parler des douceurs du bordel de Petit-Goâve, mais resta quand la discussion devint plus politique. Cockram vantait la récente et petite popularité d'Hornigold à travers les Bahamas et s'étonnait des fêtes qu'autorisait le tenant du fort :

— On m'avait pourtant dit que Vane n'était pas un drôle, chuchota l'homme d'affaires.

— Ah, il manque d'humour, pour sûr, plaisanta Benjamin. Mais tant qu'il peut vautrer son gros cul derrière les remparts, il nous laisse festoyer.

— Le vrai problème, c'est qu'il capte tout le fric, précisa Levasseur. Les répartitions d'équipages ne se font même plus selon le Code ; elles se font selon lui.

Benjamin cracha dans l'eau et Magda lui caressa la main. Couchée en boule, la chienne laissa échapper un long soupir et Cockram se retourna vers le fort. La citadelle, déjà fissurée par des bombardements, avait la forme d'une étoile à cinq branches, dont l'une se jetait dans la mer. Au bout de celle-ci, une simple herse plongeait dans la baie et permettait aux officiels du château de rejoindre leur navire en chaloupe. Les fortifications faisaient près d'un mètre d'épaisseur, pour neuf de hauteur, laissant deviner une architecture intérieure circulaire. Cockram fixait les remparts sans bouger et Hornigold se pencha vers le Français :

— Quand il dit rien, comme ça, c'est qu'il tient une connerie derrière la tête. Pour ça, il m'a toujours fait penser à toi.

Levasseur ne sourit pas. Cockram revint à eux et Magda fit mine de vouloir débarquer.

- C'est le genre de choses qu'il faut faire avec un sacré plan, murmura Cockram.
- Il ne suffit pas de prendre le fort, grogna Levasseur. Faut s'accaparer les ressources, les rentes qui vont avec, une place de recel, des accords commerciaux, des alliés solides…
- Justement, sourit Cockram. Ça, j'ai. Ce qui me manque, c'est le plan.

La chienne ronflait, Magda demeurait silencieuse et sur le départ. Hornigold sourit et se tourna vers le Français. Olivier Levasseur ne put retenir un léger rictus.

Levasseur avait toujours un plan.

Avec l'aide de Richard Thompsons, dont l'avidité était légendaire, Cockram enrôla une trentaine de mercenaires. Profitant d'une course du maître des lieux, Hornigold et Levasseur les commandèrent afin de s'emparer d'Harbour Island, alors la plus grande place de commerce des Bahamas. Ils y établirent un impôt et en interdirent l'accès à tout membre de l'équipage de Charles Vane. En trois semaines, le trio infernal avait asséché les caisses de fort Nassau, sans oublier d'aborder en pirogues les navires passant au large. Un dimanche matin enfin, cinq vaisseaux sous drapeau noir apparurent à l'horizon, parés à pilonner : la flotte de Charles Vane, plus de trois cents gabiers. Pendant deux heures, une pluie d'acier tomba sur Harbour Island. Puis Vane lança l'assaut. Il débarqua et ne trouva rien sous les décombres.

Espérant prendre la rade au réveil, Vane avait fait tonner ses canons en un orage de fer et de feu l'empêchant de voir que l'île dont il s'emparait avait été abandonnée. Le temps qu'il comprenne, il était trop tard. Il avisa cinq pirogues, filant déjà vers Nassau par l'intérieur de l'archipel, où ses bâtiments – semblables à ceux de l'armée – ne pouvaient trop s'engager à cause de leur tirant d'eau.

Hornigold, Levasseur, Cockram et leur petite troupe s'amarrèrent à la pointe nord du fort ; celle qui communiquait avec l'intérieur par la herse, immergée à moins d'un mètre de profondeur. Les mercenaires plongèrent le long de la grille pour la soulever. Dans le bastion, les soixante-dix derniers forbans sonnèrent l'alerte et tirèrent à l'aveuglette. Incapables de discerner les corps dans l'eau trouble, ils rechargèrent leurs fusils à la hâte. Tout à coup, la herse se souleva, pour retomber aussitôt. La garde du fort brandit sabres et pistolets, mais ne put rien… Les agresseurs plantèrent et tranchèrent tout en jaillissant du bassin. Une poignée de secondes : vingt morts.

Les assaillants, ruisselants, écrasèrent les cadavres et poursuivirent le massacre. Hornigold, Cockram et Levasseur répondirent au vent de panique embrasant Nassau en grimpant aux enceintes. Ils firent rouler les canons et braquèrent l'ouest de la baie : l'entrée que Charles Vane serait obligé d'emprunter. Dans le même temps, ils entamèrent l'inventaire et, dans le ventre du fort, découvrirent des centaines de milliers de livres, en lingots d'or…

Lorsque Vane apparut derrière la crête de Hog Island, Levasseur coula son vaisseau de tête. Dans la même nuit, le chef déchu tenta d'aborder la redoute par les murailles éventrées. Promettant récompense, il enrôla tous les brigands, ivrognes et autres traîne-patins du rivage, jusqu'à ce que les défenses commencent à céder. Hornigold allait faire donner du canon contre la foule, quand Levasseur eut une idée : il fit amener le magot qu'ils venaient de découvrir. Coffre par coffre, les barres d'or passèrent de mains en mains. Il ordonna alors à ses hommes de les jeter sur les assaillants. Pris dans les combats, entre les tirs de mousquets et de petits canons, personne ne comprit. Neuf mètres plus bas, les Frères recrutés à la va-vite par Vane prirent les premiers lingots dans les dents. Il y eut un court silence et des regards stupéfaits.

« Balancez-moi l'or de ce salopard par-dessus bord ! » s'égosilla Hornigold.

Dans une clameur générale, Charles Vane vit tout son trésor de guerre déversé sous ses yeux, aux pieds des fortifications. La dernière partie de sa troupe y mourut écrasée, piétinée par les débordements de cette folie de l'or. Au sommet du château, Cockram, Hornigold et Levasseur contemplaient la foule déchaînée. C'est alors qu'Olivier saisit la main de son ami. La levant haut et devant tous, pour être sûr que personne n'oublie, il scanda son nom en insistant sur les « o ». Un cri de guerre, repris par une masse hystérique, résonna dans la nuit :

« Hornigold ! Hornigold ! »

La flibuste venait d'entrer dans une nouvelle ère.

Tonitruant, ce coup d'État traversa les océans, quelques centaines de gredins brutalement enrichis faisant passer la population de Nassau à plus de cinq mille forbans. Au début de l'année 1714, Benjamin Hornigold s'appuyait sur un volant de mille trois cents pirates, répartis en deux dizaines de navires et de pirogues. Présentée comme étant au service de l'ensemble de la confrérie, toute cette flotte devint sa seule et unique compagnie.

Le 1er août, la reine Anne Stuart mourait. Lui succédant, George de Hanovre appliqua la même politique que ses voisins européens, tout aussi ruinés par les conflits : le repli. Vite, rapatrier les trésors des colonies ! Le Portugal importait du Brésil près de deux tonnes d'or par an, ce qui en faisait l'un des royaumes les plus riches du monde. L'Angleterre, la France, l'Espagne et les Pays-Bas ne tardèrent pas à faire transiter autant d'or et d'argent autour des Bahamas. Il n'y avait qu'à se pencher pour amasser. Déserteur borgne et plutôt enrobé devenu un seigneur adulé, le bedonnant Ben ne fut pas nommé capitaine, mais amiral de flotte. Lorsqu'il traversait le village flibustier, tous frappaient leur poitrine et déposaient un genou à terre, répétant fièrement :

« Commodore. »

Deux ou trois mois plus tard, le plus grand nom de toute l'Histoire de la piraterie foulait le sable de Nassau. En six semaines, il avait multiplié les attaques, incendié une vingtaine de prises, libéré des convois d'esclaves et exécuté des dizaines d'officiers. On ignorait son nom, son âge et ses motivations. Personne ne savait qui il était ni d'où il venait, mais depuis un peu plus d'un mois, le monde ne parlait plus que de lui : un géant souvent comparé au diable, impitoyable et terrifiant, que la rumeur avait surnommé « *Blackbeard* ».

Son sloop, une petite vedette de la Royale, aborda le fort depuis l'ouest. Sans vent ni bruit et entouré d'un nuage de fumée blanche, il glissait dans un calme angoissant. Au nid-de-pie flottait un drapeau blanc, mais six cadavres de soldats se balançaient entre ses voiles, pendus aux vergues. L'équipage, une vingtaine d'hommes à peine, se tenait aux parapets, arme au poing et prêt à riposter si le château les bombardait. Des grognards, forts comme des ours et masqués derrière des turbans, alimentaient un poêle à soufre sur le tillac, d'où s'échappait l'épaisse brume qui enveloppait le navire. Leur capitaine était grand, longiligne et tout en noir. Il fumait tranquillement sa pipe sans lâcher sa barre et amena lentement sa proue à la herse du fort. Sombre, imposant et énigmatique, il captivait les canonniers, la garde et une foule de badauds massés sur la plage.

Derrière une meurtrière, Levasseur et Hornigold l'attendaient, autant qu'ils le redoutaient. La garde de la citadelle avait reçu ses ordres : laisser entrer le terrible et son clan et les garder en joue, quoi qu'il advienne. La grille se releva et deux esquifs du sloop s'invitèrent dans le bassin de mise à l'eau. Sept minutes plus tard, Barbenoire entrait dans la salle des cartes, escorté et braqué par quinze gardes qui tâchaient de ne pas trembler. Il les dépassait tous d'un pied. Ses yeux étaient cernés, gonflés. Il sentait incroyablement fort, sa tête et ses mains étaient brûlées par le soleil. Sa barbe hirsute arrivait sous sa poitrine et son visage, très expressif, s'animait de centaines de petits rictus, souvent agacés ou méprisants : des moues révélant une arrogance qui n'avait d'égale que sa taille. Ses grognards patientaient dans le carré d'honneur, fiers et immobiles, désarmés et impassibles, sous la menace de dizaines de mousquets.

Barbenoire avança au milieu de la salle, d'un pas lent et sinistre, puis s'arrêta. Les gabiers le tenant en joue encadrèrent la pièce, que l'ogre examinait d'un œil froid. Derrière un petit bureau, Hornigold et Levasseur le dévisageaient, pantois. Tendant une main amicale, le commodore l'invita à se présenter, mais le colosse resta mutique et immobile : dos droit, torse bombé, pieds écartés, tête haute et mains jointes, tel un soldat au repos.

— Vu la longueur de la barbe, s'amusa Levasseur, vous n'avez pas déserté les rangs il y a trois mois…

En réponse, Barbenoire lui jeta un regard glaçant doublé d'un sourire carnassier, narines dilatées et babines retroussées. D'un simple coup d'œil, il avait installé une ambiance superbement angoissante. Benjamin soupira, écarta son ami, contourna le bureau, s'y appuya mollement, et lança l'interrogatoire :

— Qui es-tu ?

L'inconnu ne répondit pas. Certains gardes se voulurent plus menaçants et relevèrent les chiens de leurs pistolets, mais d'un geste, Hornigold leur fit ranger leurs armes.

— Nous sommes entre amis, n'est-ce pas ? lui demanda-t-il encore. Alors donne-nous au moins ton nom…

— Teach, grogna-t-il de sa voix d'outre-tombe, Edward Teach.

— Bien… soupira Hornigold sans trop y croire. Évidemment, c'est un nom qu'on ne retrouvera jamais nulle part, pas vrai ?

L'inconnu le fixa droit dans l'œil, sans répondre. Ben planta à son tour son regard dans ses yeux, et un long silence s'installa. Un moment de vérité, au terme duquel le commodore murmura :

— L'emmerde, c'est que tu m'demandes de t'faire confiance, là où tout l'monde me suggèrerait plutôt de t'buter, tu vois ?

Teach ne dit rien. Indolent, Hornigold releva ses trente kilos de trop et contourna l'animal, l'inspectant de haut en bas.

— T'as un certain charisme et du courage, ça d'accord, reprit-il. Cela dit, t'es pas très causant.

Le diable mutique toisa Benjamin en retour.

— Et les mystérieux, poursuivit le commodore en désignant Levasseur, ça angoisse ma grenouille.

Barbenoire sembla réprimer un sourire sincèrement amusé.

— Mais tu m'as pas l'air de trop aimer les Français… continua le pacha en tournant autour du géant. À part celui-là tu m'diras, moi non plus. Seulement toi, dont tout le monde parle mais que personne ne connaît, tu ne m'as pas donné une seule vraie raison de te laisser entrer dans notre confrérie.

Caressant sa singulière barbe, Teach baissa enfin la tête. Très lentement, en silence et sans quitter Hornigold des yeux, il déposa un genou à terre et amena son poing contre sa poitrine.

– Embauché ! exulta Benjamin.

Levasseur s'y serait opposé s'il avait été consulté. Il écarquilla les yeux, ahuri.

S'il ne se sociabilisa pas plus, Edward « Barbenoire » Teach révolutionna la confrérie, calquant son organisation sur le modèle de la Navy : salaires en parts, gestion fiscale, structure pénale, reçus de cotisations sociales, répartition de la flotte, (tentatives de) réparations des remparts, sécurité des rades et des comptoirs… Bien qu'ils ne se soient jamais entendus, Olivier Levasseur dut bien admettre son efficacité et vota pour lui aux postes de commandant en second, magistrat en chef et commandeur de la flotte.

Teach s'empara d'un sloop qu'il baptisa l'*Adventure*, repartit en chasse et se plia à l'unique règle – tacite – de la fraternité : ne pas attaquer d'Espagnols, afin de s'épargner les représailles de la toute proche Hispaniola. À la demande du commodore, il commença à libérer de plus en plus de prisonniers, réduisit le nombre de tueries et ne recruta plus qu'une petite dizaine d'hommes. D'anciens esclaves, galériens ou condamnés à mort, peu intéressés par l'argent. Teach fit cependant deux exceptions notables :

Héritier, riche propriétaire foncier et ancien major dans la milice barbadienne, Stede Bonnet rêvait d'aventures en mer. Il n'avait pas la moindre formation maritime mais à la mort de son aîné, il abandonna sa femme et ses quatre enfants pour un sloop, le *Revenge*. Il le fit armer de six canons et embaucha un équipage en leur offrant un salaire fixe. Sa troupe l'appelait le « *gentleman* ». En lui offrant une place dans la flotte du commodore, Teach adouba Bonnet au-delà de ses espérances. En échange, l'ex-major lui laissa le commandement à distance du *Revenge*, en plus de son *Adventure*. Teach en fit rapidement son bosco[5].

Peu après, l'*Adventure* et le *Revenge* trouvèrent Samuel Bellamy, un pilleur d'épaves. Il était jeune, drôle, intelligent et généreux avec ses Frères. Sam gagna rapidement le surnom de « Prince des pirates » et devint une idole. Même l'inquiétant Barbenoire baissa la garde avec lui, au point que tous deux finirent par devenir amis. Rigoureux, Bellamy fut élu quartier-maître[6].

En moins d'un an, la confrérie était restructurée :
La politique resta l'apanage du commodore Benjamin Hornigold. Il était conseillé par Barbenoire, son second et commandeur, mais aussi responsable des assauts et des affaires de justice.
Stede Bonnet, maître d'équipage, devint greffier et officier de justice en charge de l'application des peines.
Sam Bellamy, l'homme des comptes, demeura quartier-maître. Grâce à son audace et avec l'aide de Cockram, recéleur en chef, il fit de l'argent la religion du micro-État.
Olivier Levasseur, enfin, devint le maître de manœuvre (ou pilote) et stratège du commodore, donc de la confrérie.

Déjà, fin 1714, un rapport du renseignement britannique s'alarmait des champs d'action de ces six hommes, alors surnommés le « *Flying Gang* » :

« La pire chose à craindre serait que ces forbans parviennent à créer une sorte de Commonwealth dans des régions inhabitées, car aucune puissance, dans cette partie du monde, ne serait alors capable de s'opposer à eux. »[7]

---

[5] Maître d'équipage.
[6] Premier officier d'intendance, responsable des prises et suppléant du bosco, il a aussi un rôle clef dans la gestion des troupes.
[7] *Les anges noirs de l'utopie*, Michel Le Bris.

Hornigold, Teach, Bonnet, Bellamy, Cockram et Levasseur formaient l'état-major d'une confrérie, réunie dans une nouvelle république autoproclamée. À l'exception du commodore, ils étaient instruits, voire issus de grandes écoles militaires. Ils cumulaient les parcours chaotiques et partageaient des passés d'insoumis. Ils ne contrôlaient pas Nassau comme leurs prédécesseurs : ils étaient organisés, soutenus par des armateurs et, secrètement, des banques. Leur structure, apparemment inébranlable, était verrouillée par la peur qu'avait suscitée Barbenoire en si peu de temps. Le commerce mondial du marché noir partait de Nassau, offrant au *Flying Gang* la mainmise sur le fort pendant l'ère la plus célèbre et la plus rentable de la piraterie : l'âge d'or.

Un jour comme les autres, Levasseur avait guidé son gang en Floride, où une tempête avait couché une flotte espagnole contre une barrière de corail : l'*Urca de Lima*, son vaisseau amiral, transportait un magot de deux cents millions d'euros[8], rapatrié sur une plage par des survivants chancelants. L'assaut se fit suffisamment loin de Nassau pour éviter une vendetta, mais le trésor manqua de diviser la fraternité, qui se rua à son tour en Floride. D'autres conflits éclatèrent, avec Vane dans le rôle principal. Des dilemmes politiques auxquels Hornigold crut répondre habilement en pardonnant les fautes et en ignorant les menaces. Nassau devint une terre d'aventures festives, rentable et dangereuse, de plus en plus attractive.

De Boston aux côtes vénézuéliennes en passant par les Bahamas, le *Flying Gang* agissait impunément, partout et contre tous. Hornigold et sa clique rasèrent les rades des colonies voisines, terrorisèrent, chassèrent, pillèrent, volèrent et incendièrent tous

---

[8] Lingots et pièces de huit, essentiellement. En 2015, des chasseurs de trésors découvrirent 4 millions d'euros perdus par l'*Urca*.

les bâtiments. Ils ravagèrent des armadas françaises en pleine mer et décimèrent des escadres anglaises au mouillage. Une horde de deux mille forbans, ne laissant plus un seul négrier, marchand ou militaire croiser leurs eaux sereinement. Le clan de Nassau abordait le monde, captivait les foules, ensorcelait les conteurs et tourmentait les rois. Jamais une organisation criminelle n'avait été aussi puissante à travers le monde et rien n'eût été en mesure de l'arrêter, à deux détails près : une décision royale et la nature humaine.

Redoutant une « nation d'anciens soldats devenus brigands », George Ier avait fixé un nouveau cap à l'amirauté : amener, sous deux ans, la flotte britannique des Indes occidentales à plus de soixante navires pour un effectif de seize mille hommes. Face à la nouvelle stratégie anglaise, le *Flying Gang* manqua d'imploser, se déchirant sur la méthode à appliquer :

Levasseur réclama une constitution, afin d'avoir des arguments diplomatiques justifiant d'une république à opposer aux Anglais.
Bellamy défendit l'opinion la plus répandue dans la confrérie : détruire la Navy tant qu'il en était encore temps.
En bon second, Teach n'eut d'autre avis que celui du commodore.
Et convaincu de la supériorité tactique et militaire anglaise, Hornigold ne trancha pas : il n'offrit aucun texte de loi, tout en interdisant subitement d'attaquer les navires anglais.

La dragée passait mal dans l'équipage, imposant au pacha un périlleux numéro d'équilibriste à la vue d'une croix de saint Georges. En mai 1716, le commodore frôla la catastrophe. Sa *Mary-Anne* et l'*Adventure* avaient passé une partie de la nuit à s'enivrer en pleine mer. Au plus fort de la fête, les équipages s'étaient lancés dans un improbable jeu d'adresse : le lancer de chapeaux d'un bord à l'autre. Personne ne gagna, tous les galures disparurent et tout le monde but. Beaucoup. À l'aube, une voile se profila à l'horizon. La chasse fut lancée dans l'euphorie générale et avant que le capitaine ne réalise... Deux bordées partirent vers un navire, battant pavillon anglais. En moins de deux heures, la manœuvre d'abordage était prête. Vautrés contre le bastingage, les pirates peinaient à dessaouler mais préparaient leurs armes. Tout aussi rétamé, Ben eut brutalement une idée. Approchant l'Anglais en premier, il lui demanda si ses hommes auraient « l'extrême obligeance » de bien vouloir lui remettre tous leurs couvre-chefs. Les victimes s'exécutèrent et les forbans, fiers de leur effet, se coiffèrent de ce butin exotique en hurlant... avant de prendre le large.

C'était pas passé loin.

Trois semaines plus tard, Hornigold chassait toujours, au sud-ouest de Cuba. Bellamy, la *Mary-Anne*, le *Ranger* et cinq cents hommes l'accompagnaient, mais Levasseur, Bonnet et Teach étaient de garde au château. Aux alentours de midi, Nassau entra en ébullition : trois chaloupes approchaient la herse de la pointe nord, sans autorisation et chargées de barils. Stede Bonnet n'osa pas tirer. Leurs marins attachèrent les canots à la grille, puis plongèrent et s'éloignèrent à la nage. Craignant une attaque, Bonnet ordonna enfin qu'on les abatte. Canonniers et artilleurs ne touchèrent qu'un des six nageurs, tandis que de nombreux curieux se pressaient sur le rivage. Teach débola sur les remparts. Il arracha une longue-vue à l'ex-major, inspecta les esquifs amarrés et chercha les baigneurs.

— Vane, lui souffla Stede aussi penaud qu'inquiet. Deux canonniers pensent avoir reconnu des gars de Charles Vane.

Le commandant en second baissa le cylindre, pensif. Dans un silence de mort, il n'entendit plus qu'un drapeau noir, claquant au vent. Brutalement, il comprit, fit demi-tour et accourut à l'enceinte sud, que plus personne ne surveillait. En contrebas, dix corps allongés, poignardés. Des Frères qui auraient donné l'alerte. Teach se pencha un peu plus et aperçut une carriole remplie de paille. Le pire était en train d'arriver et pourtant, il ne put retenir un sourire. Il se pencha au-dessus du carré d'honneur et s'égosilla :

« À moi la garde ! Formation carrée ! Retournez les canons ! »

L'ancien major sursauta. Artilleurs et canonniers se dévisagèrent, surpris. En contrebas, vingt grognards bondirent instantanément au milieu du carré d'honneur et se serrèrent les uns contre les autres, sabres et mousquets en mains. Teach caressa son improbable barbe, dégaina sa rapière et se mit à rire. Il observait la plage des flibustiers où des centaines de forbans, femmes et hommes, se massaient pour assister à l'événement.

> — Où doit-on braquer les canons ? se hasarda Bonnet d'une voix tremblante.

Tout à coup, une gigantesque explosion résonna. Les murs de la citadelle tremblèrent. Les flibustiers se couchèrent. Stoïque, Barbenoire ne bougea pas. Il se retourna lentement et sourit en découvrant Bonnet allongé, face contre pierres. À cet instant, une seconde déflagration tonna. Le sombre géant vérifia que ses hommes avaient gardé leur position. Aucun n'avait été touché. La herse, qui devait faire diversion, était partiellement brisée. La grande porte du fort avait été arrachée et une épaisse fumée s'élevait sur les remparts ; celle que Barbenoire aimait tant respirer. Dix grognards le rejoignirent avec Levasseur, quand les premiers hurlements se firent entendre : les troupes de Charles Vane, plus de deux cents pirates, prenaient le fort d'assaut !

Barbenoire donna le commandement des canons au Français et ne lui laissa qu'une dizaine d'hommes, avec ordre de tirer dans le tas à son signal.

« Quel signal ? » s'étonna Levasseur.

Barbenoire disparut dans les boyaux du fort, sans répondre. Terrorisé, Stede se laissa remplacer sans broncher et Levasseur fit rouler les canons, afin de braquer le carré d'honneur, où les combats faisaient déjà rage. Les troupes de Vane s'agglutinaient dans l'entrée qu'il venait de faire sauter. Une première rangée de grognards les recevait aux sabres, pendant qu'une deuxième ligne rechargeait ses pistolets. Levasseur n'avait pas vu pareille manœuvre depuis un engagement contre la Compagnie franche. Barbenoire surgit du bastion avec dix grognards de plus et cinquante Frères, venus des enceintes. Il s'élança dans la bataille comme un diable, vociférant et tranchant en même temps. Le sang giclait sur son manteau, sa barbe ou son visage et il poussait des cris d'ivresse. Ses tireurs n'avaient qu'à lancer un hurlement : le temps d'une salve, Barbenoire s'écartait immédiatement avec sa première ligne de combattants, avant de repartir à l'affrontement. Ils étaient impitoyables, intraitables, coordonnés, préparés, effroyables. L'hécatombe ne dura pas un quart d'heure. Teach perdit huit grognards et six forbans. Toujours coincés dans l'entrée, les hommes de Charles Vane commençaient à devoir se frayer un chemin au milieu des cadavres de leurs camarades. Épouvantés, haletants, ils mugissaient et sonnaient la retraite, quand d'autres voix, cachées derrière, maintenaient l'ordre :

« Prenez Levasseur ! Le grand con de Français. Prenez leur foutu pilote, mort ou vif ! Mais prenez-le, palsambleu ! »

Des tirs de mousquets claquèrent – sans doute contre les déserteurs – et les survivants repartirent à la charge. Teach comprit que le fort n'était pas l'enjeu : les combats pourraient s'éterniser. Entre les lames et dans un tumulte de rage, il se tourna vers les remparts et accrocha le regard attentif du Français. Barbenoire lui fit un signe de tête, puis se jeta sur un côté en ordonnant de se mettre à couvert. Six canons tonnèrent simultanément. Six boulets traversèrent le carré d'honneur depuis l'enceinte nord et s'écrasèrent dans le groupe d'assaillants, déchiquetant les corps et déchirant les membres. Alors seulement, Charles Vane sonna la retraite.

Les agresseurs disparurent. Aux portes embrasées par l'explosion, ils laissèrent plus d'une soixantaine de corps, éparpillés. Sonné par les déflagrations mais rassasié de violence, Barbenoire titubait au milieu des cadavres, hagard, radieux. Il comptait ses morts et ses blessés, avisait la herse éventrée ainsi que le carnage qui l'entourait, résolument heureux. Il se retourna lentement vers le maître de manœuvre et, sans cesser de sourire, se mit à l'applaudir. Levasseur le fixa en retour, incapable de savoir s'il le félicitait pour les tirs ou pour ce massacre, dont il était la cause.

Au même instant, au sud des Bahamas, Hornigold, Bellamy et leurs cinq cents hommes discernaient trois navires de ligne battant pavillons anglais, dont un en remorquage – un poids les ralentissant considérablement. L'euphorie gagna les pirates, pressés d'engager. Incapable de les en dissuader, Hornigold alla jusqu'à faire barrage de sa *Mary-Anne* pour empêcher sa flotte de partir en chasse, permettant ainsi aux Anglais de s'échapper.

Le soir, la troupe mouilla au large de l'Isla de Pinos [9], bivouaquant près d'un camp de boucaniers. Contre doublons, ces derniers leur fournirent la viande, les hectolitres de rhum et la cinquantaine de filles nécessaires pour oublier ce gâchis. Du rivage, cris de joie et de plaisir se mêlaient aux chants d'ivresse, accompagnant des musiciens en délire. Sous son barnum, Hornigold s'enivrait et batifolait sur un tapis, étendu nu contre

---

[9] À l'époque également surnommée « Pirate Island » ou « Treasure Island », et devenue l'Isla de la Juventud, à Cuba.

six déesses. Vautrée dans un coin, sa chienne ronflait. Elle non plus ne sentit pas le danger arriver. Il passa sous les toiles de la tente comme un courant d'air. Mount sauta aux pieds du quartier-maître Sam Bellamy, avec qui elle jouait quotidiennement. Benjamin lui tendit un verre de vin et, dépassé par les douceurs de ses maîtresses, l'invita à les rejoindre. Bellamy sourit, s'accroupit, cajola l'animal et, à l'aide d'une petite chaîne, l'attacha au mât.

— Relâche-là, bougre de con, grogna le pacha en se redressant. Elle ne s'attache pas !
— Ce soir, si.

Bellamy se releva tout en caressant la cane corso, tétanisée par l'inquiétude soudaine de son maître. Doucement, Sam dégaina un petit mousquet qu'il prit soin de ne jamais pointer vers Hornigold et d'une voix calme, lui dit :

— Capitaine, vous avez été déposé en ma faveur par quatre-vingt-dix voix contre treize…

Le temps s'arrêta.

Foudroyé, Hornigold resta assis un bon moment, fesses nues. Il semblait réaliser ; mesurer la trahison. Dehors, la musique s'était tue. Paniquées, les six néréides s'enfuirent sans se rhabiller et par l'entrefilet de la tente claquant sur leur passage, Benjamin repéra la dizaine de Frères qui l'attendaient dehors. Aux sifflets qui accompagnèrent les demoiselles terrifiées, il en devina trente.

— Il ne s'agit pas du fort, soupira le quartier-maître, ni de votre titre, mais des hommes.

Hagard, le commodore ne répondit ni ne s'emporta. Sa seule pensée fut pour sa chienne. Il ne voulait pas la voir risquer sa vie, seule contre trente abrutis armés. Cinquante ? Un ex-pilleur d'épaves ne pouvait pas avoir retourné toute la confrérie en si peu de temps. Ben voulu se rassurer : il était le commodore, il n'avait qu'à leur parler. Il enfila un pantalon et sortit d'un pas lent, Mount en laisse. Une nappe de nuages masquait la lune. Entre les torches, Hornigold, ébranlé, reconnut cent cinquante de ses gens, l'attendant impatiemment.

La pire humiliation fut la « haie d'honneur » que lui dressèrent certains, le pressant de regagner sa *Mary-Anne* tout en l'informant fièrement qu'ils l'avaient sabotée. Une trentaine de gabiers encerclèrent Bellamy et Benjamin, afin d'inciter le chef trahi à monter dans l'esquif qui l'attendait. Sensible à l'énervement ambiant, la chienne se mit à grogner. Hornigold monta dans la chaloupe, suivi de Mount, puis s'assit au milieu. Attendant un rameur, il releva l'œil sur le rivage et la foule grossissante. Pouvaient-ils être deux cents ? Pas quatre ?! Dans la nuit noire et au scintillement d'innombrables flambeaux dansant sur la plage, le pacha distingua les silhouettes qui l'épiaient, de plus en plus nombreuses. D'un coup d'œil par-dessus l'épaule, il comprit que sa *Mary-Anne* était vide et sentit son canot partir brusquement en arrière. Bellamy venait d'y mettre un coup de botte. Sans haine, ni rancune.

— Et… Mes… Et mes électeurs ? s'égosilla Benjamin.

Sam ne répondit que par un sombre regard, triste mais sincère : les treize soutiens d'Hornigold n'avaient pas survécu au vote et le commodore ne devait sa grâce qu'à son statut. La barque s'éloigna du rivage et Mount se mit à aboyer. Brutalement affolé, Ben s'écria encore, cette fois d'une voix chancelante :

— Mes hommes… Où sont mes hommes ?

Le Prince des pirates s'avança dans la mer jusqu'aux mollets et la foule se rassembla derrière lui. Décomposé, visage figé, Hornigold s'effondra : la confrérie venait d'exploser.

New Providence

Fort Nassau

Hog Island

NASSAU

\#X⊙∗

– II –

Une fugitive

Des hauteurs de Nassau, un Noir trapu et aux longues tresses scrutait le Jolly Roger du fort, perplexe. À quarante-deux ans, Nicholas Fenwick n'avait pas une ride, de larges épaules pour sa taille et quelques mèches blanches, qu'il masquait avec des perles. On l'appelait Nick ou « *Old Cooper* Nick », « Vieux Tonneau ».

Né en Jamaïque d'une esclave évadée, il avait été dès son premier cri un homme en cavale. Sa mère était morte avant ses quatre ans, et il avait été adopté par une communauté de Marrons Fang [10], tous devenus brigands. Ils lui avaient donné une éducation tribale et taillé les dents en pointe – tradition oblige. Nick en gardait un répertoire d'expressions, mal interprétées et parfois mélangées à des dictons africains, ce qui ne l'aidait pas à communiquer. Un jour et à force de combines, Fenwick obtint des papiers d'homme libre. Un détail aux yeux de l'officier anglais qui, pour ses vingt-sept ans, déchira les précieux documents, ajoutant :

« Engage-toi contre les Français, Négro : la Royale t'en fournira de nouveaux. »

---

[10] Puissante ethnie guerrière, présente du Cameroun au Gabon.

C'est ainsi qu'au début de la guerre de Succession, Nick Fenwick avait été « enrôlé ». Comme sa carrure le promettait aux combats, il avait immédiatement fait son possible pour devenir coq[11] ou charpentier. Il fut finalement nommé tonnelier et il déserta, lors d'un assaut sur La Havane. Rentré en Jamaïque, il avait embrassé la piraterie en rencontrant le jeune commandant Vane, alors second d'Henry Jennings. Dix ans plus tard, il n'avait pas oublié ce moment magique où Jennings lui avait tendu son drapeau, afin de le déployer. À part lui, qui s'en souvenait ? Nick avait profité d'une dispute entre Vane et son pacha pour s'échapper. Suivirent les années d'errance dans l'île de New Providence, où il avait survécu comme cuistot. Après le bombardement du fort et de la ville par Charles Vane, Nick avait voulu tenter sa chance à Hispaniola, qu'il espérait plus souple sur la réglementation des « Noirs libres ».

Loupé !

Il était rentré à Nassau au galop, en manquant de finir dans les cales d'un négrier. Sous l'ère d'Hornigold, il était redevenu tonnelier aux berges d'Harbour Island, où transitaient quotidiennement des milliers de livres d'épices, sucres, vins, étoffes, ivoire, or... C'est là, qu'il rencontra Woodes Rogers, son nouvel employeur. Percepteur, transporteur, messager, garde du corps, valet, son job comportait maintenant plusieurs facettes et il se devait d'avoir un bon sens du relationnel : fallait planquer les dents.

Nick dévala les soixante-cinq marches glissantes d'un escalier de terre. L'éblouissante mer des Caraïbes disparut derrière le quartier espagnol et les remparts de la citadelle, où flottaient les couleurs qu'il avait hissées des années plus tôt. À sa droite, il

---

[11] Cuisinier.

perdit de vue le village pirate. À gauche, fermes et champs s'effacèrent derrière les maisons coloniales, derniers vestiges de pierres dans une ville de toiles et de bois régulièrement balayée par les raids, cyclones et ouragans.

Il jeta un œil inquiet à sa montre à gousset – bientôt dix-sept heures – et s'engouffra dans West Street d'un pas vif, y croisant forbans, docteurs, pêcheurs, aubergistes, prostituées, charpentiers, armuriers, recéleurs, bouchers... Tous galopaient dans le dédale de la ville sans se saluer, regards inquiets, pressés d'achever leurs affaires avant la nuit, avant demain, avant que Nassau ne change d'ère. Mademoiselle Curtis fumait sa pipe en racolant un forban, adossée au mur de sa maison close.

– Hey ! M'sieur Fenwick ! gémit-elle en apercevant le tonnelier. 'Pas encore eu l'temps pour la contribution mais...

– « L'éléphant qui court peut pas se gratter », râla Nick. Le patron dit que t'as jusqu'à lundi.

La jeune femme le remercia en souriant, lui proposant de revenir plus tard et plus longuement. Nick fila comme une flèche et disparut au bout de la rue, face au fort. Trois palmiers cachaient l'entrée de la plus grande et plus solide taverne de Nassau, baptisée du nom de sa rue : la Promenade. S'engageant dans la seule voie pavée de la ville, le Vieux Tonneau longea le bastion étoilé d'une pointe à l'autre. La porte explosée était à peine réparée. Neuf mètres plus haut résonnaient les pas de la garde et le claquement de son vieil étendard. La trahison de Bellamy avait déstabilisé la confrérie à tous points de vue. Le commodore ne pouvait plus compter que sur une réserve totale de cinq cents hommes, réduisant le nombre de chasses et donc de rapines, ce qui affaiblissait le château dans une ambiance d'avant-guerre. La plupart des capitaines fraudaient en ne reversant plus leurs parts à la confrérie. Seuls les fous comme Vane s'accrochaient à la plage des flibustiers.

À grandes enjambées, le tonnelier passa devant les derniers bâtiments en pierres de la ville ; une banque reconvertie en hôtel, la maison des importations et le bureau des registres, dédié aux quartiers-maîtres. Un homme nu, ensanglanté, était écartelé devant l'entrée, à l'aide de quatre piquets. Couvert d'éclats de verre, il avait été battu toute la journée. Sur le mur, un écriteau :

« Attention fragile : vrai officier de la Navy. »

Nick Fenwick retrouva le rivage, la plus grande aire de fêtes et de vie. Il longea la rive, l'écume lui caressant les chevilles, et inspecta sa montre : dix-sept heures dix. Des pirates dormaient sur le sable pendant que d'autres se disputaient un peu plus loin. Un équipage venait de débarquer et installait son camp, tandis que des pêcheurs s'amarraient aux pontons. Il prit la direction des jetées, où il devait réceptionner son paquet.

Descriptif du colis : un mètre soixante-dix, une taille fine et des épaules de combattante, des yeux verts et des cheveux rouge vif, des taches de rousseur et un sacré caractère. Anne Cormac, dix-neuf ans et déjà recherchée dans toutes les colonies pour incendie volontaire.

Nick distingua les navires mouillant dans la baie et, reconnaissant le *Swallow*, s'affola. Au bout du sixième et dernier quai, il devina son capitaine et, se précipitant vers lui, s'écria :

 — Où elle est, foutrebleu ?

Surpris, le pacha finit d'attacher l'amarre de sa chaloupe :

 — On n'avait pas dit cinq heures ? Elle vient de partir…
 — Vous deviez la retenir !
 — La retenir ? Vous avez vu l'engin ?
 — Par où ? Par où est-elle partie ?

Il indiqua une direction et le Vieux Tonneau détala en scrutant les guinguettes où s'attablaient les forbans. À la septième, il s'arrêta net, reconnaissant deux mousses qui avaient servi Jennings avec lui, autrefois. Ils jouaient au brelan avec un troisième, dos au rivage. Nick s'avança, intrigué par sa taille, ses grosses bottes, son pantalon large et ses cheveux roux coupés très court. Contournant la gargote pour mieux l'observer, il discerna des taches de rousseur autour d'un nez en trompette.

— Vous êtes Anne ? demanda-t-il.

Le « colis » releva la tête et gronda :

— Toi en tout cas, t'es pas lui.
— Oui mais c'est lui qui m'envoie, soupira Nick, rassuré.

Reconnaissant leur ancien partenaire, les mousses levèrent les bras et l'invitèrent à boire. Il déclina poliment, se faisant plus insistant :

— Il m'a dit que vous réagiriez comme ça, mais…
— Levasseur ? Levasseur t'a dit ça ?

Le nom d'Olivier Levasseur déclencha soudainement un malaise. Nick se pencha en avant, l'index sur les lèvres. Ses deux complices d'antan cessèrent subitement de rire.

— Vous… On ne doit pas… Vous venez avec moi ! Ça va bien, maintenant.

La joueuse de cartes ne réagit pas, et comme c'était son tour, ajouta sa mise au pot.

— Non mais je vous parle, là ! se hasarda Nick, un peu dépassé. Oh !?

Pas de réaction. Las, Nick pressa la demoiselle et attrapa son bras, ajoutant :

— Bon ! « On va pas se couper le pied avant d'avoir mal. »

Aussitôt, la fille aux cheveux rouges bondit en dégainant une lame. Réflexe : Nick bloqua sa main armée. Elle tenta un coup de poing. Deuxième réflexe. Bras coincés, elle balança sa botte entre ses jambes. Touché ! Nick la termina d'un coup de tête, mais tomba à genoux, les mains entre les cuisses. Elle s'écroula dans le sable, inconsciente et le nez en sang. Les mousses se levèrent en applaudissant.

— Faut que tu reviennes à bord, vieux ! rit l'un.

Nick mit un moment avant de pouvoir la charger sur son épaule, comme un sac de patates. Ses deux connaissances, amusées, lui demandèrent s'il allait la violer. Il ne répondit pas et s'en alla avec son paquet, écœuré. Il marcha ainsi jusqu'à la colline, où il disparut dans la végétation. Comme le sentier s'effaçait sous la jungle, il brandit une machette et, imperturbable, frappa les branchages et recréa un passage. Son bagage sur le dos, il franchit le plateau en une demi-heure. À grands coups de lame, il traversa la mangrove et longea le village flibustier, vers une vieille église espagnole recouverte d'une épaisse canopée. Des lianes glissaient dans l'édifice par des vitraux brisés. La façade était gigantesque : au milieu, un arc abritait une porte en fer forgé, récemment installée ; au-dessus, trois hautes fenêtres voûtées, étaient dominées par une grande arche. Des dizaines d'arbres s'enlaçaient le long des parois, léchant les murs jusqu'au clocher. Le Vieux Tonneau déposa sa charge contre les racines d'un fromager tandis qu'elle émergeait, confuse. Il lui tendit un mouchoir pour essuyer son nez ensanglanté.

— Désolé pour le tarin, bredouilla-t-il.

La demoiselle porta sa main sous son nez endolori, mais fut plus surprise en découvrant l'église, plantée dans la brousse. Elle lui parut irréelle, magnifique et sinistre.

— Qu'est-ce que… ?
— Ouaip', sourit Nick. Elle a de la gueule, pas vrai ?

Désorientée, Anne se releva en secouant la tête. Du petit sac qu'elle portait sous sa chemise, elle sortit un mousquet et braqua le Vieux Tonneau :

— Mais t'es qui, toi, nom de Dieu ?

Lentement, Nick écarta les mains en fronçant les sourcils. Il inspira et, alors qu'il allait répondre, la grande porte en fer s'ouvrit. Anne frémit. Tête baissée, Woodes Rogers apparut. Il avait trente-huit ans, les cheveux châtains, un sourire charmeur et une petite cicatrice sur la joue. Il portait un pantalon bleu marine, une chemise blanche et une veste de brocart rouge. Émue après tant d'années, Anne ne put retenir ses larmes. Elle lâcha son pistolet et s'effondra dans ses bras.

Elle avait passé neuf mois à fuir, courir, se cacher et se grimer. À s'armer, à se méfier, à se défendre. Elle avait dû menacer, ruser, voler et se battre – aucun homme ne s'attendait à ce qu'une jeune et jolie fille sache manier l'épée ou le pistolet. Elle avait traversé les Indes Occidentales, telle une balle de coton, sous divers prête-noms. Ses lettres à son père avaient navigué dans les poches de plusieurs capitaines, voguant vers les Caraïbes ou l'Angleterre. L'une d'entre elles était parvenue jusqu'à Nassau, dans les mains de Woodes, qui était comme un frère. Il l'avait immédiatement retrouvée, sécurisée et rapatriée. Aux Bahamas, Anne n'était plus qu'une fugitive comme une autre. Ici, elle était sauve.

— Merci… laissa-t-elle échapper, la tête nichée contre son épaule.
— « Recherchée pour incendie volontaire », répondit-il en souriant. Tu as vraiment brûlé la maison et les douze hectares de plantation ?
— J'voulais pas hériter d'un champ de coton.

Woodes pouffa de rire. Elle se blottit un peu plus contre lui et il l'entraîna dans l'église, après avoir fait un signe à son homme afin qu'il l'attende.

Woodes Rogers avait vécu sa guerre, conquis des cœurs et perdu tant de batailles… En Angleterre, il avait épousé la fille de Sir Whetstone, contre-amiral et ami de feu son père. Cela lui avait permis de suivre William Dampier sur toutes les mers, comme corsaire durant la guerre de Succession. Il délivra un célèbre naufragé de son île, mena des raids contre l'Espagne, affronta les maladies, les tempêtes, les mutineries, les avaries, et la mort de son frère, embarqué avec lui. Pour survivre dans les eaux indonésiennes, il commerça avec la compagnie des Indes hollandaise et trafiqua avec des forbans de l'océan Indien. Sans mandat mais au nom de la Couronne, il leur aurait signé des édits de pardon, avant de retrouver Bristol à la barre d'une splendide prise espagnole et couvert de gloire. La reine Anne, qui menait une politique intransigeante à l'égard de la flibuste, éclata dans une terrible colère en entendant la rumeur des actes de pardon. Après deux condamnations (dont l'une d'Hampton Court), Woodes se retrouva ruiné. Son dernier enfant mourut peu après, et sa femme le quitta.

Abandonné, accablé, endetté et plus très loin de la prison ou du cimetière, Woodes avait décidé de se refaire en préparant une campagne pour prendre Madagascar. Le nouveau roi d'Angleterre y avait mis son veto, jugeant l'île rouge trop hostile, mais avait transposé le plan d'invasion aux Bahamas. Quinze mois plus tard, Woodes prenait ses quartiers au cœur du pays sans visage.

Anne contre lui, l'aventurier passa dans le prieuré oublié, qui semblait encore plus grand à l'intérieur. Trois mètres au-dessus de chaque travée s'élançaient les vitraux, dévorés par les lianes. Le plafond, décoré de formes géométriques sculptées, devait culminer à dix ou douze mètres. Du chœur au porche, toute l'église était traversée de faisceaux de lumière, que verdissait le filtre de la jungle. Ils longèrent les bancs cassés de la nef. À sa gauche, Anne aperçut les marches défoncées menant à la chaire et devina l'entrée d'une crypte, scellée. Le long de cette aile, quatorze scènes sculptées et dorées : les stations de la passion du Christ. Au fond, un retable de dix-huit images encerclait un tableau délavé de la crucifixion.

— Elle date des Espagnols, expliqua Woodes. Tu savais qu'ils acheminaient leurs pierres du continent ? Il y fait frais le jour et tiède la nuit. Colomb ne s'est peut-être pas agenouillé là, mais tu y es à l'écart, en sécurité. Tu n'as pas besoin de sortir. Tu ne devrais pas sortir. Nick pourra t'apporter des vivres, le temps que ça se tasse…

— Le temps que quoi se tasse ? l'interrompit-elle.

— Ta cavale, dit-il en s'arrêtant devant le gigantesque fromager séparant la travée du transept.

Majestueux, ses racines avaient infiltré la pierre et son tronc transperçait le plafond. Ses branches, coupées, repoussaient : certaines avaient la forme de têtes de mort. L'autel, vide, n'était qu'un gros bloc de granit couvert d'une épaisse couche de poussière. Quatre rosaces l'entouraient. Toujours intactes, elles laissaient passer de faibles éclats de soleil.

— J'ai besoin de voir mon père, murmura-t-elle.

Woodes fit un brusque demi-tour, s'assurant qu'ils étaient bien seuls. Anne le regarda de haut en bas, surprise.

— Arrête ! Ne dis pas ça.

— Levasseur ? Qu'est-ce que vous avez tous, avec lui ?

— Mais arrête ! grogna-t-il encore plus fort.

Anne serra les dents, subitement inquiète.

— Le monde entier sait qu'il est ici, précisa-t-elle.

Woodes prit une grande inspiration, puis s'assit contre un banc cassé dans un soupir. Anne s'appuya sur un prie-Dieu, le ventre noué, prête à entendre la pire nouvelle.

— Il va bien, commença l'aventurier pour la rassurer.

Elle ferma les yeux, troublée.

— Il va bien, répéta-t-il, mais on ne le voit plus et on ne parle plus de lui. Interdit !
— Par qui ?
— Hornigold.

Anne écarquilla les yeux, ahurie.

— Ben ? répéta-t-elle en s'ébouriffant les cheveux, incrédule. Non, non, tu délires ? Ben et lui ? C'est les deux piliers du même bar ! J'ai entendu parler d'eux à Cuba, ou en Jamaïque, pas plus tard qu'il y a trois mois.

Embarrassé par son insistance, Woodes l'emmena rapidement dans le presbytère : une petite chambre sans fenêtre, pourvue d'une couchette, d'un secrétaire, d'une bibliothèque vide et d'un nécessaire de cuisine.

— Toute la stratégie de Ben reposait sur Olivier, gronda-t-il en refermant derrière lui.

Il trouva une bouteille dans un placard et leur servit deux rhums.

— Ce sont les caps d'Olivier qui ont enrichi la confrérie, pas ceux qui tenaient la barre.
— Et ? interrogea-t-elle naïvement.

Il lui tendit son verre, finit le sien et se resservit.

— Et Vane s'en est rendu compte avant Ben. Il y a trois mois justement, le fort a été attaqué.

Anne trempait ses lèvres et buvait ses paroles.

— Une diversion, en réalité… Pour enlever Olivier.

Elle inspira profondément.

– Ça a complètement raté, la rassura Woodes, mais Ben a moyennement apprécié.
– Où est-il ? s'agaça la jeune fille.
– On n'en sait rien. Personne n'en sait rien. Ben l'a fait mettre à l'abri, quelque part sur l'une des sept cents îles.

Décomposée, Anne bascula sur le lit, renversant la moitié de son gobelet. L'impasse, l'invariable scénario qui, une fois encore, bloquait la petite rouquine. Avait-elle une autre solution, moins extrême, que de cramer toute une plantation ? De Woodes à Olivier, en passant par John Taylor, qui l'avait aidée à accompagner William Cormac dans ses derniers moments ? Aucun ne s'était risqué à embrasser l'inéluctable, à entrevoir sa propre fin. Pour savoir vivre, encore faut-il apprendre à mourir. Anne ne manquait pas d'amis, de pères ni d'amour ; elle manquait d'espérance.

– Et John ? rugit-elle en songeant à Taylor.
– Co… Comment ça, « et John » ?
– Si je ne peux pas voir l'un, j'dois bien pouvoir dénicher l'autre ?

Woodes vida son gobelet en écarquillant les yeux.

Né en Irlande de parents dissidents, John Taylor avait la réputation d'être déséquilibré, cannibale et imprévisible, parce que toujours drogué. Ses joues étaient barrées par de longues cicatrices, d'une commissure à l'autre de ses lèvres ; le sourire de Glasgow – souvenir d'enfance laissé par l'envahisseur anglais. C'était un extrémiste, un guerrier, en apparence amoral et dépourvu d'états d'âme, un saigneur masquant sa vraie nature dans les mouvements de sa lame. John Taylor, profondément un être de nuances, transpirant de sensibilité, avait arraché et goûté des dizaines de cœurs, avec sa dague, ses mains ou ses mots. Il avait tué des centaines de soldats et aimé Levasseur, comme il était : sans condition ni limite.

- Il... Il est ici, mais il a changé.
- Les Irlandais, ça ne change pas, dit-elle.
- Ma chère, cet endroit transforme les gens. Crois-moi.
- Il t'a transformé, toi.

Woodes releva le menton, déstabilisé par son intonation.

- Je te demande pardon ? risqua-t-il.
- De quel côté es-tu, maintenant ?

Il esquissa un sourire avant de répondre. Anne était une fille brillante et cultivée, mais aussi jeune que passionnée. En mission pour Sa Majesté, Woodes ne pouvait se risquer à trop parler de politique, au risque de révéler ses plans. Sa stratégie fonctionnait en trois étapes : endetter, soumettre, régner. Il avait commencé par installer un système d'assurance dans cet archipel abandonné des royaumes. Pour les dégâts en rade ou à terre, il proposait des dédommagements en bons royaux ou, mieux, en or. Pour l'heure, il se ralliait les faveurs de tous les marchands, oubliant que tôt ou tard, le roi demanderait un retour sur investissement. Le tout reposait sur son charme, le charisme du Vieux Tonneau et la force d'une cinquantaine de soldats chargés de sa protection. Comme lui, ils portaient les boutons d'or de la Navy.

- Si c'est ce que tu veux entendre, dit Woodes, alors oui : Olivier est du mauvais côté de l'Histoire.
- Mais toi, du bon ? s'agaça-t-elle. Ils sont en train de recréer une république...
- Je n'ai pas l'intention de parler de ça avec toi, mais je veux que tu me fasses confiance.
- Que j'te fasse confiance ? Non mais tu respires ? Ça fait neuf mois que j'dors plus, et tu m'accueilles avec des boutons d'or cousus sur ta veste !

Woodes ferma les yeux et soupira :

- Tu n'as rien à craindre de moi. Eux non plus, d'ailleurs.
- En attendant de trouver un moyen de les voir, je fais quoi ?
- C'est-à-dire ?
- J'ai dix-neuf ans et cent vingt millions en banque, inaccessibles car tu me demandes de ne pas sortir.
- Pour ta sécurité.
- Combien de temps ?
- Je l'ignore. Nassau n'est pas Libertalia. C'est même son opposé. Ben va peut-être abdiquer, déserter...
- Lui ? s'amusa-t-elle. Abandonner ?
- On dit qu'il en a marre.

Anne sentit son cœur se serrer. Peut-être ne reverrait-elle jamais Olivier ?

- Les troupes de Jamaïque se rassemblent, continua Woodes. Les Espagnols regrettent ces îles. La guerre peut éclater à tout moment. Tu n'auras pas à attendre bien longtemps.
- Tu m'fous une de ces angoisses...

Navré, Woodes se releva afin de la prendre dans ses bras. Après une brève étreinte, ils quittèrent le presbytère et elle l'accompagna de la nef au porche. Aucun ne parla, soulignant les peurs qu'en un instant chacun avait éveillées chez l'autre. Il ouvrit la porte et ils se trouvèrent face aux longues tresses que le Vieux Tonneau portait jusqu'au bas du dos. Nick s'écarta pour laisser son patron sortir, puis se repositionna en bloquant la jeune fille.

- Tu la veux vraiment, ta raclée ? lui dit-elle.

Comme elle souriait légèrement, Nick mit une seconde avant de comprendre l'ironie. Il rit de bon cœur, jusqu'à être interrompu par son employeur :

— Tu lui as parlé du cimetière ?

— Du quoi ? s'écria-t-elle.

Le Vieux Tonneau gratta sa nuque, embarrassé.

— Tu ne lui as rien dit ?

— J'ai oublié, dit Nick.

— Oh ? s'emporta Anne. Me dire quoi ?

— Une broutille, grommela Woodes tout en s'éloignant avec son homme de main. Tu sais qu'ici, avant, c'était des terres Arawak ? Tu vas rire, ils ont bâti l'église sur un cimetière indien.

Elle tressaillit et les bougres s'éclipsèrent, hilares.

Anne Cormac claqua la lourde porte. Elle pivota, s'appuya contre un mur et glissa jusqu'à s'asseoir par terre, exténuée. La tête entre ses mains, elle retint ses sanglots, attendant que le silence s'impose dans la colline, bientôt enveloppée par la nuit. Éblouie par le spectacle des faisceaux de lumière faiblissants, elle songeait à sa cavale qui ne prenait fin qu'ici. À l'abri. « À l'abri. » Combien de fois s'était-elle dit ceci, avant que ne déboule une brigade, un équipage vandale ou son capitaine, violeur dans l'âme ? Personne n'est jamais à l'abri. Elle ne se ferait plus avoir et se remémorait tous les conseils de son père, à l'époque de Charleston. Notamment un : ne jamais faire confiance à quelqu'un qui le demande.

Seulement armée d'un petit poignard caché sous sa ceinture, Anne décida d'aller vérifier par elle-même. Sous une lune pâle, l'insoumise suivit le tracé de la colline, puis bifurqua vers le rivage avant de débarouler brutalement dans la mangrove. L'enchevêtrement de racines et d'épines tailladait sa peau et sa chemise. Elle atteignit enfin le sable, un mile avant le rivage. Des centaines de flambeaux scintillaient autour d'elle. Au milieu d'un campement où des hommes préparaient le boucan, un groupe jouait aux dés pendant qu'une poignée picolait sous une tente ouverte. Certains étaient en guenilles, d'autres portaient des chemises de soie et des bijoux. Tous étaient armés et la dévisageaient, surpris.

La partie de dés, le débat sous les voiles, les rires, les râles et la broche au-dessus des flammes, tout se figea. Gênée, Anne fit un signe de la tête pour les saluer, avant de s'échapper vers la mer. Filant sans se retourner, elle ne vit pas les deux mousses avec lesquels elle avait joué aux cartes, occupés à bavasser avec leur maître, Charles Vane. Eux la reconnurent, et à peine eut-elle le dos tourné qu'ils la désignèrent au capitaine. Anne reprit sa course, sans réaliser qu'elle était suivie. Elle croisa plusieurs autres camps en prenant soin de les contourner, trop pressée pour observer ces moments de vie : le nettoyage d'un mousquet, l'arrachage d'une dent, l'arrivée de filles de joie sous les gloussements, le partage en lingots d'argent…

Anne croisait des regards sans s'arrêter, ignorant les sifflets qui lui étaient adressés. L'angoisse la saisit de nouveau et elle accéléra. À la dernière dune, elle heurta une racine, et trébucha. Se relevant, elle découvrit l'obstacle avec horreur : une main d'homme, dépassant à moitié du sable. Aussitôt, dans le campement voisin, deux voix s'écrièrent :

— Mike, viens voir : y'a le timonier qui ressort… Encore !
— 'Nous aura fait chier jusqu'au bout, c'ui-là.

Anne repartit de plus belle, horrifiée. Cent mètres plus loin, les bottes dans l'eau et enfin seule, elle s'arrêta un moment et reprit son souffle. Elle avait les jambes en coton et son cœur battait la chamade. Son père ne lui avait jamais menti en lui décrivant l'univers de la confrérie. Les récits la faisaient rêver, mais elle n'imaginait pas ce qu'était concrètement la vie en piraterie.

Étirant son dos, l'enfant libéri fixa les étoiles. Humant le délicieux parfum des grillades, elle retrouva son assurance. C'est là qu'elle le vit pour la première fois. Il revenait de l'opiumerie, marchait vers elle à grandes enjambées et, jusqu'à ce qu'il la remarque, se parlait à lui-même en agitant ses mains pleines de bagues. La trentaine, élancé, son visage ovale était parsemé de petites cicatrices. Elle le trouva charmant, sale, envoûtant et mal habillé. Sa chemise de calicot était trouée, son gilet sans manches également. De sa ceinture pendaient deux foulards vermeils déchirés et une chaîne, au bout de laquelle tournoyait une boussole. Il portait un pistolet, une dague et une épée. Ses joues étaient criblées des taches de brai, souvenirs du dernier carénage. Un bandeau carmin barrait son front, retenant de longues lianes de cheveux châtains, sales et tressés par paquets. Une coiffure dense, à laquelle étaient accrochés une plume, des perles, et trois fragments d'une pièce de huit[12].

Il s'appelait John Rackham, mais tout le monde disait « Jack ».

Ils se croisèrent, subjugués, foudroyés. Ils se dépassèrent sans comprendre, incapables de décrocher leurs regards. Jack ralentit, conquis, jusqu'à bousculer son patron, sous les rires des Frères de la côte qui suivaient. Interloquée, Anne reconnut les deux mousses encadrant un pacha qu'elle ne connaissait pas. Il s'était noué un pagne vert autour des hanches et ne portait qu'une longue tunique d'officier. Un visage rouge, des yeux sombres, des cheveux longs et noirs, des seins à la place des pectoraux et un gros ventre mou : Charles Vane, en chair et en graisse. À quinze mètres l'un de l'autre, le face-à-face ne dura qu'une seconde. Anne poursuivit sa marche, un œil par-dessus l'épaule, inquiète.

L'héritière accéléra, dépassant les dernières échoppes du rivage pour rejoindre la citadelle au plus vite. Illuminée par une

---

[12] De différentes valeurs, c'est la pièce de monnaie (espagnole) en argent qui a le plus voyagé aux XVIIe et XVIIIe siècles, valable presque n'importe où.

cinquantaine de torches, la Promenade brillait comme un phare dans la nuit. Au bout de la plage et sans se retourner, Anne coupa par une dune, au pied d'un rempart. Elle découvrit le bureau des registres et devant, entre quatre piquets, le corps sans vie d'un officier, saigné à blanc. Les yeux fixes, elle longea le fort et s'engouffra dans la plus célèbre taverne de l'île.

Une pièce immense scindée par huit voûtes, d'où pendait une pluie de lustres à bougeoirs allumés. Un décor de pierres claires et de bois rouge, tapissé d'une lumière dorée. Quatre fenêtres, côté rue. Deux escaliers menant aux coursives de l'étage aux plaisirs. Quarante tables de différentes tailles et, à la place des barriques, de vraies chaises et des fauteuils rembourrés dans lesquels s'arsouillaient joyeusement une cinquantaine de pirates, déjà rétamés. Pas de cruches, mais des chopes et des bouteilles en verre. Trois serveuses circulaient dans la pièce et six accortes jeunes femmes cajolaient des amants assoiffés. Dans un angle, un pianiste, un luthiste et deux violoneux mettaient l'ambiance. Anne avait à peine fait un pas que tous les regards se posèrent sur elle.

Les musiciens gardèrent le rythme. Sans qu'aucun ne détourne les yeux, le brouhaha général des discussions reprit et, bien qu'hésitante, Anne fonça droit au bar. Face au gros tenancier qui l'attendait, mains fermées sur son comptoir, elle commanda un whisky. Le taulier la regarda en défrisant sa moustache, étonné. Elle haussa les sourcils et ajouta un « s'il vous plaît » qui n'eut pas plus d'effet. Une ombre traversa furtivement l'embrasure de la porte. Vane et ses mousses s'installaient au fond de la taverne. L'un d'eux chuchota à l'oreille d'un autre capitaine, un grand blond aux dents marron, Christopher Thomas Congdom, dit « Billy ». Un nom ressortit de leur bref échange : « Levasseur. » Anne ne l'entendit pas mais dans la glace derrière le comptoir, elle repéra trois flibustiers… quitter l'établissement en courant. Le taulier, lui, n'avait pas bougé. Anne allait faire demi-tour, quand une voix enrayée l'apostropha :

— Faut pas lui en vouloir, m'dame : 'y peut pas répondre.

Anne sursauta, se retourna et découvrit le grand blond aux dents marron qui venait vers elle.

— Montre-z'y, demanda Billy au barman en claquant des doigts. Qu'elle voie mes œuvres.

Aussitôt, le tenancier ouvrit la bouche et révéla une langue coupée. Anne tressaillit. Le grand blond saisit une bouteille de scotch de la main droite et pausa la gauche sur l'épaule de la jeune fille. Elle avait envie de vomir.

— Ouais, m'sieur Paul a dit le truc qu'il fallait pas, le jour qu'il fallait pas, s'amusa Billy en volant deux godets qu'il remplit. Mais il le r'fera plus, pas vrai ?

Le barman recula d'un pas. Billy se trouva drôle, trinqua avec le verre d'Anne resté sur le zinc, puis vida le sien d'un trait. Dans la glace et malgré l'ambiance festive, elle nota que tous continuaient à la fixer. Vautré dans un coin, tunique ouverte et bottes sur la table, Vane semblait même la dévorer.

— Vous savez qu'chez mademoiselle Curtis, c'est pas ici ? cracha Billy tout en se resservant. C'est au bout de la rue, Curtis. Remarque, 'faites un peu crade pour une pute. Sans offense. Et 'pis, z'avez parlé de Levasseur, sur la plage ?

Anne avait les jambes en coton. Son cœur tambourinait dans sa poitrine. Des gouttes de sueur perlaient le long de sa nuque et dans son dos. Elle frissonnait.

— C'est défendu, maintenant. Même une pute sait ça. Tout le monde sait ça. Pas vous ? Vous savez où il est ? Vous savez comment le trouver ?

— Non, m'sieur, dit-elle en baissant la tête, tremblante.

— Étrange… Moi, on m'a dit que vous le connaissez.

Billy se pencha sur son cou et se mit à renifler son odeur, comme pour flairer sa peur. Elle songea à son poignard et ferma les yeux. S'il la touchait, elle le planterait, tenterait de s'enfuir et se ferait tuer. Woodes avait raison : elle n'aurait pas dû sortir.

À cet instant, une silhouette passa l'entrée, immédiatement suivie par une autre. Les musiciens cessèrent de jouer et les clients, de boire ou parler. L'air devint irrespirable. Dix hommes enturbannés cernaient la Promenade. Les géants qui venaient d'entrer dans la gargote retirèrent leurs foulards et les clients reconnurent Caesar et Gibbens, les deux premiers aides de camp de Barbenoire. Billy devint blême, Anne se pétrifia. Deux autres grognards entrèrent ; des Noirs plus effrayants encore. L'un portait un masque de guerrier Dogon et l'autre, un Fang, avait le visage peint en blanc et les dents taillées en pointes. Onze de plus s'invitèrent, tous masqués. Caesar siffla. Une main à la crosse de son mousquet, Gibbens s'écarta et la garde prétorienne forma deux files, de l'entrée au comptoir. Entre eux apparut Stede Bonnet, un cahier sous le bras. Interdite, Anne était incapable de bouger. Bonnet déplia ses petites lunettes, sortit une feuille et entama sa lugubre lecture :

— « Capitaine Congdom, vous vous êtes rendu coupable d'une violation de l'article XIII de la confrérie… »
— Depuis le temps que j'attends de te faire fermer ta gueule ! lui cria un gabier.

Aussitôt, et alors qu'un autre Frère allait s'en prendre à l'ex-major, un concert de cliquetis résonna dans la taverne. Les grognards braquaient la salle. La terreur ravageait tous les visages. Dehors, un bruit de bottes claqua sur le pavé. Un murmure enfla dans l'auberge et une masse sombre surgit dans l'encadrement de la porte. Le temps se figea. Sous une longue cape noire, le colosse glissa dans la salle d'un pas lent, tout en caressant son improbable barbe. Épaisse et broussailleuse, elle tombait sous sa poitrine et cachait à peine les deux grenades et les six mousquets qu'il portait contre son torse. Les clients se turent. Certains, telle Anne, le voyaient pour la première fois. Elle était médusée, et Billy, décontenancé.

– « Rendu coupable d'une violation de l'article XIII », poursuivit Bonnet. « Les positions et stratégies du commodore ne concernant que ses équipages et... »

– Attendez ! balbutia le grand blond, paniqué.

Silencieux, Barbenoire approcha son visage à quelques centimètres et le fixa, sans une once d'émotion. Coincée, Anne levait les yeux vers la montagne, captivée par sa pilosité, son odeur épouvantable, ses cernes et ses yeux jaunes. L'accusé projeta son angoisse sur son verre, le trouvant à tâtons.

– Vous... C'est une plaisanterie ? bégaya Billy. Hein ?

– « En conséquence de quoi, reprit froidement Bonnet, la confrérie vous condamne à l'amputation du membre de votre choix. »

Effroyable silence. Aussi choqué que l'assistance, le grand blond resta accoudé au bar, ne sachant réagir. Il voulut crier son innocence et accuser la fille aux cheveux rouges. S'il avait pu se défendre, il aurait juré qu'elle chantait le nom prohibé en l'obligeant à l'écouter. Épouvanté et sans plus aucun courage, il bafouilla, il s'embrouilla... Soudain, un éclair surgit. Surpris, Billy posa les yeux sur le comptoir, où vibrait encore la lame de Barbenoire. D'un côté, il vit son bras et de l'autre, sa main, toujours accrochée au gobelet. Le grand blond cligna des yeux. Le temps de comprendre et la douleur monta au cerveau, aussi vite qu'une balle. Il prit son avant-bras droit de sa main gauche, bondit, puis tomba à la renverse en vociférant. Évacué par ses gabiers, il hurlait à la mort dans une mare de sang. Au même moment accouraient quatre forbans aux mensurations de lutteurs, avec un seau de goudron chaud. Ils plaquèrent Billy au sol, afin de cautériser. Le capitaine rugissant se contorsionnait en tous sens. Son bourreau contemplait le spectacle, visage fermé. Sans tourner la tête, Barbenoire vola le verre du supplicié et le vida d'un trait. Anne tressaillit devant la main du grand blond, restée sur le zinc.

Teach s'écarta légèrement et, se tournant vers la jeune fille, l'invita à sortir d'un geste lent et élégant. Terrorisée, Anne le contourna doucement, puis longea les deux rangées de forbans qui menaçaient toujours les clients. Elle déboula sur la Promenade, terrifiée. Postés tous les trois mètres le long des remparts, dix grognards sécurisaient le passage. Elle se précipita au bureau des registres et s'arrêta net devant Nick, adossé à la maison des importations :

— « Tu la veux vraiment, ta raclée » dit-il amusé.

Elle esquissa un sourire et s'élança. Il prit son bras et lui fit faire demi-tour, bifurquant par West Street pour plus de discrétion. Elle suivit au galop, bientôt aussi excitée qu'angoissée.

Barbenoire décrocha son sabre du comptoir, devant un Billy raccourci et un public pantois. Sa troupe se replia autour de lui et juste avant de disparaître, il adressa un regard au seul homme resté serein du début à la fin. Au fond de la salle, Charles Vane le lui rendit en levant son verre.

– III –

Conversations secrètes

Au cœur de la nuit, une pirogue heurta un bord de mer le long de la côte d'Abaco. Une chienne sauta sur le sable et Benjamin Hornigold bascula sa lourde charpente par-dessus bord. À trente pas, il aperçut un chat noir qui les fixait, immobile. La cane corso ne le remarqua pas et Benjamin sourit, songeant que le félin ignorait sa chance. Il disparut sur la plage en avisant l'horizon. Depuis la prise du fort, sa panse avait triplé de volume. En cause : des fêtes orgiaques destinées à tromper l'ennui. Le commodore n'aimait rien tant que la mer et détestait être à terre. La politique l'avait exalté, mais son exercice l'en avait lassé. Les stratégies ; les choix et la justice ; les coups en trois bandes ; la manipulation, omniprésente, et les vérités, toujours maquillées ; l'opposition menaçante ; les courtisans envieux et les amis dangereux ; les colonies voisines ; les traîtres ; les mutins et les maîtresses assassines… L'art de gouverner lui faisait l'effet d'une vertigineuse spirale qui l'isolait du monde et l'entraînait toujours plus près de la mort.

Il longeait le rivage en rêvassant : Mount et lui avaient autrefois été prisonniers d'un banc de sable, à seulement quelques brasses. Déjà essoufflé, il s'arrêta, s'agenouilla, et resserra le bandeau bleu roi vissé sur son crâne dénudé. Le foulard cachait un trou béant et mal cicatrisé qui lui tenait lieu d'œil gauche. Une balle de mousquet français. Des années après, il arrivait que son œil mort le fasse encore souffrir. Jamais il n'oublierait les hommes du *Diligent*. Jamais il n'oublierait non plus les raisons du combat : l'armée française recherchait un mutin, réfugié sous pavillon noir ; un déserteur, un peu tricheur... Après le carnage, Hornigold et ses Frères rescapés avaient voté la mort du voyou. Le maudit Français avait cependant été épargné par le commandant en second, John Taylor, pour une sombre histoire de cœur, disait-on. Levasseur, le rescapé, était dangereux parce qu'il rêvait et planifiait. Il avait souvent menti et, du *Diligent* au paradis libéri, parfois trahi... Mais il était aussi le meilleur maître de manœuvre des Caraïbes, celui qui les guidait immanquablement vers l'or. À terre comme en mer, Hornigold et Levasseur faisaient la paire. L'agression de Charles Vane avait sonné la fin des festivités.

Seul dans le bureau des cartes, Levasseur avait été cerné par les grognards et mis aux arrêts par Stede Bonnet. Enchaîné, le Français avait été expulsé du fort dans une chaloupe, sous le regard ahuri de la garde. Caesar et Gibbens l'avaient discrètement débarqué à Abaco, dans l'ancienne demeure d'un gouverneur. Ils lui avaient expliqué que, devenu une cible, il y serait plus en sécurité. Olivier avait bien voulu y croire, dans un premier temps. Mais les semaines avaient défilé sans que jamais il ne quitte son rocher ou que qui que ce soit ne le visite.

Trois mois de prises hasardeuses sans les précieux caps du Français auraient dû alerter Hornigold, le faire changer d'avis. Il voulait croire, lui aussi, que cette mise à l'écart garantirait la survie de la confrérie. Sans objectif prédéfini, Benjamin emmenait sa compagnie au gré des vents, croisant trop souvent ces Anglais qu'il voulait pourtant éviter.

Le commodore savait sa position intenable. Plutôt que de chercher une solution, il avait préféré fuir le spectre de la mutinerie et passer ses nuits chez sa douce Hollandaise, Magda

Kapper. Une passion secrète qui l'avait dévoré peu à peu. Le jour où il rentra de Cuba, trahi par Bellamy et obligé d'éloigner Olivier, Hornigold la fit chercher, mais personne ne la trouva. L'amour de sa vie s'était volatilisé.

Son cache-œil serré comme sa poitrine, Ben chassa ses souvenirs et repartit le long du rivage, la tête encore embrumée des abus de la veille. Mount trottinait près de lui, la truffe en l'air. Depuis qu'il l'avait sauvée, sa chienne ne s'était jamais trop éloignée et ils partageaient une étonnante complicité. Percevant son trouble, l'animal caressa sa jambe de son encolure. Le maître devina les lueurs d'une maison, derrière une butte de sable. Il gravit péniblement le monticule et examina une série de flambeaux, plantés tous les trente pas autour d'une bâtisse coloniale. Il s'accroupit, sourit, et cajola la bête, toujours inquiète. Tant que Mount était près de lui, Hornigold pouvait tout relativiser :

« C'est rien, lui dit-il d'une voix douce, comme pour se rassurer. Qu'elle revienne ou pas, c'est vraiment rien. »

Réconfortée, Mount fit deux petits sauts sur place, prête à jouer. Lui indiquant les six forbans qui montaient la garde devant la maison, Ben se pencha et lui murmura à l'oreille :

« Va bouffer ! »

Aussitôt, l'animal s'élança dans l'obscurité à une vitesse fulgurante, aboyant comme le chien d'Hadès. Les six forbans de garde escaladèrent la grille, terrorisés. Le commodore rejoignit sa chienne au pied du portail. D'un claquement de doigt, Mount redevint docile et s'assit sagement. Apeurés, les gardiens ouvrirent fébrilement les portes :

« Commodore », murmura l'un avec hésitation.

« Commodore », répéta un autre par habitude.

Hornigold et sa chienne parcoururent les quinze mètres menant au patio, au milieu duquel attendait Morô. C'était une jeune Lucayan, du peuple Arawak, réfugiée chez des Karibs après s'être échappée d'un convoi d'esclaves. Elle vivait avec les pêcheurs qui avaient trouvé Hornigold et Mount, et les avait suivis à Nassau. Elle y était devenue l'aide de camp du commodore, puis l'intendante d'Olivier après sa mise au secret. Elle était chargée de lui tenir compagnie : de le surveiller.

Fine mais musclée, Morô (« Petit poisson ») maquillait son regard derrière un masque de peinture rouge. Ses cheveux noirs tombaient jusque sous ses seins nus et elle ne portait rien d'autre qu'une jupe, fendue sur les côtés. Morô avait toujours un bandeau au front, deux amulettes autour du cou et un *tomahawk* à la taille. Fille d'une famille de chasseurs, elle était couverte de tatouages mystérieux, des jambes aux bras. Au premier regard, Morô inspirait le désir autant que la crainte. Mount sauta sur elle pour lui lécher le visage. Elle la caressa puis se redressa comme un piquet face au commodore qu'elle n'avait pas vu depuis trois mois. Elle le salua sans un mot et indiqua une trappe au centre de la pièce.

— Quoi ? s'agaça Benjamin. Il est dans la cave ?

Tête basse, la jeune fille opina du chef, ajoutant :

— Lui. Rester. Toujours.

Ben inspira profondément en passant sa main dans sa barbe pour ne pas s'emporter.

— Et tu l'y laisses seul ? grommela-t-il en ouvrant la trappe. Dans la cave à vin ?... On t'a jamais parlé des Français ?

La Lucayan ne dit rien et vit le pirate et sa chienne se faufiler dans l'escalier en laissant la trappe ouverte. Mains derrière le dos, Morô fit quelques pas dans le patio, sereine. Benjamin descendit prudemment dans le cellier où il espérait surprendre le Français.

Lorsqu'il atteignit le dernier palier, c'est lui qui fut le premier étonné : l'endroit n'avait plus de cave à vin que le nom. Plus d'étagères ni de bouteilles, sauf la dizaine de cadavres couchés par terre. Un plafond en forme de dôme, un sol couvert de feuilles et des murs, tapissés de cartes. Hornigold repéra immédiatement Nassau, Saint-Domingue, les Indes et Gibraltar, l'Afrique, Bonne Espérance et Madagascar. À chaque pas, il avançait au cœur du monde.

Tout autour de la vaste salle, plusieurs centaines de filins de différentes couleurs léchaient les murs, d'une carte à une autre : des routes commerciales et militaires parcourant le globe, telles des flèches. En plein milieu, un lit de camp, une torche enflammée, un grand bureau débordant de papiers et un homme au travail, trop concentré pour le remarquer. Plume en main et penché sur ses feuillets, Olivier Levasseur finit par relever la tête. Il haussa un sourcil, intrigué. Benjamin reprit une grande inspiration puis s'avança, bras en croix :

— Je sais, je sais, j'aurais dû venir plus tôt…

Olivier ignora la chienne qui galopait vers lui et ramassa une jarre vide, qu'il balança vers son capitaine. Ben l'esquiva et elle explosa contre un mur, derrière lui. Poings et visage fermés, le Français en saisit une autre et se redressa, prêt à en découdre. Hornigold s'arrêta à deux pas du bureau, mains levées, tandis que la cane corso sautillait entre les jambes d'Olivier, ravie de le retrouver.

— Je te manquais ? grogna Levasseur, mâchoires serrées.
— On peut discuter ?

Olivier brisa sa boutanche contre son bureau, la maintenant par le goulot. Flairant l'énervement du Français comme l'émoi de son maître, l'animal recula en grognant.

— Vieux potes ou pas, marmonna Benjamin, elle va t' bouffer si tu ne te calmes pas vite…

—   Parce qu'elle a bouffé Bellamy, peut-être ?

—   D'accord, soupira Hornigold en gloussant, 'possible qu'elle « bouffe » pas les copains…

Levasseur pouffa et déposa la bouteille cassée, ajoutant :

—   Et moi, j'tue pas les commodores.

Ben s'avança, exagérant l'hilarité pour détendre l'atmosphère. Mount alla se coucher sans câlin, déçue. Hornigold tendit son avant-bras et Olivier s'assit sans le lui serrer. Le patron, qui s'attendait à cet accueil, gratta son œil mort à travers son bandeau. Comme il n'y avait pas d'autre siège, il saisit une pile de papiers qu'il lâcha au sol, avant de s'asseoir sur le bureau. Là, il se pencha vers son vieil ami et redemanda :

—   On peut discuter ?

Levasseur le dévisagea sans un mot.

—   Bien, reprit-il en se relevant. Je ne t'ai pas « mis aux arrêts », contrairement à ce que tu penses.

—   Bien imité.

—   J' t'ai protégé, Olivier.

Le « prisonnier » prit la phrase en plein estomac mais ne dit rien. Lui tournant le dos tout en entortillant ses doigts dans un filin reliant Cuba au Cap Vert, Hornigold continua :

—   Pour Vane, le choix est clair : t'es soit mort, soit dans son équipe. Si t'y vois pas d'inconvénient, j'te préfère en vie et avec moi.

—   J'avais prévu autre chose…

Le commodore fit volte-face, l'œil sévère :

—   Ça t'fait rire ? Tu crois que ça m'amuse ?

—   Je ne rigole peut-être pas, s'amusa le Français.

—   D'accord, s'agaça le pacha, d'accord. J'ai besoin de toi. La confrérie a besoin de toi. Plus que toi, tu…

— Trois mois ! coupa Levasseur en hurlant. Trois foutus mois, enfermé sur la même île où tu t'étais retrouvé naufragé avec ton clébard ! Sans un mot ! Pas une lettre. Pas une visite. Rien. Que dalle !

— Techniquement, murmura Ben, on était coincés à côté…

— Tu te fous de ma gueule ?

— Tu veux quoi ? Que tous les connards de Nassau se mettent en chasse pour t'enrôler ou t'flinguer ?

Agacé, Olivier recula sa chaise en tirant deux verres et un vieux rhum d'un tiroir. Il remplit le sien à ras bord et laissa les dernières gouttes au commodore.

— Pendu dans l'année, pesta le Français.

— J'en étais sûr, rit l'autre en saisissant le godet pour trinquer.

— J'avais rien bu depuis deux heures, nota Olivier.

— Et moi depuis deux jours…

— Menteur, t'as une tronche à ressortir des fêtes de Charly.

Ils explosèrent d'un rire complice.

— Tu me crois assez con ? ricana Hornigold.

— « Tout le monde le croit, mais personne n'y croirait », pas vrai ? moqua Levasseur en évoquant une blague qui leur était propre.

Olivier hésita, puis leva son verre avant d'en boire une gorgée. Ben vida le sien d'un coup.

— Tu veux parler ? gronda Levasseur. Sors la petite de là. Et on parlera.

Hornigold bascula la tête en arrière, navré.

— Alors tu sais, lâcha-t-il.

— Évidemment que je le sais. Morô en a entendu parler. Tout le monde en a entendu parler : une rouquine de dix-neuf ans qui se retrouve devant Teach, à peine arrivée. Oh ?

— Écoute, je n'ai pas pu la voir.

— Tu veux qu'elle se fasse tuer ? s'emporta Olivier. C'est quoi, l'étape d'après ? Tu lui envoies la Navy ?

— Mais t'es beurré ? J'y suis pour rien, c'est Stede qui…

— Et pourquoi avoir raccourci Billy, au passage ? Pour moi ? Mon nom ?

— J'ai interdit l'usage de ton nom : mesure préventive.

— Sans déconner ? Alors Jennings nous vole quatre-vingt-dix mille pesos[13] de l'*Urca*, tu ne bouges pas. Vane fait pareil et manque de brûler le château, tu lui pardonnes et m'enfermes ici. Mais Billy dit mon nom une seule fois – devant la môme en plus ! – et t'envoies Teach le découper ? Non mais tu sais que t'as une case de vide ? T'en es conscient ?

— Je juge pas les délits, grommela Hornigold en longeant l'Afrique sur les murs. J'évalue le contexte…

Levasseur se tut, comprenant enfin pourquoi son vieux compagnon le visitait. Benjamin Hornigold était épuisé, physiquement et moralement. Au bout du rouleau, le plus fin analyste politique de Nassau n'y voyait plus rien. Bien que vaguement peiné, Olivier eut l'image d'un tas de graisse s'effondrant sur lui-même. Sans se retourner, Ben bredouilla :

— Il nous reste quatre cent cinquante-six hommes.

Le Français resta bouche bée.

— Voilà ! ponctua le patron en baissant progressivement la voix. C'est ça, le contexte. Quatre cent cinquante-six types. Comptage de c'matin…

---

[13] 861 000 euros.

N'ayant pas eu les chiffres des effectifs depuis la mutinerie de Bellamy, le Français crut tomber de sa chaise. En moins de dix jours, les trois quarts de la compagnie avaient déserté.

— Quatre cents ? s'étonna Levasseur.
— Avec les mêmes crevures du fond de la plage... Des gens comme Vane ou Billy, justement. Alors oui, j'ai peut-être manqué d'autorité, mais j'me rattrape.
— L'autorité, ce n'est pas la tyrannie.
— Qu'est-ce que ça change ? s'agaça Ben.
— Je t'ai proposé une constitution. T'as dit « Non ! Ils seraient foutus de jouer le jeu démocratique ».
— Et j' le pense encore.
— Mais espèce de « putain sans cul », se risqua le maître de manœuvre, qu'ils te destituent par les urnes ou par les armes, c'est pareil. Sauf qu'en démocratie, tu aurais encore deux mille forbans reconnaissants dans tes rangs !

Furieux, Hornigold se tourna brutalement vers Levasseur :

— C'est le pays sans visage, cracha-t-il. Pas Libertalia ! Arrête de m'emmerder avec tes rêves de société. Le quart des hommes qui sont là servaient la Navy. Ils ont tous fait la guerre, comme leurs pères et les pères de leurs pères avant eux. Tu voudrais que j'envoie tout ce beau monde à la mort pour défendre une république qui n'existe pas ? La confrérie qui s'est installée ici vient d'un monde beaucoup plus violent que celle de Madagascar, et nous savons tous deux comment ça a tourné. Alors cesse de ressasser ta saloperie de constitution. Ici et maintenant, la république n'est qu'un mythe ! Un filet de pêche pour capter tous les illuminés en quête d'idéal... Les types comme Vane se sont assis sur des tas d'or en rêvant d'une liberté prétendument acquise. Ça t'surprend qu'ils s'énervent un peu quand la Navy s'rassemble alors que mes troupes fondent comme neige au soleil ?

— Non, mais…

— Je vais t'expliquer une chose, ma grenouille, l'interrompit vigoureusement Hornigold. Les hommes sont des branleurs : tout c'qu'ils veulent, c'est tirer un coup et boire comme des trous. Manque de pot, tout ça, ça coûte un max. Alors, ils ont besoin d'un meneur. Moi, c'que j'aime, c'est naviguer et picoler… Toi, t'as toujours voulu un parlement, une assemblée. Cockram ne s'occupait que du blé, Bellamy en profitait pour manipuler les troupes, et Teach… Difficile de savoir c'qu'il veut, c'ui-là, mais sais-tu ce dont personne ne veut ?

Hornigold se tut enfin. Il avait parlé si vite, si fort et avec tant de conviction qu'Olivier en haussa les sourcils, surpris :

— Ah c'est à moi, là ? s'amusa le Français.

— Y'aura pas de guerre parce que personne ne veut la guerre.

Levasseur lui sourit sans insister. Il n'avait pas eu besoin de cet aveu pour comprendre qu'Hornigold n'instaurerait jamais de république. Il avait pourtant toujours espéré. Ben changea brusquement de sujet :

— Au fait, Billy… C'est « *Billy One Hand* », qu'on l'appelle, maintenant !

— Hilarant, railla Olivier.

— N'en fais pas toute une histoire à cause de la gosse. Elle était là, d'accord, mais qui débarque à Nassau par hasard ? En vérité ? Et puis Teach aime trop les jeunes filles pour leur faire du mal, pas vrai ? Tiens, je l'ai encore marié avant-hier. Sa treizième ?

— Et t'as déjà revu les autres ?

Ben marqua un temps d'arrêt, hésitant.

— C'est vrai, ça… Tu penses qu'il les zigouille ? Après la nuit de noces ?

Effaré, Levasseur chercha une bouteille pleine en gardant son calme.

— Non, ironisa-t-il. Il nous les cache parce qu'il a peur de nous, c'est évident : on est trop beaux.
— Qu'est-ce qu'on en a à foutre, en même temps ? ricana le commodore.

Olivier repéra un fond de rhum sous le lit de camp. Pensant qu'il voulait jouer, Mount se mit sur le dos afin qu'il lui gratte le ventre. Le Français la cajola tout en ramassant la bouteille, étiquetée *Mount Gay Rum*. Il en arracha le bouchon avec les dents et la tendit au capitaine :

— Honneur au cabot.

Ben sourit et but de longues rasades, tout en déambulant le long des cartes.

— T'as sûrement raison, poursuivit Olivier en rallumant sa pipe. Qu'il tue ou non ses épouses ne nous regarde pas, pas plus que son passé militaire, son grade ou ce qu'il faisait pour la reine.

Benjamin leva brusquement les bras en l'air, renversant un peu de liqueur au passage, et s'exclama, tout sourire :

— V'là qu'il recommence. Cet homme m'obéit au doigt et à l'œil. Que veux-tu que j'te dise ? Évidemment, que ça m' fait de l'effet.
— J'recommence pas.
— Le meilleur pilote contre le meilleur second dont on puisse rêver, j'savais que tu serais jaloux.
— J'suis pas jaloux, jura Levasseur.
— Alors quoi ? Il est plus fort, plus intelligent et plus intransigeant que tous les Frères de la côte réunis. D'accord, il n'est pas rassurant et il sent le bouc…
— Il pue la mort, oui !

– Olivier, s'il tue ses gonzesses, ça m'en gratte une sans gêner l'autre ; tant qu'il tient le fort comme il l'a déjà fait, il assure nos arrières.

– Mais qu'il soit une ordure n'est pas le problème, bougre de sac à vin ! En revanche, s'il bosse toujours pour l'Angleterre, ça pourrait en devenir un.

– J'abandonne, céda Hornigold d'une voix triste. Rien à faire : t'es parano.

– D'habitude, ça t'amuse.

Avançant lentement le long du mur, le commodore baissa la tête. Il reprit une gorgée et s'adossa aux cartes d'Afrique.

– Elle s'est tirée, murmura-t-il.

Olivier écarquilla les yeux :

– Anne ? Anne est partie ?

– Magda, couille de loup ! Magda a disparu.

– Ah.

Remarquant le flacon vide, Olivier contourna son bureau, fouillant ses tiroirs.

– On est rentrés de Cuba et elle n'était plus là.

– Tu l'as fait rechercher ? interrogea Levasseur en exhibant les perles de rhum.

– Personne ne l'a vue. Disparue. Évaporée. Sa plantation laissée à l'abandon et ses gens livrés à eux-mêmes.

Olivier se gratta une joue, embarrassé, et donna le biberon à son patron.

– Je sais ce que tu penses… gronda Hornigold en tétant la nouvelle bouteille.

– J'ai rien dit.

– « Magda Kapper, une Hollandaise », répéta le commodore en se remémorant les mots du Français, le jour où il l'avait rencontrée ; « les Hollandais bossent toujours au plus offrant »…

— J'étais bourré, ce jour-là, tenta de rassurer Levasseur. Et puis j'suis parano.

— Magda n'était pas une espionne ! voulut se convaincre Hornigold. C'était une femme bien. Une veuve que j'ai rencontrée par hasard, que j'ai aimée par hasard et... Et personne ne « débarque à Nassau par hasard », putain...

Épuisé autant que vexé, Ben laissa échapper la cruche, qui se brisa par terre. Sous le bureau, Mount sursauta, avant de se rendormir aussitôt.

— C'était ma dernière, maugréa le Français.

Hornigold traversa la pièce jusqu'à l'escalier en se grattant la tête, subitement inquiet :

— Je sais. Je sais que sa disparition... Au moment où je suis le plus affaibli, je veux dire... Je sais que c'est suspect, mais s'il te plaît, pas ça. Pas elle.

Levasseur hésita un instant. Devant l'émoi de son vieux compagnon, il s'approcha et posa une main amicale sur son épaule. Par pudeur, Benjamin s'en écarta. Fuyant l'émotion qui l'envahissait, il fit quelques pas et feignit de s'intéresser aux détails des cartes de Madagascar :

— C'est la salle des cartes la plus impressionnante que j'ai vue. Pourquoi t'as pas fait ça au fort ?

Le Français retourna s'asseoir derrière son bureau et sortit cinq carnets d'un de ses tiroirs : des journaux de bord.

— Parce que je n'étais pas enfermé vingt-quatre sur vingt-quatre, au fort.

— Tout de suite les grands mots. C'était la villa d'un gouverneur, j'te signale.

Tout en feuilletant le premier cahier, Levasseur observait le commodore effleurer les cartes de ses doigts sales. Ses mains se mirent à danser autour de Libertalia, s'échappant le long du filin qui la reliait aux Comores.

   — Avec ça, tu peux anticiper toutes les routes ?
   — À peu près, confia Olivier.

Benjamin joua avec une autre cordelette, fixée de la république libéri à Goa, dans les Indes orientales. Une troisième, bien plus longue, amena son index à Luanda, Sao Tomé et enfin, Lisbonne…

   — Tes pistes vers l'or de Libertalia ? rit Hornigold.

Peiné, Olivier s'enfonça dans son fauteuil sans répondre. Le magot libéri avait été enlevé par les Portugais, juste après le sac de la république. Levasseur y repensait sans cesse depuis. Lorsque ses calculs et ses caps lui montaient à la tête, il se raccrochait aux doux souvenirs d'un amour éternel, perdu sur ce rivage et à jamais dans ses bras : elle s'appelait Sara. Courir après les souvenirs libéris ? Une folie obsédante ressuscitant l'arôme de l'amour de sa vie.

   — Quand les Portugais s'en sont emparés, souffla Olivier, la guerre venait de commencer. Lisbonne obéissait à Madrid, avant de rejoindre la Navy.
   — Tu penses qu'ils n'ont jamais rapatrié le pactole ?
   — Mettons que tu rapines autant de pognon ; tu le ramènes à Nassau, toi ? Dans ton fameux « contexte » actuel ?
   — Non…
   — Eux non plus, à mon sens.

Ses pensées égarées entre les filins, Hornigold mit de longues secondes à comprendre qu'Olivier ne développerait pas plus. Brusquement, Benjamin se retourna et lâcha, rieur :

   — C'est ça qu'il nous faudrait.
   — Le trésor de Libertalia ? sourit Olivier.
   — Tu saurais pas où il est, par hasard ?

Navré, Levasseur passa ses mains sur son visage et, très sérieusement, soupira :

— Je l'ai perdu, Ben.

Le commodore se figea, interloqué : si lui plaisantait, son ami semblait plus que sérieux. Quinze ans après, quel stratège eût pu garder la trace d'une telle cargaison, devenue secret d'État entre-temps ? Hornigold hésita à répondre. Olivier n'avait qu'un tabou : Sara, donc Libertalia. Lorsqu'ils habitaient tous deux le fort, Levasseur fuyait les orgies et refusait les filles de joie que le capitaine lui faisait porter par grappes de dix. Pour Olivier, Libertalia incarnait l'idée du bonheur et Sara, plus encore. Sa mort avait manqué de le rendre fou. Depuis, il ressassait le songe libéri pour ne jamais oublier combien et comment elle l'avait aimé, ni à quel point lui l'aimerait toujours.

— Je l'ai perdue, dit-il encore, presque effondré.

Touché par sa détresse, Benjamin contourna le bureau et de nouveau, lui tendit son avant-bras. Cette fois, Olivier s'en saisit et il le releva, l'enlaçant dans une fraternelle étreinte. Cœurs à nu, les pirates se serrèrent l'un contre l'autre, leurs pensées accrochées aux amours passées qu'ils ne pouvaient oublier. Le maître de manœuvre le lâcha. Ils avaient les yeux rougis.

— Y' a plus de rhum ! bredouilla Ben en filant vers l'escalier.

Olivier ramassa ses cinq carnets et lui emboîta le pas, avec la chienne. Ben envoya Morô trouver du rhum et Levasseur tourna sur lui-même, ne découvrant pas d'autres forbans que la petite soldatesque du portail :

— T'es venu sans ton escorte ? s'étonna-t-il.
— Bah, j'quittais les cuisines quand je les ai appelés…
— Le lieu saint !

– N'est-ce pas ? Ils sont donc montés en cuisines, alors
    que j'étais déjà descendu. Enfin, j'en ai marre de ces
    glandus...
– Il veut se faire tuer ! s'esclaffa le Français tout en
    empruntant les paliers menant à la terrasse.
– Attends, prévint Hornigold en le suivant. J'ai dit à
    Morô...
– Elle sait où je m'empoisonne quand j'arrête de bosser,
    rassura Olivier dans une quinte de toux.

Il cracha ses poumons, cloué au milieu des marches, et Benjamin
et sa chienne s'immobilisèrent derrière lui.

– Dis, ça a l'air sérieux. T'es sûr que c'est bon pour toi, la
    cave à vin ? L'humidité ?
– Tu joues au doc', toi, maintenant ?

Levasseur pressa le pas et ils gagnèrent les toits, un belvédère
éclairé par la lune, face à la plage. On n'y entendait que le souffle
du vent secouant les feuilles de palmiers et roulant les vagues sur
le rivage. Au centre de la terrasse, une table basse cernée de
coussins était dressée sous une *khaïma*, sorte de tente
mauritanienne très prisée par les pirates. Un salon d'été, éclairé
par des flambeaux posés de chaque côté. Ils s'affalèrent et Mount
se vautra de tout son long, occupant quatre oreillers.

– Sors la gosse des Bahamas, siffla Olivier.
– Tu sais qu'c'est Woodes qui l'a fait venir ?
– Je le pensais devenu assureur, pas agent de voyages.
– Arnaqueur, oui. Il demande audience trois fois par
    semaine et j'ignore c'qu'il veut.
– Tu sais qu'à travers lui, c'est le roi qui demande ?
– C'est pour ça ; j' réponds pas.
– Peut-être que tu devrais, taquina Olivier. Après tout,
    faut penser à ta retraite.
– Très amusant.

–   Oublie la politique un instant et fais sortir Anne de l'archipel au plus vite.

–   « Sors-la d'là. Sors-la d'là. Oublie la politique… » T'en as de drôles ! Je gère un troupeau d'tueurs, pour rappel, pas un bordel à nourrices.

–   C'est toujours ça, ironisa Levasseur.

Morô reparut, deux bouteilles de rhum dans chaque main. Elle les posa sur la table. Olivier extirpa trois verres cachés dans un tiroir.

–   Mo' ! lui lança-t-il. Viens boire avec ton capitaine.

Surprise, l'intendante obéit et vint s'asseoir en tailleur, entre la chienne et le commodore. Olivier ouvrit le premier litron, remplit les chopes et leva son godet. Ils trinquèrent. Hornigold et Levasseur prirent une gorgée. Morô vida son verre d'un trait.

–   Doucement, l'amie, sourit Ben. Ça s'déguste.

–   Laisse, plaisanta Olivier en voyant la Lucayan se resservir aussitôt. J'ai tout essayé : elle ne sait pas boire.

De nouveau, l'Indienne avala tout son rhum d'un coup. Elle s'essuya la bouche avec son avant-bras puis s'enfonça dans les oreillers, bras en croix.

–   Ça va ? lui demanda Ben.

–   Chasseuses boire feu ! répondit-elle.

–   Ah bon.

Les deux flibustiers rirent encore et, pressé, Benjamin saisit un des carnets avec un dos en cuir. Feuilletant les premières pages, il découvrit les plans d'un bâtiment, semblable à fort Nassau, une liste de villes, des taux de change, des cartes et des pages noircies d'un alphabet cabalistique, que le Français savait utiliser.

–   Qu'est-ce que tu m'as concocté ? demanda le capitaine en reprenant son sérieux.

–   C'étaient les caps de décembre, ça.

Hornigold lâcha le cahier, déçu. Olivier le lui échangea contre un autre qu'il ouvrit à la bonne page. Morô se resservit à ras bord et, de mémoire, Levasseur récita :

— Au menu : l'*Adélaïde*, négrier français, chargé de trois cents esclaves et vingt canons. La *Guadalupe*, transporteur de troupes espagnoles de six cents tonneaux pour quarante canons. Elle part de Cancún à la fin de la semaine et emmène deux cent cinquante hommes en renfort à Hispaniola. Risquée et peu rentable.

— Formidable ! grogna le commodore. Rappelle-moi de pas t'libérer…

Le sourire d'Olivier s'élargit.

— Et la *Dona Bárbara*, convoyeur d'or portugais.
— Ah bah voilà ! Là, tu m'parles.

La main de Morô passa furtivement entre eux. Elle attrapa son gobelet et comme toujours, le vida avant de s'écrouler dans les oreillers. Les pirates la dévisagèrent, étonnés :

— Vas-y mollo quand même, hein, s'amusa Ben. Une fois, j'ai failli perdre l'autre œil, comme ça.

Saoule, l'Indienne balaya la boutade d'un revers de la main et tenta de répondre. Incapable d'articuler, elle ne prononça que des voyelles.

— Une flûte de trois cents tonneaux, reprit le stratège. Dix-huit canons et une centaine d'hommes. Départ de Salvador Bahia il y a deux jours, pour São Tomé.

Hornigold écarquilla l'œil, subitement inquiet :

— On peut la rattraper ?
— En partant demain, on leur coupe la route dans dix jours. Et je ne t'ai pas dit le meilleur…
— J'attends.

— Mon *Postillon* d'abord.

Hornigold se recula, interdit. Ex-négrier français, le *Postillon* était un bâtiment de guerre rapide et armé de huit canons. Premier sur son pont lors de l'abordage, Levasseur en avait pris le commandement dans la flotte du commodore.

— Tu négocies avec moi ?
— C'est toi qui m'as mis là.
— J'peux pas…

Olivier inspira bruyamment avant d'avaler son rhum pour se resservir, remettant une tournée au passage. Morô agrippa son verre plein, l'engloutit, et se mit à rire.

— Teach sur son *Adventure*, argua le Français, toi sur ta *Mary-Anne*, Bonnet avec le *Revenge* ou la *Bonetta* et moi sur le *Postillon*… Le *Flying gang*, Ben : l'armée noire ! C'est de ça dont je te parle.
— Je ne peux pas te rendre le *Postillon*, désolé.
— Il a coulé ? s'angoissa subitement Olivier.
— Non, non. Ta coque est impeccable. J'veux pas t'rendre son commandement, c'est tout.

Levasseur fit une moue désabusée, serra les dents et, masquant sa colère, il finit son rhum tel un Indien. Morô voulut applaudir mais n'y parvint pas.

— J'peux pas te faire disparaître trois mois et t'rendre toutes tes libertés d'un coup, comme ça. J'peux pas.
— J'aurais dû te briser la boutanche sur le coin de la gueule, tout à l'heure.
— T'aurais dû, pine de crabe, sourit Ben.

Aussitôt, le maître de manœuvre se courba, lui arracha le journal de bord en question et le tendit au-dessus d'une des torches. Hornigold essaya de se relever brusquement pour sauver le cahier. Rond comme une barrique, il se rata et tomba à la renverse.

— Arrête ça tout de suite, bon Dieu ! brailla-t-il.
— Mon *Postillon*.
— Je ne peux pas ! s'égosilla le pacha, incapable de se redresser, tandis que les flammes dévoraient le livret.

S'emparant du rhum, Levasseur abandonna les dernières pages aux flammes.

— L'or… T'as brûlé l'or !
— J'ai brûlé un journal, tempéra Olivier.

Portant son index contre sa tempe, il ajouta :

— L'or est toujours là.
— Combien ? s'étrangla Benjamin.
— Cinquante mille.

Hornigold releva la tête, interloqué :

— Livres sterling ?
— À ton avis ?

Abasourdi, le capitaine rassit ses énormes fesses sur les oreillers et gratta son crâne, presque nu. Confus, voire un peu fort bourré, il demanda :

— T'as dit convoyeur, hic… Pardon. Convoyeur portugais. T'as pas parlé d'escorteur ?
— Parce qu'il n'y en avait pas de prévu à Bahia. Mais il peut avoir été rejoint par une frégate de protection…

Embarrassé, Ben frotta sa barbe de longues secondes. Il finit son verre, puis remit une tournée à son tour. Ils se penchèrent vers Morô, qui ne réagit pas. Paupières à demi closes, l'Indienne dormait doucement.

— J'te prends à mon bord, céda le patron. Hic.

Levasseur plissa les yeux en souriant, bientôt rassuré :

- Et Teach ?
- Négatif. Il doit tenir le fort.
- Stede ne peut pas garder la maison ?
- Tu sais comment les hommes lui parlent ?
- Donc seulement toi, moi et la *Mary-Anne* ?
- Et deux cents forbans, rajouta Ben. Hic.

Olivier trempa ses lèvres dans le rhum, perplexe :

- Avec deux bâtiments, nous pourrions…
- N'insiste pas, Olivier. S'il te plaît.
- Tu as peur que je déroute pour embarquer Anne et l'emmener le plus loin possible ?
- Anne ? répéta Ben en explosant de rire. Non, mon vieux. Hic. J'ai peur que tu désertes pour rallier Taylor…

Il y eut un silence, entrecoupé par les ronflements de la chienne. Les deux hommes se dévisagèrent, étonnés. L'alcool déliant les langues, le commodore venait d'évoquer celui dont il ne voulait surtout pas parler. Ensemble, Taylor et Levasseur avaient connu l'enfer, la gloire, l'amour et la mort. Une amitié passionnelle et redoutable, que d'aucuns jalousaient. À l'explosion de la république, chacun avait pris le large. Après un long périple asiatique, Taylor avait rempilé comme second du capitaine England, aux Bahamas. Ben et Olivier le savaient, mais tous deux évitaient le sujet.

- Vous vous êtes vus ? demanda Hornigold.
- Pas depuis la *Véga*, non.
- Tu sais où il est ?
- Dans l'archipel, aux dernières nouvelles.
- Donc tu prends des nouvelles ? Hic.
- On est mariés ?
- J'aurais préféré, gloussa Benjamin.

— Je te répète ce que tout le monde sait.

— Tu l'aimes encore ?

— Je t'en prie…

Soudainement, Morô se redressa, brandissant sa hachette en hurlant. Hornigold, Levasseur et Mount sursautèrent, mais dans la même seconde, elle attrapa son godet à la volée, l'avala cul sec et tomba à la renverse, comme morte. Ils la fixèrent, ahuris.

— Merde. Elle est raide ? s'inquiéta Benjamin.

Le Français vérifia qu'elle respirait :

— Elle pionce.

Ils rirent en reprenant leurs chopes. Rassurée, la chienne se recoucha. Ben tourna la tête, regard perdu dans les premières lueurs de l'aurore. Olivier le fixait en souriant. Le rhum aidant, le commodore feignait-il d'oublier ce dont ils venaient de discuter ?

— La nuit nous quitte, pesta le commodore.

— Tôt ou tard.

— Tu sais, j'ai merdé et j' m'en rends compte.

— Tu parles de la constitution ?

— Ça, toi, Bellamy, l'impossibilité d'attaquer les Espagnols et les Anglais… Hic.

— C'est sûr qu'à un moment donné, ça devait coincer.

— J'savais pas quoi faire…

— M'écouter ? sourit Olivier. Ou prendre un second qui donne des conseils. Qui ait un avis, tout court.

— Il est jamais trop tard, conclut le pacha en tentant de se relever.

— Non, il n'est jamais trop tard, répéta le Français sans trop y croire.

Olivier ramassa les journaux de bord et en fit une pile, sur laquelle il déposa, après l'avoir retourné, le livret recouvert de cuir. Occupé à essayer de se remettre debout, Ben ne remarqua rien. Levasseur lui tendit son avant-bras et, une dernière fois, demanda :

—   J'embarque ?
—   Parole.

Le capitaine saisit la main de son pilote et ils s'éclipsèrent, la chienne sur leurs talons. Ils eurent un regard pour la Lucayan endormie, jambes et bras écartés. Dans l'escalier, Hornigold se trouva nez à nez avec un chat noir, à première vue le même qu'en débarquant. Il désigna le félin à sa chienne, grondant :

—   Et là, non ? Hic. Ça ne t'inspire rien ?

Mount resta figée sur sa marche, incapable de bouger. Surpris, Hornigold pivota vers Levasseur.

—   Ils pullulent sur l'île en ce moment, dit Olivier.
—   Non mais elle pourrait le charger, au moins ?

Le chat s'enfuit.

—   Elle se méfie peut-être des chats noirs ? À force ?

Benjamin rattrapa le Français dans le patio :

—   Tu penses à Vane ou à Bellamy ?
—   Aucun des deux, s'amusa Olivier en descendant l'allée.

Hornigold voulut insister mais devant le spectacle qui l'attendait, il ne put dire un mot. Les six flibustiers gardant le portail se scindèrent en deux colonnes. Ceux qui l'avaient vaguement salué à son arrivée mirent un genou à terre, face au maître de manœuvre. Au passage des deux hommes, tous frappèrent leur poitrine et s'écrièrent :

« Commodore. »

Un forban s'empressa d'ouvrir les grilles. Hornigold s'échappa en premier, laissant penser qu'il n'avait aucun doute sur celui à qui s'adressait cette marque de respect. Le pilote suivit, sourire pincé. Titubant légèrement, les copains de boisson disparurent sous les couleurs de l'aurore.

Neuf heures plus tard et avec un mal de crâne sans pareil, Morô émergea sous la tente, en plein cagnard. Elle s'étira, chercha autour d'elle, vit la position du soleil et comprit qu'ils étaient partis. Mal en point, la Lucayan se rallongea. Les yeux dans le vague, elle remarqua la pile posée devant elle et fut intriguée par le cahier recouvert de cuir ; le journal de bord de Levasseur. Elle plissa les yeux sans comprendre : loin d'être maniaque, son maître tenait à ce que ce carnet-ci ne sorte jamais de la cave. Elle se rassit péniblement et l'ouvrit, intriguée. Comme le livret était retourné, elle tomba à la dernière page et, après une longue minute, parvint à en décrypter l'unique phrase :

« À remettre à John Taylor. »

Chiens de mer

Dix jours plus tard au large d'Antigua, une flûte aux couleurs du Portugal prenait la fuite. Conformément aux ordres, la *Dona Bárbara* devait naviguer seule et demeurer à au moins quatre milles de tout navire croisant sa route. À peine la vigie eut-elle annoncé un sloop à bâbord que le capitaine, Érico Rolérias, vit l'embarcation virer sur eux. Il ordonna qu'on empanne à tribord afin de conserver l'écart, mais perdit la faveur du vent après deux heures de chasse. Les voiles de la *Dona Bárbara* s'affalèrent et le sloop gagna cinq encablures. Du pont aux vergues, l'équipage se contorsionnait pour mieux l'apercevoir. Doucement, le bord fut envahi par la peur. La vraie. Celle qui serre le cœur, comprime l'estomac et fixe les pensées sur ceux qu'on aime. Celle qui tétanise ou fait trembler les muscles, courant de la poulaine au mât de pavillon et s'engouffrant par chaque sabord. De sa dunette, Rolérias pouvait entendre leurs angoisses :

« *Será talvez Barbanegra ?* »
« *Conhece o pavilhão de Hornigold ?* »[14]

---

[14] « C'est peut-être Barbenoire ? »
« Vous connaissez le pavillon d'Hornigold ? »

Une heure durant, la *Dona* peina à reprendre le vent. Voyant plusieurs de ses canonniers entonner un Notre Père, le capitaine décida de virer, encore : cinquante degrés à l'est, toutes voiles dehors. Ancien corsaire lui-même, le maître de manœuvre portugais tenta de l'en dissuader et suggéra d'alléger le bâtiment en attendant que le vent revienne. Cela leur laisserait le temps de se préparer à repousser un assaut et montrerait aux pirates qu'ils ne paniquaient pas. Rolérias ne l'écouta pas : la *Dona Bárbara* changea d'amure.

La fuite ne faisait pas rougir le capitaine. Pour un souverain comme Pierre II, Érico Rolérias aimait croire qu'il se serait battu jusqu'à la mort. Mais il n'avait ni admiration ni respect à l'égard de son successeur, Jean V, coupable selon lui de ridiculiser le royaume. Depuis la débâcle sanglante d'Almansa, les camouflets espagnols et la prise de Rio de Janeiro par Duguay-Trouin (qui avait privé Lisbonne de la moitié de son or), l'autorité morale et militaire de Jean V était ouvertement discutée. Sans parler des orgies royales, ni du moine inculte auquel Sa Majesté aimait prêter sa couronne…

Rolérias ne reprochait pas tant au souverain d'abaisser la fonction, que de mépriser son armée. Lui, capitaine de la marine royale portugaise, en était réduit à trimballer l'or des colonies et à prêter main-forte aux alliés vénitiens lorsque les Turcs attaquaient. Face aux pirates, certaines défaites se soldaient par une paix des braves après avoir amené le pavillon, cédé le navire et sa cargaison. D'autres donnaient lieu à des carnages. Tout dépendait du drapeau noir qui vous avait accroché. L'ennemi invisible et qui prend toujours par surprise avait de nombreux visages : la clémence d'Hornigold ou de Bellamy était réputée ; la cruauté de Vane ou d'Edward Low, redoutée. Lisbonne aurait dû, comme ses voisins européens, s'inquiéter du nombre croissant de défections dans ses rangs. Tétanisée à l'idée de voir son armada, toujours plus puissante, tomber aux mains des forbans, elle laissa filer. Fuir, c'était éviter de se battre ; éviter le risque que la *Dona Bárbara* ne soit coulée, ou pire, volée. Fuir pour ne pas risquer de perdre dix-huit canons de Sa Majesté. Fuir pour protéger la cargaison et donc obéir au roi. Fuir pour survivre.

Au crépuscule, le Portugais n'avait gagné qu'un nœud et le sloop n'était plus qu'à deux milles derrière lui, sans avoir hissé le moindre étendard. La signature des pirates. Ils attendaient toujours le meilleur moment pour se dévoiler : lorsque la proie ne pouvait plus s'échapper. À la faveur de la nuit, les hommes de la *Dona* réussirent à s'enfoncer dans une bruine que doublait un épais brouillard. Le vent revint et l'équipage se prit à rêver d'un miracle. S'ils parvenaient à creuser l'écart, les Portugais tenteraient de duper leur assaillant en larguant des leurres dans la pénombre, avant de changer de cap. Au milieu de la nuit, la flûte courait à sept nœuds sous une pluie battante, la sombre étrave toujours accrochée à son sillage. Aux alentours d'une heure du matin, sous les premiers éclairs, le Portugais sembla reprendre un mille. Trempés, épuisés, la peur au ventre, les cent vingt-trois hommes de Rolérias s'acharnaient sur les cordages, maintenant ou relâchant la voilure selon les ordres. Doucement, ils se dégageaient du poursuivant. Leurs efforts commençaient à payer lorsque l'orage se mit à gronder. La mer se déchaîna et le capitaine confia la barre à trois mousses. Un éclair éblouissant déchira le ciel et illumina la mer. Un flash d'un quart de seconde, durant lequel tous devinèrent la même image pétrifiante : un morceau de toile noire d'au moins quatre mètres par deux, le long d'une misaine. Dessus étaient brodés un os et un cœur, surmontés d'un crâne. Devinant les armoiries d'Hornigold, un gabier juché sur le grand mât laissa échapper un câble du perroquet. La voile s'affala et le pauvre homme chuta, tête en avant, déchirant la grand-voile d'étai au passage. Quatre marins se précipitèrent aux haubans pour régler le problème. Entre la soudaine perte des deux voiles et les vagues de plus en plus hautes, la *Dona* chavira et deux marins passèrent par-dessus bord. Les combats n'avaient pas commencé : déjà trois morts.

Un souffle de panique s'empara de la *Dona Bárbara*. Le sergent d'arme accourut pour convaincre son capitaine de lâcher une bordée de canons. Le quartier-maître voulut se délester des tonneaux d'eau croupissant dans la cale. Le bosco, enfin, proposa d'affaler les voiles et de larguer toutes les ancres afin de surprendre l'ennemi en l'attaquant en premier. Collé à ses barreurs, Rolérias n'écouta personne et conduisit sa flûte dans la tempête.

Vingt encablures derrière, sereinement accoudé au parapet de son gaillard d'avant, Benjamin Hornigold observait le Portugais multiplier les erreurs. Il souriait en se caressant les lèvres. Plus il se rapprochait, plus il souriait. Le barreur de la *Mary-Anne* tenait le cap depuis le début d'après-midi. Aux premiers grains, quatre forbans étaient venus l'épauler. Derrière, penché sur les cartes qui jonchaient un large bureau, Olivier Levasseur manipulait compas, boussole et sablier. Sanglée dans un épais harnais de cuir, Mount gambadait d'un pont à l'autre, attendant l'affrontement. Tout autour, deux cents pirates maintenaient les voiles et l'allure, préparant les armes et les munitions. Le bosco sauta les marches du tillac, apportant au pacha sa pipe et son manteau :

« On est revenus à deux milles, commodore ! »

Hornigold brandit sa longue-vue pour admirer la *Dona*. Entrant dans la tempête, le Portugais lui fit l'impression de se débattre contre les lames. Il laissa échapper un ricanement : un marin ne lutte pas contre la mer, il l'épouse. Confiant, Benjamin replia le cylindre et l'échangea contre sa pipe, avant de laisser le bosseman lui enfiler sa redingote. Elle était rouge et noire, assez épaisse pour freiner les coups d'épées. De la poche intérieure, Ben sortit un foulard pourpre. Il retira son cache-œil et noua le tissu sur son crâne, tirant sur la bordure pour masquer son infirmité. Au garde-à-vous, le bosco se mit lui aussi à sourire. Hornigold contempla le pont principal battu par les vagues. Ses hommes l'avaient vu enfiler sa tenue de combat et tous n'attendaient que ça. Tous, sauf le maître de manœuvre, tourmenté par ses cartes. Ben leva l'œil vers les mâtures et, se concentrant sur le bruit du Jolly Roger fouetté par la tempête, ferma la paupière un bon moment. Puis, désignant la voilure, il siffla. Au bosseman qui tendait l'oreille, le pacha précisa dans un murmure :

« Affalez tout. Gardez les trinquettes et les étais. »

Dans la seconde, le bosco entama son ballet, et l'ensemble des voiles s'écroula. Hornigold jeta un regard à la *Dona*, toujours plus proche. Les vagues se fracassaient contre la proue, secouant la *Mary-Anne* dans tous les sens. Il descendit prudemment les marches du pont principal. Au pied de l'escalier, un forban mit immédiatement un genou à terre et, frappant sa poitrine, s'exclama :

« Commodore ! »

Hornigold voulut le relever mais dans la foulée, une cinquantaine d'hommes l'imita. Le visage ruisselant et battu par les vents, le patron se retourna vers sa troupe avec fierté. Il saisit le bras du premier à s'être incliné et le releva, le pressant contre lui.

« Parés à aborder », chuchota le capitaine.

L'équipage rugit. Un cri de guerre, déchirant la nuit. Un hurlement résonnant sur la mer et jusque dans la sainte-barbe portugaise. D'une démarche chaloupée, Ben longea le pont vers gaillard d'arrière. La pluie s'intensifiait, obligeant le navigateur à ranger ses documents, mais lui ricanait. Les creux bousculaient l'équipage qui rechargeait les armes. Une lame balaya le pont et emporta deux hommes. Agrippant la gouverne pour épauler ses barreurs, Hornigold rit plus fort. Un gabier songea à hisser les huniers mais, voyant Levasseur approcher, il préféra se taire. Ils avaient navigué par tous les temps et dans toutes les situations avec le capitaine et son pilote français. Dans des ouragans, au travers de récifs, encerclés par la Navy, seuls contre six Hollandais, et même poursuivis par une armada, ils n'avaient jamais commis la moindre faute de navigation.

Levasseur passa devant Hornigold et ses barreurs, accrochés au volant sous l'orage. Le commodore lui tendit sa pipe encore fumante. Soudain, la *Mary-Anne* fut soulevée par une vague, avant de brutalement choir contre un rouleau. Le choc fit craquer tout le bâtiment. Silence au milieu du chaos. Tous les gabiers se dévisagèrent, cherchant la moindre anomalie de la poupe à la proue. Rien. Un rire rauque éclata et tous se tournèrent vers la passerelle : le commodore jubilait.

« Un mille ! » s'écria la vigie.

— Dix minutes, traduisit Olivier.

Il rendit la pipe et fila sous le pont principal.

— Où vas-tu ? s'inquiéta Benjamin.
— Un besoin pressant.
— Dépêche, ou tu vas rater la fête, maugréa le patron.
— Aucun risque.

Levasseur disparut dans la cabane du pilote. Les vagues, toujours plus hautes, masquaient le Portugais par intermittence. Entre les creux, Hornigold l'apercevait en s'étirant. Ressentant son excitation, Mount, folle de joie, se mit à faire des bonds. D'un geste, le maître la fit asseoir à ses pieds et demanda qu'on l'équipe. Au moyen de boutons prévus à cet effet, quatre pirates fixèrent au harnais des poignées, pour la hisser à l'abordage, et des crochets, pour faucher les jambes sur son passage. Rompue à l'exercice, la chienne se laissa faire sans bouger. Dès qu'ils eurent fini, elle releva le museau vers Benjamin avec un regard de chiot éploré.

— Tu attends ! grogna-t-il.

Mount baissa la tête et les oreilles dans un soupir, immobile malgré le vent, la pluie et le tangage. La *Dona* n'était plus qu'à neuf cents mètres lorsque le bosseman annonça la première bordée. Des ponts à la timonerie, tous les regards se tournèrent vers la poupe portugaise. Un coup de tonnerre éclata, suivi d'une autre explosion. Les déflagrations résonnèrent, mais aucun flibustier ne se mit à couvert. Une poignée de secondes, et les deux boulets plongèrent dans des gerbes d'eau, à quelques mètres de la *Mary-Anne*. Sans prévenir ses compagnons de barre, Hornigold lâcha tout et applaudit. Tandis que les barreurs maintenaient le cap de toutes leurs forces, le reste de l'équipage s'esclaffa avec lui.

« Que je sois damné s'ils parviennent à recharger ! » beugla le pacha.

La troupe, vociférant sous l'orage, l'acclama.

« Envoyez les huniers ! » ajouta-t-il.

Les quatre voiles se gonflèrent d'un coup, projetant le sloop en avant. Les forbans gagnèrent un nœud et les toiles menacèrent de se déchirer. La poupe portugaise était maintenant assez proche ; ils pouvaient y distinguer les soldats tâchant de recharger les canons. Dans trois minutes, la proue pirate heurterait l'arrière bâbord de la *Dona*, laquelle virerait à tribord dans la foulée. La *Mary-Anne* en ferait autant et accrocherait son flanc, lançant l'abordage à coups de grappins.

Olivier Levasseur réapparut, tunique bleue et noire sur les épaules, boutons fermés. Le commodore nota l'anomalie, gênante pour dégainer. Pourquoi son ami s'était-il isolé ? Qui s'éclipse, juste avant l'abordage ?

Deux vagues colossales se fracassèrent contre l'étrave, éclaboussant le pont principal et fauchant trois flibustiers au passage. Propulsés par le torrent, les gabiers s'écrasèrent sur les marches menant à la dunette. Levasseur trébucha, se releva et voulut les aider. Deux d'entre eux étant inconscients, il héla le médecin et on les descendit en cambuse. Olivier grimpa à la passerelle, où le pacha gardait le sourire. Accroupi, Hornigold caressait le museau de sa chienne. Il désigna la *Dona Bárbara* et lui chuchota :

« Va bouffer ! »

Mount se rua vers le pont avant en aboyant. Habitués, tous les forbans s'écartèrent, évitant les crochets de son harnais. Les pattes avant sur le garde-corps de la proue, la cane corso continua d'aboyer.

La parade venait de commencer.

Dissimulés derrière des masques guerriers, Noirs et Indiens parcouraient le pont principal en chantant, criant et dansant, avec tambours africains et violons irlandais. Le folklore multiculturel de l'âge d'or ! Ils rugissaient de la soute aux vergues, dans une hystérie croissante et collective. L'équipage se regroupa à tribord sans que plus personne – à l'exception des barreurs – ne se préoccupe de la manœuvre. Cachés par le bastingage, d'autres rassemblaient grenades, sabres, pistolets, haches, grappins, cordes, échelles et arquebuses. Des pirates se mirent à frapper les parapets avec la garde de leurs épées et la crosse de leurs mousquets, en rythme. Certains déchargeaient leurs pistolets en l'air et d'autres inondaient de sang de poulet le torse de leurs Frères. Un vacarme de fureur, soutenu avec une écœurante frénésie. À trois encablures, les Portugais attendaient le bon moment pour virer. Les soldats devinaient le regard terrifiant des assaillants et priaient, morts de peur. Au milieu de la nuit, sous la houle, la pluie et la tornade, ils ne pouvaient plus s'abriter que derrière cinq cents mètres d'océan déchaîné.

Sur la passerelle, entre aboiements et brames, Levasseur empoigna l'avant-bras de son compagnon de route et lui fit une longue accolade. Surpris, Benjamin s'en dégagea.

« Jusqu'au revoir, mon Frère », sourit Olivier.

Le Français s'élança dans les haubans du grand mât, alors que les gabiers quittaient justement les vergues. Interdit, Ben apostropha son barreur :

« Eh ! Où va-t-il, comme ça ? »

De nouveaux coups de mousquets claquèrent. Cette fois, les hommes se mirent à couvert : on entendait les balles siffler. Se redressant, les pirates exultèrent, bras en l'air. Le commodore descendit sur le pont principal, toujours intrigué par son pilote en pleine escalade. Le bosco vint à lui en pointant le sol du doigt et Benjamin acquiesça.

« Parés à faire feu en batterie ! » s'égosilla le bosseman.

Une main accrochée aux cordes et l'autre agrippée à la vergue d'étai, Olivier se hissa et bascula dans le premier nid-de-pie, à la renverse. Caché, trempé et déjà secoué, il écoutait les ordres et le vacarme jaillir de l'entrepont. Ce n'est qu'ici, en reprenant son souffle et allongé sur le dos, qu'il se souvint de la première fois où il avait échafaudé ce plan : une nuit d'insomnie dans la cave à vin d'Abaco, complètement bourré.

« Ça paraissait plus simple sur le papier », se dit-il en se relevant pour grimper au dernier hunier.

Deux cents mètres.

L'équipage gronda de plus belle. La chienne galopa jusqu'au pacha et sautilla derrière lui, prête à embrocher comme un taureau enragé. Le nez en l'air et l'œil plissé, Ben, incrédule, vit son stratège s'élever au perroquet. La mer était déchaînée et balançait la plus haute plateforme de guet sur cinquante pieds, dans un tangage infernal.

« Ils sont pénibles, à construire des mâts aussi hauts ! » grogna Levasseur, étourdi, tout en s'attachant au second plateau.

Une nouvelle salve de mousquets éclata. Quatre pirates tombèrent à la renverse, raides morts. Leurs Frères répliquèrent, déchargeant vers le pont portugais et fauchant une dizaine de militaires au passage. Au bastingage, Hornigold aperçut les barreurs ennemis, attendant fébrilement l'ordre de virer. Les joues fouettées par l'averse, il dégaina sa rapière, brandit un mousquet et leva les deux au ciel. Tous l'imitèrent dans un concert métallique doublé de cris de guerre. Les tirs reprirent à un rythme plus soutenu, même si chacun tâchait de garder ses balles pour l'abordage. À soixante mètres, les flibustiers repérèrent le capitaine portugais, se jetant littéralement à sa barre afin d'aider ses mousses à virer :

« *A estibordo* ! »[15]

Hornigold leva lentement son bras et, dès qu'il vit l'arrière de la *Dona* amorcer son virage, l'abaissa. Aussitôt, les barreurs s'acharnèrent pour tourner à tribord. Ben releva une dernière fois la tête, toujours perplexe : au sommet du sloop, Levasseur s'arrimait comme une vigie, à l'aide d'un long cordage qu'il avait dissimulé sous son manteau, en bandoulière. Le commodore s'en rendit compte, ahuri.

---

[15] « À tribord ! »

Vingt mètres : l'étrave de la *Mary-Anne* frôla le tableau arrière de la *Dona Bárbara*. Le sloop poursuivit sur sa lancée, tandis que la flûte changeait d'amure. Le silence remplaça progressivement les cris des forbans, surpris de ne pas virer. Hornigold chercha la passerelle du coin de l'œil et découvrit, effaré, ses gars en plein effort à la barre. Subitement, l'un d'eux lâcha ses pignons et le volant repartit en sens inverse, tournoyant sur lui-même à une vitesse folle. Personne ne parvint à l'arrêter et un forban s'écria :

« On a perdu le gouvernail, commodore ! »

À moins de dix mètres, la poupe adverse défilait lentement à tribord des pirates. Subitement, Ben comprit. Il le savait depuis le début ; trop attaché à sa liberté, Levasseur ne cherchait pas à réembarquer mais à s'évader. Il les avait sabotés. Le commodore releva l'œil, scrutant le traître rivé à la hune.

« Affalez-moi cet oiseau-là ! » enragea le pacha.

Distinguant le Français trente-cinq mètres plus haut, l'équipage ouvrit le feu. Une pluie de plomb croisa les mâtures sous l'averse. Levasseur s'accroupit, à couvert. Caché, il devina le mât d'artimon portugais passant devant sa misaine. Il n'aurait pas d'autre chance ! Olivier sortit une flasque de rhum pour s'encourager, l'abandonna après trois gorgées, se releva et jeta le crochet en l'air. Raté. Les creux frappèrent la coque et les ponts, le secouant d'un bord à l'autre. De nouvelles détonations éclatèrent et une vague immense souleva la *Mary-Anne*, la déportant sur bâbord. L'estomac à l'envers, Levasseur se redressa en balançant son grappin de bas en haut, avec le plus d'élan possible. Le roulis ramena son nid-de-pie à l'extrémité tribord, pratiquement au-dessus de la poupe portugaise, et il lança son ancre. Elle s'envola et accrocha la voilure portugaise. Il vomit.

En contrebas, le commodore déchaîné ordonnait que l'on abatte le maître de manœuvre. Incapable d'aborder, l'équipage se ressaisit, et une vingtaine de gabiers se précipitèrent dans les haubans. Benjamin se résolut à braquer son vieil ami et, essayant de viser entre ses hommes, déchargea ses mousquets. Rien. Ça bougeait toujours là-haut. Après Bellamy, les dieux étaient résolument contre lui ! Il n'y avait qu'à voir toute cette flotte qui n'arrêtait pas de tomber, ce foutu bateau qui n'arrêtait pas de rouler, ce clebs qui continuait à s'égosiller, et ce traître, un de plus à crucifier.

Dans le même temps, le sloop gîta sur tribord et tous les pirates virent le câble d'un grappin se tendre, de leur hune au mât portugais. Hébétés, ils relevèrent la tête et leurs mousquets, chargés. La *Dona* s'éloignant, le sloop attaché s'inclinait, prêt à se coucher ; à couler. Coups de feu. Levasseur vit du plomb traverser sa plateforme. Une microseconde, il entendit les Frères à qui il avait juré fidélité le maudire. Même la chienne, dans ses aboiements, semblait le menacer de mort. Son cœur se serra. Déboutonnant son gilet, il évalua une dernière fois la folle distance sur laquelle il allait s'élancer. Cent pieds de long ? Autant de haut ? Un mât, une voile, deux vergues et deux haubans pour l'arrêter ? Cette fois, plus de doute :

« C'était vraiment une idée à la con ! »

Olivier brandit un poignard et, entre secousses et déflagrations, trancha ses amarres. Le sloop se redressa aussi sec. Attaché au cordage, Levasseur décolla et les flibustiers suivirent l'envol, médusés. Le Français se balança d'un bord à l'autre en un vol majestueux, avant de disparaître derrière les voiles portugaises. Un silence de mort tomba sur la *Mary-Anne*, où tous dévisageaient le commodore. Bouche bée et l'œil grand ouvert, Hornigold contemplait la situation, stupéfait.

Aucun forban ne vit l'atterrissage catastrophique d'Olivier. Il heurta la première vergue avant de s'écraser sur le pont, inconscient. Dix soldats accoururent et il se trouva cerné par une forêt de baïonnettes. S'approchant, Érico Rolérias allait le faire passer de vie à trépas lorsque, du bout de son fusil, un marin ouvrit le gilet du pirate. Ébahie, la soldatesque découvrit une carte, ficelée à la poitrine du voltigeur. Rolérias frappa dans ses mains. Deux soldats piquèrent la gorge du pirate afin de s'assurer qu'il ne bouge pas et un autre détacha le plan. Comme le Français ne réagissait pas, un marin s'accroupit, vérifiant qu'il n'était pas mort. Entre les vagues, la pluie et le vent, il ne parvint pas à prendre son pouls. On tendit la feuille au capitaine. Dubitatif, il la retourna, devina les contours d'un océan, puis une phrase :

« *O tesouro de Libertalia.* »[16]

Il blêmit.

---

[16] « Le trésor de Libertalia. »

– V –

Le chasseur de dragons

Un îlot broussailleux au cœur des Caraïbes. Un ponton branlant et à moitié noyé. Six chaloupes, dont une épave et deux sloops, vautrés à marée basse. Comme toutes les îles de l'archipel, l'atoll était cerné d'interminables plages de sable blanc : une mer transparente où l'on a pied sur près d'un kilomètre. La flibuste y laissait reposer ses navires sans craindre d'être approchée par l'armée. Quatre toiles étaient dressées sur le sable, comme abris de provisions et batterie. Derrière, la petite brousse cachait des lagons transparents. À vingt lieues de Nassau, l'endroit était paradisiaque mais ne présentait aucune construction, hormis les cabanes des membres d'équipage.

Des poissons multicolores dansaient le long du bord de plage, sous l'ombre saccadée d'un Jolly Roger au sourire édenté. À peine perceptible à dix brasses, l'étendard flottait au bout d'une branche tordue, sous un soleil étincelant. Les poissons valsaient sous l'ombre épileptique du drapeau, quand une flèche fendit l'eau. La pointe en embrocha un et une main brune, tatouée, plongea pour l'attraper. Morô rangea son arc et goûta l'animal en commençant par la tête. S'il ne meurt pas vite, le poisson panique et sa chair perd du goût. L'Indienne vérifia l'amarre de son canot, tout en écoutant le sifflement du vent sur le rivage déserté. Rires et hurlements s'échappaient de la jungle. Elle finit son repas et entra dans la petite brousse en se guidant aux sons.

Elle croisa un trio en pleins ébats, mais se cacha à temps et ne fut pas remarquée. À l'abri d'un talus, elle écouta leurs orgasmes, respira calmement et poursuivit, plus vigilante. Depuis le débarquement génocidaire de Colomb, les derniers Karibs et Arawak se faisaient naturellement discrets. Aucun d'entre eux n'avait plus confiance en qui que ce soit. Pour Morô, Hornigold et Levasseur faisaient figure d'exceptions, mais qu'en serait-il de John Taylor ?

De l'autre côté de l'île, au sortir de la savane, la Lucayan découvrit le camp. Une sorte de Nassau miniaturisé entre des rochers et les restes d'un lieu-dit abandonné. Un petit orchestre y jouait un air entraînant, alors qu'une cinquantaine de pirates moquaient et menaçaient l'un des leurs, assis par terre. Pieds cadenassés à un boulet, le malheureux implorait grâce, pleurait vainement, priait beaucoup.

Ces Frères de la côte avaient édifié un vaste bivouac sur les ruines de six mausolées espagnols. Piliers de hamacs, bancs et tables à manger, ils s'étaient réapproprié les vestiges de pierres et réinventaient le lieu, autrefois plus lugubre. Ils jouissaient d'une magnifique piscine naturelle, battue par les vagues. Au centre du camp, une grille à méchoui était posée sur un grand trou, creusé dans le sable et rempli de braises. Devant, un cénotaphe presque intact avait gardé sa toiture circulaire. John Taylor était assis en tailleur sur le tombeau : il méditait, malgré le brouhaha. C'était un Irlandais d'à peine quarante ans. Pantalon court et blanc. Pieds et torse nus. Un corps bronzé, sec et sculpté dans les haubans. Des bras puissants, blessés, marqués, griffés. Pas de bracelet, mais une ribambelle de fils rouges et jaunes au poignet droit. Des cheveux rouges en bataille. Un beau visage criblé de taches de rousseur, dessiné par des millions d'émotions. Des pattes-d'oie et des lignes de khôl, peintes de ses yeux à ses tempes. De fines rides et deux vieilles cicatrices asymétriques, rayant ses joues de ses lèvres aux oreilles. Elles s'évanouissaient en un sourire permanent dans sa barbe de quelques jours. Il poussait de longs soupirs en faisant de lents mouvements de tête. Par terre, il gardait un court sabre japonais, un café froid, un briquet à amadou et un calumet. Morô était totalement sous le charme.

Plus véhément que les autres, un quartier-maître, un sergent d'arme et un bosco secouaient le prévenu, à grand renfort de baffes. Ils devaient respectivement endosser les rôles de greffier, procureur et avocat, mais avaient déjà opté pour celui de bourreau. Menotté au boulet, le coq James Clifferstone était accusé d'avoir fomenté une mutinerie sur le navire d'Howell Davis, équipage associé de John Taylor.

— Tout ce qu'on te demande, c'est les noms ! gronda le bosco pour la dixième fois.

Comme pour ponctuer la phrase, le quartier-maître frappa le nez du cuistot, déjà cassé et en sang. L'intéressé éructa, renifla et pleura, cherchant ses dents.

— Faudrait qu'il puisse parler, aussi, nota le sergent d'arme.

Complice, avide de justice ou en mal de spectacle, la foule hurlait et réclamait un sacrifice. Les musiciens jouèrent un peu plus fort. Évidemment incapable de prononcer autre chose que des voyelles, Clifferstone n'arrivait qu'à gémir et se plaindre – entre trois coups de lattes. Le quartier-maître et le bosco cognaient plus qu'ils n'interrogeaient. Un classique.

John Taylor ouvrit ses yeux bleu clair : un regard de serpent, transperçant. Il était pourtant ailleurs, quelque part entre impensables bonheurs et infinis malheurs. Il porta la longue pipe à ses lèvres, l'alluma, prit une bouffée, et recracha une fumée grisâtre en frémissant. Morô reconnut une odeur de zamal et d'opium. Il aurait dû tomber. Étonnement résistant, il ne faisait que frissonner. Il leva un bras et un flibustier accourut, une couverture et une gourde dans les mains. John choisit le flacon. Le gars aida le « balafré » drogué à boire et d'un coup, Taylor se redressa. L'aide de camp s'éclipsa au galop. La « Balafre » gémit, laissa échapper le calumet, se secoua, referma ses paupières et s'étira en poussant un interminable soupir.

Il repartit en arrière, au fil de sa vie.

*

Il avait perdu l'amour, seize ans plus tôt. Levasseur et lui s'étaient séparés dans le silence amer d'une expédition punitive, entre Londres et l'île Corvo. Juste avant de mourir, le « condamné » qu'ils transportaient s'était mis à déblatérer sur le trésor de Libertalia, accusant Olivier d'y être mêlé. Tous attendaient qu'il se défende, en vain. Le Français connaissait l'existence du butin bien avant eux : les pères de la république lui en avaient même confié la garde. Tous s'étaient alors dévisagés, médusés. John Taylor, lui, était terrassé. Olivier et lui avaient si longtemps formé un même cœur. Ils avaient partagé la gloire, l'amour, la mort, la trahison, et leur amitié passionnelle, redoutable et jalousée, s'était évanouie, dévorée par un trésor de quelques millions. Le balafré venait de perdre son binôme de matelotage, son partenaire et l'amour de sa vie ; sa lumière.

Ce qu'il restait de la confrérie libéri avait plus ou moins rompu ses liens sur cette exécution vengeresse, et la dernière fois que John avait vu Olivier, ils s'étaient souri. Avec fierté, sans se parler. Ils étaient déchirés mais se souriaient, tels de vrais amis : confiants jusque dans l'échec. Quand on a l'impression d'avoir perdu son temps, c'est qu'on s'est bien préparé – même s'il arrive de ne jamais savoir à quoi. John et son capitaine d'alors, le vieil Edward « Ned » Seegar, volèrent un brick et passèrent dans l'océan Indien, cap sur Bombay. Le balafré épuisa ses réserves de drogue et finit celles d'alcool. Il força son pacha à doubler le Sri Lanka, mais le maronna juste avant d'atteindre Malacca. Si Olivier était de trop, Ned pouvait l'être aussi. Sans procès, ni juge ni équipage, John se débarrassa de celui qui l'avait sauvé plus jeune et guidé, depuis. Seegar se laissa faire (un pirate, ça flingue avant de se faire tuer !), certain qu'il serait repêché par de bonnes connaissances dans la zone.

La route maritime la plus courte entre l'Inde et l'Asie passe par un couloir étroit de huit cent cinquante kilomètres : le détroit de Malacca. C'est le canal le plus fréquenté d'Asie du Sud-Est, un carrefour politique et économique. Les forbans y sévissaient de Singapour à Kuala Lumpur, jouant un rôle commercial, politique et social dans toute la région. Ils mouillaient dans des passes le long du chenal, et vivaient dans de petits villages autarciques, proches des rives. Ils contrôlaient tous les passages, mais redoutaient la compagnie des Indes néerlandaise. Les Jolly Rogers n'avaient pas de nation, payaient le tribut aux chefferies et se protégeaient mutuellement. Un micro-État sous le soleil indonésien, avec grillades et siestes en hamac, à l'heure la plus chaude. Un éden contrôlé par des seigneurs obsédés par l'honneur, la religion, et leurs philosophies. Ils n'y faisaient la fête que les jours prévus pour (selon les écritures sacrées), avec une répartition précise (mais jamais suivie) des matelots autorisés à picoler. L'heure des meilleures mutineries.

John Taylor connaissait Malacca pour y être passé avec Seegar, du temps de leur gloire. Il y navigua seul et y fut reçu à coups de trique, par un équipage chinois. À l'époque, la Chine comptait cent cinquante millions de personnes et sa population allait rapidement doubler. Un essor démographique influant, vitalisant le négoce et la diplomatie, donc la piraterie. Attendri par des mois en mer et la gueule cassée, John se retrouva à demi-conscient dans la sainte-barbe d'une jonque. Une main, tendue du hamac voisin, lui offrit enfin un peu de réconfort. La Balafre saisit la bouteille et découvrit un type en aussi mauvais état que lui. Des yeux gris, une mâchoire carrée et des cheveux blonds, une belle charpente et un grand front, Antoine LeCerf avait une tête de roublard, rappelant ce Français que John n'arrivait pas à oublier. Trentenaire hâbleur et cultivé, il se dit négociant d'étoffes et unique rescapé d'un abordage. Le balafré but une longue rasade en balayant la pièce du regard : pas un autre Blanc, ni même un Noir, mais une panoplie de sourires à l'envers. Dans les hamacs, des Asiatiques aux regards froids et aux carrures improbables, couverts d'illisibles tatouages et de cicatrices.

—   Vous voulez que j'vous fasse un sourire ? dit Taylor, le visage tuméfié.

Pas de réponse.

—   Les provoque pas, chuchota LeCerf. Ils aiment pas les Blancs.
—   Pourquoi on n'est pas morts, alors ?
—   'Vont nous vendre à Malacca, à mon avis.
—   Nous vendre pour ?
—   Esclavage, si on a du bol…

Taylor se renfonça dans sa couche, rhum en main :

—   Et si on n'a pas de bol ? s'alarma le balafré.
—   Ils aiment bien parier sur les combats de Blancs.

Les pirates de Malacca, les Chinois en particulier, raffolaient de paris. Cassés, surveillés et coincés avec un équipage à la peau dorée, LeCerf et Taylor ne pourraient visiblement pas s'échapper. À situation désespérée, réflexe désespéré ! John Taylor prévint son nouveau compagnon de matelotage :

« Tu sais nager ? On s'casse ! »

Le mâle alpha quitta son hamac sans rendre le flacon, boitant et s'appuyant aux huit piliers de la sainte-barbe, sous l'œil circonspect des Frères de Malacca. Deux d'entre eux le suivirent, tandis qu'il réclamait de l'intimité pour pisser. Ils disparurent dans le sas de la cabane du pilote, où se trouvaient les toilettes. La bouteille se brisa. Tous entendirent neuf coups et huit cris aigus, accompagnés de sept râles. Des matelots se levèrent. LeCerf également.

La cambuse était en feu !

Branle-bas de combat : l'équipage se scinda en deux, cavalant des ponts aux soutes pour ramener des seaux d'eau. Claudiquant, LeCerf fut happé par Taylor et propulsé dehors via une écoutille. Ils se retrouvèrent à la mer et dérivèrent sur une latte de bois arrachée au bateau. Antoine s'inquiéta que les Chinois ne les rattrapent, mais ils ne tardèrent pas à voir la jonque couler. Ils nagèrent en se reposant sur la planche, touchèrent la côte dans la soirée et traversèrent les jungles obscures et humides de Malaisie. Ils marchaient prudemment le jour, campaient la nuit sans feu ni bruit, et entrèrent au Tchen-la[17], où ils furent secourus par la Compagnie franche – chargée de semer le chaos au Siam[18].

À l'époque, Français et Britanniques cherchaient à déstabiliser le Siam, avec l'aide du Tchen-la et de l'empire d'Annam[19]. Les rizières étaient à feu et à sang. Antoine et John se retrouvèrent enrôlés de force dans une unité, chargée d'entamer des négociations avec un général siamois. On leur confia des cadeaux diplomatiques (une jarre en or pleine de diamants et des épées bénites par des moines), mais l'escouade fut attaquée en chemin. Taylor échappa à la pluie de flèches en se cachant sous le corps

---

[17] Nom que les Chinois donnaient alors au Cambodge.
[18] Thaïlande.
[19] Vietnam.

d'Antoine, première victime. Les brigands repartirent aussi vite, avec l'or, mais laissèrent les armes sacrées. Le balafré se retrouva seul survivant, perdu dans la jungle. Il campa sans manger et, à la lueur d'un briquet, contempla la plus belle des lames : un *wakizashi*[20]. Un sabre de trente-cinq centimètres, à peine courbé, et ayant appartenu à un grand *samouraï*. Ce glaive de défense, qui protégeait l'avant-bras, permettait d'improbables attaques dans des lieux exigus. D'une beauté sans égale, la solidité du *wakizashi* était réputée à toute épreuve et sa magie, relative, à la grâce du porteur.

Le général attendrait ses cadeaux longtemps et la Compagnie franche aurait du mal à croire que seul John ait survécu. Il préféra fuir les représailles et marcha vers Annam.

Au milieu de la guerre de Succession, Jean V était monté sur le trône portugais et la reine Anne avait transformé l'Angleterre en Grande-Bretagne ; attaquée en rade de Toulon, la flotte française s'était sabordée (tradition nationale) ; le Siam et le Tchen-la s'entredéchiraient et John Taylor, lui, se la coulait douce à Dong Jing [21] en y redécouvrant l'opium. Le balafré avait connu d'interminables et mirifiques chasses au dragon, la première fois que Seegar l'avait emmené à Malacca. La came vietnamienne était d'une toute autre qualité et John sut qu'il allait se foutre en l'air à force de se défoncer. Il eut la présence d'esprit d'enterrer ses lames et ses liangzhis, avant de se perdre un an dans les coussins d'une jonque, opiumerie et bordel flottant. Allongé dans la pénombre, baladé sur les flots le jour et nourri par des sirènes la nuit, il fumait et s'envolait dans la brume, fuyant le rictus du Français. Il se réveillait, le corps peint et les yeux maquillés –

---

[20] Outil du *seppuku* (suicide rituel), son tranchant extrême permet une auto-éviscération rapide et presque facile.
[21] Hanoï.

sans savoir qui, quand ni pourquoi – et se rendormait en humant l'enivrant parfum de l'élixir, à la poursuite de sa chimère. Il s'envolait ailleurs sur les mers du Sud, derrière l'immense dragon bleu. Lorsqu'il pouvait l'atteindre, John chevauchait la bête à une vitesse folle au-dessus des vagues. Elle se débarrassait de lui et il lévitait, l'épiant et la chassant sous la voûte étoilée. Nouvelles bouffées, même combat. Plus qu'un poison, l'opium lui révélait ses vérités. Une chimère, confiante jusque dans l'échec.

Il avait beau tout faire pour y parvenir, John Taylor n'oublierait pas Levasseur. Tout comme Levasseur n'oublierait pas Sara, Libertalia, son trésor…

Lorsque l'Irlandais quitta enfin l'opiumerie pour redescendre dans le royaume khmer au risque de se faire prendre, les conflits s'étaient aggravés : la France, qui gagnerait finalement la guerre de Succession, semblait partie pour prendre une sacrée branlée. John ne recroiserait plus la Compagnie franche ni le général, mais avait oublié qu'il portait à la ceinture un symbole, devenu sur lui emblème de déshonneur : le vol du cadeau avait été monté en épingle.

Emmitouflé sous une toge à capuche, il mendia son pain et marcha vers la mer jusqu'à se fouler la cheville. Il profita des traditions locales et dormit dans une pagode, près d'Angkor. Il voulut y rester plus longtemps. Les moines lui donnèrent le choix : partir ou s'engager. Il choisit la deuxième option.

- — Pourquoi veux-tu rester ? lui demanda un frère.
- — Je fuis une ombre, sans parvenir à l'effacer…
- — T'a-t-elle jamais perdu, elle ?
- — Justement, je n'en sais rien. Je ne ressens plus rien.

Contre des leçons d'astronomie, John trouva sa place, refoulant ses vices et le sourire d'Olivier… Les moines lui rasèrent la tête et lui offrirent un tatouage Sak Yant, rite bouddhique, magique et ancestral. Entouré de textes de prières, il s'étirait sur son dos, des côtes à sa nuque, et représentait le dieu Hanumân. John tenta d'apprendre le sanskrit, l'histoire des royaumes, du bouddhisme et de l'hindouisme. Il trouva bizarrement une forme de paix dans tous ces récits de guerres, mais n'effaça pas le rictus du Français. Tous les matins, les bonzes circulaient dans les rues, bénissant passants et commerces. Ils ne mendiaient pas mais se promenaient avec des bols, dans lesquels on pouvait glisser du riz, du poisson ou toute autre offrande – leur seul subside. À force de les accompagner, l'Irlandais finit par se faire remarquer et l'armée, qui recherchait les voleurs de diamants et d'épées bénites, envahit le monastère, fin 1708. Il s'enfuit de justesse et atterrit dans un temple abandonné, consacré à Vishnou et situé au nord du lac Tonlé Sap.

Il était seul, à Angkor. Les cris des tigres, singes et geckos résonnaient entre les murs du château millénaire, déserté par les hommes mais habité par la jungle. Les racines des fromagers infiltraient la pierre et s'accrochaient aux murs. Les troncs transperçaient les sols et crevaient les toitures. Dans l'ancienne capitale khmère, la faune et la flore avaient repris leurs droits. Les douves du temple, profondes, s'étaient asséchées. Les murs d'enceinte de latérite rouge étaient parcourus de lianes, racines, arbres et plantes, poussant même à l'horizontale. Tout tenait pourtant debout. Les remparts abritaient une cour pleine d'arbustes et de statues : figés dans la roche, déesses, apsaras, chiens sacrés, bouddhas souriants et têtes de démons se répondaient. Ils se dévisageaient pour l'éternité et menaient à une tour centrale : la demeure des dieux (et des rois). Sur trois étages, cette imitation du mont Méru culminait à quarante mètres. Le palais de pierres aux frontons finement sculptés, en apparence fermé au monde, recélait de discrètes ouvertures. Du sol au plafond, des gravures de la mythologie hindoue le disputaient à l'histoire bouddhique. L'air brûlant et suffocant des travées devenait délicieux à l'intérieur, où se croisaient des galeries pleines d'ornements. Les interstices laissaient filtrer les jets d'un soleil éblouissant. Quand l'astre s'évanouissait, il laissait place aux pluies diluviennes. Des averses apocalyptiques pouvant tomber un mois sans discontinuer. L'une de ces moussons avait finalement eu raison de la plus grande cité religieuse du monde antique.

John Taylor y vécut dix mois, priant, méditant et remusclant son corps quotidiennement. Il y fit la connaissance d'Oray, pêcheur de onze ans que la guérilla frontalière avec le pays du sourire avait rendu orphelin. En échange de poissons, la Balafre lui enseigna la navigation aux étoiles. Le gamin errant mangeait parfois avec lui et restait là. Même sans mobilier ni sujets, la vie au palais était plus belle et agréable que partout ailleurs. Ils ne se disaient rien et écoutaient la vie quand elle vibre, dort ou s'éveille. Le plaisir des bruits et de la lumière. Ils fumaient et buvaient du café froid, devant le spectacle de l'aurore. Oray lui apprit à chasser les animaux de la jungle, qu'ils dégustaient ensemble. Ils s'abritaient des déluges au sommet de la tour, bien au chaud, et dévoraient des yeux les trombes s'abattant durant la saison des pluies. L'eau trempait la jungle, gorgeait la terre et libérait un délicieux parfum de vie, une odeur de bonheur. Ils humaient ces effluves de liberté et attendaient le retour du soleil, jusqu'à son coucher.

Un matin, Oray ne vint pas. À midi, John fut saisi d'effroi. Le gosse avait pu être arrêté, blessé, ou avait pu baver... Le balafré partit sans se retourner, plein sud. Son instinct animal lui ordonnait de déguerpir, mais il approcha de la rivière où le petit avait l'habitude de pêcher et entrevit le drame près d'un pont. Le gaillard d'arrière d'une jonque dépassait du milieu du cours d'eau. À côté, coque retournée, les restes d'un canot éventré. Effaré, John distingua six corps éparpillés. Derrière un poteau de la passerelle, il en devina un septième, plus frêle, inerte, accroché au pilotis et ballotté par le courant, dos au soleil. John plongea. Il heurta le sable sans comprendre. Il se redressa à genoux, le nez en sang. Le pirate pataugeait dans un mètre de flotte. Il secoua la tête, se releva et courut dans l'eau. Il retourna le petit pêcheur, retenu par sa chemise. Taylor le secoua entre les épaves accidentées, lui fit du bouche-à-bouche, le ramena à terre et martela son petit corps inanimé. Des flots rouges coulaient de son nez cassé et il frappait la poitrine d'Oray pour le ressusciter. Un vieux s'avança timidement, agitant la main comme s'il n'y avait plus rien à faire. John posa les yeux sur la dépouille bleuie, puis sur le cours d'eau et son mètre de fond, ravagé.

Il regarda le vieux et les soixante silhouettes désolées qu'il n'avait pas remarquées. L'inconnu indiqua un autre corps flottant contre la berge et lui demanda s'il pouvait le rapporter. L'Irlandais en fut terrassé. Ils étaient morts car ils ne savaient pas nager. Projetés dans l'eau à cause d'une simple putain de collision entre bateaux, le gamin et les autres avaient paniqué. Ils s'étaient débattus et noyés dans un mètre de flotte, et une centaine de personnes avaient observé sans intervenir (ou sans y parvenir), parce qu'elles étaient toutes aussi effrayées.

John ne pouvait plus rester là. Il trouva une embarcation pour le golfe, via la rivière Tonlé. À bord, il dormait peu et rêvait du môme, la tête dans l'eau. Il se réveillait en sursaut, avec l'image des corps flottants. Il sortait fumer sa pipe au clair de lune, sur le pont d'une jonque louée une misère. Il attendait le lever du soleil en buvant du café froid, tracassé par ses questions sans réponses. Et s'il n'avait jamais connu le petit ? S'il ne lui avait pas commandé de poisson ? S'il avait écouté son instinct ? S'il était arrivé un peu plus tôt ? Plus vite ?

John tâchait d'effacer l'inoubliable et fixait ses pensées sur la guerre de Succession et ses armées en déroute. Levasseur y avait-il participé ? Ou s'était-il abrité afin de protéger Anne et chérir le souvenir de Sara et de Libertalia ?

Taylor s'embarqua sur un bord de pêcheurs qui devait tracer pour les Bahamas. Le capitaine reconnut l'Irlandais à ses cicatrices et l'enferma à fond de cale, dans une cage d'un mètre par deux. Antoine et John avaient oublié les Chinois de Malacca lorsque leur jonque avait coulé, sans se douter que dix ans après, les survivants les chercheraient encore. Le roux au sourire de Glasgow avait été vu au Siam, au Tchen-la, dans l'empire d'Annam, et des limiers avaient toujours été à ses trousses. Seul lui l'ignorait. Le pêcheur préféra finalement revendre le balafré à la compagnie des Indes, plutôt qu'aux pirates de Malacca. Il doubla Bonne-Espérance et remonta vers Luanda, tandis que John cauchemardait dans ses soutes. Pendu sur les rives d'ici ou de là-bas, c'était pareil. Recroquevillé dans son clapier, il regardait ses pieds avec tristesse, hanté par Sara, Anne, Olivier et Oray. Peut-être l'avait-il mérité. Du jour où il s'était séparé du Français, sa vie était devenue un champ de poussière. Il s'envolait avec les vents, bons ou mauvais.

Le pêcheur perdit les alizés avant d'atteindre l'Angola. Il s'éloigna de la côte mais dans sa manœuvre, croisa un vaisseau noir. De la cale, John le comprit aux changements de caps successifs, signes de panique. Il perçut les pas, de plus en plus pressés, et les murmures, qui se multipliaient. Il distingua des armes cliqueter dans la batterie, par-dessus les prières des gabiers. L'effroi saisissait progressivement l'équipage. Et puis à un moment, plus rien. Le bâtiment ralentit, jusqu'à dériver, ballotté par les vagues. Le pêcheur avait affalé ses voiles et sans doute hissé un drapeau blanc. Un calme pétrifiant régna sur la mer une vingtaine de minutes. Puis, un navire frappa le bord du pêcheur et une horde furieuse jaillit du tillac en s'égosillant. Un groupe vociférant les rejoignit, dans un concert de tirs. Des grenades rebondirent sur le pont et explosèrent. Cris, plaintes et râles accompagnaient les tintements de fer, mais les combats durèrent moins de cinq minutes. Les derniers corps s'effondrèrent et John entendit les assaillants rire. Ils se félicitèrent entre eux, s'éparpillèrent et entamèrent l'inventaire, dans un désordre et un vacarme assourdissant. Les flibustiers ne s'embarrassaient que rarement d'un prisonnier. Ils libéraient, enrôlaient ou exécutaient ! Serein face à sa possible fin, la Balafre pensa à tout ce qu'il lui manquait : l'amour de sa vie, une pipe et un café froid.

D'un gaillard à l'autre, John reconnut les déplacements d'une jambe de bois. Elle claquait, entourée, protégée : le capitaine. Les forbans passèrent dans la cambuse et la sainte-barbe, puis en soute. John sentait son cœur se serrer à mesure que l'unijambiste approchait. La porte s'ouvrit en grand et des ombres envahirent la cale. L'Irlandais déglutit. Un vieux boiteux entra en dernier. Un peu plus petit que les autres, il traversa la pièce comme une flèche et se pencha sur la cage :

— Salut, Johnny… sourit Edward Seegar.

Dix ans plus tôt, Seegar n'avait pas eu de mal à s'intégrer dans la communauté de Malacca, où il avait ses réseaux. Il s'y était installé et avait combattu avec les Chinois, plusieurs années. Après une bataille qui lui avait coûté sa guibole droite, il avait quitté l'Asie pour Madagascar. La retraite l'avait lassé et, revenu à la flibuste, il pourchassait son glorieux passé avec un équipage de bras cassés. À cinquante-trois ans, Edward guettait les convois d'or et tendait l'oreille dans les gargotes, en quête d'un vrai second. Un commandant qui le laisse naviguer et assume ses responsabilités, face aux hommes comme celui qu'il avait jadis. Deux semaines plus tôt, Ned avait abreuvé un pêcheur qui vantait sa cargaison dans un bouge namibien :

« Des tonnes d'épices, des huiles de poisson et un prisonnier. Un diable avec les joues saignées à la lame. Un pirate ! Les Anglais ou les Portugais nous paieront cher, pour le faire danser au bout d'une corde. »

Seegar avait ressenti comme un souffle d'apaisement. Comment oublier le balafré ? Il n'avait pas de colère, ni d'amertume. Ned était même heureux de savoir l'Irlandais en vie ; si quelqu'un devait le zigouiller, après tout, c'était lui. Le pêcheur avait repris la mer, sans réaliser qu'il était dorénavant suivi.

— Salut camarade, grimaça Taylor, ahuri.

La troupe attendait l'ordre. John s'adossa aux barreaux de sa cage et Ned s'appuya dessus. Ils se fixèrent, mais personne ne parla. Le vieux plongea une main dans sa poche, pour une pipe prête à fumer et un briquet. Il les déposa sur la cage, recula et dégaina un mousquet. Le balafré interpréta le message, attrapa le tout et fuma sans broncher. Un pirate sortit un pistolet. Un autre fit pareil et deux de leurs Frères s'interposèrent, alléguant que le patron n'avait rien dit. Une dispute éclata et les forbans manquèrent d'en découdre, bousculant le vieux chef comme s'ils avaient été dans une vulgaire guinguette. Au milieu de cette bande de cons, Seegar ne disait rien, l'air triste. Taylor lui sourit franchement. Ils s'étaient compris.

— Qu'est-ce qui me dit que je pourrai te refaire confiance ? soupira Ned.
— Rien, admit le balafré.

Le vieux sourit, lui aussi, et rangea son mousquet. Il libéra le prisonnier et le prit dans ses bras.

Le duo réapprit à s'apprivoiser en remontant l'Afrique. Au large de la Gambie, ils prirent le *Cadogan*, tuèrent son capitaine au combat, mais épargnèrent son second, Howell Davis. Il avait à peine plus de vingt ans, de longs cheveux blonds, un beau visage lumineux, des yeux vairons, et une marque sur le poignet : *F*, pour faussaire. Howell Davis avait fui son pays de Galles natal pour éviter les galères. Second du *Cadogan*, il jouissait d'une nouvelle vie et offrit sa cargaison aux pirates, refusant d'entrer en piraterie. Seegar et Taylor l'invitèrent à dîner avant de le libérer, et Howell se permit un conseil :

« La guerre va s'arrêter et vous êtes plutôt connus, dans votre genre. À votre place, je changerais de nom. Ça a marché, pour moi. »

John était flatté. Edward Seegar un peu moins : il se rebaptisa England. Trait d'humour étonnant, pour un Irlandais. L'équipage du *Cadogan* fuit à la Barbade et en 1712, England et Taylor les recroisèrent aux Antilles. À la Barbade, la compagnie des Indes n'avait pas cru à une attaque de pirates et les avait accusés de mutinerie. Les cinquante-cinq marins du *Cadogan* avaient donc passé trois mois en taule. Seulement trente avaient survécu. Relâchés faute de preuves, les veinards l'avaient un peu mauvaise et avaient décidé de rempiler. Cette fois, sous drapeau noir.

Howell Davis préférait la ruse aux affrontements. Il savait comment maquiller ses hommes en troupes de la Royale et apporterait au drapeau noir sa manière : celle d'un faussaire. Il s'associa à England et Taylor, s'en sépara et les retrouva de nombreuses fois. Ils attaquaient entre l'Afrique et les Indes occidentales, avant que la fièvre de l'or ne les attire à Nassau. Le trio se méfiait cependant de Jennings, Vane et Hornigold, comme de Barbenoire. Aucune république noire n'avait survécu à ses propres chefs. À chaque fois, l'agonie avait été la même. Ils avaient donc préféré emménager sur une île déserte, à vingt lieues de New Providence. John et Howell y géraient les troupes avec un vieux patron parano, devenu unijambiste bourru.

*

Sur l'îlot, Clifferstone se faisait rosser par le bosco et le quartier-maître, sous l'œil circonspect du sergent d'arme et les encouragements de cinquante forbans. Un petit orchestre donnait le rythme sur un air entraînant. Accusé de tentative de mutinerie, Clifferstone était allongé dans une flaque écarlate. Il pleurait, crachait et bavait du sang. Le bosseman réclamait les noms des conjurés, mais le frappait encore. Assis sur son tombeau, la Balafre gémit, rouvrit ses paupières, et s'étira en soupirant. Il ne ramassa que son *wakizashi*, bondit du cénotaphe, longea la cuve de braises et releva Clifferstone avec l'aide du bosco. Le malheureux ne pouvait plus marcher.

— C'est rien, monsieur Clifferstone, lui dit l'Irlandais d'une voix douce, c'est rien. Ça va aller. Ça va aller mal et puis après, ça va aller bien, mais ça va aller. Après tout, s'il n'y a pas de noms, vous n'avez pas de noms à donner, n'est-ce pas ?

Clifferstone acquiesça, vaguement rassuré, tandis qu'ils le traînaient vers le bassin ardent. Taylor s'arrêta devant le trou rougeoyant et se dégagea du condamné, tout en s'assurant que le bosco le maintienne.

— Et si vous n'avez pas de noms à donner, continua le balafré, vous ne nous êtes plus d'aucune utilité, n'est-ce pas ?

Clifferstone releva le menton, incrédule. Taylor le balança sur la grille brûlante. Le bosco faillit le retenir. Le comploteur sautilla sur le gril, comme les poissons qu'ils y faisaient braiser vivants. Il s'égosilla à s'en décrocher la mâchoire. Les articulations brisées, il essayait de ramper. Il faillit y parvenir, mais très vite ses mains, ses bras, ses jambes, son visage et ses cheveux s'embrasèrent dans un abominable crépitement. Deux minutes d'un monstrueux spectacle, ovationné par l'équipage. Il finit par se taire, immobile et en flammes. Applaudissements !

Une épouvantable odeur de chair carbonisée accompagnait une fumée grise, envahissant la jungle. Cachée dans un buisson,

Morô plaqua une main contre sa bouche pour ne pas vomir. Le bosco allait féliciter Taylor pour sa clairvoyance, quand le balafré dégaina son *wakizashi* et se retourna à une vitesse fulgurante. Le bosco effleura sa carotide ensanglantée. Avant qu'il ne s'effondre sur le gril, John lui vola son mousquet et le déchargea sur le quartier-maître, en plein cœur. Deux des « bourreaux de justice » s'écroulèrent. Le sergent d'arme leva les mains, terrifié.

— Non mais t'es complètement malade ? s'emporta Howell Davis en rattrapant l'Irlandais.
— Pourquoi crois-tu qu'ils le tabassaient si fort ? justifia Taylor. Ils ne voulaient pas qu'il parle.

Le Gallois dégaina un pistolet. John se mit en garde avec sa lame. Les troupes se bousculèrent et dégainèrent en grognant et, le temps de boiter jusqu'à eux, le vieil Edward England s'interposa. Les musiciens cessèrent de jouer.

— Tu viens de refroidir mon cuistot, mon bosco et mon quartier-maître, gronda Howell sans baisser son mousquet. T'as trop fumé ?
— Oui, enfin ? défendit England. John ? Son état-major… ?
— Son état-major allait le foutre en l'air, qu'est-ce que j'y peux ? dit Taylor en rengainant sa lame et en leur tournant le dos.

Howell hésita, Ned repoussa son bras, et un Noir au crâne rasé extirpa la voyeuse des buissons. Il la jeta devant le caveau de l'Irlandais, sous la menace de son fusil. Morô roula dans le sable et la foule, surprise, l'encercla. Prostrée, elle tendit aussitôt le carnet d'Olivier. L'Indienne frissonna en remarquant que Clifferstone était mort la bouche ouverte : sa langue avait cuit et ses yeux, éclaté. Son corps entier rôtissait sur un tapis de braises. Taylor fit une moue en examinant la Lucayan apeurée et on lui apporta le livret. England et Howell s'approchèrent, curieux. John feuilleta le cahier en cuir, ses plans, ses noms de villes et son alphabet cabalistique. Le code de Levasseur. Son cœur tambourina dans sa poitrine.

—   Qu'est-ce que c'est ? se hasarda Howell.
—   Une chasse au trésor, sourit le balafré.

– VI –

La fille aux cheveux rouges

« Levasseur est mort. »

La nouvelle avait traversé New Providence, telle une déflagration. Woodes était venu l'annoncer à Anne, dans l'église qu'elle ne quittait plus. Pour aider la petite à tenir le choc, Nick l'avait ravitaillée en bon rhum, sans savoir qu'elle gardait depuis des mois une dose d'opium, volée à un contrebandier entreprenant. Debout dans la travée, Anne avait écouté l'assureur en silence, avec dignité. Woodes s'était attardé sur des détails pour fuir la réalité : la façon dont Olivier avait sectionné la drosse, le type de grappin, le saut…

— Qui l'a vu mort ? avait demandé la gamine.
— Personne, lui avait-il avoué avec embarras. Mais personne ne survivrait à une chute pareille. Et quand bien même ? Les Portugais l'auront…
— C'est Hornigold qui dit ça ? avait-elle crié, pleine d'espoir et les larmes aux yeux. Si c'est lui…
— Anne… Je suis désolé. Vraiment désolé.

Woodes l'avait serrée dans ses bras, puis Nick et lui étaient repartis, certains qu'elle aurait besoin de temps et de solitude. Aucun des deux ne s'imaginait ce qui allait suivre. Harassée par sa fugue et emportée dans un cyclone d'émotions, Anne se noya littéralement dans le rhum et l'opium. À en crever ! Elle émergea

137

par miracle, tituba jusqu'à la plage et se rua au bureau des registres, totalement droguée. Elle y débouala comme une furie et s'écria :

— Vous faites des retraits, ici ?

Les quartiers-maîtres qui s'y affairaient la dévisagèrent, étonnés, et le gérant haussa les sourcils :

— Oui ? Madame ?

Elle fonça au comptoir, se pencha sur un bon et le signa de son nom, contre trois mille livres. Le fric en poche, elle fila sur la plage sans se retourner, acheta sa came et la nuit même, réédita son mélange détonnant.

Le rhum lui procurait l'ivresse, et l'opium, l'oubli. Les deux combinés lui permettaient de s'extraire du monde, s'évaporer, disparaître. Elle s'évadait des jours entiers et, lorsque la faim la réveillait, rêvait debout. Attraper un fruit, manger un morceau de pain ou boire de l'eau lui devint brutalement difficile, mais elle ne s'arrêta pas. Au contraire, elle organisa sa vie autour de sa défonce. Elle avait toujours l'essentiel à portée de main et tant qu'elle pouvait fumer et picoler, tout allait bien. Elle avait oublié sa peine et ne pensait plus à lui, mais à ses comptes de pharmacienne : combien de litres et de grammes restait-il ?

Lorsque le spectre du deuil surgissait, elle plongeait dans l'alcool et les volutes en moins d'une minute. Après trois semaines, les doses vinrent à manquer et Anne se mit à rationner. Se rendre au bureau des registres avait été sa pire connerie depuis le début de sa cavale, elle le savait. Seulement, elle était accro. Ça aussi, c'était clair. Elle se mit à trembler et comprit qu'elle allait y retourner. Elle paniqua et, dans un élan de lucidité, balança presque toute la dope dans la brousse. Il n'y avait plus qu'à fumer la terre ou à se sevrer à grands coups de rhum. Elle s'enivra, épousa sa rage et écouta sa peine. Elle voulait de l'opium et buvait encore plus. La haine et l'amertume la dévoraient de l'intérieur, telle une enfant, devant un chagrin trop énorme, incapable d'accepter l'intolérable. Il n'y avait rien à dire, rien à faire, sauf encaisser ou continuer de se tuer, à petit feu. Elle avait les entrailles déchirées et une boule permanente dans le gosier, des vertiges et des migraines, le souffle court, des insomnies, des cauchemars... Au lieu de chasser le dragon, elle se battait et pleurait à chaudes larmes dans son sommeil. À son réveil, elle était aussi triste mais avait les yeux secs, elle bouillait de l'intérieur mais son corps, tout entier tuméfié, somnolait.

Son deuil commençait à peine.

Un matin, au cœur de sa nuit, elle se leva, la bouche pâteuse. Elle longeait la nef à la recherche d'un broc d'eau, quand elle s'arrêta sur l'un des seuls vitraux toujours intacts, au-dessus de l'autel. Jésus, crucifié, semblait la scruter ! Elle se redressa et demanda :

« Qu'est-ce que tu regardes ? »

Elle crut voir Jésus sourire et se traîna jusqu'à lui.

« Tu te fous de ma gueule ? cracha-t-elle. C'est quoi ton problème ? Que j'dorme et que j'me bourre la gueule dans ton pajot ? T'as peur que j'aille vomir dans le bénitier ? J't'emmerde. »

Anne prit un cadavre de bouteille et le jeta vers le vitrail, mais elle tomba à la renverse et la fiole se brisa à ses pieds. Allongée, elle continuait de fixer l'image, certaine que le Christ la regardait :

« Mais va mourir une deuxième fois, putain ! hurla-t-elle de plus belle. Trente-trois ans à tendre l'autre joue et t'as fini cloué sur une croix, mon pote. Comment tu peux te penser crédible ? Tu crois vraiment que Colomb a débarqué ici pour aimer son prochain ? T'as vu des Indiens, toi, dans le quartier ? Et les *Blacks*, on en parle ? C'est quoi, ton projet ? Pour entrer au paradis, faut être Blanc, vieux et raciste ? »

La jeune fille rota et laissa tomber sa tête en arrière. Les yeux vitreux, elle observa les sculptures du plafond au travers des jets de lumière verte, douze mètres au-dessus. Anne ressentit l'église comme un immense tombeau et, enfin, des larmes dévalèrent ses joues. Elle ferma les paupières, plissa le front, serra les dents et s'agenouilla. Étourdie, elle repéra une bouteille d'eau et but au goulot. Le crucifié continuait de la dévisager, hilare. Elle brisa la jarre sur une dalle, se releva d'un bond et accourut à l'autel, furieuse et chancelante.

« C'est ça, en fait, tu veux m'foutre à genoux ? cria-t-elle. Oh, connard ? J'te cause ! Tu veux que j'me tienne à carreau au fond, avec tes clients habituels ? Tu veux que j'te prie ? »

Appuyée au bord de l'autel, elle tomba en pleurant et marmonna :

« Ça a tellement bien marché, la dernière fois... »

« Amen », pensa Woodes, navré.

Entré pendant qu'elle divaguait, il n'avait pas osé s'annoncer ni refermer le loquet en fer. Il avait tout de suite mesuré sa détresse et traversait calmement l'église, pour la rassurer, la consoler. Anne le repéra à mi-distance et sursauta, apeurée. Woodes leva les mains. Elle agrippa un montant de banc cassé et le menaça :

—   N'approche pas !
—   Anne ? gronda-t-il. C'est moi.
—   Ferme-là. Il est aussi mort à cause de toi.

Elle était en plein délire depuis un moment. Cependant, Woodes fut troublé. Durant une brève seconde, il parut hésitant. Défoncée ou pas, c'était ce dont Anne avait besoin pour se forger une conviction. Elle continuait d'agiter le bout de bois entre eux et Woodes jura :

—   Anne, je n'y suis pour rien.

— Dégage ! mugit-elle en désignant ses boutons d'or. Dégage ou j't'allume.

— Arrête de dire ça, dit-il en reculant.

À bout de force, elle laissa tomber son arme et l'aventurier s'éloigna un peu plus. Il voulait l'aider, être le moins agressif possible, quitte à être distant. Woodes était aussi bon stratège que négociateur. S'il visitait la petite, c'est qu'il s'apprêtait à recevoir Sir Daniell, gouverneur de Caroline du Sud, où se trouvait la plantation qu'Anne avait incendiée.

— J'veux que tu t'en ailles, répéta-t-elle.

— Et moi, t'aider.

— Putain ! rugit-elle en essayant de se relever d'un air menaçant. Tu vas m'faire chier longtemps ?

Elle dérapa et s'écrasa lamentablement contre un banc. Woodes était immobile, bouleversé. Elle se redressa, confuse.

— T'es pas responsable de ce qui lui est arrivé, chuchota l'aventurier, mais tu es responsable de toi.

— Laisse tomber.

— Je ne peux pas : c'est moi qui t'ai fait venir ici.

— Et après ? Je fais ce que je veux.

— Comme signer un mandat bancaire à ton nom ?

Anne ferma les paupières, affligée par sa propre bêtise.

— Ils vont venir ? s'inquiéta-t-elle.

— Ils sont déjà en chemin.

Elle crut dessaouler d'un coup. Maintenant qu'elle n'avait plus d'objectif, le bruissement des chaînes résonnait sourdement à son oreille et la terrifiait. Woodes repéra son air blême et s'apaisa. Il ne voulut rien montrer et passa ses mains sur son visage, inquiet.

— Ils vont venir, répéta-t-il, mais ils ne vont pas te trouver.

— Ils n'oseront pas descendre sur la plage ? voulut-elle se rassurer.
— Tu as vu la plage, depuis ton arrivée ? Des pirates s'en vont tous les jours, Anne. C'est fini. Terminé. La guerre va bientôt commencer.

Elle frissonna. Sans confrérie, elle n'avait plus de protection. Elle cherchait une solution et comme du temps de sa cavale, son cerveau fonctionnait à toute allure. L'alcool l'ayant engourdi, elle fut prise de vertiges et chercha le presbytère en s'appuyant au mur.

— Ils cherchent une fugitive, alors tu vas trouver un travail et te marier.
— Quoi ? s'angoissa-t-elle, aussi choquée qu'abasourdie.
— Tu auras de l'argent et un nouveau nom[22], Anne.

Elle trébucha. Woodes se précipita pour l'aider à se relever, mais elle le repoussa.

— Dégage ! insista-t-elle en cherchant son équilibre.
— Regarde-toi, lui dit-il. Tu vas fuir ? Dans cet état ?

Elle ne sut répondre. Woodes jeta un œil dans la chambre et repéra une pipe sur la table de nuit. Il s'y précipita, inspecta la tige, en fit tomber un reste d'opium et la brisa contre un mur.

— Et c'est moi qui me moque de toi ? s'agaça-t-il.

Anne jura qu'elle se sevrait. Lui-même ex-consommateur, Woodes lui fit crédit. Quoi qu'il dise, Anne n'était plus capable que de se rallonger. Elle fumerait telle une enfant, ou boirait et lutterait contre la douleur et l'insomnie, en adulte.

---

[22] Changer de patronyme était une pratique répandue chez les forbans ; pour les déserteurs, mutins et fugitifs, une nouvelle identité aidait à éviter la justice — et épargnait aux familles le déshonneur.

— Tu fais comme tu veux, lui dit-il avant de partir. C'est ta
    liberté, après tout.

Il claqua la porte du presbytère et elle s'écroula sur le lit.
Définitivement seule, elle ferma les yeux et pleura.

*

Le surlendemain, Anne se rendit à la Promenade en quête d'un
emploi. Depuis la disparition de Levasseur, Nassau s'était
assombrie et le principal camp du rivage était celui de Charles
Vane. S'il avait pratiquement vécu en bonne intelligence avec le
commodore, son assaut pour enlever Levasseur aurait dû lui être
fatal. L'entente entre Hornigold et son « manœuvre » était
connue de tous. La crainte de représailles avait vidé la plage en
quelques jours. Seules deux cents tentes étaient encore plantées
autour de l'ambitieux Vane. Il avait conquis et perdu le fort plus
qu'aucun autre, et était plus connu que Barbenoire dans la
confrérie. Adoubé par Jennings, il jouissait d'une immense
popularité, malgré des témoignages peu élogieux, qui
décrivaient une brute, sauvage et sanguinaire. Craignant le
divorce avec la fraternité, le commodore n'avait pas bougé, mais
avec la mort de Levasseur, il avait perdu la confiance de ses
hommes.

Déambulant entre les bivouacs, Anne naviguait à l'oreille, aux
ronflements. Des silhouettes alourdissaient les hamacs, dressés
partout entre palmiers et cocotiers. Elle vit les pieds d'un couple
dépasser de sous une tente, croisa le regard d'une vendeuse au
réveil et manqua de réveiller trois pirates de garde. Tous avaient
la gueule de bois et s'interrogeaient sur le lendemain.

Anne franchit la dune séparant le sable de la Promenade. Neuf
mètres plus haut, elle repéra un forban qui la fixait, les deux

mains cramponnées à son fusil. Il était prêt à tomber de fatigue. En sous-effectif, la soldatesque du fort faisait les trois huit. Devant la maison des importations, elle fit la connaissance d'un armateur, appuyé sur une canne. Un dandy affable, la soixantaine enrobée. Charmant et rieur, il avait des yeux gris, un front ridé et une fine moustache : Chidley Bayard, armateur à la recherche d'un comptable. Ce fut l'entretien d'embauche le plus court de l'histoire et une demi-heure plus tard, Anne foulait le sol de la propriété Bayard, au bord d'un grand lac. L'armateur était un arnaqueur qui s'était évité des procès en s'installant aux Bahamas et passait pour antiesclavagiste, alors qu'il armait des négriers.

La mission d'Anne était simple : maquiller ses comptes. Les registres de l'époque étaient volontairement mal tenus. De la provenance à la destination, en passant par la cargaison, le quai, les reçus de marchandise, l'armement, il manquait toujours un élément. Les assurances s'étant multipliées, il fallait remplir leurs cases si l'armateur ou le capitaine voulait protéger ses denrées. Mais l'assureur ne pouvait pas tout vérifier. Les cas d'attaques de pirates, par exemple. Alors, pourquoi ne pas l'escroquer en laissant des blancs, à remplir selon ce qui arriverait ?

Anne se retrouvait avec un fatras d'informations bricolées, à remodifier. Elle avait accès aux quelque sept cents noms de vaisseaux ancrés à Harbour, dont les décorations et figures de proues (aidant à l'identification) évoluaient, d'une année sur l'autre. Tous se plaignaient des pirates, mais beaucoup s'enrichissaient grâce à eux.

Enchaînement qui porta la flibuste au faîte du pouvoir :

Accroissement brutal des traversées transatlantiques chargées de denrées chères (métaux, étoffes, épices, matériaux, esclaves…) après quinze ans de guerre.
Creusement des inégalités.
Entrée en scène de la piraterie.

Montée de l'insécurité, entraînant un recours aux assureurs, qui (tout en faisant de la marge) remboursaient et augmentaient le coût des denrées.

In fine, le consommateur devait payer plus cher ou se tourner vers la contrebande.

La clef de voûte, c'était la confrérie. Les laissés pour compte, c'étaient les marchands ne jouant pas le jeu, les malheureux qui tombaient sur un boucher, et les royaumes.

Anne s'échina à redresser une comptabilité fantôme tout en essayant d'éviter un employeur roublard et son intendant, un prétendant insistant : petit blond maigrelet, James Bonny avait vingt-huit ans. Cheveux ras et souliers usés, pantalon court et chemise en dentelle, il souriait niaisement avec les yeux plissés, à chaque fois qu'il la voyait. Un soir, il finit par la raccompagner chez elle à cheval. Anne dévorait les hommes. Elle voulait tout d'eux. L'amour et les paroles, avant, pendant, et après. Avec vin et raisin, tout le temps. James crut pouvoir se reposer dans le seul hamac de la nef et en tomba de peur lorsqu'elle fit rouler un tonneau de vin rouge dans la travée. Il s'assoupissait, elle en redemandait ; de ses caresses comme de ses souvenirs :

- Mais quand Vane a pris le fort, tu étais déjà là, toi ? Et t'étais pirate ?
- Oui, lâchait-il, embarrassé. Non.

Elle insistait et pour lui plaire, il s'embrouillait dans des mensonges teintés de vérités. Il était douillet, moyennement entreprenant, susceptible et n'avait pas le tiers du courage flibustier. La nuit défila au rythme des questions et quand James s'endormit, son charme s'était évanoui.

Il se réveilla, seul devant l'autel et complètement nu. Il la chercha, mais ne la trouva pas. Ses affaires, ses vêtements et même son cheval avaient disparu. Anxieux, James fit trois fois le tour de l'église en courant. Inquiet, il s'élança dans la jungle, y perdit son chemin et dégringola sur la plage. Paniqué, il arracha une toile pour se couvrir et courut, sous les rires des Frères de la côte : du sable à la Promenade, il fut moqué, sifflé, et invité sous les tentes. James Bonny arriva chez Bayard essoufflé, mortifié, et trouva son bourrin dans l'étable, avec ses habits dessus. D'un coup d'œil, il vit les fenêtres du bureau d'Anne, ouvertes, et aperçut son patron dans la remise. Enveloppé dans son linge, il vint à lui et s'excusa pour son retard. Pantois, Bayard rit à gorge déployée.

- Vous ne l'avez donc pas convaincue ? dit l'armateur.
- C'est pas si simple, m'sieur. Elle a du caractère.
- Jimmy, mon petit, vous savez ce qui arrivera quand ils seront là ?

« *Ils* », tout le monde savait qui c'était. Anne, Woodes, Chidley, James et tous les habitants de New Providence n'avaient plus besoin d'autre mot pour désigner la Navy.

- Il y aura plus de taxes, prédit Bayard, donc moins de personnel.
- J'sais, m'sieur. J'fais de mon mieux, mais…
- Pas de « mais », mon garçon. Faites ce qui est prévu : que ce Woodes Rogers nous soit redevable et non l'inverse.

L'armateur réajusta son veston et tourna les talons, visage fermé. Épaules basses et dos voûté, James regagna la bâtisse, écrasé par la pression. Il évita la fille aux cheveux rouges plusieurs jours et, un soir, retenta sa chance. Anne déclina poliment, jusqu'à ce qu'il la rattrape au galop.

- À trop insister, tu vas t'faire flinguer, toi, rit-elle.
- Tu ne ferais pas ça à ton époux ? se risqua-t-il.

Anne éclata de rire. Lui pas. Et la jeune fille comprit subitement. Elle arrêta son cheval et planta son regard enflammé dans ses yeux apeurés, sans rien demander. Elle baissa la tête, un sourire amer aux lèvres. Au sommet de fort Nassau, claquait le sombre emblème du pays sans visage. Quelles étaient les chances pour qu'une femme seule et anonyme trouve du travail en moins d'une heure, après une dispute avec l'entrepreneur le plus influent de l'île ?

« Les enfoirés », pensa-t-elle.

Gêné, James se gratta la tête, espérant qu'elle accepte. Outrée, à bout, elle dégaina son pistolet et le visa.

— Ne me suis pas, dit-elle calmement. Ne me suis plus jamais.

Elle s'enfuit à toute vitesse, laissant l'amoureux coi.

Quoi qu'elle fasse dans ce monde d'hommes, il s'en trouverait toujours un pour lui imposer ses volontés. Seule dans son église, elle picola jusqu'à plus soif et s'écroula, ivre morte, sur la couchette du presbytère. À son réveil, elle décida de ne plus jamais travailler pour le négrier et reçut la visite de Nick.

— J'étais contre l'idée, insista le Vieux Tonneau.
— Fallait m'avertir, grogna-t-elle.
— Sauf que j'obéis au type qui me paye.
— Et il t'a payé combien pour me convaincre ?

Nick Fenwick passa une main dans ses tresses, troublé. Considérant qu'elle avait été suffisamment dupée, il s'assit et opta pour l'honnêteté :

— Pas cher. Mais si t'insistes, il y mettra le prix.

Anne sourit, touchée.

— J'vais pas l'épouser.
— Tu dois changer de nom, gamine, dit-il tendrement.
— C'est Woodes qui t'a dit ça ?

— C'est le décret de prise de corps[23] à ton nom, qui m'dit
ça… Change de nom, efface ton passé.

Anne se figea, le regard perdu sur les vitraux explosés, au travers
desquels passait la lumière verdâtre. C'était la première fois
depuis qu'elle s'était échappée de cette plantation en flammes
que quelqu'un lui exposait un problème et sa solution
simplement, sereinement.

— Alors c'est pour ça, ajouta le Vieux Tonneau, lui ou un
autre…
— Tu proposes un faux mariage, en somme ?
— Ce que je propose ? répéta-t-il, prêt à s'en aller. C'est
que tout le monde soit content. C'est tout.
— J'veux plus les voir, négocia-t-elle. Ni lui, ni Woodes ni
Bayard. Jamais.
— Il te passe une bague au doigt, tu signes et on n'en cause
plus.

Anne réfléchit, incertaine. D'un côté, répondre aux attentes de
Woodes lui restait en travers de la gorge. De l'autre, refuser
l'arrangement, c'était risquer l'arrestation. Elle fit volte-face et à
la manière des forbans, cracha dans la paume de sa main avant
de la lui tendre :

— *Deal* !

Nick pouffa de rire et lui serra la pogne, comme il l'aurait fait
avec n'importe quel Frère.

Anne s'empressa d'oublier sa mésaventure et se chercha un autre
gagne-pain, loin de Woodes et du spectre de la Navy. Éparpillés
sur la plage des flibustiers, une centaine de tentes avaient rejoint

---

[23] Mandat d'arrêt.

les deux cents fidèles de Vane, dans une ambiance morose. Il y avait de moins en moins de rhum, de viandes et de poissons. Les filles de mademoiselle Curtis, devenues trop chères, ne quittaient plus West Street et la plage ne sentait plus la bonne odeur de boucan, car les vendeuses de grillades faisaient le tapin à pas cher. Le nombre de pirates fluctuait selon les jours, les vents, la peur. Ils craignaient encore Barbenoire, mais s'interrogeaient sur les effectifs du fort. Clos, le château vivait en autarcie et l'économie tournait au ralenti. Tous attendaient sans savoir qui, de Vane ou de la Navy, dicterait bientôt leurs vies.

Anne se mêlait aux fêtes nocturnes, s'y trouvait des amants et émergeait avec eux à l'aube, aux cris des oisillons qui, le ventre creux, attendent impatiemment le retour de leur mère. Le matin, elle s'entraînait au sabre ou au mousquet, dans l'église ou en forêt, sans cesser de penser à Levasseur. L'après-midi, elle flânait et le soir, elle dansait. Perdue dans la torpeur des nuits sans fond, elle voulait oublier sa peine, sa solitude et sa haine, s'abreuvait de l'humeur des flibustiers et se nourrissait de leurs légendes, épouvantables récits ou incroyables aventures. Elle buvait les fables de traîtres – indéfiniment traqués – et se délectait de l'humour noir, de l'âme et du cœur de ces guerriers. Comme si elle espérait un jour briser l'article du Code interdisant les femmes à bord.

Un jour d'août 1716, elle revenait de la plage quand une voix creva la jungle depuis l'église. Elle courut et reconnut l'un de ses amis, Tom Brown, plaqué au mur par Nick Fenwick. Nu sous sa chemise, Brown battait des pieds dans le vide et prenait des baffes plein la gueule :

« Tu vas me dire où elle est, bordel ? » vociférait le Vieux Tonneau avec fureur.

Presque assommé, Brown n'arrivait plus à crier mais Nick ne faiblissait pas. Nouvelle mandale.

« J'déconne pas, Tommy, répéta Fenwick en colère. Qu'est-ce que t'en as fait ? »

Deux sifflements !

Nick se retourna, interdit. Un drap autour des hanches et un mousquet dans chaque main, Jack Rackham le tenait en joue, tout sourire.

Optimiste et follement épris, Jack était le quartier-maître de Charles Vane. C'était un grand pirate, plus animé par la vie et ses plaisirs qu'excité par la mort. Il n'avait rien à voir avec son patron. Anne l'avait ensorcelé en un regard. La foudre dans le ventre. Les jambes flageolantes. Le cœur à l'envers et le cerveau endormi. Depuis, Jack se trompait dans ses comptes et ses dates, trébuchait souvent et la cherchait tout le temps. Électrisé, il ne pouvait plus dormir, ni l'oublier. Autour d'un feu de joie, à l'abordage ou au fond d'un hamac, elle était là. En pensées. Le jour où il l'avait revue sur le rivage, il avait foncé sans réfléchir. Anne le captivait, mais il ne connaissait qu'une façon de déclarer sa flamme, apprise avec des sirènes : s'approcher, prendre délicatement son visage entre ses mains et l'embrasser avec un subtil mélange de force et de tendresse – sans rien ajouter. Surprise, elle se laissa faire. Ils se sourirent, se dévoilèrent, s'apprivoisèrent, fusionnèrent et se dévorèrent dans le chœur. Sans le savoir, ils s'étaient toujours attendus. Ni l'un ni l'autre n'avait déjà vibré si fort et ils s'aimèrent plusieurs nuits, pour la vie.

Désarçonné, Nick lâcha le pauvre gabier et examina Rackham (avec qui il avait aussi servi) de la tête aux pieds. Anne bondit entre eux, bras levés, et Jack baissa ses armes.

— T'as pas un peu grossi ? demanda-t-il à Nick.
— C'est l'rhum, j'crois… marmonna Fenwick.
— Qu'est-ce que tu fous là ? cria Anne.
— Ouais, qu'est-ce que tu fous là ? répéta Jack.

— 'Y dit qu'il cherche Anne, suffoqua Brown en essayant de crier.

— Tu ne te tapes pas ces cons-là ? s'inquiéta Fenwick.

— Va te faire voir, dit Jack.

— J'me « tape » qui j'veux, quand j'veux ! s'énerva-t-elle. Tu t'crois où, là ?

— Devant une église ? Et justement, devines d'où je déboule ?

Furibonde, Anne l'ignora et s'accroupit près de Brown, tout étourdi. Le Vieux Tonneau répondit à sa propre question :

— D'une autre église ! Avec douze témoins et un blanc-bec en costume de marié.

Anne releva la tête, sourcils levés et bouche entrouverte. La même moue qu'elle avait, dix ans plus tôt, lorsqu'elle était prise en flagrant délit de bêtise dans le domaine Cormac.

— C'est... Merde. C'était aujourd'hui ?

— Wow ! s'étonna Jack. Tu te maries ?

— C'est aujourd'hui, oui, confirma Nick.

Jack aida son ami à se lever et, retournant dans l'église, redemanda :

— Alors, tu te maries ?

— Non, rassura-t-elle, interloquée. Pas pour de vrai.

— Si, si, insista Nick. Pour de vrai, avec des invités, des témoins, un couillon et tout le service. Mais surtout, tu prends ton temps, ma jolie : « le crocodile passe pas l'fleuve à l'heure ».

— De quoi ? demanda Anne.

— Il fait ça tout le temps, nota Jack à voix basse.

Les deux drôles entrèrent dans la chapelle. Pressée de les retrouver, Anne plaqua ses mains sur le torse du Fang et, tout en se mordant les lèvres, lui sourit :

— On a dit « une signature », murmura-t-elle.

Fenwick soupira, sans voir qu'elle glissait ses mains dans ses poches. Elle en retira le contrat de mariage, que Woodes lui avait demandé d'apporter par précaution. Anne le parcourut contre la porte de l'église et leva une main sans rien dire. Agacé, Nick lui tendit la plume et le petit encrier, déjà prêts. Elle lui présenta ses excuses, le remercia pour son aide, puis jeta son passé aux oubliettes d'une simple rature : Bonny.

*

Insoumise, indocile et indomptable, Cormac ou Bonny, Anne ne changerait pas. Sur proposition de ses amants, elle célébra sa nuit de noces au cours d'une des plus grandes fêtes de la plage, dans le camp de Charles Vane.

La vie de Charles Vane était réglée comme une horloge. Les hommes du *Lark*, leur vaisseau, couraient partout, de Nassau à Harbour, pendant qu'une poignée gardait le cantonnement et la *khaïma* du chef. Vane s'absentait tous les jours pour s'isoler à bord, préparer des caps, rencontrer des marchands et des recéleurs. Trois fois par semaine, il partait en chasse, et s'entretenait régulièrement avec Jennings, son mentor. Son bivouac, en revanche, n'avait ni centre ni organisation. C'était un enchevêtrement de hamacs, de tentes et de tablées faites de tonneaux, où des centaines bougies fondaient sur de gros rochers. Des danseuses charmaient les invités au son des violoneux et les soulards finissaient emmêlés à des naïades, sans pudeur et à même le sable. Des orgies y avaient lieu un peu partout et la *khaïma* du patron trônait entre un boucan et des hamacs. Au sommet d'un mât, flottait fièrement son étendard : un sablier, surmonté d'un crâne dépourvu de mâchoire inférieure. Si l'ère flibustière de Nassau fut une période de luxure, les fêtes de Charles étaient des nuits de débauche.

Tout avait commencé avec le recel des pièces trouvées sur l'*Urca de Lima*. Comme ils étaient aussi parvenus à piller l'épave en Floride, les gars du *Lark* avaient craint des représailles du *Flying Gang*. Pour tout refourguer, Vane avait eu une idée de génie : organiser des putains d'orgies ! Du genre qu'aucun débauché n'aurait raté. Fruits, poissons, viandes, alcools et prostitué(e)s, tout y serait abondant, de première qualité et gratuit en première partie de soirée.

Après minuit, macs et tenanciers rouvraient la caisse, et Vane leur prenait trente pour cent. Une part du butin de l'*Urca* était passé en frais d'avance, mais le *Lark* avait doublé sa mise.

Sous un feu d'artifice, jongleurs, musiciens et entraîneuses assuraient le spectacle, alternant avec les bagarres, les duels et les partouzes. Un programme décadent, censé démontrer la puissance d'un clan en réunissant les plus riches et les plus dangereux îliens du coin. Ça marchait. Plus Hornigold s'isolait et plus ça marchait. Ces nuits d'excès dépassaient le cadre du Code et permettaient aux équipages de se mélanger, resserrant les liens à la base de la confrérie. Vane s'était même vanté d'avoir vu le commodore y participer, grimé. Personne n'y croyait, avant que Jack ne relance la rumeur en soutenant mordicus l'avoir croisé avec Levasseur, entre deux fûts. Forbans, armateurs, recéleurs, faussaires, boucaniers, proxos, marchands, fermiers, Marrons, politiques, pêcheurs, planteurs, soldats et filles paumées ; le monde entier tombait dans les filets de Charly.

Anne Bonny n'était pas la seule régulière conviée. Blotties contre leurs maris, trois dizaines d'autres femmes la dévoraient du regard. Criminelles, esclaves, épouses ou promises, filles de marchands ou voleuses, elles jalousaient son allure, sa liberté, ses cheveux rouges ou ses petits seins. Ce qu'elles envieraient le plus, prévint Jack, c'était sa position : muse du quartier-maître. Accoutrée comme un homme, Anne suivit Jack et embrassa la fête, s'élançant et dansant au milieu d'un groupe en transe. Les odeurs de viandes et de poissons braisés se croisaient à nouveau sur la plage, où trois cents insouciants s'empiffraient, se saoulaient, braillaient, riaient, chantaient, dansaient et baisaient. Rackham fit quelques pas et salua Bob Deal, second et époux de Vane. Il discutait avec le bosco, Ben Yeats, et leur pilote, Israël Hands, devant la *khaïma* du capitaine.

— Ta nouvelle poule ? cracha le bosseman.

Anne baissa les yeux, silencieuse.

— Oye ! broncha Jack. Surveille ton langage.
— Le patron veut te voir, souffla Deal en s'éloignant.

Jack jeta un œil sous la tente. Une bouteille ronde dans une main, l'avant-bras reposant le long de l'accoudoir et la tête penchée, Charles le fixait de ses yeux sombres et hypnotiques. Son nom était inventé et tous spéculaient sur son passé. On lui prêtait une enfance d'esclave dans un camp hollandais et une filiation taïnos, suppositions invérifiables. Ex-corsaire pour lord Hamilton avec Jennings, il avait le charisme, la force et la détermination d'un « chien de guerre ».

Rackham nota tout de suite l'anomalie : son « *boss* », d'habitude dans le plus simple appareil, était entièrement vêtu. Une chemise verte, trop petite et sans manches, compressait son ventre bedonnant. Des bracelets de force recouvraient ses avant-bras et il portait deux ceintures de cuir ; l'une à la taille, l'autre en bandoulière, avec lames et pistolet. Il avait un pantalon bouffant et, autour du cou, six os en pendentifs. Posé sur le dossier de sa chaise, Jack remarqua un long manteau bleu marine, arraché au cadavre d'un officier anglais.

Rackham prit une grande inspiration et invita Anne à se servir à boire dehors, parmi les convives. Un pied posé sur un coffre et jouant avec une pièce de huit entre ses doigts, Charles sourit en le voyant entrer :

— J'espère que le boucher t'a fait un prix, dit le quartier-maître.

Sans se lever, Vane empoigna l'avant-bras de son trésorier, tout en lui indiquant un siège curule.

— La viande est mauvaise ?
— Les comptes, ronchonna Jack. Les comptes.

Deal était un paranoïaque, Yeats, le colérique de service, et Rackham, un angoissé chronique. Le logisticien emmerdeur. Dans cette association, Vane, pourtant d'une cruauté sans nom, passait pour un doux épicurien.

— Nous sommes riches, rassura Charles. Riches et puissants. Tout Nassau doit le savoir.
— Rectification, *boss*. On est fauchés.
— Impossible !

Jack traîna le siège et s'assit face à lui, arguant :

— En trois fêtes seulement, on s'est ramassé plus de mille crevards en tout. Vingt mille livres, Charly. C'est ce qui nous reste de l'*Urca*. Tu vois à quelle vitesse ça part ?
— On a fait mille têtes ? s'étonna Vane, ravi. Ça paraissait moins.
— Ça paraît toujours moins, jusqu'à la fois d'après, mais ces cons ont pigé l'truc et ils viennent tous avant minuit, maintenant. Il n'y a que Curtis de rentable.
— Curtis est toujours rentable, s'extasia le capitaine.
— Ouais, ouais… Tu sais qu'on doit prévoir un carénage ? Le goudron, la cambuse, le réarmement ?

Plus Jack s'alarmait, plus Vane s'excitait.

—   On ne peut pas en avoir rincé mille ? s'amusa Vane.

—   Oye ! C'est ce que je dis, mais t'écoutes pas.

—   T'as fini de piailler ? À qui tu t'adresses ?

—   Pardon capitaine, mais on coule.

—   T'as pas la moindre idée de ce que c'est que de couler. T'as pas la moindre idée de ce que c'est que d'être au fond. Tu ne sais rien, alors ferme ta gueule et répète après moi : on est riches.

—   On est riches, bredouilla le quartier-maître.

Charles retrouva son calme, plongea une main dans sa poche, en retira un petit sac et à la manière des Amérindiens, roula un peu de tabac dans une fine feuille de plante séchée.

—   On part en course, souffla le pacha.

—   Merci « seigneur ».

Rackham ferma ses paupières, rassuré. Marquées par la mutinerie de Bellamy, l'enlèvement raté et la mort de Levasseur, ainsi que par son aventure avec Anne, les dernières semaines avaient été mouvementées. Charles alluma sa cigarette à l'aide d'une bougie et, se penchant en arrière, attrapa des papiers : le registre de chargement d'un brick au départ de Port Royal. Le parcourant en diagonale, Jack retint ses quantités astronomiques de sucre roux, une denrée chère alors taxée à plus de trois cents pour cent par le fisc britannique, et que les producteurs jamaïcains revendaient par voie de contrebande.

—   Du sucre ? s'étonna-t-il. On a un acheteur ?

—   On fait juste l'intermédiaire : on le braque, on décharge et on encaisse.

—   Hey ! sourit Jack en s'attaquant au second papier. Dit comme ça, ça paraît honnête.

À cet instant, le patron bondit de son fauteuil et se pencha, le regard accroché à l'extérieur. Jack jeta un œil par-dessus son épaule et, apercevant la scène, comprit aussitôt. L'une des filles de mademoiselle Curtis était allongée par terre, la tête dans le sable et la botte d'Anne sur la nuque. Personne n'ayant vu la provocation, aucun forban ne se souciait plus du pourquoi de la situation et deux hommes s'étaient déjà dressés autour de la fille aux cheveux rouges.

   — C'est pas ta bourgeoise ?

   — Elle gère, balaya Jack en replongeant le nez dans ses documents.

Intrigué, Charles continua de fixer Anne, cernée par les amants de sa victime. Le gabier Matthew LeBlanc, taillé comme une armoire normande, se battait toujours au côté de son binôme de matelotage, Tonio Diaz, un canonnier de cent dix kilos.

   — Trente tonnes de sucre, lut Rackham. C'est les chiffres définitifs, ça ?

   — Il appareille demain soir, lâcha le capitaine, absent.

Les convives abandonnaient tentes et tablées pour le spectacle. Au centre d'un attroupement formé sur le sable et devant la *khaïma*, Anne était seule avec les canailles qui lui tournaient autour. Bien que sobre, elle fut prise d'un vertige, distinct de l'alcool ou des drogues. Elle ne voyait que ses agresseurs et n'entendait plus les cris, ni la musique. Elle cligna des yeux, perdue. La lave bouillait en elle depuis des mois… LeBlanc lui suggéra de présenter ses excuses auprès de la demoiselle, avant qu'il ne soit trop tard. En réponse, Anne leva les poings. Il la chargea aussitôt. Elle esquiva en se jetant au sol et LeBlanc bascula. Vane s'exclama, stupéfait :

   — Elle veut s'faire tuer ?

Jack eut un nouveau regard pour sa belle, à peine inquiet.

   — Fais-moi confiance, assura-t-il en saisissant un livre de cartes. Elle sait ce qu'elle fait. Mais nous ? On lève l'ancre demain après-midi ?

Vane resta muet, absorbé par l'affrontement. LeBlanc se releva en s'époussetant, furieux, et Diaz assaillit la jeune fille. Anne évita deux coups au visage, mais pas son genou dans l'estomac et s'effondra contre LeBlanc.

— C'est sa tactique, ça ? souffla Vane.

Jack lut les tracés sur la mer des Bahamas, hermétique aux cris et aux coups pleuvant à l'extérieur.

— Elle gère, j'te dis.

LeBlanc brandit un poignard, tandis que Diaz fonçait sur Anne. Elle sembla défaillir mais, à la dernière seconde, bloqua le poignet du gabier et, botte en l'air, stoppa net le canonnier. Elle mordit la main de LeBlanc aussi fort que possible afin qu'il lâche sa lame, attrapa la dague à la volée et s'éloigna dans une roulade. Se relevant, Anne les défia devant la foule, poignard en main :

« C'est tout ? C'est tout ce que vous avez ? »

L'attroupement grandissait. La rumeur enflammait le campement, la plage, et bientôt la Promenade. Habitués aux duels, les convives se précipitaient pour voir l'inédit : l'un des combattants était une combattante !

Anne faisait glisser le couteau d'une main à l'autre, tout en reprenant son souffle. Diaz et LeBlanc lui sautèrent dessus, sabre au clair. Elle évita la passe du premier et repoussa l'autre avec son arme. Diaz repartit à la charge. Anne recula. LeBlanc suivit et ils acculèrent leur proie à l'un des montants de la *khaïma*. Ils gloussaient. Le public retint son souffle et ils allaient embrocher Anne quand soudain, elle désarma Diaz d'un coup de pied entre les jambes. LeBlanc fut surpris. Elle planta sa dague dans sa main droite. Diaz et LeBlanc s'égosillèrent, reculèrent et elle s'empara de la rapière du canonnier.

Sous la tente, Jack établit le parallèle qu'il cherchait et tendit les papiers au pacha, qui lui tournait le dos :

— S'ils laissent de la place en soute, demanda-t-il, ce ne serait pas pour recharger à Castle Harbour[24] ?

Fasciné par la scène, Vane ne répondit pas. Jack se leva enfin et découvrit son adorée, prête à affronter LeBlanc en duel. Diaz, lui, suppliait la foule de lui donner une épée.

— J't'avais dit qu'elle gérait, s'amusa Jack.

La main droite déchirée, Matthew LeBlanc attaqua avec la gauche. Anne esquiva ses offensives maladroites, fit un pas en le repoussant, un autre en le frappant et un dernier en le plantant. Un jeu d'enfant. La lame traversa la cuisse. LeBlanc s'agenouilla en grognant, de dos. Anne Bonny l'approcha, le regard vide. Il tourna la tête et ânonna quelque chose. La clémence ? Sans émotion, elle enfonça lentement son sabre sous son omoplate et se pencha par-dessus son épaule, afin de voir la pointe jaillir du cœur. La foule, hurlante, acclama le vainqueur et Vane en recracha sa cigarette, ébahi.

— C'est ma femme ! lui glissa Jack, pas peu fier.

Essoufflée, Anne s'appuya sur ses genoux sans quitter des yeux le cadavre de Matthew LeBlanc, étendu sur le sable rougi. Autour, le public applaudissait mais personne ne la rejoignait. Deux secondes de plus et Anne saisit. Elle se retourna face à Tonio Diaz qui l'attaquait. Elle recula, para un coup et manqua de perdre sa lame. Résolu à jouer de sa carrure, Diaz feignit une passe pour la coucher d'un coup de botte dans le ventre. Anne tomba à la renverse et lâcha son cimeterre, presque assommée.

───────────────

[24] Bermudes.

Diaz lui sauta dessus et Vane se retourna vers Jack, le doigt en l'air :

—   Là aussi ? « Elle gère » ?

Rackham fut pris d'un doute. La combattante jeta une poignée de sable au visage de son adversaire, lequel eut un mouvement de recul. Anne s'échappa, roula, retrouva son arme et lui trancha le pied. Diaz s'effondra. Une clameur retentit. Titubante, cherchant toujours son souffle et un léger voile noir devant les yeux, Anne ne distinguait plus rien. Elle ne devina que l'immense silhouette du canonnier, rampant pour fuir l'arène. C'était fini.

Jack courut l'envelopper, elle vacilla. Bedaine tombante, Vane sortit de sa tente en applaudissant. Il longea le mort et dépassa Anne, sans cesser de frapper dans ses mains. Il rattrapa l'immense Tonio Diaz, qui rampait toujours, et coinça son moignon à vif avec sa botte :

—   Monsieur Diaz, monsieur Diaz, monsieur Diaz… répéta le capitaine dans un rire glaçant.

Vane appuya sur la plaie et fit gicler le sang du flibustier. Se délectant de ses hurlements, il le tira en arrière pour le mettre à genoux, face à son adversaire. Blottie contre Jack, Anne perdit ses yeux dans ceux de Tonio, épouvantés. L'assistance salivait, serrait les dents ou fermait les paupières. Dégustant son moment de terreur, le patron ventripotent dégaina un long couteau et en plaqua le tranchant contre le front du malheureux. Il le retint fermement et tira ses cheveux. Diaz hurla. Anne frémit. Et Vane s'écria :

—   Quand on décide de se battre, mademoiselle, on se bat comme un homme…

L'exécuteur passa sa lame d'un coup sec sur le front du canonnier, qui s'époumona en essayant de se débattre. Vane fit courir son poignard autour de sa tête en faisant soigneusement le tour des oreilles, puis il lâcha sa dague, s'agenouilla et emmena sa victime contre lui. Docile mais le visage ensanglanté, le canonnier se laissa faire, la tête sur la cuisse du capitaine. Vane lui caressa la nuque et glissa ses ongles sous sa peau. Diaz sursauta, paralysé. Il avait cessé de crier, hagard, bouche entrouverte, absent mais bien vivant. Le tortionnaire enfila sa main sous l'épiderme du crâne, comme dans un gant, et Diaz cracha du sang. Jack déglutit. Anne vomit. Tout doucement, Vane retourna la peau du supplicié, jusqu'à l'arracher complètement. Enfin, il reprit son poignard et le planta dans le crâne du canonnier, qui bascula dans un spasme.

— …Ou on meurt comme un chien, conclut-il en jetant le scalp aux pieds d'Anne Bonny.

Désorientée, Anne fixa les bulles de sang qui éclataient dans une mare écarlate que le sable n'arrivait pas à étancher. Le public souriait, priait ou éructait. Le quartier-maître entraîna son aimée sur le rivage et le capitaine ajouta :

— Appareillage à l'aube, *Jacky-boy*.

S'éloignant vers le rivage, Jack eut un regard vers Deal et Yeats, inquiets des réactions de l'équipage. La situation politique, économique et sociale du clan se dégradait. Une tornade venait de passer.

Le lendemain, Anne se réveilla dans le presbytère, seule. Le soleil était haut et elle avait la migraine. Elle se leva, enflée, tuméfiée. Elle avait mal mais allait en rire, quand une odeur de tabac la fit tressaillir. Anne passa une cape et un pantalon, prit un pistolet et se glissa dans une travée. Un jeune homme lui tournait le dos, accoudé à l'autel sur lequel il avait posé un tricorne à plumes. De taille moyenne et légèrement enveloppé, ses cheveux blonds ondulaient sur une veste de brocart bleue aux liserés d'or, ajustée à la taille et évasée aux genoux. Dans une main, il tenait une pipe fumante et dans l'autre, une canne dont il n'avait visiblement pas besoin. Les hommes de Caroline avaient fini par la retrouver. Anne ferma les yeux, apeurée, mais se dit qu'elle n'avait pas le choix. Elle sauta dans l'allée centrale en le visant :

— Mains en l'air !

Le blond sursauta et, en se retournant, révéla ses yeux vairons au milieu d'un visage d'ange. Il était souriant, jeune et d'une beauté saisissante. Il leva doucement les mains, faisant remonter son jabot sur sa chemise crème.

— Je ne suis pas armé.
— Recule !
— Je recule.

Anne avança et ajusta sa mire. Il se décala.

— Vous êtes combien ? grogna-t-elle.
— Soixante-neuf, en tout, mais justement ; on recrute.
— Je plaisante pas, menaça-t-elle.
— Dans l'immédiat, je suis seul.

Mains hautes, il se mit dos au mur et Anne repéra sa culotte serrée, ses souliers à boucles d'or et la pointe d'un fourreau vide, dépassant de sous sa veste.

— Howell Davis, lança-t-il. Gentilhomme de fortune.

Elle haussa les sourcils en l'inspectant de haut en bas :

— T'as plutôt l'air d'un homme du roi.

Howell baissa les bras. Anne ne dit rien.

— Je dois admettre que c'est un argument désagréable à avancer avec un canon pointé sur soi... dit-il en retroussant sa manche. Mais l'apparence est une arme.

Il dévoila son poignet, marqué au fer rouge de la lettre *F*. Absorbée par la cicatrice, Anne gravit les marches du chœur. Il déboutonna sa veste et passa une main à l'intérieur. Anne releva son mousquet, le regard noir. Howell sortit le carnet de Morô, se pencha et le jeta sur l'autel, avant de reculer.

— Nous avons un ami et un problème en commun, dit-il.

Anne hésita, mais rangea sa pétoire pour prendre le cahier.

— Un ami qui vous pense capable de traduire ceci et de financer une expédition… Plutôt loin d'ici.

Anne arrêta une page avec son pouce. Son cœur battait la chamade. Elle trouva les plans d'un fort et reconnut l'alphabet templier que lui avait appris Levasseur. Elle lâcha son arme, tremblante. Il était en vie.

Le voyage d'Orphée

L'enfer est un palais de glace dans la fournaise, où l'on meurt de froid à petit feu. C'est un fort à quatre branches, face à la mer : une tombe inabordable sur laquelle s'acharnent les rayons du soleil de l'Afrique équatoriale, sans qu'une once de chaleur ne s'invite à l'intérieur. Un bastion imprenable, enclavé entre un port militaire et l'océan, où des milliers de roches volcaniques affleurent en un chaudron d'écume infini.

Jambe cassée, côtes fêlées et poumon perforé, Levasseur se réveilla à bord de la *Dona Bárbara*, attaché, le corps bandé et en charpie. Incapable de bouger comme de parler, il avait été enchaîné dans la cabine du docteur, chargé de le « réparer » pour l'arrivée. Du quai à sa cellule, le prisonnier passa son transfert à examiner le fort São Sebastião, sur l'île de São Tomé. Vérifiant les verrous de sa carriole, le capitaine Rolérias se moqua, dans la langue des diplomates :

« Vous ne le verrez plus jamais que de l'intérieur… »

Le convoi longea une plage de sable noir et se présenta devant les portes de la citadelle. Les soldats échangèrent quelques mots en portugais, puis la herse fut lentement hissée. Le pirate observa les hommes qui s'activaient sur les pignons d'une roue, et l'attelage glissa contre la rive du Styx.

À peine entrée, la charrette s'arrêta le long d'un mur. On ouvrit le clapier et Levasseur observa le carré d'honneur, semblable à tous ceux qu'il avait connus. Il descendit. Deux soldats retirèrent les fers de ses pieds. Il leur tendit ses poignets. L'un sourit, l'autre tira comme un sourd et le forban traversa le carré d'honneur, sous escorte. Il s'arrêta pour contempler des escaliers se faisant face, séparant les deux bâtiments. Un vent terrible s'engouffrait dans ces marches et balayait la cour. De minuscules tornades de sable dansaient sous une arche voûtée qui, à en croire le bénitier, abritait une chapelle. Une bousculade, et le petit groupe disparut derrière une simple porte en bois.

Coup de froid.

Dès qu'il passa à l'intérieur, Olivier fut saisi par la chute brutale de température. La pierre emmagasinait la fraîcheur des couloirs, tandis que la place d'armes baignait dans le soleil. Il distingua le colimaçon conduisant à l'unique étage, puis celui menant aux abîmes. Dans une pièce, il fut déshabillé et inspecté de la tête aux pieds pendant qu'un officier notait ses caractéristiques physiques : couleur de peau, d'yeux et de cheveux ; taille, poids, cicatrices, tatouages, marques de naissance éventuelles… On lui demanda sa nationalité dans différentes langues. Il donna sa seule réponse, avec fierté : Français !

Précaution d'usage, un troufion sortit de la pièce adjacente avec un fer en main. Le flibustier aperçut la forme d'un *P* rougi par les braises et ferma les paupières. Ils marquèrent son poignet gauche. Le prisonnier hurla à la mort, puis fut descendu dans les boyaux du fort. Une nuit permanente, trouée par l'éclat des flambeaux, et d'où ne s'échappaient que les effroyables plaintes des condamnés. Levasseur chercha le bout du couloir sans le voir et ne devina qu'une série de portes, toutes fermées par des cadenas. Le plafond bas l'obligeait à avancer tête penchée et dos plié, dans ce labyrinthe obscur. Un bruit de clef. La soldatesque s'arrêta. Le captif chercha son cachot, sans rien y voir. Un garde ôta ses chaînes et le projeta en arrière dans la pénombre. Il tomba sur le dos, sentit l'atmosphère glaciale en même temps que la chemise qu'on lui jetait au visage. La porte claqua dans un nouveau bruit de clefs et il entendit une voix s'esclaffer :

« *Bem-vindo a São Tomé* ! »[25]

Le silence revint. Un silence angoissant, signe que ses codétenus n'avaient rien à attendre en l'absence de leurs geôliers. Pas un jet de lumière, ni un souffle d'air. Du sol au plafond, rien que de la pierre. Des murs humides tapissés de mousse et puant la moisissure. Nauséeux, un goût de cendres en bouche, Levasseur se mit à quatre pattes et chercha, à tâtons, à mesurer la pièce : neuf coudées par six. Dans un coin, il trouva un peu de paille, et dans un autre, reconnut un seau. Il soupira et s'assit en tailleur : la nuit venait de tomber. Il resta huit jours dans son tombeau et perdit la notion du temps. Sa seule référence devint l'heure (inconnue) où les geôliers glissaient par la trappe de chaque case un dîner, accompagné d'un broc d'eau. Au menu : restes avariés de légumes bouillis, infestés d'asticots. Les plaintes de ses compagnons d'infortune, en versions multi-langues, se répétaient tous les jours pendant ces dix minutes, avant que le silence ne réinvestisse le souterrain. Le pirate dormait, attendait, espérait et finit par s'affaiblir.

Neuf ans plus tôt, Jean V avait été couronné roi du Portugal. Lorsqu'en 1713, le traité d'Utrecht avait mis fin aux menaces sur ses comptoirs, le jeune monarque était apparu sur la scène internationale comme un leader incontestable. Un despote de droit divin, enrichissant incommensurablement la noblesse et

---

[25] « Bienvenue à São Tomé ! »

distribuant les miettes à ses ministres. Il en oubliait le peuple, mais aussi son armée, dont les navires de guerre, devenus galères, rapatriaient l'or des colonies. Obsédé par le faste du Roi-Soleil, Jean V célébrait tout et avait transformé Lisbonne en lupanar. Il organisait des orgies jusque dans les couvents où, comme lui, chacun avait une maîtresse. Une partie fine à échelle nationale dont les militaires étaient privés. Une faille.

De son côté, le gouverneur de São Tomé avait pour Conseil un moine, dont il se disait l'ami ; Manuel do Rosário Pinto. Rolérias essayait de le convaincre de l'importance du détenu. Après cinq années d'occupation française, le nouveau gouverneur, Bartolomeu da Costa Ponte, venait d'arriver. Il prit connaissance de l'existence du trésor de Libertalia, arraché dans le sang à une colonie de forbans sur un rivage malgache et caché dans des possessions portugaises. En juin 1715, Rolérias mouillait devant São Sebastião avec un ordre direct du roi Jean V : déplacer en secret le colossal butin jusqu'à São Tomé et y faire transiter l'or libéri sur un autre bord. Un transbordement de cinq heures, caisse par caisse. Une prouesse logistique nocturne nécessitant quatre-vingt-dix-huit esclaves et la réquisition de trois cents soldats pour encadrer le tout. Aucun n'aperçut un gramme d'or ni l'éclat d'un rubis. Pourtant, à l'aube, et alors que le trésor reprenait la mer, da Costa Ponte ordonna l'exécution des esclaves. Rolérias s'y opposa, jugeant que personne n'ayant rien vu, personne ne parlerait, mais l'abbé n'était pas de cet avis. Rosário Pinto préconisa de ne prendre aucun risque et assista lui-même le peloton d'exécution.

—   Comment cela, « *o tesouro de Libertalia* ? » s'était étonné l'homme politique en étudiant la carte que lui tendait Rolérias.

—   C'est la colonie malgache d'où vient la cargaison, Altesse.

—   Vous ne m'aviez pas dit qu'ils étaient tous morts ?

Da Costa Ponte appréciait les lignes et les points dessinés au dos, presque effacés, sans comprendre ce qu'ils représentaient. N'ayant pas d'explication, Rolérias avait gardé le pirate en vie afin de l'interroger. Son état ne permettant pas de le faire en mer, il venait requérir l'autorisation de Son Excellence pour y procéder au fort.

Au neuvième jour, des soldats équipés de torches extirpèrent le prisonnier de son cachot. Aveuglé, désorienté et chancelant, Levasseur fut traîné dans une salle ensoleillée du premier. Il tomba à genoux, ébloui, et l'escouade l'abandonna. Les yeux brûlés par la lumière, le corps ramolli, Olivier rampa jusqu'à une lucarne et tenta de se situer. Un mur d'enceinte. Huit canons, face à l'océan. Il en avait noté trente-deux, des mois plus tôt... Il estima, en fonction de ses souvenirs, qu'il se trouvait plein nord. À première vue, les remparts faisaient bien six ou huit mètres, avec une épaisseur de trois mètres.

Un cliquetis dans la serrure et le Français, qui s'était laissé tomber dos au mur, vit entrer un nouveau militaire. Grand et fort, celui-là avait une moustache, un béret, et portait une malle à bout de bras. Il la jeta et retint la porte pour Rolérias. Le flibustier pencha la tête en plissant les yeux, cherchant les détails dans ce flou lumineux. Le premier, babines tombantes, s'accroupit, ouvrit son coffre et, d'un coup d'œil, le pirate découvrit son contenu. Lames, pinces, cisailles, marteaux, cordes, fourches, casque à vis, poire d'étouffement, fléau, fouet et autres joyeusetés... Levasseur se mordit les lèvres et réalisa qu'il n'avait, pour une fois, pas de sourire narquois à opposer. Sa frousse faisait vibrer ses chaînes. Rolérias l'accrocha au plafond.

— Vous allez m'expliquer, ou il va falloir en venir là ? commença-t-il aimablement.

« Quand on est au bal, il faut danser », se dit Olivier.

Le capitaine patienta un court instant, puis devant le mutisme du prisonnier, présenta son comparse.

— Je vous présente Raúl, dit-il pendant que le bourreau hissait le prisonnier. Sergent-chef !
— Salut.

Raúl fronça les sourcils en approchant son visage, pour mieux lire sur ses lèvres.

— La prise de Rio, il y a cinq ans, précisa Rolérias. Il est sourd comme un pot, depuis : vous pouvez tout dire devant Raúl. C'est ce qu'on aime avec lui.

Suspendu les pieds dans le vide, le Français sourit au bourreau, dents serrées :

— Désolé pour tes esgourdes, l'ami.
— Il n'entend pas, je vous dis. Commençons… Que savez-vous du trésor ?

Rolérias leva une main et Raúl donna le premier coup de fouet. La lanière frappa les côtes de Levasseur et épousa son dos en un terrifiant claquement, doublé d'un léger râle. Le cuir déchirait la peau et écartait les chairs, mais Olivier ne répondit que par des cris.

— Libertalia ! tonna le capitaine. Qu'en savez-vous ?

Pas de réponse. Impressionné, Rolérias haussa les sourcils : le Français serrait toujours les dents. Le capitaine fit un signe. Nouveau coup de fouet. Nouveaux cris. Le supplicié tournoyait au bout de ses chaînes.

— Nous ne sommes vraiment pas obligés, vous savez…

« Mais on n'a pas le choix », grommela Olivier dans sa tête.

Au sixième coup et faute de résultat, le capitaine suggéra que l'on passe directement au fléau[26]. Le pirate frémit en silence. Rolérias se tourna vers Raúl, et celui-ci s'excita contre les jambes du forban. Dix-sept impacts plus tard, la pièce baignait dans le sang et d'insoutenables lamentations. Le capitaine fit décrocher Olivier, frissonnant de douleur. Il s'écroula sur ses jambes transpercées, laissant échapper un horrible hurlement, et Rolérias quitta la pièce, amusé :

— On s'en recause demain ?

Le détenu fut ramené dans sa tombe sur une civière et le lendemain matin, tout se répéta. À deux ou trois subtilités près, il subit le même régime durant d'interminables semaines. Rolérias décidait d'une pause quand Raúl ne parvenait plus à réveiller le captif évanoui. Rafistolé à l'infirmerie, Olivier continuait de tout observer. Seul dans la pénombre de son sarcophage, il projetait le fort dans sa tête et le comparait aux plans qu'il avait dessinés dans son journal. C'était pour lui l'unique moyen de se rassurer. Lorsqu'il pouvait à peine envisager de s'appuyer sur un pied, tout recommençait. Ils le torturaient avec une effroyable minutie et ne s'arrêtaient qu'au seuil de la mort. Un mois passa et, n'ayant pas glané la moindre information, Rolérias fut convoqué chez le gouverneur, gagné par l'anxiété :

— Le problème est simple, *capitão* : dois-je en informer Sa Majesté ?
— Il parlera, Excellence, le rassura Rolérias.
— Cinq semaines. J'apprends que vous l'avez réduit en bouillie en cinq semaines et qu'il ne dit toujours rien.
— Nous prenons garde à le maintenir en vie, Excellence.
— C'est bien le problème, selon l'abbé !

---

[26] Fléau d'arme : manche auquel est fixée une lourde boule bardée de pointes.

Le capitaine se frotta les joues en fermant les yeux, ressassant cette odieuse nouvelle règle politique édictée par Jean V : en matière militaire, l'avis d'un prélat valait dorénavant plus que celui d'un soldat.

— C'est un coriace, Altesse, mais il craquera. Ils craquent tous.

Da Costa Ponte tournait en rond dans la salle à manger. Subitement, il s'arrêta :

— Tuez-le ! ordonna-t-il. S'il meurt, plus de problème.
— Et s'il sait réellement quelque chose ?
— Il vous l'aurait dit, trancha le gouverneur.

Gêné, Rolérias chercha un argument, aussi vite que possible :

— Excellence, nous ignorons la destination du trésor...
— Bien sûr, c'est la volonté du roi.
— Mais si lui le savait ? Si son équipage le savait ?
— Impossible, jura le légat. Pourquoi se rendre, alors ?

Habité par la même question, Rolérias planta ses yeux dans ceux du chancelier, agacé. Si d'aventure le trésor était volé, exécuter un forban trop bien informé risquait de froisser Sa Majesté. Mais s'embarrasser d'un captif muet en l'interrogeant sur un secret d'État risquait d'arriver aux oreilles du roi, et de l'énerver tout autant. À bout, le gouverneur mâchonna :

— D'accord... Faites-le parler, même s'il faut le tuer.
— À vos ordres !

Frissonnant dans le ventre de l'enfer, Olivier Levasseur grattait la mousse des murs avec ses ongles. Il n'avait déjà plus la force de rien, si ce n'est tousser, gémir et remâcher les pensées qui le hantaient. Le sourire de Sara allégerait son cœur à jamais. Son visage, son rire et sa douceur de vivre se conjuguaient avec les instants magiques qui faisaient la république. John Taylor et ses humeurs, capable d'aimer, pour de vrai. Olivier ne pensait plus qu'au flot d'amour infini qui l'avait conduit ici. Malgré la trahison sur laquelle ils s'étaient séparés, son plan reposait sur l'Irlandais. Sans lui, il ne sortirait jamais. John travaillait avec un ex-faussaire, utile en cavale, et il saurait convaincre ou voler Hornigold, afin de financer l'évasion. Surtout, ils s'aimaient. Avaient-ils besoin de se voir, pour le savoir ?

Après des années de certitudes, Olivier commençait à douter… Si poursuivre le trésor le rapprochait d'un bonheur perdu, il ne ressusciterait pas Sara, ni la république. Le co-fondateur de Libertalia, la république qui lui avait demandé de protéger le magot, était alors en proie à des crises de démence. La fin de l'utopie n'était due qu'au régicide, sur lequel les Frères avaient déjà pris leur revanche. Obsédé par sa chimère, Levasseur s'était mis toute la confrérie à dos. Le bilan était sans appel : il allait mourir ici, comme un chien. En attendant son heure, une voix l'arrachait à sa torpeur, s'écriant :

« *Oh ! Francêêês* ? *Está na hora* ! »[27]

Brutalement, tout recommençait. Deux soldats suffisaient à le relever et l'amener au sergent Raúl, toujours accompagné par Rolérias. Le flibustier marquait une pause dans la place d'armes tapissée par le soleil. Il inspirait en relevant la tête et profitait des rayons chauds caressant sa peau. Les gardes le laissaient en profiter, sans se douter qu'il les comptait. Dans les couloirs, il inspectait les recoins, les espérant conformes aux plans qu'il avait légués à John Taylor. L'espoir ! Levasseur n'avait plus que l'espoir.

---

[27] « Oh ! Français ? C'est l'heure ! »

On l'accrochait au plafond et on l'abandonnait. Épuisé et bientôt mourant, le forban tournoyait dans le vide, à s'en évanouir. Un seau d'eau dans la gueule et il se réveillait en compagnie des tortionnaires. Les séances devinrent plus atroces. Dix coups de fouet. Perforations lentes des membres inférieurs. Incisions des côtes et de l'arête vertébrale à la serpe. Les « frères vicelards » salaient ensuite les blessures, ou y versaient du vinaigre. Il convulsait, avant de défaillir.

Seau d'eau !

— Que savez-vous du trésor de Libertalia ? répétait Rolérias. De Libertalia tout court ?

Le mutilé gardait le bec serré. L'officier indiquait le fouet au bourreau et une avalanche de coups retombait.

— On peut faire ça jusqu'à ce que mort s'ensuive...

Arrachage des ongles.

— Savez-vous où se trouve la cargaison ? Sa destination ?

Fléau dans les jambes.

— Savez-vous qui pourrait chercher à s'en emparer ?

Plomb chaud sur les incisions.

— Vous finirez par parler.

« Ou par crever », pensait Olivier.

Rolérias quittait la salle de torture en sifflotant et Levasseur, inconscient. Une fois par semaine, on le lavait au linge humide à l'infirmerie. Passé de quatre-vingts kilos à cinquante-cinq, il y restait à demi mort et ne recevait que le minimum de soins. Enchaîné au barreau d'une fenêtre, les larmes aux yeux, il écoutait la mer se fracasser contre les rochers. Il entendait des soldats rire et gueuler dans la cour, évoquant régulièrement Cassandra. Sans qu'Olivier ne décrypte totalement leur portugais, il comprit qu'une nuit, elle avait « fait tourner des têtes » avant de disparaître. Certains la haïssaient, d'autres la cherchaient encore.

Cassandra, toujours Cassandra… Deux ans plus tôt, son cœur s'était enflammé, lorsque à la suite d'une prise portugaise, Olivier avait cru retrouver la trace du trésor dans un journal de bord. Le capitaine y évoquait une scène ; une « impressionnante armada escortant un convoi entre l'Afrique de l'Ouest et São Tomé ». Secrètement et après avoir envisagé différents plans, Levasseur s'était mis à préparer l'improbable infiltration : se constituer prisonnier à São Tomé et s'inviter au cœur du secret, là où on entend les soldats bavasser… Une idée remarquable sur le papier. Un échec effroyable en réalité. La seule information sûre obtenue était le nom d'une fille, *a priori* sacrément bien fichue. Pas d'or ni de diamant ; les soldats ne parlaient que de Cassandra. Il n'entendait que Sara.

Des larmes amères dévalaient ses joues creuses et sa barbe de trois mois. Ou était-ce six ? Un an, déjà ? Noyé sous une peine abyssale, perdu, le Français sombrait dans le coma, le cœur brisé. À la tombée de la nuit et toujours sur un brancard, on le ramenait en cellule. Pour la première fois, il souhaitait mourir. Personne ne l'arracherait à sa tombe. Il n'avait rien appris du trésor libéri et ne s'en tirerait pas. Pas cette fois.

Épuisé, Levasseur déchira sa chemise et en fit une corde. Les jambes déchiquetées, sans hauteur sous plafond, même son suicide lui parut impossible. Il passa son cou dans un nœud coulant et tira comme un fou sur le linge. Il s'étrangla tout doucement, abominablement, mais la chemise se déchira soudainement. Il se retourna sur le sol en pierre du clapier glacé. Les oreilles sifflantes, il toussa, cracha, vomit, puis s'effondra, étourdi de désespoir. Cinq mois après sa mise aux fers, Levasseur ne pouvait imaginer que son évasion venait de commencer.

– VIII –

« *Não é pessoal* ! »

Deux bâtiments de la confrérie approchaient São Tomé sous pavillon anglais. Le *Royal-James* demeura à dix milles, tandis que le *Cadogan* entrait dans le port. Le traité de Methuen garantissant l'entente commerciale et militaire entre les deux nations, le *Cadogan* put s'amarrer à quai. Affublé de son chapeau emplumé et de son plus beau manteau, le capitaine Howell Davis se présenta à l'officier des douanes comme John Daniels, corsaire du roi. Le douanier, captivé par ses yeux vairons, s'était aussi laissé berner par l'équipage, soigneusement accoutré. Howell acheva de le convaincre en présentant une fausse lettre de marque. Le coquin requérait l'assistance de la colonie pour se ravitailler et mettre en sécurité une héritière anglaise, sauvée d'un navire flibustier.

— Je ne comprends pas, insista le péager en examinant les ponts. Vous avez une rescapée ?

Anne sortit de la cabine et apparut sur le pont, tête basse, regard craintif. Elle portait des vêtements d'homme, mais prenait garde à ne pas y sembler à son aise.

— Mademoiselle Cork, présenta Howell. Elle est en mer depuis trois mois, dont deux avec ces vauriens.

Le Portugais se courba élégamment, puis se raidit encore :

— Soyez la bienvenue à São Tomé, *senhora*. Vous trouverez du repos au dispensaire, avant que Son Excellence ne fasse le nécessaire.

Se retournant vers le capitaine, l'officier ajouta :

— Vous aurez de quoi réarmer et faire de l'eau, *capitão*, mais nos provisions sont réservées à l'armada et...

— Je comprends, dit Howell en souriant. Merci pour votre hospitalité.

— Avez-vous besoin de médecins pour vos blessés ?

— Ceux qui ont survécu sont devant vous, maugréa le forban. J'en ai perdu trente au combat...

— Et le navire de ces gueux ?

— Coulé. Il prenait l'eau de toutes parts.

— Avez-vous une cargaison, des biens ou des prisonniers à déclarer ?

— Un détenu : le second qui commandait ces gredins s'est rendu à la toute fin.

— Vous l'avez épargné ? s'étonna le douanier.

— Il m'est d'avis que mon roi souhaitera voir cet homme jugé par un tribunal anglais puis exécuté.

Observant son unité qui l'attendait sur le quai, l'officier se frotta le menton un bon moment, embarrassé.

— Navré, mais nos lois sont strictes à ce sujet, *capitão* : aucun prisonnier ne reste à bord dans le port.

Howell écarquilla les yeux, feignant la surprise :

— Nous parlons d'un pirate anglais, monsieur ! Prisonnier d'un bâtiment armé par...

— J'entends bien, *capitão*, maintint le garde en désignant le fort São Sebastião, mais vous devrez tout de même nous le remettre le temps du ravitaillement.

— Ou reprendre la mer, pesta le Gallois.

— Les mesures de sécurité sont les mêmes partout... Il vous sera remis en bon état. À peu près.

Le faux corsaire sembla hésiter de longues secondes. Visage dévoré par l'inquiétude et regard implorant, la jeune rescapée attendit sa décision.

— Monsieur Fenn, siffla le faussaire, veuillez leur remettre le prisonnier, je vous prie.

Le subordonné opina du chef et disparut dans la cale, avec six Frères. Bâillonné, cagoulé et enchaîné de la tête aux pieds, le détenu qui se débattait fut transféré au fort. Aux soldats qui le prirent en charge, Howell recommanda les plus grandes précautions, conseillant de l'enfermer rapidement.

Trois heures plus tard, Howell Davis fumait une pipe sur le perron du dispensaire en attendant Anne, prise en charge par des nonnes. Accompagné d'une escorte, un lieutenant vint à sa rencontre :

« *Capitão* Daniels… Son Excellence da Costa Ponte vous convie à sa table. »

Howell Davis le remercia mais déclina poliment, expliquant qu'il se refusait à quitter mademoiselle Cork tant que son état ne serait pas rassurant. Le lieutenant précisa qu'elle était également invitée, si sa santé le permettait. À midi, Anne parvint enfin à quitter l'hôpital. La résidence du gouverneur n'était qu'à quelques pas, mais tout en réclamant les armes de l'Anglais, le lieutenant insista pour que le couple monte dans une calèche. Deux minutes plus tard, ils s'arrêtaient devant le petit palais, accueillis par une haie d'honneur. Au milieu, un grand vicaire maigrelet et au crâne rasé accourut, tout sourire, bras en croix.

— *Bem-vindo, amigos* ! brailla l'abbé do Rosário Pinto, *benvindo a São Tomé*.

Avant de descendre de voiture, Howell se tourna vers Anne, perdue dans ses pensées. Elle avait passé le voyage éveillée, hantée par ses fantômes. L'armée ibérique ne lui faisait pas peur, mais le souvenir de son père, un scalp et le regard de LeBlanc l'empêchaient de dormir. Elle revoyait sans cesse sa lame s'enfoncer dans son corps mou. Elle s'était penchée, comme pour voir si c'était vrai. Gamine, elle avait transpercé des carcasses de cochon pour s'entraîner et s'amuser. Tuer, c'était pareil, l'émotion en plus. Anne avait senti sa douleur, sa peur et son dernier souffle, inoubliable caresse entre deux mondes, avant l'insaisissable. Une sensation malsaine mais obsédante.

Inquiet mais l'œil charmeur, Howell lui demanda :

— Prête ?

Le cœur tambourinant, elle plongea son regard dans le sien et sourit en se mordant les lèvres. L'ex-faussaire lui fit un clin d'œil et la laissa descendre avant lui. Le prélat tendit sa main à la jeune fille, afin de l'aider. Howell suivit et se courba devant l'ecclésiastique, lequel l'ignora. Obsédé par les formes de l'invitée, l'abbé ouvrit la marche à reculons :

— Son Excellence est impatiente de vous rencontrer, dit-il.

Deux militaires ouvrirent les portes et, pendant que le curé entrait, le forban vérifia ses informations : cinquante-six hommes en armes. Dans le palais, Anne et lui se trouvèrent face à un gigantesque escalier couvert d'un tapis rouge. Le prêtre grimpa à grandes enjambées. Ils suivirent, absorbés par les feuilles d'or recouvrant les rambardes, le marbre du sol et la trentaine de plantons équipés d'arquebuses, dos aux murs.

— Dom Barto… Pardon, s'interrompit le vicaire tout en poursuivant à travers un interminable couloir. Son Excellence est ravie de vous recevoir.
— C'est nous qui sommes honorés, mon Père.
— Appelez-moi Dom Manuel. Après tout, partager un souper, c'est déjà beaucoup d'intimité.

L'abbé termina sa phrase par un odieux clin d'œil à la demoiselle. Amusés par le personnage, Anne et Howell échangèrent un sourire complice. Le curé entra dans une antichambre. Deux sentinelles y barraient une porte de leurs hallebardes. Rosário Pinto parcourut la pièce en multipliant les gestes vifs et les militaires, droits comme des piquets, relevèrent les lances. Anne hésitant, le prélat se retourna :

— *Entrem*, lança-t-il en ouvrant, *a casa é vossa.*[28]

Au bout d'une longue table à manger déjà dressée, les intrigants découvrirent un légat en surpoids et au visage plus rouge que ses vêtements, le nez plongé dans des dossiers. Non gardée, sans meubles ni fenêtres, la salle était vide et froide. Sur la table, ils remarquèrent immédiatement un énorme cochon, du pain, des fruits et des jarres de vin. Le gouverneur lisait, en même temps qu'il s'empiffrait.

— Son Excellence, cria l'abbé ; le gouverneur de São Tomé, Bartolomeu da Costa Ponte. Gouverneur, je vous présente le capitaine Daniels et sa rescapée, mademoiselle… Mademoiselle ?
— Cork, rappela-t-elle. Anne Cork.

Da Costa Ponte caressa l'horrible bouc soulignant son double menton et s'extirpa péniblement de son fauteuil :

— Ah ! sourit-il. Les aventuriers ! Soyez les bienvenus.

L'abbé se décala, Anne embrassa la chevalière du légat dans une révérence maladroite, et Howell se mit au garde-à-vous :

— Votre Altesse, dit-il en embrassant l'anneau à son tour, votre accueil nous honore.

---

[28] Entrez, ma maison est la vôtre.

— Non ! s'esclaffa le gros chancelier en retournant en bout de table… Non, non, non. C'est votre venue qui nous honore. Des pirates. Un prisonnier. Une rescapée. Vous allez Nous en faire le récit ?

Da Costa Ponte tira son fauteuil tout en invitant ses convives à s'asseoir de part et d'autre.

— Ils me l'ont promis, osa l'abbé en se plaçant face au corsaire et donc, près de la jeune femme. N'est-ce pas ?
— Heu… s'inquiéta timidement Howell. Évidemment.

Ils entamèrent le repas avec la fable que les coquins avaient au préalable imaginée : la lettre de marque et la mauvaise rencontre. Le bâtiment de ce maudit England, taillé pour la vitesse, et qui avait manqué de les envoyer par le fond en une bordée de canons. Comment le corsaire était parvenu à duper le flibustier dans ses manœuvres, lui infligeant deux voies d'eau avant l'abordage. L'affrontement et la capitulation du second, seul prisonnier… Le gouverneur gobait tout, fasciné. L'ancien faussaire du pays de Galles se mit à rire avec lui. Le chancelier leur resservait lui-même du vin et les abreuvait de questions :

« Combien étaient-ils ? Et vos pertes ? Où était-ce ? Était-ce votre premier combat ? Qu'avez-vous trouvé à bord ? De l'or ? D'où venaient-ils, où allaient-ils ? »

Anne dévorait la barbaque sans retenue, affamée après des mois de captivité – ou simplement de voyage en mer. Elle vida deux verres de vin, coup sur coup, sans terminer de mâcher son pain. Cette grossièreté outra l'abbé mais amusa le légat, captivé :

— Ne la dévisagez pas ainsi, Dom Manuel. Vous aussi, vous seriez mort de faim et de soif, à la place de cette pauvre enfant.
— Bien… Bien sûr, concéda le curé, choqué.
— Depuis combien de temps étiez-vous entre leurs mains ? demanda da Costa Ponte.

—   Deux… Deux mois, répondit-elle la bouche pleine.

—   Et leur chef est donc mort ? enchaîna immédiatement le gouverneur.

—   Mort et rendu à la mer, s'amusa Howell.

Da Costa Ponte vivait l'aventure par procuration. Le vin aidant, il riait et félicitait le corsaire en lui tapant sur l'épaule. Soudain, il s'arrêta et s'affola :

—   Vous avez dit England ?

La tête dans son assiette, Anne comprit qu'il posait enfin les bonnes questions.

—   Edward England, Excellence.

—   Mais n'était-il pas secondé par ce diable fou, avec des cicatrices sur les joues ?

—   John Taylor, Excellence.

—   Est-ce lui, le prisonnier que nous vous gardons ?

—   Absolument, Excellence.

Il y eut un court silence et le chancelier se gratta la joue, hésitant:

—   *Senhor* ! Vous avez capturé John Taylor…

Le père Rosário Pinto, qui n'entendait rien en matière navale, fut surpris par l'importance de la chose. Le gouverneur appela les hommes de faction dans l'antichambre et, ravi, leur aboya en portugais d'aller chercher Rolérias immédiatement. Howell pâlit. Ni le légat ni l'abbé ne le remarquèrent. Anne, quant à elle, ne put jouer d'aucun regard interrogateur et dut se contenter d'attendre. Le légat, déjà ivre, buvait encore et bombardait le faux corsaire de nouvelles questions. Howell répondait et feignait de picoler, mais ne riait plus. Un quart d'heure passa et les soldats revinrent. Frappant respectueusement le sol de leurs hallebardes, ils tonnèrent :

« *Capitão* Rolérias, *Sua Excelência* ! »

Le pacha de la *Dona* traversa l'antichambre et se présenta au garde-à-vous, chapeau sous le bras.

- Monsieur le gouverneur, salua-t-il en relevant le menton. Monsieur l'abbé. Madame.
- *Capitão*, commença le gouverneur. Vous n'allez pas le croire, mais venez... Venez donc à Notre table.

Bien qu'occupé, Rolérias obéit et s'assit à côté d'Howell, la tête dans son assiette.

- Devinez qui ce jeune corsaire anglais Nous fait l'honneur d'enfermer dans Nos geôles ? reprit da Costa Ponte en tapant dans le dos du Gallois. Devinez.

Rolérias jeta un regard vers son voisin, intrigué.

- Temporairement, malheureusement, précisa le gouverneur en riant.
- Alors, vous n'êtes plus portugais ? demanda Rolérias.
- Du pays de Galles... soupira Howell.
- D'où ? rit encore da Costa Ponte, complètement saoul. Non mais répondez-Nous, *capitão* : devinez !
- Je l'ignore, monsieur le gouverneur, grommela-t-il en fixant Howell.
- John Taylor ! exulta le gouverneur en levant haut son verre. John Taylor ! Il vient d'envoyer par le fond l'équipage d'England et s'est emparé de John Taylor !

L'abbé obéit au protocole en levant son verre à son tour, forçant la tablée à trinquer. Anne suivit, mais pas Howell, ni Rolérias :

- Et vous n'êtes pas vraiment corsaire, n'est-ce pas ? demanda le pacha portugais.

L'air devint brusquement irrespirable et Howell baissa la tête en inspirant profondément, ce qui n'échappa pas à son amie.

- Vous... bégaya le gouverneur. Vous vous connaissez ?

Neuf mois plus tôt, au large des côtes brésiliennes, le *Cadogan* avait croisé la *Dona Bárbara* et Howell s'était mis en panne, sous pavillon portugais. Devant lui porter secours, Rolérias avait dévié pour le rejoindre. À la longue-vue, il avait avisé un petit équipage de négociants en déroute, dont la barre semblait bloquée, ou le gouvernail cassé. La flibuste appelait à l'aide en portugais. Agitant les bras, ils beuglaient que des pirates s'étaient emparés de leur cargaison et avaient saboté leur bâtiment. Le *Cadogan* dérivait, mais ne trouvant pas son immatriculation, Rolérias avait prudemment fait préparer ses hommes au combat. Quand les vaisseaux ne furent plus qu'à quelques encablures, Howell remarqua que toutes les bouches à canons de la *Dona* étaient entrouvertes. Certain d'avoir échoué, il changea de plan au dernier moment, hissa la voilure à toute vitesse et fuit par bâbord. La manœuvre fut parfaitement réalisée et Rolérias dut effectuer un demi-tour complet. La nuit approchant, il préféra laisser s'échapper le pirate plutôt que de se risquer à sa poursuite. De sa passerelle et l'œil collé à son cylindre, Rolérias avait néanmoins eu tout le temps d'observer l'ennemi organiser sa retraite. Il n'oublierait jamais son visage.

— Vous vous connaissez ? répéta le gouverneur, inquiet.

Howell inspira une dernière fois, planta ses yeux vairons dans ceux d'Anne et, en une étincelle, se jeta à la ceinture du capitaine. Il lui vola sa dague et la colla sous sa gorge. Anne assomma le prêtre d'un coup de coude dans le nez et dégaina un petit mousquet de sous son pantalon — là où ni les nonnes ni la soldatesque n'avaient osé fouiller. Elle le pointa vers le gouverneur. Il bondit de peur, prêt à crier. Elle releva le chien du pistolet. Il se tut.

— De vue, répondit Howell.

Pointe sous la gorge, Rolérias se raidit et se laissa délester de son épée et de son mousquet. Howell le força à se lever, canon sur la nuque. Rolérias ferma les yeux et soupira, navré de s'être fait berner. Ignorant le curé, Anne contourna le légat pour l'obliger à les suivre.

— Mais qu'est-ce que cela veut dire ? opposa-t-il, pétrifié.

Mains en l'air, Rolérias pivota face au gouverneur liquéfié. Profitant de la situation, il lui répondit de la façon dont il avait toujours rêvé :

— Ça veut dire que vous vous êtes fait baiser, Excellence.
— On part en balade, gouverneur, siffla Howell.

Les ravisseurs se postèrent derrière les otages. Anne passa la première, forçant da Costa Ponte à ouvrir les portes. De surprise, les deux plantons faillirent lâcher leurs lances.

— On s'allonge par terre ! menaça-t-elle.

Médusés, les gardes hésitèrent, mais craignant de voir les captifs exécutés, obéirent. Le groupe s'engagea dans le couloir d'un pas lent, jusqu'au sommet du grand escalier où les trente soldats, stupéfaits, bondirent en dégainant leurs fusils. Anne et Howell s'arrêtèrent.

— Tout va bien, bégaya le gouverneur en écartant les bras. Vous…
— Que tout le monde lâche son flingue ! insista Anne en appuyant plus fortement son pistolet sur le crâne du légat.

Incapable de quoi que ce soit, da Costa Ponte se contenta de répéter les ordres. Rolérias dévisageait son chancelier terrifié. Howell le pressa dans les premières marches en braillant :

— Si un seul d'entre vous joue les héros, c'est salade de cervelles dans l'entrée… Traduisez !
— C'est clair pour tout le monde ? cria Anne.

Rolérias répéta l'avertissement d'Howell en portugais et doucement, la garde s'accroupit en déposant ses fusils. Le pirate et sa complice descendirent et leur ordonnèrent de fuir. Les militaires s'échappèrent par la grande porte, révélant la situation à leurs cinquante-six collègues. Sur le perron, Anne Bonny et Howell Davis, qui se servaient des otages comme boucliers, se retrouvèrent braqués par une horde de soldats. Le forban se pencha à l'oreille du capitaine et murmura :

    – C'est là qu'il va falloir être persuasif… « *Capitão* ».

Rolérias se mordit les lèvres de rage et d'une voix forte, il ordonna la reddition. Ses hommes le dévisagèrent, troublés. Howell fut pris d'un doute et, se penchant à nouveau, ajouta :

    – Vous savez que techniquement, nous n'avons besoin que du gouverneur ?

Rolérias répéta l'ordre en s'égosillant, comme s'il était en mer. Les soldats jetèrent fusils et mousquets avant de se défaire de leurs sabres. Collée à son prisonnier, Anne dévorait des yeux son comparse avec admiration. Howell et Rolérias arrivèrent les premiers à la petite voiture et embarquèrent. Anne et da Costa Ponte suivirent. De l'intérieur, tous entendirent le flibustier s'écrier :

    – Quelqu'un va nous conduire jusqu'au bateau ou il va falloir un drame pour y arriver ?

Un officier comprit et désigna deux artilleurs, qui prirent la place du conducteur. La calèche démarra au trot, entourée par la cohorte, estomaquée. Tous ramassaient flingues et épées. Aux chauffeurs, Howell lança :

    – Très bien. Parfait. Bonne allure. Surtout pas plus vite, j'ai les mains moites et le doigt qui glisse.

Les cochers se regardèrent, troublés. Autour, une troupe grandissante suivait la diligence. Dans la voiture, le légat fermait les yeux et priait à tue-tête, tandis que Rolérias ne lâchait pas Howell Davis du regard :

— Oh, je sais ce que vous vous dites, capitaine, dit le pirate avec courtoisie. Mais ce n'est qu'une coïncidence. Du *business* et rien de personnel. Comment vous dites ? « *Não é pessoal* » ?

Howell sourit franchement. Rolérias ne répondit pas. Le pas des chevaux, de plus en plus nombreux, résonna pendant tout le trajet. Au fur et à mesure qu'ils avançaient, toute l'armée de São Tomé les encerclait, encore incapable de trouver le juste moyen de riposter. Les conducteurs tentèrent d'arrêter l'attelage devant la rade, mais Anne leur promit de mettre une balle dans la tête du gouverneur s'ils ne se rangeaient pas au plus près du *Cadogan*. La voiture repartit sur les quais où, faute d'espace, les colonnes en armes devaient se serrer. Trois cents soldats escortaient à présent la calèche. Elle s'arrêta devant la passerelle du navire, dans un silence pesant. Les militaires braquaient la voiture. L'équipage, prêt à désamarrer, les tenait aussi en joue. Descendant en menaçant les otages, Anne et Howell réaffirmèrent qu'au moindre geste, ce serait le carnage. Ils montèrent à bord à reculons. Incapables d'empêcher le rapt, les soldats avancèrent au bout du quai, sans que quiconque n'ose improviser quoi que ce soit. Les cordages sautèrent sous les coups de hachettes. La passerelle tomba à l'eau et le *Cadogan* s'éloigna paisiblement. Les soldats perdirent les captifs de vue, mais du pont avant au gaillard d'arrière, devinèrent les pirates qui les menaçaient. Ils quittèrent le quai pour leurs frégates et une détonation les figea. Ils se jetèrent au sol ou tombèrent de cheval, incrédules. Une légère fumée s'échappait du *Cadogan* ; la traînée d'un boulet, filant droit vers l'horizon.

La déflagration résonna sur l'océan et son écho rebondit contre les murs froids du fort São Sebastião. Enchaîné par les poignets au plafond de la salle de torture, John Taylor se balançait dans le vide, tête basse, torse et pieds nus. Les soldats étaient perplexes face à cet Irlandais aux cheveux rouges, aux joues barrées et au dos recouvert d'un tatouage étrange. Le sergent Raúl était entré avec sa boîte à malice et l'avait ouverte devant lui. Accroupi au-dessus de sa malle pour trier ses outils, il tournait le dos à un John impatient de jouer.

Son signal, le coup de canon, avait affolé toute la garde du fort : la Balafre les entendait courir et se regrouper dans la place d'armes. Puisqu'on ne donnerait pas du canon contre les otages, les soldats abandonnaient précipitamment les remparts et John les entendait crier en portugais, paniqués. Toute la citadelle vibrait, sauf l'ami Raúl : la détonation ne l'avait pas même fait sursauter. Le pirate le siffla, comme on appelle un chien. Le bourreau resta penché sur ses instruments, sans réaction. Comprenant qu'il était sourd, John bascula la tête en arrière, dans un irrépressible fou rire. Un grand sourire aux lèvres, il dévissa la manille et se maintint d'une main, pour redescendre délicatement. Ses pieds nus ne firent pas vibrer la pierre et il vint se placer derrière Raúl, hésitant entre son marteau et son fléau, négligemment posés derrière lui. Taylor ramassa la trique et fit quelques pas de danse, tournoyant sur lui-même avant de planter la batte dans la tête du bourreau. Le tortionnaire se raidit et John retira les pointes d'un geste sec. Raúl se désarticula, tombant dans une flaque écarlate. John s'accroupit, lui caressa la joue et murmura :

« *Boa viagem, camarada* ! »[29]

---

[29] « Bon voyage, camarade ! »

Taylor lui vola son trousseau de clés, ses bottes, son béret, ses vêtements, sa serpe et son maillet. Il s'échappa dans le couloir et tomba nez à nez avec deux soldats, interdits. Avant qu'ils ne comprennent, John cogna dans la glotte de l'un et projeta la tête de l'autre contre le mur. Il arracha le poignard que le premier avait à la ceinture, et l'égorgea avec. Au même moment, un troisième apparut, tenant en main une baguette au bout de laquelle fumait un *P*, rougi par les braises. La Balafre lui sauta dessus et le mit à terre d'un coup de pied dans le ménisque. Le militaire tenta de se relever, mais John s'empara du fer et, le retournant, le plaqua contre sa bouche. D'instinct, le Portugais serra les dents. Sept cents degrés collés à ses lèvres le firent rugir. Le forban enfonça la tige dans son gosier avec un plaisir inouï. Le pauvre tressaillit, chercha à se débattre et s'évanouit, le manche dépassant de sa bouche.

John fila ensuite au nord-est, où les schémas d'Olivier indiquaient la « poudrière ». L'accès était verrouillé. Plutôt que de vérifier si Raúl avait la clef, il préféra casser le cadenas au marteau. La salle était pleine de barils de cinquante litres. Au fond, l'Irlandais avisa un accès aux remparts, grillagé. Il traversa la pièce en défonçant un tonneau, vérifiant au passage qu'ils étaient pleins de poudre, puis éclata le verrou de la grille à la masse. À peine était-il dehors que trois vigies accoururent en demandant ce qu'il foutait là. L'enceinte ne s'était donc pas complètement vidée. L'air rassurant, John cacha le maillet et, au dernier moment, trancha la gorge du premier avec sa serpe. Virevoltant, il planta la même pointe dans le cou du second et, tandis que le troisième dégainait, il lui fracassa le crâne à la masse. Il entama un tour des murailles, préférant éviter d'autres mauvaises surprises. Du bastion sud, il devina le gros des troupes filant au port. Brusquement, un nouveau coup de canon creva l'océan. John se retourna vers l'horizon et repéra le *Cadogan*, rattrapant le *Royal-James* – bien plus au large. Il se mordit les lèvres, inquiet. Les vents soufflaient fort et son compte à rebours démarrait.

Un rapide « tic-tac » se mit à cliqueter dans sa caboche. Il se précipita dans la poudrière, s'empara d'une dizaine de fûts et les jeta sur les remparts. Six se brisèrent, heurtant les canons et la pierre. Puis John cavala dans le couloir en se remémorant les plans, trouva l'escalier, le dévala et se pencha avant de traverser la cour. Il repéra le bâtiment menant aux sous-sols et les douze soldats qui tenaient la place. Taylor soupira, évalua ses armes et le peu de temps qui lui restait. Il rangea serpe et maillet à sa ceinture, respira un grand coup, puis traversa la cour d'un pas vif, tête baissée. Deux soldats le hélèrent. John les ignora et disparut dans l'autre bâtisse. Il prit le premier couloir, s'empara d'un flambeau, et s'enfonça dans le ventre de l'enfer. Il entendit qu'on le poursuivait et verrouilla le cadenas de la grille derrière lui.

À la lueur de sa torche, John Taylor descendit quatre à quatre les marches conduisant aux abîmes. Son cœur battait la chamade. S'il avait pu, il aurait couru plus vite. Il emprunta le sombre couloir, son béret s'accrochant au plafond bas. Les plaintes des captifs s'échappaient d'une multitude de portes en bois cadenassées. Au rez-de-chaussée, ça braillait aussi : des soldats tentaient d'enfoncer la grille. John s'arrêta et passa le flambeau tout autour de lui. Des clapiers, remplis de dizaines de détenus. Dans la vallée des morts, le balafré se mit à douter. Et s'il s'était trompé ? S'il n'était pas ici ? S'il était déjà mort ? S'il n'avait plus de temps ?

Il n'avait plus de temps ! John brandit son marteau et se mit à défoncer tous les cadenas. Ses flammes dévoilaient des visages apeurés, gris, jaunes ou verdâtres, mais d'aucune couleur « humaine ». Il entrevit des corps squelettiques, recroquevillés, et des morts, mais continua à briser les verrous sans s'arrêter. Plus il avançait et moins les geôles étaient habitées. Au bout du couloir, ne restaient que trois cachots. Il ferma les yeux et éclata les derniers cadenas. Remarquant les silhouettes apeurées qui s'égaraient dans le boyau, John leur jeta son marteau et beugla :

« *Liberdade* ! *Liberdade* pour tout le monde ! »

L'un d'eux, un petit Noir qui avait encore des muscles, lui fit un signe de tête en ramassant le maillet. Le pirate vit les cellules se vider de morts-vivants, convergeant vers l'escalier où s'excitaient les Portugais. Il se retourna sur les trois portes entrouvertes et inspecta la première : vide. Il déglutit et passa à la seconde : vide. La poitrine comprimée et le souffle coupé, il ne put respirer avant d'ouvrir la dernière : un homme pâle, tuméfié de la tête aux pieds, barbu et maigrelet, était étendu nu contre le sol glacé. Un linge noué enserrait son cou. Ce n'était déjà plus lui, mais John le reconnut immédiatement et se jeta contre son corps. Le cœur allégé, des larmes de khôl coulèrent sur les joues du balafré. Délicatement, il prit la tête du Français entre ses mains et, le réveillant doucement, répéta son nom. Olivier Levasseur ouvrit les paupières, incapable de savoir s'il était mort ou vivant.

— C'est fini, souffla le sauveur.

Olivier voulut répondre mais, la bouche sèche, n'y parvint pas. Il leva une main pour le toucher. Sa clavicule cassée le fit convulser. John l'inspecta, observant ses jambes trouées, son torse lacéré, son visage ravagé, son corps massacré. Entre enfer et paradis, tous deux entendirent une sourde explosion claquer au loin. Taylor releva la tête, paniqué. Quinze encablures avant que le *Cadogan* ne touche la bouée : dix minutes ! Avec ce vent, peut-être moins. Il releva le Français sans attendre et demanda :

— Tu peux marcher ?

Olivier laissa échapper un cri atroce, suivi d'un rire nerveux. Ses jambes se remirent à saigner.

— D'accord, d'accord, s'excusa aussitôt Taylor en le rallongeant. Je demandais, c'est tout.

Transporté par la douleur et perdu dans ses délires, Olivier balbutia le nom de « Cassandra ». Pressé, John ignora son état et le chargea sur son dos, comme un sac. Un sac d'os. Olivier hurla et la Balafre reprit son flambeau en filant dans le boyau, jambes pliées et dos courbé. Il entendit les affranchis s'écharper avec la garde et s'élança dans l'escalier. Au rez-de-chaussée, le couloir débordait de cadavres. John lâcha sa torche, déposa son ami qui s'égosilla encore, et vola trois mousquets. Agonisant, l'un des soldats leva la main. John lui prit son épée et en déposa la pointe sous l'une de ses côtes. Le militaire cligna des yeux en un demi-sourire. Sans un mot, John enfonça la rapière, puis reprit son ami sur son dos. Il l'emmena dans le carré d'honneur au pas de course et y découvrit les corps de ceux qu'il venait de libérer. Autour, dix bidasses essoufflés. John et Olivier traversèrent la cour sous les salves de mousquets. Ils disparurent dans l'autre bâtiment, grimpèrent l'escalier et l'Irlandais redéposa Levasseur, qui rugit.

— Oups, dit-il encore. Désolé ! C'est la dernière fois.

Le balafré fouilla la malle de Raúl et en extirpa une corde. Il la passa en bandoulière. Olivier râlait, toussait, et des claquements de bottes retentirent.

— *Francêêêêêês* ? crièrent des soldats.

John se gratta la tête en grognant et sauta dans le couloir. Il déchargea ses pistolets sur les deux qui arrivaient. L'un tomba et renversa ses camarades dans l'escalier. John ramassa Levasseur et fonça aux remparts, via la poudrière. Il se jeta à la pointe nord-est et abandonna son ami contre un canon. Levasseur mugit.

— Pardon ! s'excusa Taylor. Avant-dernière fois.

Le balafré s'attacha à la corde et la fixa à la base du canon. Il reprit sa charge, monta sur le parapet, debout face au fort et dos à la mer. À sa droite, il distingua les frégates qui partaient en chasse. À sa gauche, les renforts accourant au bastion. D'une main, il tenait la corde et son dernier mousquet ; de l'autre, le bras du Français. Six soldats arrivèrent. John tira sur l'un des barils de poudre, lâcha le pistolet, et sauta. Une série d'explosions ébranla les remparts.

Taylor tenta de freiner la chute avec ses bottes, mais le duo fut stoppé par la longueur de la corde… à deux mètres du sable. Olivier couina. John regarda en bas, embêté par la distance, et au-dessus, rassuré par les flammes. Il brandit la serpe et, penaud, admit :

—   Bon, ça va peut-être faire un peu mal, c'coup-ci.

Olivier haussa un sourcil. John trancha l'attache. Ils s'écroulèrent et John écrasa le Français, qui s'évanouit de douleur. L'Irlandais se secoua, le reprit dans ses bras et détala vers les récifs en criant :

—   Mets à l'eau ! Mets à l'eau !

À trente mètres, Morô jaillit de derrière les rochers et en retourna un : la coque d'un canot, amené la veille et peint en noir. L'esquif à la mer, l'Indienne sauta à bord en ramant vers les évadés. John jeta le Français dans l'embarcation et s'y glissa. Il attrapa un cordage à la proue et, d'un coup d'œil, discerna les ombres des soldats, paralysés par l'incendie. Le dernier tir de canon retentit.

Morô et Taylor fixèrent l'horizon. Le *Cadogan* arrivait à une bouée, d'où partait la longe à laquelle était attaché le canot. Ils s'agrippèrent aux parapets. L'Irlandais maintint son ami au fond de la pinasse et, brutalement, elle s'envola. Tractés par le *Cadogan* qui venait d'accrocher la balise, ils s'échappèrent à près de dix nœuds en un instant. Tout le bois de la chaloupe craqua, mais l'amarre tint bon. John se tourna vers le fort en flammes et explosa de rire avec la Lucayan. L'équipage du *Cadogan* s'échina à ramener la barque, tandis que les évadés évitaient trois salves de l'armada. Quand ils ne furent plus qu'à quelques encablures du vaisseau, John essaya de réveiller Olivier. Le Français ne revint pas à lui, toussa, cracha du sang et, dans ses rêveries, répéta ce nom :

« Cassandra… »

La Balafre lança un regard étonné à l'ancienne intendante. Tout aussi surprise, Morô n'eut qu'une phrase :

- Lui dormir, dire Sara. Toujours Sara.
- Sans blague.

Arrivés sous la poupe du *Cadogan*, on leur fit passer une échelle de corde et une amarre. Ils remontèrent à bord, sous un tonnerre d'applaudissements. Ligotés au grand mât, Érico Rolérias et le gros da Costa Ponte assistèrent, ahuris, à la scène. Anne se précipita sur le corps inerte, entre inquiétude et soulagement. Incapable de le réanimer, elle appela le toubib d'Howell. À l'aide d'un drap pour civière, trois gars emmenèrent le blessé dans la cabine du médecin et Anne le regarda partir, décomposée. L'équipage le suivait aussi du regard, interloqué : c'était donc lui, le maître de manœuvre d'Hornigold ; celui qui avait déserté d'une façon au moins aussi improbable que cette évasion ; l'homme de cette impensable expédition, pour qui ils avaient tous risqué leur peau…

- Il va s'en sortir ? demanda-t-elle en s'accrochant aux bras de l'Irlandais.

John ferma les yeux, pris d'ivresse. La mer lui avait toujours parlé : le plus souvent pour l'inciter à boire, fumer, baiser ou tuer. Elle recommençait. Il fondit sur le grand mât et menaça les otages ligotés, caressant leurs visages en les fouillant. Rolérias lui

195

cracha à la gueule. Taylor s'arrêta et pencha la tête, amusé. Rolérias sourit avec fierté. Da Costa Ponte se pissa dessus.

- — Tu te rappelles de l'accord ? s'affola Howell.

John posa les yeux sur la redingote du capitaine et retourna ses poches.

- — « Leur libération couvre notre retraite », répéta John.
- — Entiers, précisa Howell. J'ai dit qu'on les libérerait « entiers ».
- — Mais lui, là, ajouta le balafré en volant un carnet dans la poche de Rolérias… C' n'est qu'un soldat ?

Taylor rangea le livret dans sa poche et brandit un coutelas. Howell allait s'interposer mais, d'un coup vif, la Balafre saisit le Portugais par la nuque et lui planta la lame dans l'œil. Rolérias bascula la tête en arrière en s'égosillant. Howell et tous ses hommes bondirent. Taylor tritura la cavité oculaire tout en ricanant. Rolérias vociféra et d'un geste sec, le forban lui arracha son globe. La joue maculée de sang, le militaire vit le pirate engloutir son œil et le mâcher longuement, un grand sourire aux lèvres. Silence d'écœurement. Tous fixaient l'Irlandais, hébétés. Au bout d'une vingtaine de secondes, John recracha dans sa main le globe, devenu bouillie. Il inclina la tête en étudiant la cavité ensanglantée du Portugais, et avec son pouce, y enfonça l'œil mort. Rolérias s'époumona encore.

- — Il n'était pas bon, se justifia Taylor.

Dégoûtés, les hommes regardèrent le balafré s'éclipser sur le bâtiment d'England. Howell Davis l'avait prédit : toute l'armada stoppa la poursuite dès que les otages furent remis dans des chaloupes. Les pirates poursuivirent leur route dans l'obscurité. Effrayé par l'état du Français, le médecin n'accepta qu'un seul assistant, et ce fut naturellement Anne. John s'isola dans la sainte-barbe, la grande cabine de l'équipage où s'entrecroisaient les hamacs. Il égara ses peurs dans le rhum et les notes de Rolérias. Il feuilleta le carnet sans rien y trouver d'intéressant, jusqu'à ce qu'il tombe sur des registres de chargements. Noms, vaisseaux, équipages, tonnages, armements, cargaisons, provenances et destinations : tout y était, à l'exception d'une ligne. Elle ne dévoilait aucune information, sauf le nom d'un bâtiment : la *Cassandra*.

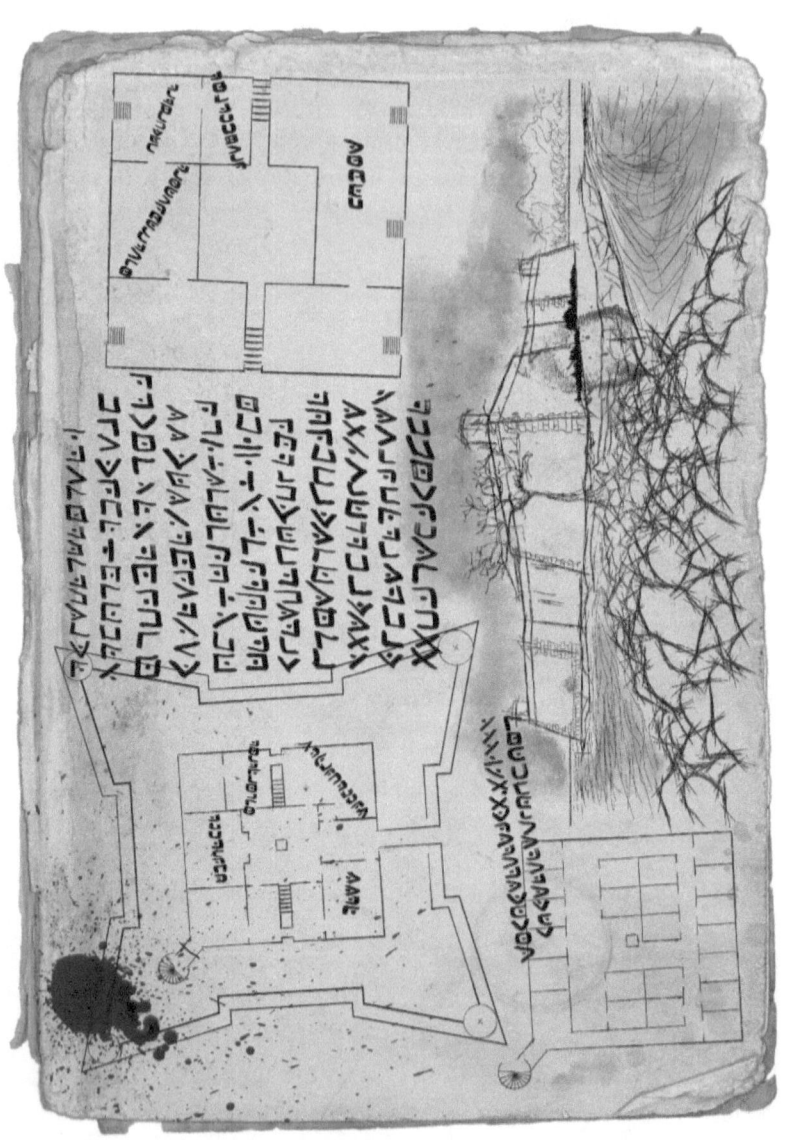

– IX –

Rencontres de Providence

La plus grande rencontre entre tous les capitaines sous drapeau noir se fit à l'initiative du roi d'Angleterre et débuta par un tête-à-tête avec le diable. Un soir de mai 1717, Woodes Rogers recevait dans son salon le mari délaissé : James Bonny. Anne avait disparu peu après leurs noces ratées, et depuis, l'intendant de Bayard harcelait l'explorateur. Bien informé, Woodes ne partageait pas ses inquiétudes mais ne voulait surtout pas l'ébruiter, et redoutait qu'elle ne revînt jamais. Las de ses jérémiades, c'est finalement l'armateur qui réussit à convaincre Rogers de recevoir son commis.

Regard perdu sur les boiseries usées du séjour, Woodes écoutait l'époux se lamenter. Des plaintes d'autant plus pénibles que l'assureur, comme tous les Bahamiens, était préoccupé par les ravages occasionnés par la tornade du mois précédent. Bateaux, plantations, fermes, maisons, vies, les dégâts étaient colossaux et sa mission en était affectée. Les assurances attendaient l'argent, qui ne venait pas. De près ou de loin et sciemment ou non, les souscripteurs s'étaient tous engagés avec des banques d'Hampton Court, or le roi retiendrait les remboursements, tant que la Couronne n'aurait pas repris les îles concernées.

Endetter, soumettre, régner.

Avec ou contre les pirates, Woodes ne pouvait avancer sans voir le commodore, qui ne lui avait jamais répondu. Depuis la disparition du Français, Benjamin Hornigold vivait cloîtré. Ivre du réveil au coucher, il errait sur les remparts ou dans les couloirs, seul et les baloches à l'air.

Woodes écoutait James Bonny et en même temps, envisageait d'abattre sa dernière carte : rappeler son agent secret, Magda Kapper. Rhum en main et confortablement vautré dans le canapé, l'intendant de Bayard ne parlait que de cet amour perdu et de l'héritage qui allait avec. Lorsqu'il évoqua le patrimoine d'Anne, Woodes comprit que l'imbécile avait été mis au parfum par son patron, non moins stupide, mais redoutable commerçant. L'explorateur fut pris d'une soudaine envie de lui casser les bras, les jambes, et de le balancer dans le lac bordant sa maison. Il se retint. En premier lieu parce que la plantation de Bayard se trouvait en face, sur l'autre rive. Ensuite car il se savait tenu à un minimum de discrétion. Alors, quand Fenwick annonça qu'ils avaient des invités, Woodes saisit l'occasion de congédier son hôte. Il jeta un œil à sa montre, surpris, car il était minuit. James Bonny se leva sans comprendre et deux soldats l'escortèrent jusqu'à la sortie de derrière. Dans le vestibule, Woodes enfila une veste bleue et demanda :

— Tu ne les as pas annoncés. Des officiers ?
— Pas vraiment… marmonna Nick en grattant ses tresses.

Du perron au bout de l'allée, dix militaires braquaient un carrosse noir à l'arrêt et tracté par quatre chevaux. L'aventurier discerna quatre pirates qui l'attendaient derrière la grille, dans la pénombre. Deux étaient torse nu, tous étaient enturbannés. Woodes fit signe au lieutenant qui commandait sa petite garnison de rappeler ses hommes. Il traversa son jardin, ouvrit le portail et monta dans le coche. Les forbans le suivirent et, d'un coup de fouet, l'attelage s'échappa dans la nuit.

Les bourrins ne freinèrent l'allure que devant la porte réparée de fort Nassau. La diligence s'engouffra dans le carré d'honneur du fortin. Caesar en descendit le premier. Woodes traversa la cour tapissée de flambeaux et tourna plusieurs fois sur lui-même, fasciné. L'espace – circulaire – était petit, ce qui indiquait de grandes pièces à vivre dans le bastion, compte tenu de la faible épaisseur de ses enceintes. Six esquifs amarrés les uns aux autres remplissaient le bassin de mise à l'eau. Les murs avaient des meurtrières sur trois niveaux et neuf mètres plus haut, sur les remparts, douze forbans le dévisageaient. Les grognards le bousculèrent, empruntant une entrée qu'il n'avait pas devinée. À l'intérieur, Woodes reconnut les accords d'une musique qui, bien qu'absolument irréelle en ce lieu, le transporta immédiatement : *Les folies d'Espagne*. Il écouta les traits, nota les écarts, les ajouts et l'échange, avant de constater des altérités. Des chandeliers allumés étaient fixés aux murs tous les vingt pas. Un gredin dans le dos et un autre devant, il avança dans un dédale de couloirs de pierre, de deux mètres de large. Un pirate ronflait sur un banc, dégageant une forte haleine de rhum. Le groupe passa devant une pièce entrouverte et Woodes y distingua trois flibustiers, en pleine partie fine avec cinq professionnelles. On lui fit gravir des marches. Elles puaient la pisse. Trois marins y dormaient, rétamés au punch.

Le premier étage, aussi bien éclairé, ne sentait plus si mauvais. Woodes pouvait y apprécier les accords de la *Folia*, devenus plus forts. Ils passèrent devant une salle totalement éventrée et à travers les fissures, il put entrevoir les lueurs de la ville. Les vestiges des assauts de Charles Vane étaient beaucoup plus impressionnants de l'intérieur. Premières failles. L'escorte lui fit faire le tour de la forteresse et il croisa d'autres forbans, tous ivres et débraillés. L'un d'eux réclama l'identité du civil. Les hommes de Barbenoire l'ignorèrent et s'engagèrent dans une nouvelle série de marches.

Le dernier niveau ressemblait aux autres (les lézardes en moins), mais la musique y était résolument plus forte. Woodes crut entendre les cris étouffés d'une femme, mais fut surtout frappé de stupeur devant les quinze grognards en faction, gardant les portes. Ils étaient armés comme des *HMS* et portaient leur foulard autour du cou. Caesar dépassa l'aventurier, retira son turban et s'avança dans le couloir. À chaque fois qu'il croisait un Frère, l'homme de confiance de Barbenoire frôlait sa main du bout des doigts en guise de salut. Une fraternité dans la confrérie ; une famille. Quand l'escorte s'arrêta, elle se trouvait entre deux portes. De l'une, filtrait la musique, si belle, mais aussi des hurlements. Caesar frappa à l'autre. Pas de réponse. Les forbans attendirent. Convaincu d'enfin retrouver Hornigold, l'assureur resta sagement planté, intrigué par les notes entrecoupées de grognements. Caesar toqua encore. Toujours rien. Une femme glapit brutalement et un ours grogna aussitôt :

« Ta gueule ! »

Hautboïstes et bassonistes jouèrent encore plus fort. Plus de cris, mais un groupe d'hommes ricanait derrière le mur. Woodes déglutit. Caesar cogna comme un sourd contre la porte et une voix rocailleuse tonna, une voix d'ogre :

« Entrez. »

L'escorte ouvrit et, dans la caverne du diable, Woodes Rogers ne cessa plus de trembler. Une longue table traversait une grande pièce rectangulaire, de dix mètres par quatre. Des lustres et un poêle illuminaient la salle, au plafond noirci. Un tapis brodé des armoiries de la Navy, des coffres, un butin et pas de fenêtre. Une horrible odeur de soufre, de feu, de cuir et de sueur. Sur la longue table, deux verres à pied et une aiguière en cristal, pleine de vin. Trônant juste devant eux, sanglée dans un manteau blanc, la Bête leur tournait le dos. Sûr de sa force, Edward Teach affichait une assurance décomplexée. Il avait attaché ses boutons jusqu'au col et n'avait pas d'arme, même à proximité. Caesar claqua les talons, tel un lieutenant au garde-à-vous. Teach déplia sa grande carcasse et joignit ses poings dans son dos :

« Monsieur Rogers », souffla-t-il de sa voix caverneuse sans se retourner.

Les autres laissèrent Caesar. Il ajusta son foulard d'une main et, de l'autre, montra à l'aventurier où aller. Woodes fit quelques pas et contourna le colosse en le dévisageant, pris d'angoisse. L'odeur l'incommodait, quelque chose dans l'air le piquait et il distinguait de nouveau les abominables cris. Les musiciens avaient beau jouer avec talent, plaintes et vociférations donnaient à la *Folia* un rythme différent. Woodes fixait ce regard hypnotique qu'il voyait pour la première fois mais dont on lui avait tant parlé. Impassible, Teach ne le quittait pas des yeux, un fin sourire aux lèvres. Sa respiration ressemblait à de légers grognements rauques. Ses cheveux étaient longs, noirs et plaqués en arrière. Son front, ses tempes et ses pommettes étaient prématurément ridés. L'explorateur était déjà aimanté par ce sombre visage et cette barbe… Exceptionnellement nouée en une seule natte, elle tombait sous son nombril.

Woodes scrutait ses moues et ses lents mouvements, ses narines et ses rides, ses pupilles et le jaune autour : le cauchemar des mers paraissait fier, autant qu'amer. L'explorateur longea la table et retrouva avec délice la peur. Indicateur de dangers dans l'exploit, il ne l'avait plus sentie depuis ses tours du monde. Cela lui manquait. Arrivé au bout, il écarta un fauteuil en velours. Teach leva une main et ils s'assirent sans cesser de se fixer. Caesar servit les verres mais ni l'un ni l'autre n'y toucha. De longues secondes passèrent. Les violons étouffaient de moins en moins les cris glaçants. Woodes observait l'élégance et la gestuelle de l'officier qu'on lui avait décrit. Il toussa dans sa main et se lança :

— Pourquoi ?

Caesar s'inquiéta et se tourna vers son patron. Teach souriait. Il avait toujours su que la Couronne voudrait lui parler : lorsqu'on échoue dans la violence, on prétend au dialogue. S'ils étaient du même monde, l'ogre aurait préféré quelqu'un de son rang. Le pirate s'adossa en le dévorant des yeux, comme amusé par sa candeur. Premier mouvement tactique.

— J'ai accordé trop d'importance à un détail, gronda Teach.
— « Un détail » ? répéta l'aventurier.
— Le diable est dans les détails.

Woodes ravala sa salive.

— Je ne verrai pas le commodore ?

Teach caressa sa longue natte de barbe en souriant poliment, puis rompit les préliminaires d'un ton ferme :

— Vous allez plonger votre main dans votre redingote, monsieur l'explorateur, et en retirer l'offre de grâce que vous êtes venu négocier. Déposez-la sur la table.

Woodes écarquilla les yeux, incrédule, immobile. Impatient, Teach élargit son sourire et Caesar dégaina lentement sa rapière. Immédiatement, Woodes obéit et sortit une enveloppe de sa veste. Il la jeta au milieu de la table, près de la carafe.

— Comment ? balbutia l'aventurier. Comment vous savez ?
— J'ai lu vos ouvrages, expliqua l'ogre. Madagascar, les pardons...

Woodes en était pantois, partagé entre fierté et terreur.

— J'ai... J'ai lu certains de vos rapports, se hasarda-t-il en espérant rééquilibrer le duel.
— J'en doute, souffla le forban.

Teach n'avait jamais laissé un seul billet ou journal de bord être lu par qui que ce soit d'autre que son destinataire. Il brûlait systématiquement tous ses documents et conservait sur lui les originaux les plus importants, qu'il pouvait noyer à tout instant. Une habitude apprise à l'académie navale.

— Je lis aussi les notes du roi, précisa le pirate. Seize mille hommes et soixante bateaux aux Bahamas avant Noël ? Ajoutez-y les troupes envoyées en Jamaïque et vous, ici... Votre démarche n'est que la suite logique.
— Le commodore le sait-il ? s'alarma Woodes.
— Voyez-vous un commodore ?

À côté, la mélodieuse musique continuait de faire danser les barbares de Barbenoire sur les épouvantables plaintes d'une jeune femme. Teach leva un index et Caesar lui donna sa pipe, prête à fumer, puis raviva le poêle. De légères vapeurs de soufre s'envolèrent. Des volutes que Teach inhalait, impassible. Piqué par la fumée, Woodes clignait des yeux, ensorcelé par ce colosse maîtrisant les hommes, l'espace et le temps sans presque aucun mouvement.

— On m'en a parlé en Angleterre, avoua l'aventurier en pointant le poêle du doigt. Les bains de soufre, votre navire dans une brume... Ils m'en ont parlé...

Teach tira une longue taffe et se mordit les lèvres :

— Ils parlent beaucoup en Angleterre, gronda-t-il.

La lueur des braises se reflétait dans ses yeux jaunes. Woodes sentit une boule dans sa gorge. En signe de bonne volonté, il saisit courageusement son verre et but une rasade sans attendre, trinquer, ni rien suspecter.

— Et s'il avait été empoisonné ?
— Un autre me remplacerait, dit-il en reposant la coupe.

Ils pouffèrent et levèrent leurs verres, pour se saluer. Woodes reprit une gorgée ; pas Teach. Il tenait le cristal à la manière des officiers, l'auriculaire en l'air, mais faisait semblant de boire à cause de son foie. Caesar resservit Woodes. Bien qu'étourdi par le vin, les accords de Lully et les gémissements, l'aventurier poursuivit :

— C'est une offre d'amnistie ; une issue sans bain de sang.
— Une offre couvrant toute la confrérie ?
— Tous les pirates de Nassau, dit l'aventurier.
— Sauf moi…

Long silence gênant. Woodes plissa les yeux et se pinça les lèvres, subitement inquiet. Teach leva une main rassurante :

— George n'est pas Sa Majesté la reine, dit l'ogre.
— Assurément, mais tout est toujours possible et…
— J'admire votre optimisme.

Nouveau silence. Ne sachant comment relancer la discussion, Woodes entama le monologue qu'il avait répété en tâchant d'être convaincant :

— Votre confrérie est déjà morte : Vane, Billy, la Navy, Hispaniola, l'armada, Levasseur et maintenant, Hornigold qui ne sort plus, et puis…

L'explorateur se gratta la nuque, embarrassé. Il n'avait pas prévu d'être reçu sans « Ben », mais se doutait qu'il croiserait Barbenoire et s'était préparé à ce moment :

— Et puis Bellamy… ajouta-t-il d'un air navré. Je vous présente mes condoléances pour votre ami.

Cette fois, Edward Teach ne put retenir une grimace. Blessé, il baissa la tête, sans parvenir à évacuer ses pensées :

Sam Bellamy, le mutin maudit et idole de la confrérie, était mort à vingt-huit ans. Il écrivait sa propre légende, pleine de gloire, quand le même ouragan qui venait de secouer Nassau y avait mis un terme, une nuit d'avril. Le Prince des pirates faisait voile vers Rhode Island avec sa *Whydah Gally*, une splendide prise aux cales chargées d'or et d'argent. Il pensait enfin retrouver sa famille. En passant nuitamment la presqu'île, la *Whydah* avait vacillé dans la tempête et s'était couchée sur le flanc, mâts rompus. Un récif avait arraché sa coque et le navire avait coulé avec cent quarante-cinq hommes à bord[30]. Les neuf marins qui avaient survécu avaient tous fait le même témoignage : la dernière fois qu'ils avaient vu le capitaine, il se cramponnait à la barre tandis que son bâtiment était emporté par le fond.

Les naufragés s'étaient réfugiés sur un banc de sable, épuisés et incapables de rallier le continent à la nage. Le lendemain matin, le *Great Allen*, un marchand de Boston, vint les secourir. Il leur permit de quitter l'îlot… fers aux pieds. Les rescapés furent emmenés à Boston par le capitaine Christopher Taylor afin d'y être pendus pour piraterie. Ironie de l'histoire : une semaine après l'exécution, une gazette du Massachusetts publia le nom des condamnés dans une liste de pirates graciés par le roi. Ils rentraient justement signer leurs pardons. Oups ?

Se remémorant sa rencontre avec Bellamy, Teach fixait le plafond en faisant rougir son fourneau, narines retroussées, tête penchée et front plissé. Préparé à croiser celui qui était devenu Barbenoire, Woodes avait écouté des lords, des amiraux, des capitaines et des sous-officiers lui décrire un sinistre titan, mutique, cruel et violent, ne répondant qu'à ceux qu'il tenait en estime. On lui avait parlé d'une bête de guerre, d'un monstre de sang, immanquablement en première ligne et que ni les balles, ni les lames n'arrêtaient. Mars en personne, intraitable et insatiable.

---

[30] Parmi eux, John King, engagé volontaire de onze ans et plus jeune Frère de la côte de l'Histoire.

Woodes faisait pourtant face à un homme presque comme les autres. Il était certes plus grand, impressionnant et imposant que la moyenne. Il était très angoissant et son immense barbe était par ailleurs ahurissante, mais ses yeux trahissaient ses sentiments.

— Le château aurait dû lui revenir, dit le flibustier.

Dans un coin de la pièce, la tête embrumée, Caesar fixait l'assureur, qui tentait de reprendre son souffle sans se démonter.

— Pas à vous ? s'étonna Woodes.

Malaise et nouveau couplet dans la pièce d'à côté.

— Nassau n'a jamais été une place forte, justifia Teach.
— Oui, mais avec ses canons pour…
— Pour frapper la Navy, je ne me serais pas replié ici.

Woodes Rogers reprit son verre sans comprendre et le maître des lieux inspira bruyamment.

— À quel moment avez-vous su que vous alliez changer ? demanda le pirate sans transition. Pour l'éternité et devant Dieu, j'entends… À la mort de votre frère ou à celle de votre cadet ?

Woodes resta pétrifié quelques secondes, meurtri.

— Je… bafouilla-t-il, touché. À… À la mort de mon frère.
— Ah ?

Teach baissa la tête et s'enferma à nouveau dans ses pensées, sans développer ni rien confesser. Il semblait ébranlé, comme si cette seule réponse avait pu justifier tout l'entretien. Les émanations de poudre à canon remplissaient doucement l'espace et le flibustier déposa sa pipe sur un coin de table. Il se gratta les yeux et commença à défaire sa longue natte.

– Vous avez sauvé un naufragé, lança-t-il d'un air troublé.

– Selkirk[31], remémora aimablement Woodes.

– Selkirk, répéta Teach en défaisant ses lanières. Oui. Comment est-il mort ?

– Mort ? Il n'est pas mort… Alexander est encore à Londres… Aux dernières nouvelles, il allait bien. Il n'est pas mort, non.

Un hurlement plus atroce que les précédents s'échappa des murs. L'assureur bondit et la musique cessa subitement. Même le tranquille Caesar releva la tête. Teach, lui, continua de paisiblement défaire sa barbe et déposa les dernières bandelettes qui la retenaient. Il l'ébouriffa furieusement et l'explorateur découvrit, avec un mélange d'horreur et de fascination, la longue boule de poils, volumineuse et impétueuse. Touffue, elle recouvrait ses joues, son buste et ses bras. Trois coups résonnèrent contre la porte et un gabier passa sa tête d'estropié-de-naissance, pour ne cracher qu'un affreux :

« C'est fait, *cap'tain.* »

Il disparut aussitôt. Dans la seconde, Barbenoire retira son alliance et la tendit à l'intendant. Habitué, Caesar la déposa sur le poêle. Woodes eut un haut-le-cœur.

– Ça aussi, ils vous en ont parlé ? osa Teach avec un odieux sourire. En Angleterre ?

L'aventurier suffoquait, terrifié, les yeux posés sur sa missive. La fumée commençait à l'empêcher de respirer et l'horreur qui venait de se jouer lui donnait la nausée. Il n'avait qu'une envie : s'échapper !

– Cette amnistie, reprit-il, c'est une chance pour Nassau.

---

[31] Devenu Robinson Crusoé sous la plume de Daniel Defoe.

- Ou pour les hommes du roi.
- Il ne s'agit pas de vous et moi, argua l'aventurier.
- Qui parle de nous ? Vous découvrez un terrain ennemi et y imposez une stratégie : l'argent…
- Celle de la confrérie, se défendit Woodes.
- C'est pourquoi elle fonctionnera.

Woodes Rogers marqua un temps d'arrêt, interdit.

- La fraternité ne respecte que l'or, concéda le sinistre, mais je suis curieux : l'aviez-vous dit à la reine en ces termes ?
- Je n'ai jamais été reçu par la reine, répliqua Woodes aussi sec.
- C'est donc la différence entre une Stuart et un Hanovre, plaisanta Teach.

Le silence revint. Barbenoire baissa la tête, comme peiné. Il plongea une main dans sa poche, y trouva une balle de mousquet et se mit à jouer avec, sans la sortir. Depuis son purgatoire, elle ne l'avait jamais quitté et à chaque fois que le spectre de la Navy défilait devant ses yeux, il la caressait. D'une voix rauque, calme mais terrifiante, il murmura :

- Connaissez-vous la beauté de la mort ?

Woodes Rogers demeura figé. Caesar esquissa un sourire. L'alliance commençait à fondre, crépitant sur le poêle, et la Bête soupira :

- Les morts ne parlent pas. Ils ne mentent pas, ne menacent pas, ne négocient pas. Ils agissent.
- Vous n'êtes pas mort, cria Woodes.
- Vous pensez ?
- J'aurais toute latitude pour discuter d'une offre spéciale vous concernant, rassura l'aventurier.

— Vous représentez un roi détenant sa couronne de Dieu, rétorqua Teach sans l'écouter. La mienne me vient des enfers.

Pris par une quinte de toux, Woodes rebut une gorgée, prêt à se lever.

— Ferez-vous voter vos homologues ? demanda-t-il.

Barbenoire fixa longuement le courrier sans ôter la main de sa poche, visage figé. La confrérie ne lui pardonnerait pas de cacher une proposition de grâce et dans la grande stupidité organisée qui la caractérisait, elle voterait pour accueillir ou combattre la Navy. En tant que second du commodore, Barbenoire devrait y veiller, même si ce vote augurait d'un pot de départ à tendance virile.

— Il n'y a pas de pardon en mer.
— Je ne m'attendais pas à ce que vous acceptiez, cracha Woodes avec ses poumons. Mais vous…
— Mais il y aura bien vote, le coupa Barbenoire. Après que les capitaines vous auront écouté, ils voteront.

Woodes haussa les sourcils, bras ballants, estomaqué. Bientôt asphyxié par le soufre, il se leva et laissa la copie de la proclamation sur la table. Barbenoire avala une gorgée de vin et avant qu'il ne repose son verre, Woodes s'arrêta :

— Vous buvez ?
— Seulement aux grandes occasions.

Woodes Rogers s'inclina respectueusement et prit congé.

*

Quatre mois plus tard, une chaloupe du *Duke* sous drapeau blanc glissait doucement dans la baie de Nassau, sous un ciel de plomb. À son bord, Woodes Rogers n'était accompagné que d'un soldat désarmé ; Randall, son rameur. Envoyer la missive à tous les pachas avait été plus aisé que de fixer l'endroit des pourparlers. L'homme du roi avait proposé une vieille église espagnole, abandonnée dans les hauteurs de la jungle. Bonnet avait suggéré Abaco, et Teach ne voyait pas mieux que la cour du fort pour tous les contenir. Les principaux intéressés avaient voté en faveur de la rencontre mais, redoutant un piège, avaient menacé de se désister si une zone neutre n'était pas trouvée. Ils s'étaient finalement accordés sur la plage des flibustiers, cœur en lambeaux mais encore battant du pays sans visage.

Bivouacs, étals, gargotes, camps, buissons et palmiers, l'ouragan avait tout arraché. Du rivage au barnum de Charles Vane, ce n'était plus qu'un champ de désolation, parsemé de poutres et autres vestiges plantés dans le sable. Un vaste chaos à fleur d'eau. Tenue par huit pieux, une grande *khaïma* était dressée sur la plage, encadrée par la garde prétorienne de Barbenoire : quinze grognards enturbannés, silencieux et inquiétants. Dessous et à la façon des tribunaux pirates, trois bureaux avaient été posés en arc de cercle, sur un tapis de soie.

Premier bureau : ventre nu sous sa veste de brocart rouge et le visage barré d'un tissu noir, le gargantuesque Hornigold tétait une bouteille de rhum, absent. Rond comme une pelle, il se faisait discret, hagard, perdu dans ses pensées : la trahison d'Olivier et la disparition crève-cœur de Magda. Il attendait secrètement qu'un Frère se décide enfin à l'assassiner, oubliant que la chienne vautrée à ses pieds en intimidait plus d'un. À force d'abandons, le borgne avait fini par admettre sa responsabilité dans l'effondrement de la fraternité. Trois semaines plus tôt, Teach l'avait convaincu d'arraisonner la *Betty*. Hornigold n'en avait emporté que les excellentes caisses de vin de Madère, laissant à Barbenoire toute la cargaison. Mentalement épuisé, le commodore ne commandait plus.

Deuxième bureau : de l'autre côté de la tente, Teach observait la foule de pachas. Il avait interdit d'amener une arme, mais arborait fièrement six pistolets à la poitrine, sous sa gigantesque barbe. Priés de rester à l'écart et également désarmés, plus de sept cents hommes d'équipages, éparpillés aux alentours, tendaient l'oreille. Ils étaient deux mille cinq cents pirates à avoir foulé Nassau dans la nuit. Empêchés de parler à la réunion, presque tous s'arsouillaient dans ce qu'il restait des tavernes et des bordels. Une centaine de vaisseaux mouillaient dans la baie, parés à riposter si la rencontre se transformait en guet-apens.

Les cent seigneurs noirs les plus influents conversaient, rassemblés autour de barils pleins de rhum. Ils étaient capitaines, faisaient partie de leurs états-majors ou – après dissolutions et reformations d'équipages – allaient devenir patrons. Tous ou presque approchaient le célèbre Barbenoire pour la première fois. Ils l'épiaient, captivés par sa pilosité, son flegme, sa stature, son charisme magnétique et l'insupportable angoisse qu'il provoquait.

Stede Bonnet écoutait Emmanuel Wynne et son acolyte, Richard Worley, se demander où ils iraient « une fois qu'Hornigold serait cané ».

À côté, l'illustre Henry Jennings comparait le montant de sa prise sur l'*Urca* avec celle de son poulain, Charles Vane. L'élève avait largement dépassé le maître, apparemment beau joueur. Rieurs, ils calculaient le peu qu'il leur restait et trinquaient à la santé du roi d'Espagne.

Bob Deal et Jack Rackham surveillaient de près le clan Gathenhielm (des consanguins suédois), en pleine discussion avec *Billy One Hand*, Penner, le danois James Plantain, Winter et d'autres... Sujet du débat :

« Quand c'est qu'on baise ? »

Déjà bourré, John Augur, un « stratège autodidacte » édenté, prédisait assez justement ce qui allait suivre :

« 'Fais fous mett' chu la gueule ! Foilà ch'que ch'fais fai'e. »

Des fidèles d'Harbour Island considéraient les remparts ébréchés du fort, stigmates des divisions qui avaient coûté si cher à la confrérie. Pour eux, une seule question : sans la folie destructrice de Vane ni l'autisme apparent de Barbenoire, la Navy aurait-elle eu le culot de débarquer deux soldats en canot à Nassau ?

- Non, parce que rien qu'à voir la trombine du rameur, pestait l'un, ils ne nous ont même pas envoyé les meilleurs.
- Ils ne nous respectent plus, se lamentait son copain. On ne fait plus peur, qu'est-ce que tu veux que j'te dise ?

Low, Spriggs et Holmes accueillaient le quartier-maître Harris, qui évoquait sa récente conversion à l'islam. Spriggs était un passionné de nécrophilie et Low, de torture. Ce dernier léguerait un journal de bord, repris plus tard comme manuel par les inquisiteurs espagnols.

- Et là, j'leur dis qu'ils ont bien fait de se rendre, rit Low. Et biiim ! Coups de canons dans la soute. T'aurais vu leur gueule, à ces cons de mahométrucs !
- D'accord, soupira Harris, donc t'as rien écouté de ce que je viens de dire.

Sous un soleil que voilait le ciel gris, Randall, tremblant, amena sa barque contre le sable et Woodes Rogers sauta à terre. Vigie du *Duke*, Randall s'était retrouvé « désigné volontaire » pour cette périlleuse mission. Le gabier avait beau avoir arrimé un mousquet sous son banc, il savait qu'il n'irait pas loin en cas d'embrouille. Il amarra l'embarcation à la jetée, tandis que les loups de mer s'écartaient afin de laisser Woodes s'avancer. Les pachas grommelaient, menaçants. Encore plus intimidé par les grognards, l'aventurier salua Teach d'un signe de la tête et tendit sa main à Benjamin. Hornigold l'ignora. Woodes passa derrière le dernier bureau, au centre de la tente et se racla la gorge. Il repoussa son siège et, restant debout, commença :

—   Messieurs. Je suis le capitaine Rogers. Certains me connaissent. D'autres pas. Je ne suis aux ordres de personne, mais viens vous parler au nom du roi.

Ce n'était pas la meilleure approche. À peine avait-il prononcé le mot interdit que les insultes fusèrent, devant un commandant Teach amusé. Les gabiers tout autour s'approchèrent, intrigués. Jambes en coton, l'émissaire de Sa Majesté continua sous les huées :

—   Je suis venu… vous lire une proclamation.

Le groupe hurlant, personne n'entendit rien et Teach joua du maillet. Les patrons fustigèrent leurs boscos afin qu'ils s'emportent contre les quartiers-maîtres, lesquels houspillèrent les troupes, jusqu'à ce que le silence revienne.

—   Je suis venu vous lire une proclamation, officialisée il y a plus d'un mois par Hampton Court.

Le nom du palais royal eut le même effet, mais les flibustiers se turent rapidement. Woodes regarda le commodore, totalement absent, puis échangea un regard avec Teach, aussi souriant qu'impatient. Sans cesser de trembler, l'aventurier sortit un texte de sous sa veste et, d'une voix forte, commença :

—   « Ayant été informé que plusieurs sujets de la Grande-Bretagne ont commis, depuis le 24 juin de l'année 1705, divers actes de piraterie et brigandage dans les mers des Indes occidentales, ou aux environs de Nos plantations… »

Hilarité de la foule, moqueuse et bavarde. Teach redonna du marteau. Woodes reprit sans attendre :

— « Qui ont causé… Qui ont causé de très grandes pertes aux marchands de la Grande-Bretagne et autres négociants dans ces quartiers, nonobstant les ordres que Nous avons donnés de mettre sur pied des forces suffisantes pour réduire ces pirates ; ayant trouvé à propos, pour en venir à bout plus efficacement, et de l'avis de Notre Conseil privé, de publier cette royale proclamation… »

Dans l'assistance, une voix l'interrompit en braillant :

— Ch'est voulu, qu'on piche rien ? beugla John Augur.
— C'est pour mieux nous embrouiller, expliqua *Billy One Hand*.

Teach se pencha et fusilla le manchot du regard. Il se tut sur-le-champ. Inspirant profondément, Woodes développa :

— « Promettant et déclarant, par la présente, que tous les pirates qui se soumettront avant le 5 septembre 1718… »

Soumettre.

Une onde de mécontentement, débordant les patrons, courut le long des équipages. Les noms d'oiseaux éclatèrent.

— Dis donc, « la perruche » ! tonna Spriggs. Toute ta lettre est tournée comme ça ?
— Ouais parce qu'il faudrait voir à qui tu causes, gronda un autre.

Se dandinant, l'aventurier se tourna encore vers Teach en espérant son aide. La grogne était si forte qu'il préféra les laisser se calmer d'eux-mêmes. Ils mirent plusieurs minutes à se taire et Rogers poursuivit, de moins en moins à l'aise :

- « Avant le 5 septembre 1718 », donc… « Par-devant un de Nos secrétaires de Grande-Bretagne ou d'Irlande, ou par-devant quelque gouverneur de Nos plantations au-delà des mers, jouiront de Notre gracieux pardon pour les pirateries qu'ils auraient pu commettre avant le 5 du mois de janvier prochain – par ces motifs, Nous enjoignons et commandons très expressément à tous Nos amiraux, capitaines et autres officiers de mer, comme aussi à tous Nos gouverneurs et commandants de Nos forts, châteaux et autres places en Nos plantations, et à tous autres officiers civils ou militaires, de se saisir de tous pirates qui refuseront ou négligeront de se soumettre conformément à la présente. »

La gorge sèche, il avala d'un trait le gobelet posé sur sa table. Découvrant du rhum, il manqua d'en recracher la moitié. Des capitaines en profitèrent :

- Ça veut dire quoi, tout ce charabia ?
- Est-ce qu'on a l'air d'hommes de loi ?
- Ah ! Donc j'suis pas le seul ? Personne entrave que dalle à c'qu'il raconte ?
- J'comprends plus. Et quand j'comprends plus, j'ai soif.
- Et 'pis… elles arrivent quand, les gonzesses ?
- Non mais là, avouez que c'est le bordel.
- C'est encore un piège ? s'excita un dernier. Comme pour les gars du Prince ?

À l'évocation des pendus de Bellamy, la horde s'égosilla à l'unisson, promettant la mort et mille supplices aux salopards de Boston. À présent certain qu'il pourrait finir, Woodes Rogers leva une main et, réclamant le silence, enchaîna :

- « Nous déclarons, en outre, que toute personne qui pourra découvrir ou faire en sorte que l'on découvre et arrête un ou plusieurs de ces pirates, à compter du 6 septembre 1718, en sorte qu'ils tombent entre les mains de la justice pour être punis de leurs crimes, recevra récompense. »

Woodes marqua une pause, leva les yeux de son papier et observa les centaines de regards ahuris. Il n'entendait plus que les rouleaux s'écrasant sur le rivage.

> — « À Savoir : pour chaque commandant de vaisseau, la somme de cent livres sterling ; pour chaque lieutenant, maître, contremaître, charpentier et canonnier, quarante livres ; pour chaque officier subalterne, trente livres ; et pour chaque matelot, vingt livres[32]. »

Cette fois, l'assistance était médusée. Ce jeune gringalet en uniforme et désarmé osait les menacer ! Ils se dévisagèrent, stupéfiés, et l'aventurier en profita, achevant :

> — « Et si quelqu'un de la troupe, ou au service des commandants ou navires, peut dans le terme susdit saisir ou livrer, ou faire en sorte qu'on arrête quelqu'un de ces commandants, il aura pour chacun deux cents livres, lesquelles sommes seront payées par le lord Trésorier, ou par les commissaires de Notre Trésorerie qui seront pour lors de service, en étant requis par la présente. »

Ambiance.

Vent, vagues, cliquetis et toussotements, un calme angoissant paralysa la plage de longues secondes. Woodes reposa son texte, marmonna la date et oublia la signature. Sonnés, capitaines et équipages n'avaient saisi que l'essentiel de la déclaration : l'appel à la trahison ! Harris cracha dans le sable. Vane, Low et d'autres fixaient l'impudent, l'œil mauvais. Un demi-sourire aux lèvres, le vieux Jennings voulut raisonner l'aventurier :

---

[32] Un peu plus de 2000 euros.

- Mon garçon, vous devriez traduire. Et je vous conseille de choisir vos mots avec précaution.

Inquiet, Woodes s'exécuta :

- Cela veut dire que ceux d'entre vous qui accepteront ce pardon dans l'année obtiendront des terres et des fermes sur ces îles. Ils pourront vivre en paix et avoir une existence honnête, sans craindre la justice pour des crimes passés. Voilà ce que cela veut dire.
- Et l'autre partie ? interrogea Jennings. Ceux qui pourraient « faire en sorte qu'on arrête des pirates » ?

Sans autre issue que l'honnêteté, l'envoyé du roi admit :

- C'est une tactique d'Hampton Court pour vous diviser : un appel à la délation.
- « À la délaquoi » ? apostropha Ingela Gathenhielm.
- « Dénoncer », lui traduisit Lars, son frère et mari.

Aux côtés d'un Edward Teach toujours souriant et d'un commodore presque assoupi, Woodes délivra ses arguments :

- La Grande-Bretagne se prépare à reprendre ces îles.
- L'Angleterre nous a abandonnés, rappela un forban. Nous ne sommes plus à eux.
- Ils viendront quand même, jura l'aventurier. Et il n'y aura pas d'or à la clef. Juste la mort. Cette proclamation, c'est une chance d'éviter le carnage. Une chance de paix.
- Et dis-nous, canasson, rit Low. Dans quel camp seras-tu, quand ça va barder ?
- Celui de Nassau.

La grogne s'empara à nouveau de la plage. Les capitaines se demandaient comment, en dépit des lois protégeant les pourparlers, ils allaient s'emparer du diplomate. La garde prétorienne sentit la tension monter et se resserra d'un pas, sous la tente. Serein et silencieux, Barbenoire caressait sa barbe d'une main et de l'autre, jouait avec sa balle de pistolet au fond de sa poche.

Woodes comprit qu'il était piégé. Il déglutit. La foule, mutique, le fixait. Tout à coup, une incroyable fureur s'empara du rivage et la horde se rua vers la tente, prête à embrocher l'aventurier. Les grognards déterrèrent les cimeterres et mousquets cachés alors qu'ils dressaient la *khaïma*, et se regroupèrent instantanément devant les bureaux en poussant un formidable cri :

« Ahu ! »

Les patrons freinèrent des quatre fers. Teach lâcha sa balle et se releva doucement, sans cesser de passer ses doigts dans sa barbe. Il se tourna vers Woodes Rogers et lui dit :

« En vous remerciant. »

Barbenoire tourna les talons, abandonnant Hornigold et laissant l'explorateur sans explication, ni défense. Par instinct de survie, Ben sauta devant les grognards et accourut au fort, avec sa chienne. Woodes cavala avec lui. Barbenoire, lui, marcha d'un pas lent, suivi par Bonnet, ses gardes et une foule de pachas. Ils bouillaient et promettaient une mort atroce à l'émissaire qui fuyait sous leurs yeux. Se reprochant les uns aux autres de n'avoir su répondre à l'Angleterre, ils commencèrent par s'écharper entre eux, le long de la plage.

Barbenoire éjecta l'aventurier hors du fort et referma les portes. Seul sur la Promenade, Woodes entendit les hurlements des équipages se déchirant sur le rivage. Paniqué, il courut s'abriter dans ce qui restait du bureau des registres. Le gratte-papier reconnut l'assureur qui, au lendemain de l'ouragan, avait remboursé ses pertes. Il le laissa entrer et s'empressa de verrouiller l'accès pour le protéger de la meute déchaînée. Woodes venait d'échapper au sort de son rameur, alors il déboutonna sa veste, desserra son col et déboucha une bouteille de vin. Il était nerveux, anxieux, mais ravi. Son plan avait fonctionné ! La tempête et ses remboursements avaient apporté le désordre. Qu'il glane les signatures de quelques pirates ou d'aucun, l'effet serait le même : la proclamation entérinait un chaos divisant les Frères et les plongeant dans une nuit sans fin.

On frappa à la porte. Le secrétaire sursauta. Woodes saisit une hachette sur un tonneau et, entrouvrant, eut la surprise de trouver le vieil Henry Jennings, essoufflé. Personne ne le poursuivait. Woodes le laissa entrer.

—   Merci, cracha l'ancien homme fort de la ville. Merci. Parce que monsieur, je peux vous dire que vous venez de foutre un beau merdier.
—   Et que nous vaut le plaisir ?

Sans hésitation, Jennings trancha :

—   C'est vous qui avez raison.

Le gérant ne comprit rien et Woodes Rogers, ahuri, haussa les sourcils. Henry Jennings, premier gouverneur de Nassau sous drapeau noir, capitaine et mentor de la confrérie, venait de s'agenouiller devant l'Union Jack.

– X –

Gabão, *meu amor*

Situé en face de São Tomé, dans le golfe de Guinée, le premier comptoir du Gabão[33] fut érigé en 1472 par les Portugais. Marchands anglais, hollandais, espagnols, allemands et français vinrent rapidement y acheter de l'ébène, de l'ivoire, du miel, de la cire, des esclaves… Sur place, les Mpongwe, des Bantous arrivés quelques siècles plus tôt, seraient bientôt rejoints par leurs voisins du nord et du sud[34]. L'esclavage, tradition séculaire permettant de recycler les vaincus entre peuplades ennemies, prit une toute autre dimension lorsque le Nouveau Monde eut besoin de bras. Valorisé par la demande, l'esclave devenait un produit d'échange recherché.

Plus au sud de la côte, dans les marais du royaume du Kama, les mêmes ethnies entretenaient également des rapports commerciaux avec les flibustiers, soucieux d'éviter les comptoirs portugais. La contrebande démarrait à l'embouchure du fleuve Rio Fernan Vaz, s'étendant jusqu'à la province d'Iguéla et parfois bien au-delà. C'est dans ces paludes qu'à la fin de l'année 1716 vinrent se cacher deux vaisseaux : le *Saint-James* d'England et l'ex-*Cadogan* d'Howell, rebaptisé *Buck*.

---

[33] Gabon.
[34] Bakota, Okandé, Fangs, Echira, Myènès, Punu…

Familiers des lieux, Howell Davis et sa troupe firent descendre les équipages à terre afin de les conduire dans un immense « barracon [35] », abandonné depuis des années. Toujours inconscient, Olivier Levasseur fut transporté sur une civière à travers une jungle hostile, veillé par la Lucayan qui roulait ses cigarettes et Anne Bonny, agrippée à son sabre. Taylor et England marchaient côte à côte, derrière le brancard du Français. Le balafré ne lâchait pas non plus son *wakizashi*, tant la mangrove lui semblait menaçante. Dans cet enchevêtrement de lianes, qu'engloutissait une canopée luxuriante, se tapissait le véritable ennemi : la plus forte densité de serpents au monde. Les cimes masquaient l'insoutenable soleil dans une pluie d'éclats verdâtres. Ici, tout pouvait arriver. Surtout le pire.

England, Taylor et Levasseur ne s'étaient pas retrouvés depuis l'expédition punitive de la *Véga*. Après leur dispute et l'explosion du groupe, le vieux patron s'était pris à espérer qu'il ne reverrait jamais le maudit Français. Parce qu'il avait déjà menti, séduit et coûté cher, mais aussi par peur de perdre son éternel second. Il aurait suffi qu'Olivier Levasseur lève une compagnie et John Taylor aurait accouru, s'y proposant commandant. La preuve, s'il en fallait une : la Balafre était parvenu à convaincre Howell de monter l'expédition de sauvetage en trois jours, sans avoir jamais consulté ni son capitaine, ni son équipage. England avait cédé par appât du gain, mais aussi à cause de son âge et de sa jambe de bois ; deux handicaps sévères en fin de carrière. Son genou valide était en bout de course et son dos, courbé par le poids des années, le faisait souffrir quotidiennement. Ses yeux, ridés mais toujours grands ouverts, avaient trop vu le monde pour continuer à rêver. Il était fatigué, mais incapable de cesser de

---

[35] Maison d'esclaves.

naviguer, fuyant à jamais les responsabilités de pacha. John Taylor connaissait cette faiblesse et s'en servait.

Cheminant à travers la forêt et ses marais sous des averses éparses et dans la chaleur tropicale, Howell les prévint qu'ils devraient se méfier de tout : du crocodile aux serpents, ici de taille colossale.

> — Et des Fangs ! souligna l'un de ses gars.
> — Et des Fangs, répéta Howell, mais ils nous observent déjà.

La grosse soixantaine d'hommes suivit, inquiète mais tenue par les ordres : protéger le blessé. Troublée par les cris d'animaux et se sentant épiée, la cohorte traversa une brousse hostile, main au fourreau. Après une heure d'ascension, ils découvrirent un petit village planté à même une colline. Tout en bas, ils remarquèrent une grande bâtisse sur pilotis, délabrée, faite de pierres et de bois. Howell demanda aux troupes d'attendre et se présenta, seul et les mains hautes, appelant doucement en vili, un dialecte bantou. La silhouette d'une vieille femme au dos cassé apparut sous la maison. Une très longue pipe en main, elle fit quelques pas, plissant un peu plus son visage ridé. Présentant sa horde d'un geste apaisant, le jeune aventurier sourit :

> — J'ai encore besoin de toi, Kwasi.

L'ancienne hésita quelques secondes. S'avançant, elle sembla examiner la foule. Lui rendant son sourire, elle prit les avant-bras d'Howell et frotta son front contre le sien. Soulagés, les pirates bondirent de joie, subitement interrompus par les cinquante Fangs qui sortirent de la forêt. Armés de lances, ils étaient nus, un tissu cachant leur sexe, et avaient les dents taillées en pointes. Différents objets (os, anneaux ou même colliers) étaient fixés à leur cloison nasale. Tapis dans la végétation, ils les suivaient depuis Iguéla. Ils se regroupèrent autour de la vieille dame pour la protéger, donnant instantanément l'image de redoutables guerriers.

La salutation entre Kwasi et Howell dura de longues secondes. Quand elle se recula, elle le prit par les épaules et, levant ses yeux blancs au ciel, lança :

— Tu es toujours bienvenu chez toi.

Ravi, le capitaine l'enlaça et fit signe à ses amis d'approcher. Ce n'est qu'à ce moment qu'ils comprirent que la femme était aveugle. Les drôles trottèrent vers le barracon sans comprendre, afin d'y abriter le Français. Tournant sur eux-mêmes, ils furent bientôt frappés par l'incroyable beauté du paysage. À deux cents mètres au-dessus de la mer, la plaine offrait une vue magnifique sur l'océan, bordé par la forêt. D'un vert lumineux, la jungle s'étendait jusqu'aux lointains reliefs où s'élevaient de petites montagnes de terre rouge baignant dans le coucher de soleil orangé. Les cris d'une multitude d'oiseaux, naviguant des cimes à ces collines, se mêlaient à ceux des singes et d'autres animaux. Un mélange de couleurs, une explosion des sens. Les effluves de poulet nyambwé, du manioc et des bananes cuites que des femmes mêlaient au riz le disputaient à celles de bouillons pimentés et de poissons braisés. Maintenant qu'ils en étaient sortis, même la jungle humide leur parut dégager une délicieuse odeur de bonheur. Une révélation étourdissante face au berceau de l'humanité : l'Afrique, terre de renaissances et de secrets où vivre et mourir, pour l'éternité. Ils contemplaient l'éden, ébahis devant ses merveilles.

Kwasi renifla Levasseur et, avant que la situation ne lui soit expliquée, elle ordonna à deux Fangs de le porter à l'étage du barracon. Les hommes d'England se fièrent aux conseils des Frères qui avaient déjà campé là et s'éparpillèrent sous les regards des villageois. Ils n'étaient pas les premiers Blancs avec lesquels Kwasi commerçait. À coup de lances et de machettes, les membres d'ethnies mélangées avaient toujours su se prémunir des risques d'exactions. Les Blancs étaient les bienvenus, pourvu qu'ils gardent un œil dessus.

— 'Faut respecter les lieux de vie et de repas des villageois, dit l'un. 'Faut bivouaquer en bas.

— On va ramener les voiles et nos hamacs à travers le bourbier qu'on a traversé ? demanda un autre.

— Ah oui, se rappela un troisième, gare aux gorilles !

— Mais elle est vraiment aveugle, la vioque ?

— On t'a dit de faire gaffe aux Fangs, Willy : ils comprennent ce qu'on dit.

Gorilles, chimpanzés, boas, cobras, crocodiles, moustiques, vers… De prime abord, le Gabão n'était pas la destination touristique idéale. Le premier soir, un gabier y passa à cause d'un serpent et trois autres disparurent en un éclair, emportés par une bête surgissant d'un marécage. Les crocodiles du coin mesuraient cinq à six mètres pour près d'une tonne, mais les locaux préféraient attribuer ces disparitions à leur divinité vaudou, « Mami Wata ».

Les médecins anglais n'ayant su le remettre sur pied, Levasseur fut confié aux sorciers africains, sous la protection permanente d'un John Taylor qui pendit son hamac à son chevet. Les nouveaux toubibs étudièrent le corps fracturé et massacré du Français. Au grand dam des équipages, ils prévinrent que si sa guérison était possible, elle prendrait des mois. Ils entamèrent leurs rituels par une forme de funérailles, laissant l'âme meurtrie s'échapper. Puis, visages peints en rouge et armés de gris-gris, mages et griots frappèrent le sol et le « défunt », chacun leur tour. Ils chantaient en vili et dansaient, comme pour le réveiller. Un ballet ésotérique autour du malade. Entre chants magiques, danses, transes et prières occultes, ils l'abreuvaient d'iboga, une plante provoquant de très fortes hallucinations et dont ils abusaient eux-mêmes. Ils enduisaient son corps d'huiles et d'onguents, crachaient du feu sur son dos et ses jambes, le piquaient de mille aiguilles et, jour après jour, faisaient craquer ses os. Levasseur n'ouvrait les yeux que pour avaler des fruits bouillis ou pousser d'effroyables cris qui résonnaient jusque dans la jungle. Le reste du temps il était muet, sans que l'on sache s'il perdait connaissance ou s'il endurait une douleur atroce.

Restait à payer Howell pour l'organisation du sauvetage.

Anne et lui se firent transporter par des Fangs jusqu'à São Paulo da Assunção de Loanda[36]. La ville portugaise était suffisamment éloignée de São Tomé et assez proche d'Iguéla pour que le voyage ne s'éternise pas. Ils y trouveraient un comptoir de la Compagnie des mers du Sud où retirer les deux millions en lingots d'argent promis au départ de Nassau. Lorsque, cinq semaines plus tard, ils regagnèrent le campement, les troupes réunies avaient déjà perdu dix-neuf hommes. Le groupe commençait à se demander combien de vies valait le Français. Craignant d'être déposé, Howell rétribua les siens et réembarqua, promettant de revenir.

Le *Buck* repartit en quête de rapines, sous la houlette du jeune capitaine. En s'engageant dans la marine marchande puis la flibuste, Howell Davis n'était pas devenu un bon pirate, mais un escroc génial. Il était capable de tromper n'importe qui, se faisant aussi bien passer pour un corsaire, qu'un recéleur ou un officier de la Royale. Éliminant les intermédiaires, il augmentait les marges, au grand bonheur d'un bord qui n'avait, de plus, presque jamais à combattre.

Après avoir caché les lingots, les crapules du *Buck* voguèrent vers les îles de Cabo Verde [37] en jouant le rôle de marchands

---

[36] Luanda.
[37] Cap-Vert.

d'esclaves. Ils y escroquèrent un négrier en lui revendant des caisses d'argent, en réalité tapissées de quelques lingots qu'ils avaient conservés, mais lestées de plomb. En fuite, les larrons abordèrent l'île de Maio, toujours au large du Sénégal, où ils dupèrent et pillèrent de nombreux vaisseaux. Puis ils cabotèrent en arborant le pavillon de la compagnie royale de l'Afrique anglaise et mouillèrent dans le fleuve Gambie. Le Gallois s'y fit passer pour un trésorier de la Couronne auprès du gouverneur et parvint à le retenir à son bord, contre une rançon de deux mille livres.

Après des mois d'exploits, Howell et ses hommes retournèrent dans les marais du Kama pour y cacher leurs trésors. Lorsqu'ils retrouvèrent le village de Kwasi, les vingt-deux derniers fidèles d'England faisaient leur paquetage. Sept avaient succombé à des morsures de serpents, trois s'étaient fait engloutir – vivants ! – par des boas et cinq avaient disparu dans les marais. Les drames se produisaient si vite que beaucoup s'étaient mis à croire aux malédictions de Mami Wata. Une terrible fièvre, enfin, avait décimé la moitié des rescapés en moins d'un mois.

Le pire s'était produit quelques jours avant le retour d'Howell, quand le maître voilier et le charpentier avaient voulu tuer un gorille à l'arquebuse, « pour en connaître le goût ». Les imbéciles avaient approché une famille, visé un dos argenté de quatre cents livres et, pour couronner le tout, l'avaient loupé. Effrayée, la petite tribu s'était éparpillée, laissant une guenon étendue dans l'herbe, un trou rouge en pleine poitrine. Fous de rage, Kwasi et les villageois avaient interdit qu'on touche à la dépouille et menacé de tous les exterminer si les tueurs ne quittaient pas le camp sur-le-champ. Taylor n'avait pas eu le temps d'ordonner le repli que six gorilles ravageaient le bivouac, cherchant visiblement les fautifs. Cinq morts de plus, dont le maître voilier et le charpentier. Les villageois avaient insisté pour que leurs corps soient jetés aux crocodiles, comme ils avaient coutume de le faire avec les abrutis de cette espèce.

Howell était consterné, honteux d'avoir importé ces Blancs, incapables de vivre ici. La seule bonne nouvelle vint du Français, qui réapprenait doucement à marcher. Il s'était réveillé à la suite d'un cauchemar de trois lunes. Les sorciers l'avaient attaché et laissé seul, afin de ne pas interférer dans son combat avec ses démons. L'épreuve du feu : Levasseur vaincrait ou ne ressusciterait jamais. Épouvantée, Anne avait repris sa garde en compagnie de Morô. La Lucayan et elle avaient religieusement dispersé les encens devant impérativement accompagner les sombres rêves. Glacé, le Français avait transpiré, frissonné et crié en se tordant de douleur. Finalement, il avait rouvert les yeux en grondant, apaisé. Accoudées à la balustrade de la terrasse, les deux femmes s'étaient précipitées à son chevet. L'Indienne avait détaché ses liens, pendant qu'Anne lui caressait le visage avec amour. Percevant leur émoi, Morô s'était éclipsée sans un mot. En la voyant au pied de la maison, John avait compris et il avait accouru, sans demander la permission. Les trois étaient restés seuls plus d'une demi-heure, jusqu'à ce que le Français demande à s'entretenir en tête-à-tête avec son vieux compagnon. Les éclats de voix qui suivirent avaient figé les troupes. Du balcon, tous avaient entendu cris et insultes mais, entre les plaintes et les gémissements du Français, ils n'avaient eu droit qu'à des extraits :

— Qui a dit que c'est ce que je voulais, hein ? Qui t'a parlé de ça ?
— J'improvisais, camarade ! T'aurais fait quoi, à ma place ? Fallait piger, fallait du blé et t'allais y passer. C'était la solution la plus simple.
— C'était la pire des conneries.
— Mais puisque je te dis que tu l'as eu !
— Tu ne sais plus obéir ? Tu ne sais plus lire ?
— Mais on le tient ! On le tient, grâce à toi…

— À quoi bon rester s'cond ? Si c'est pour nous mettre dedans, passe tout de suite patron…

— T'allais y laisser ta peau, Olivier !

— Et j'aurais préféré ; mille fois préféré.

L'engueulade s'était envenimée pendant un bon quart d'heure, jusqu'à ce que les sorciers réinvestissent la case. Ivre de colère, Taylor avait manqué d'en saigner un. Il n'avait été pardonné qu'après avoir présenté une série d'offrandes et d'excuses.

Secoué par ces drames et cette résurrection, Howell observait ses compagnons plier bagage avec empressement, du milieu de la plaine. Seul le balafré restait inactif, dans son petit campement.

— Alors vous partez ? s'enquit Howell en saluant le vieux Ned qui enroulait son hamac.

— Rester trop longtemps à terre, ça rend toujours un peu fous les hommes de mer, lui répondit-il.

— Le Français va le supporter ?

— Pour ce que j'en ai à faire, s'agaça England.

Howell rit et désigna l'Irlandais.

— Vous non, mais lui ?

England eut un regard méprisant pour Taylor, incarnation de tous ses malheurs.

— Vous partez quand ? s'inquiéta Howell.

— Demain matin, soupira l'ancien en l'écartant pour refermer ses malles.

Le soir, les équipages festoyèrent. Célébrant le départ des uns et l'arrivée des autres, ils offrirent un banquet aux villageois. Bière, vin, rhum et spiritueux coulaient à flots. Ils partagèrent potamochères, poulets braisés, viandes de crocodile, de serpent, et une myriade d'autres plats en sauces. Ils mangeaient autour d'énormes bols, en faisant des boules de riz avec les doigts.

Mêlés aux violoneux d'Howell, Fangs, Okandé, Myènès et Mpongwe jouèrent toute la nuit du tamtam et de la harpe.

Whisky en main, Anne s'invita dans le petit bivouac encore debout du balafré, resté en marge du clan depuis sa dispute avec Olivier. John brodait des motifs noirs sur une grande toile blanche. Juché sur ses épaules, un bébé chimpanzé cherchait des poux dans sa chevelure ébouriffée. L'animal avait les oreilles décollées, une tache blanche sous le museau et un regard espiègle très intrigant. Leur rencontre avait eu lieu trois semaines plus tôt, quand le singe s'était invité dans le barracon. S'ils se montraient respectivement leurs dents en guise de menace, le primate revenait toujours embêter l'Irlandais, jusque dans son hamac.

— Tu sais que c'est dangereux, ces machins-là ? dit Anne en lui tendant sa bouteille de whisky. Elle va grandir et pourra arracher une cuisse d'un coup de dents.
— Moi aussi, cracha John en ignorant la liqueur.

Le chimpanzé arrêta l'épouillage et se redressa, fixant la fille aux cheveux rouges.

— T'as l'intention de le traiter comme un humain ? s'amusa Anne. Il va avoir un droit de vote, lui aussi ?
— C'est une femelle.
— Ah ! Alors, ça va.
— Qu'est-ce que tu veux ? s'agaça la Balafre.
— Tu lui as donné un nom ?
— Boris, maugréa-t-il.

Saoule, Anne pouffa encore de rire et lui retendit la boutanche. John ne réagit pas, concentré sur son ouvrage.

— Tu fais la gueule ?
— J'réfléchis.

Bien que certaine qu'il ne se livrerait pas, Anne creva l'abcès :

— Qu'est-ce qu'il te reproche ?

—   Il ne te l'a pas dit ?

—   Si je te demande…

La Balafre tourna enfin la tête et, la fixant, sourit :

—   C'est que t'as pas à le savoir…

Anne se redressa d'un coup, vexée et prête à s'en aller. John la fixa, déposa l'étoffe dans son hamac et se leva, l'air grave. Elle haussa un sourcil et il la prit par les épaules, yeux clos.

—   Je suis désolé, dit-il.

—   De m'avoir abandonnée ?

John recula, ébranlé. Le petit khmer le regardait du fond de la rivière. Il cherchait ses mots et du courage, pour s'expliquer, pour s'excuser, mais un flambeau creva la nuit. La terrasse du barracon s'illumina. Ils n'avaient jamais vu de lumière jaillir de l'apatam, car les sorciers ne s'éclairaient qu'aux bougies. On cessa de boire, rire ou manger et la musique s'arrêta. Tous les regards se levèrent, interdits, et une ombre apparut. Torche en main, la silhouette boita difficilement jusqu'à la rambarde du balcon, et le corps réparé de Levasseur apparut. À l'exception de ses vieux compagnons, personne ne le connaissait. L'assemblée, un peu déroutée, découvrait sa grande charpente abîmée, pâle et chancelante, mais remplumée. Un nouvel homme, grand et presque fort, au regard sombre et aux mâchoires carrées. Enveloppé dans un drap noir, il s'appuyait au garde-corps. Certains, ébahis, ne purent s'empêcher de demander :

« C'est… C'est Levasseur ?... »

Piqué d'une subite jalousie, Howell cracha par terre et retourna à son boucan. L'assistance ne l'imita pas et une voix s'écria :

« Vive le capitaine Levasseur ! »

La foule, fière d'avoir accompli sa mission de sauvetage, leva ses chopes et trinqua en criant. De son hamac, John vit le flambeau du Français longer le balcon vers l'escalier, menant sous la maison. Anne accourut. L'Irlandais replia sa broderie, la rangea dans sa poche et la suivit, Boris sur son dos. Sous les pilotis, Anne sauta dans les bras du survivant, le faisant vaciller. Villageois et guerriers Fangs l'approchèrent et le touchèrent, bredouillant qu'ils n'avaient jamais vu un Blanc ressusciter. Levasseur les accueillit fraternellement, mais sans sourire. Anne le serrait dans ses bras et ne voulait plus le lâcher. Elle l'embrassait, lui répétait qu'elle l'aimait, et qu'elle ne le quitterait plus jamais.

Olivier se raidit, ferma les yeux et inspira profondément. Le claquement du fouet de Raúl résonnait dans son esprit, accompagné des chants africains, des cris de la jungle et des rires des forbans qui l'acclamaient. Elle parlait d'amour et de rester avec lui, toujours, alors qu'il n'entrevoyait son propre avenir qu'au bout d'une corde ou au fond d'un océan. Hier fugitive incendiaire, aujourd'hui mécène d'une expédition, meneuse d'hommes, et demain ? Trafiquante ? Contrebandière ? Recéleuse ? Voleuse ? Pirate ? Une enfant de la haute. Une magnifique créature, rebelle et insoumise, que soldats, geôliers et juges ne rateraient pas.

Étourdi, Olivier la regardait, déchiré de l'intérieur et le cœur en miettes. Sans que quiconque ne s'y attende, il la projeta au sol. À leur table, Ned et Howell sursautèrent, estomaqués, et les fêtards se turent, abasourdis. Taylor se pressa pour la relever mais, d'un geste, Levasseur l'arrêta. Le balafré le fixa, surpris, et d'une voix d'outre-tombe, Levasseur demanda :

« Quel est celui qui a renié l'article II ? »

Sa fureur gela l'ambiance. Interloquée, incapable de parler, Anne se décomposa, balbutiant des sons inaudibles. Elle protestait, mais on n'entendit que le mot « père ». Levasseur plongea ses yeux noirs vers son visage d'ange et gronda :

— À qui t'adresses-tu ? Moi ?

Pivotant vers John, le Français prit sa main et, la portant haut, grogna encore :

— Ou à lui, avec ses cheveux rouges, ses taches de rousseur plein la gueule et son tempérament de merde ?

L'enfant bafouilla, des sanglots dans la voix. Elle semblait enfin comprendre, ou admettre. Elle cherchait le balafré d'un œil éploré, mais il baissait la tête et se mordait les lèvres, mutique. Mortifiée, perdue, blessée et humiliée, Anne se releva, épousseta son pantalon et perdit son regard désespéré dans celui d'Olivier. Il la dévisagea froidement, silencieusement. Elle était brisée. Elle recula jusqu'à l'orée de la forêt, et Levasseur l'acheva :

— Qu'on ne vous revoie plus jamais sous nos couleurs, mademoiselle !

Anne quitta le camp par la forêt, décomposée, sans voir Olivier faire signe à deux guerriers Fangs pour qu'ils l'accompagnent. Dans le silence de la savane, forbans et villageois mirent un moment à retourner au banquet. Beaucoup étaient choqués. D'autres fixaient Levasseur avec la fierté qu'on éprouve face aux meneurs. Pour eux, l'homme était un pirate selon le Code ; capable de commander l'armée des morts. Directement concerné et bien que peiné, John avait compris que la violence de la scène n'avait d'égal que l'amour du Français.

— T'étais pas obligé, soupira-t-il.
— Si t'avais trouvé un autre mécène, ça l'aurait épargnée, trancha Olivier.
— Tu l'as envoyée par le fond.
— C'est toujours mieux qu'au bout d'une corde, non ?
— Elle pourrait faire une bêtise…

En regardant le chimpanzé qui jouait avec des brins d'herbe aux pieds du second, le Français conclut :

— Une Irlandaise pur-sang ? Abandonner ?

— T'as toujours été fin dans ces affaires-là, toi.

Navré, Taylor sortit la toile de sa poche et la lui donna.

— Je suis pardonné... ? J'ai fait ça, pour toi.

Levasseur déplia le tissu et découvrit un grand drapeau blanc, au centre duquel trônait un crâne noir aux formes tribales. Reconnaissant l'étendard libéri et, vu les souvenirs qu'il venait d'âprement remuer, Olivier ferma les yeux en soupirant. Taylor s'appuya sur son épaule et, alors que le singe remontait sur son dos, lui dit :

— On tient sa piste, camarade ; on part en chasse.

Regard déterminé, joues creuses et dents serrées, Levasseur laissa son ami sur place, sans même un remerciement. Il s'invita à la table des capitaines, entre Howell et England. John l'observait, intrigué par la froideur qui avait dévoré sa jovialité naturelle.

— Tiens ! moqua le Gallois en le voyant s'asseoir avec eux. V'là un « pacha »...

Levasseur s'empara d'un bol de riz et répondit :

— Vous avez ma gratitude.

Remarquant qu'il s'adressait aux deux, England s'essuya la bouche, perplexe, avant de leur servir du vin.

— Je n'ai pas toujours été honnête avec mes patrons, reprit Olivier en regardant le vieux Ned dans les yeux. Je pense que je vous dois une vérité.

Levasseur se tut et regarda prudemment les troupes autour d'eux. Les chefs échangèrent un regard amusé et le Français se pencha sur la table, chuchotant :

— Pendant des années, j'ai traqué le plus formidable trésor qui ait jamais existé : des centaines de millions de livres en rubis, en or et en diamants.

Incapable de le croire, Howell Davis voulut éclater de rire, mais voyant que son mentor prenait la chose au sérieux, il se retint.

— Je sais comment le retrouver, marmonna encore Olivier, et je vais le prendre.

Howell se recula, perplexe. Ne pouvant juger le Français, il étudiait les expressions d'England, dévasté. Les récits de pirates regorgeaient de chasses aux trésors et, le plus souvent, l'affaire finissait mal pour une partie des chasseurs. Plus gros est le butin, plus grands sont les dangers. Levasseur prit un verre, but une gorgée et termina :

— Si vous voulez en être ; bienvenus à bord.

Incapable d'accorder sa confiance au responsable de ses derniers tracas, Howell leva les mains et secoua la tête :

— Hein ? Attendez… De quoi parlons-nous, là ?
— Du trésor de Libertalia, maugréa Ned.
— Il n'existe pas, jura Howell.
— Pour ta génération, évidemment, nota Olivier.
— Attendez, ânonna le Gallois, vous êtes en train de sous-entendre que vous y étiez ?

Silence des intéressés.

— C'est pas le sujet, glissa le Français.
— Un peu, tout de même ? insista Howell.
— « Des centaines de millions de livres », répéta England, les yeux perdus dans des rêveries étincelantes.

Howell allait répondre quand la fête fut de nouveau interrompue par une clameur. Les musiciens s'arrêtèrent et des femmes et des enfants décampèrent du village en hurlant. Une gigantesque masse sombre descendait lourdement la plaine, entre les cases. Les guerriers s'emparèrent de leurs armes et encerclèrent la foule, terrifiée. Sous l'éclat des premiers flambeaux apparut la silhouette du dos argenté que les abrutis avaient raté. Un silence pétrifiant tomba sur la colline. Sur le dos de Taylor, Boris montrait les dents, apeurée. L'énorme gorille poursuivit sa marche et ne s'arrêta qu'à cinq mètres devant eux. Il se redressa et frappa sa poitrine. Cinq petits coups brefs, mais d'une telle force qu'ils résonnèrent dans la jungle. Écartant ses soldats, Kwasi s'approcha doucement, bras levés et, avec une infinie douceur, elle lui présenta ses mains jointes en signe d'offrande. Le dos argenté planta ses yeux dans les siens, immobile. L'invraisemblable échange dura plus d'une minute. Puis, Kwasi recula et s'agenouilla sereinement devant le gorille : elle se prosterna. Chacun retint sa respiration. Se penchant à son tour, le gorille effleura son épaule, la renifla et, faisant volte-face, repartit à quatre pattes, plus vite qu'il n'était venu. En larmes et tête basse, Kwasi revint calmement devant le groupe effrayé et déclara :

— Il faut partir, maintenant.

Tous fixèrent l'ancêtre, dubitatifs. Les villageois se demandaient à qui elle s'adressait. Des forbans arguèrent qu'ils s'en allaient à l'aube, d'autres qu'ils venaient d'arriver. Kwasi ferma ses paupières, plissa son front et, la bouche tordue de colère, s'égosilla :

— Vous partez. Tous ! Maintenant. Vous quittez cette plaine, vos maisons… Tous !

Dans la seconde, la horde de guerriers se repositionna autour de la vieille dame, sagaies en mains. Remontant aussitôt dans les cases prendre leurs affaires, les villageois s'éparpillèrent dans la jungle en moins de dix minutes, sans insister. Les flibustiers, eux, restèrent cois un bon moment avant d'obéir sous la menace des lances. Moins d'une demi-heure après la visite du gorille, les feux étaient éteints, le village laissé à l'abandon et les équipages s'échappaient dans la brousse, incrédules. Ils cherchèrent une explication pendant la marche et différentes théories s'échangèrent. Ils ne retinrent finalement que la plus évidente : fatiguée de ces Blancs qui n'avaient aucun respect, ne savaient que se battre, boire et tuer, le premier prétexte avait suffi à l'ancêtre. Si elle avait aussi congédié les siens, peut-être fermait-elle définitivement boutique ? Ne restait qu'à comprendre le vrai mystère : comment avait-elle pu s'approcher si près d'un gorille furieux ? Comment l'avait-elle calmé ?

Howell, Ned et leurs gars remontèrent à bord, dans les premiers bas-fonds des paludes. Ils se dirent adieu dans la nuit, se firent de longues accolades et, sous une lune pâle, les boscos tranchèrent les cordages. Deux heures plus tard, à la sortie du bras de mer, ils furent rejoints par une trentaine de locaux les hélant depuis les berges. Les pirates s'envasèrent afin de les laisser monter à bord, et apprirent le plus incroyable : juste après leur départ, un troupeau d'éléphants en pleine migration avait traversé la colline au pas de charge et rasé le village au passage. Effrayés par les pachydermes et ne sachant où aller, guerriers et villageois supplièrent les forbans de les enrôler. Les gentilshommes de fortune eurent bien du mal à les croire, mais durent admettre que leur terreur n'était pas feinte.

Howell ne pouvait transformer ces Noirs en officiers de la Royale. Il n'en accepta que cinq, qu'il mit en batterie et en cuisine, où il n'y avait pas besoin de se déguiser. En mal de gabiers, Ned accueillit les autres à bras ouverts. Soulagés, soldats et villageois embarquèrent sur le *Saint-James*, manifestant leur joie d'accompagner « le Blanc revenu d'entre les morts ». Le vieux patron, bien qu'agacé, ne dit rien. Olivier Levasseur comptait déjà les siens.

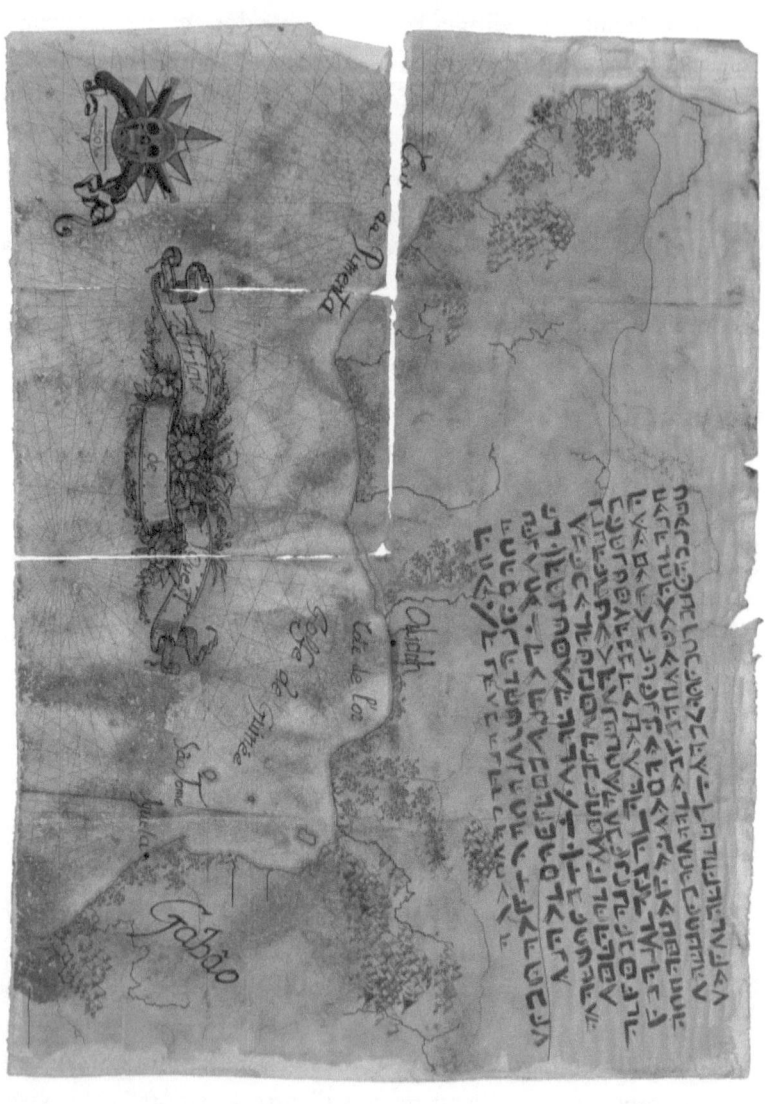

La *Folia*

Ressusciter. Corrompre. Vaincre ou périr ? Edward Teach avait toujours gardé son cap. Il avait servi la confrérie comme la Couronne, avec honneur et sans faillir, mais attendait secrètement son heure. Il avait remercié l'envoyé du roi sans que celui-ci ne comprenne pourquoi, et avait quitté les pourparlers, le cœur léger. La fraternité allait vivre une gueule de bois infernale et aucun pirate aux Bahamas ne savait où aller, sauf l'homme à la barbe noire. Quitte à chercher son bonheur en enfer, et quoi qu'il en coûte, il rentrait chez lui.

Le spectre de la délation avait mis le feu aux poudres et les capitaines avaient commencé à se déchirer, juste après la rencontre. Le rameur, Randall, avait été pendu sur la jetée, accompagné d'un gros mannequin censé représenter Hornigold. Des dizaines de morts jonchaient la plage et au crépuscule, Charles Vane rassemblait ses hommes et ses canons au pied du fort. Sur le point de tomber, le château était en ébullition et ses gardes paniquaient. Faute de commandement, des flibustiers agités couraient partout, des remparts aux couloirs. Capituler ou défendre la redoute, quelle stratégie leur sauverait la vie ? Seul un petit groupe était demeuré serein, enfermé au dernier étage. Les premiers coups de feu tonnèrent en pleine nuit et trente grognards escortèrent Barbenoire, Hornigold et Stede Bonnet au bassin de mise à l'eau, où six esquifs les attendaient. Ils abandonnèrent le bastion dans un silence angoissant et Charly réinvestit le fort de la reine avec un tromblon, trois grenades et huit explosions ; il fit neuf morts et cinq blessés graves. Nassau était tombée.

Barbenoire et ses grognards furent accueillis sur l'*Adventure* par le quartier-maître, Tom Miller. Ex-galérien chauve et tout en muscles, Miller était aussi surpris qu'embarrassé de voir son patron embarquer. Il venait de ligoter au mât un prisonnier venu se rendre : Israël Hands. Grand blond sec de trente-sept ans, Israël faisait partie de l'état-major de Charles Vane. Un pilote à la vie pleine de légendes, souvent vraies. Il avait débusqué un forcené, retranché dans la batterie du *Lark* et qui menaçait de tout faire sauter. C'est toujours lui qui avait maté une mutinerie, à force d'arguments et avec seulement deux mousquets. C'était encore Israël qui avait récupéré le plan de l'*Urca*. Un Frère de confiance, un éternel second couteau, rusé et adroit pour ce qui était de sauver sa peau – et celle des autres. Un type fiable.

« 'Y dit qu'il veut vous « causer », *cap'tain*, précisa Miller en désignant vulgairement le pilote avec son pouce. 'Lors moi, j'lui ai dit qu'on allait l'bouffer, mais 'y s'en fout, l'gars. 'Y dit qu'il veut « causer » ! Alors, on… »

Le regard fixé sur le prisonnier, Teach leva une main et Miller se tut sur-le-champ. Barbenoire avança lentement jusqu'au grand blond et le toisa en tournant autour du mât, intrigué par son calme. Silencieux et yeux plissés, Israël regardait au loin s'élever les colonnes de fumée au-dessus du fort. Il n'avait pas peur, ne transpirait pas, respirait normalement, et s'expliqua :

« Tous les patrons foutent le camp, lâcha-t-il courageusement. Jennings, *Billy One Hand*, vous… Et maintenant qu'il a son fort, pas sûr que Charly reprenne la mer. On n'aura pas la moindre chance contre une armée à terre. »

Du même avis, Teach sourit et d'un claquement de doigts, fit trancher ses liens. Il prit Israël à son bord et navigua avec Bonnet et Hornigold vers la baie du Delaware, où ils firent deux prises[38], afin de réarmer leurs vivres. Dix jours après, deux de plus[39] tombaient dans leurs filets. L'assaut eût été simple, si Hornigold ne s'en était mêlé. Heurtant accidentellement l'*Adventure* à la manœuvre, il avait provoqué une voie d'eau. Le commodore, ivre, s'était immédiatement isolé dans sa cabine avec sa chienne, laissant entendre qu'il savait à quoi s'attendre. L'article III du Code de la piraterie était clair : « s'il est contesté, le patron peut être saisi par un tribunal et condamné à mort ou maronné. »

Amarrés aux bateaux capturés et devant des otages incrédules, les pirates se groupèrent autour d'un Stede Bonnet chaussant ses petites lunettes.

— Benjamin Hornigold, commença le major Bonnet, le nez collé à son papier. Vous avez été reconnu coupable d'abandon de poste durant un abordage…
— Mais j'étais à ma barre ! s'égosilla l'intéressé.
— Saoul comme un cochon ! hurla une voix, faisant s'esclaffer les Frères.
— De manquements graves, poursuivit l'imperturbable greffier. D'une conduite préjudiciable portant atteinte aux intérêts du clan et pour finir, de trahison.

Le commodore crut s'écrouler, sa poitrine prête à exploser.

— En conséquence, reprit Stede sans états d'âme, le tribunal vous condamne à être débarqué : le *Ranger* vous sera remis, avec ceux qui veulent vous suivre.

---

[38] Le 12 octobre 1717, le *Spofford* et le *Sea Nymph*.
[39] Le *Robert* (de Philadelphie) et le *Good Intent* (de Dublin).

Sauvé ! Perdu ? Inquiet ! Défait ? Benjamin chercha de l'œil ses derniers fidèles, sans les trouver. Ils n'étaient que sept et se tenaient dans son dos, avec sa cane corso. Déboussolé et nauséeux, il croisa le regard froid de son ancien second. Barbenoire venait d'interpréter sa première variation, avec conspiration : tempo cent trente, avec un pas marqué – clavecin, castagnettes, guitare, viole de gambe, hautbois, basse et basse continue.

Le 24 octobre au soir, Bonnet et Teach s'emparaient de quatre bâtiments français[40]. À chaque abordage, Barbenoire terrorisait (pratiquement sans coups de feu), mais épargnait. Sa stature, son nom et ses couleurs suffisaient à figer l'adversaire. Sa détermination, ses silences, son regard, sa barbe et sa colère imprimaient les mémoires, passionnaient les conteurs et forgeaient sa légende.

Une nuit de novembre, la Bête devait rugir.

Le nouveau commodore avait repéré un négrier français, à cent milles de la Martinique. Trois cents tonneaux peints en rouge et noir, trente-trois mètres de long et sept de large, trois mâts, un splendide beaupré, un immense gaillard d'arrière d'où commander et trois ponts, abritant vingt-deux canons : taillée pour la course, *La Concorde* avait été pensée pour échapper aux pirates. Elle avait quitté Ouidah deux mois plus tôt, chargée de cinq cent seize esclaves. La traversée de l'Atlantique lui en avait coûté soixante-et-un, et elle laissait Fort-Royal[41] pour la France,

---

[40] Le *Saint-Michel*, de Nantes (capitaine Jean Dubois), le *Chaillet*, de La Rochelle, le *Saint-Jacques*, de Bordeaux et la *Gracieuse*, de Nantes (capitaine LeBarbier)
[41] Fort-de-France.

avec un chargement de sucre et cinquante-neuf marins. Sous le charme, Barbenoire lança ses sloops à sa poursuite.

L'œil rivé à sa longue-vue, le capitaine Pierre Dosset distinguait mal ses poursuivants et resta à distance, plus de cinq heures. Finalement, le négrier perdit le vent et arriva à portée de tir. Les boulets crevèrent l'océan. Ventre à terre, les gabiers évitaient les décharges visant les officiers : elles éclataient contre les parapets, explosaient sur la passerelle et faisaient sauter des lames de bois dans un épouvantable fracas. Soudain, le second, Ernaut, discerna une étrange fumée s'échappant d'un des sloops. La brume naissait sur son tillac et enveloppait tout le bâtiment. Dosset allait donner l'ordre de faire feu quand il découvrit à son tour, stupéfait, le vaisseau fantôme qui médusait ses gens. Était-il en flammes ? Sous un épais nuage de soufre, les pirates fonçaient droit à l'abordage.

Cinq encablures.

Ernaut ordonna qu'on le coule et Dosset se rua à la barre pour virer, mais le combat n'avait pas commencé que les Français étaient déjà terrassés. Subitement, le sloop enfumé hissa le redoutable pavillon : le squelette du diable… Le coup de grâce. Redoutant un massacre, Dosset rendit les armes et amena le tricolore à cent brasses de l'impact. Deux interminables minutes défilèrent dans un silence assourdissant, et les Français respirèrent l'âcre parfum des poêles à soufre. La nuée commençait à leur piquer la gorge et les yeux.

L'étrave noire heurta le garde-corps du négrier. Les marins reculèrent, rassemblés sous le pont principal, à genoux, mains au-dessus de la tête. Sans attendre les passerelles, une horde hurlante se rua à bord, sabres et mousquets en mains. Ils criaient si fort qu'on aurait pu les croire cent. Ils n'étaient que trente mais furent rejoints dans la foulée par les cent vingt forbans de Bonnet. Pétrifiés, les vaincus regardaient les pilleurs s'emparer du navire avec une incroyable discipline. En une dizaine de minutes, ils les avaient attachés, assuré les voiles, vérifié les soutes et hissé le drapeau du diable. Tout était organisé, pensé, maintes fois répété. Le hasard n'avait pas sa place chez ces flibustiers. Un ordre infernal, déroutant les captifs, qui virent le monstre jaillir de la fumée. Les prisonniers étaient plus captivés par son improbable barbe que par les grenades et les pistolets qu'elle dissimulait. Serein, Barbenoire tenait un sabre dans une main et une pipe rougeoyante dans l'autre. Il leur adressa un regard arrogant et s'enferma dans la cabine du capitaine, avec Caesar et Gibbens.

Dans la chambre, aussi luxueuse que spacieuse, Barbenoire trouva Dosset et Ernaut, apeurés, grelottants et accompagnés de leur intendant de quatorze ans, Louis Arot. Les pirates les avaient assis autour d'une table. Le môme, courageux ou ébloui, les épiait sans oser bouger. Teach parcourut les papiers du bureau en poussant des soupirs rauques. Puis Israël et Bonnet rapportèrent l'inventaire :

- Cent soixante-douze sacs de sucre, *cap'tain*.
- Et trente-cinq barils de rhum, mais plus d'*Blacks* : ils les ont tous débarqués à Fort-Royal…
- Cap sur Bequia[42] ?

L'ogre leur fit une grimace, une sorte de sourire pour accord. Ils s'éclipsèrent et Barbenoire s'assit sur la table, y déposant les registres. Dans un nouveau soupir, il pointa d'un doigt interrogateur la dernière ligne de vente : quatre cent cinquante-cinq esclaves. À mille cinq cents livres par individu en moyenne et hors frais, Dosset rapatriait dans les sept cent mille livres. Le

---

[42] La plus grande île des Grenadines, splendide et bordée de récifs, où Arawaks, Karibs, Marrons et flibustiers s'étaient unis pour repousser les envahisseurs coloniaux.

patron français saisit la feuille et releva la tête, ébaubi. Ernaut ferma les yeux. Barbenoire leur sourit et dégaina sa rapière. Un éclair traversa la cabine.

Pierre Dosset regarda la page coupée en deux par le sabre et la lame, plantée dans la table, entre sa main et lui. Il saisit son moignon et hurla à la mort. Barbenoire poussa le membre amputé d'un revers de manche et reprit son épée. Ernaut respirait bruyamment et le petit Arot couinait de peur. Barbenoire nota que l'enfant fixait ses pieds, immobile, et repéra l'arête d'une trappe sous la table. Caesar et Gibbens bousculèrent les captifs, retournèrent la table et extirpèrent du plancher un coffre de dix kilos, rempli de poudre d'or.

Douze Français (dont le jeune Louis Arot) s'engagèrent sous le drapeau de Barbenoire. L'ogre remit le *Good Intent* à Dosset. Ce dernier le rebaptisa *Mauvaise Rencontre* et regagna la France avec. Barbenoire avait pris l'une des frégates les plus rapides du Nouveau Monde, mais aussi l'une des plus belles. Il la débaptisa et, à la stupeur générale, la renomma *Queen Anne's Revenge*. Boutade ? Message ? Insulte au roi George ? Référence à une autre vie ? Un gabier répondant au nom de Belland osa demander. De sa passerelle, Barbenoire se contenta de lui sourire en se mordant les lèvres. Sans insister, Belland retournait à son poste quand le terrible lui flanqua une balle dans la cervelle.

« Si je n'en tue pas un de temps en temps, se justifia-t-il auprès d'Israël, ils ne savent plus qui je suis. »

Israël Hands raconterait plus tard qu'il ne tuait que des recrues, jamais de grognards, et se méfiait suffisamment du Code pour ne pas en faire un rituel.

Début décembre, la *Queen Anne's Revenge* mena ses maraudeurs entre les îles Saint-Vincent et Sainte-Lucie, dans le couloir commercial reliant le Brésil à Hispaniola, la Guyane aux Antilles et la Barbade à la Jamaïque. Un chenal étroit et dangereux, raccourci efficace permettant d'éviter les récifs du sud des Grenadines. Un terrain de jeu paradisiaque pour forbans ; une route cauchemardesque pour les marchands. Louis Arot y détecta une voile à l'horizon. Israël dégaina sa lunette : un pavillon anglais, trois mâts, deux cents tonneaux, cap vers la Jamaïque. Il virait de bord et espérait les éviter. Barbenoire engagea la poursuite. Coupé du vent en passant devant Saint-Vincent, le négociant ne se trouva bientôt plus qu'à vingt-cinq milles. Commença une lente chasse, interrompue toutes les dix minutes par le jeu des gaillards d'arrière : les capitaines et leurs seconds s'échangeant la longue-vue, dans l'espoir d'enfin lire le nom de celui qu'ils allaient affronter. À quinze milles et alors que le commerçant quittait la passe, Israël rendit la jumelle au commodore avec embarras :

— Je ne le lis pas encore, dit-il avant de s'interrompre. Mais on dirait…
— Qui ? grogna l'ogre impatient.
— Ça serait pas le *Great Allen* ? De Boston ?

Le marchand qui avait arrêté et pendu les rescapés de Bellamy. Barbenoire baissa le cylindre, estomaqué par cet heureux hasard. En réponse, il disparut dans sa cabine plus de deux heures. La poursuite continua à très lente allure, ramenant les protagonistes à huit milles en début d'après-midi. Teach ne regagna le pont principal qu'une heure avant l'abordage. L'équipage se ruait en batterie et en remontait les armes, dans un début d'hystérie. Le capitaine se glissa silencieusement derrière son groupe. Au milieu des cris de liesse et dans la galvanisante fureur d'avant-combat, un mousse s'immobilisa, bouche bée, lâchant sabre et mousquet. Dans la seconde, deux, dix, quinze gabiers, puis tous les membres d'équipage découvrirent, sidérés, leur pacha.

Il était toujours vêtu de noir de la tête aux pieds, mais portait deux dagues, deux sabres, quatre grenades et six mousquets. Un foulard retenait ses cheveux sous son tricorne, enfumé par six mèches. Il avait peigné sa barbe pour la rendre plus dense et y avait noué cinq autres mèches à canon, allumées. Encadrant son visage, que dévorait sa monstrueuse pilosité, elles brûlaient lentement et l'ensemble lui conférait l'allure d'un sinistre géant. Sa troupe le dévisageait, effarée.

— J'apprécierais un peu de brouillard, je vous prie, tonna Barbenoire.

La *Queen Anne's Revenge* s'emplit d'effluves toxiques et le terrible reprit sa barre. Bonnet mit un esquif à la mer et les assaillants se scindèrent en trois groupes. Visant la côte de Saint-Vincent pour s'échapper, le *Great Allen* empanna à bâbord. Le pirate dépêcha ses couleurs et la terreur courut les vagues, plus vite qu'un boulet de canon. Gagnant le pont du négociant, elle saisit les âmes dans un calme effrayant. À sept encablures, la *Queen Anne's Revenge* n'était plus qu'un esprit intraitable et vaporeux, voguant droit sur eux. Les marins, bien qu'absolument glacés, armaient canons, mousquets, arquebuses et se tenaient à leur poste, parés à repousser l'abordage. D'un parapet à l'autre, ils percevaient les ombres angoissantes et menaçantes des grognards de Barbenoire.

Trois encablures !

Silence de mort, entrecoupé de prières et de quelques pleurs. Une ombre surgit sur le garde-fou enfumé : une gigantesque et sombre carrure. Debout sur sa rampe, le terrible vociféra :

« L'Anglais ! Amène tes couleurs et échoue-toi, ou prépare-toi au bonjour de Sam Bellamy ! »

Médusé, l'équipage entier du *Great Allen* contemplait le géant, dont la barbe et la tête étincelaient dans la brume. Trois coups de mousquet claquèrent. Barbenoire ne bougea pas. Cinq tirs de plus, mais pas de virage. Soudain, tous entendirent un hurlement effrayant :

« Ahu ! »

Les grognards frappèrent le bastingage avec la garde de leurs épées et répétèrent à l'unisson :

« Ahu ! »

Une encablure ! Barbenoire se mit à rire. Les marchands abandonnèrent leurs postes dans une panique générale. Christopher Taylor, le pacha du *Great Allen*, amena son pavillon en signe de reddition. Les assaillants ne réduisirent pas l'allure. Un murmure s'empara de la frégate noire et, alors qu'elle n'était plus qu'à quelques mètres, les ombres s'évaporèrent. L'immense silhouette de Barbenoire s'envola brusquement, suivie de ses grognards. Tous s'égosillèrent. Grappins, tirs de mousquets et d'arquebuses, l'abordage commença sans prévenir. Les matelots qui venaient de capituler se ruèrent sur l'autre bord. À genoux ou allongés, aucun ne dégaina, mais Barbenoire fonça tout de même sur eux. Le bosseman s'avança, mains hautes. Le monstre lui tira une balle dans la tête. Le bosco bascula par-dessus bord et ses hommes tressaillirent. Un gabier osa protester ; ils s'étaient rendus. Barbenoire alla aussitôt le chercher. Il le sortit des rangs et l'examina. Le jeune mousse sentit le souffle chaud de l'animal en transe. Déçu, Teach le rejeta avec ses compagnons et, devinant un timonier plus âgé, il le saisit au col, dégaina un nouveau pistolet et le déchargea sur lui en plein cœur. Celui qui n'avait rien dit tomba à genoux, ahuri et bientôt mort.

— Capitaine Taylor ? s'égosilla Barbenoire.

Pas de réponse.

Tout le monde fixait le titan et ses mèches fumantes. Quinze marins déboulèrent de la sainte-barbe, mains en l'air. Les grognards les braquèrent. Le colosse pivota et sourit en découvrant leurs gueules de vieux loups de mer. Prenant son mousquet à l'envers, il défonça la glotte du premier, qui tomba, suffoqua et s'asphyxia. Le monstre brisa les dents du suivant d'un coup de crosse, avant de l'égorger. Dans un tintement de fer, Barbenoire se jeta sur deux autres matelots. L'un bouscula son collègue pour s'en faire un bouclier et tous deux tirèrent leurs rapières. De sa botte, Barbenoire bloqua une épée et transperça une gorge. L'adversaire releva sa garde, reculant au gaillard d'arrière. Il para les attaques, défiant courageusement la hargne, le regard et les mèches embrasées de la Bête. Barbenoire évita deux passes, le coinça en bloquant son bras, tourbillonna et lui brisa la jambe. Le vieux loup perdit son arme et se retrouva à genoux, épuisé, un sabre posé sur chaque épaule. Un coup vif ! Son corps tomba en avant dans une flaque de sang et sa tête dévala les marches de la dunette. Elle dégringola sous le tillac, sous les yeux révulsés des otages. Couvert de sang des bottes à la barbe, Teach se redressa sur sa proie : un prédateur en extase.

La porte de la cabine principale s'ouvrit.

—   Ne tirez pas, supplia Christopher Taylor en se rendant. Ne tirez pas !

Cinquante minutes plus tard, le *Great Allen* était échoué dans les fonds au nord de Saint-Vincent. Premiers colonisateurs de l'île, Français et Anglais n'étaient parvenus qu'à établir un comptoir à l'ouest, mais avaient abandonné le reste aux redoutables Black Karibs. Enfants de Karibs et de Marrons ayant fui les colons à temps, les ethnies locales étaient cannibales.

Barbenoire crucifia ses prisonniers à genoux, le long d'une plage à marée basse, puis les abandonna. L'eau remontant, les suppliciés buvaient la tasse à la moindre vague. Ils tiraient sur les clous, s'arrachaient les mains et ensanglantaient l'écume, espérant s'évader avant d'être noyés ou dévorés. Les pirates laissèrent leurs victimes, agonisantes, admirer un dernier coucher de soleil et le feu de joie consumant le *Great Allen*. Taylor et sa troupe auraient finalement plus de chance que ceux de Bellamy. Ils furent secourus par la Navy *in extremis* et rapatriés à Boston, où ils témoignèrent, offrant à Barbenoire sa deuxième variation, avec une douce ironie : tempo deux cent cinquante-cinq marqué par les croches – basse et viole de gambe se répondent.

Barbenoire enchaîna les prises en quelques jours[43], dont la *Margaret*, du patron Bostock. Témoignant sous serment, Henry Bostock affirma avoir été retenu une dizaine d'heures avant d'être libéré, avoir été bien traité et s'être entretenu à plusieurs reprises avec nombre de ces terribles. Vantant leurs exploits, ils lui auraient dit avoir pillé, incendié ou coulé une trentaine de vaisseaux en moins de deux mois, tout en l'informant de leur projet : attaquer l'armada espagnole stationnant à Hispaniola, pour ses chargements d'argent qui servent de solde aux garnisons.

De sa nuit dans les cales de l'enfer, Bostock se souviendrait aussi d'un long interrogatoire, mené par Edward Teach en personne. Il sembla malade, aimable mais imprévisible, et curieux de tout, surtout « des nouvelles routes commerciales et des mouvements de troupes au-dessus du vingt-quatrième degré de latitude ». Craignant pour sa vie, Bostock avait obéi, précisant avoir « informé Teach de l'existence d'un pardon, sans que celui-ci ne réagisse d'une quelconque façon ».

La *Queen Anne's Revenge* croisa les côtes du Honduras, de Bélize et de Cuba en faisant toujours plus de prises. Sa flotte comptait quatre navires pour cinq cents hommes d'équipage, pratiquement tous des esclaves ou des prisonniers libérés. Une armée des morts. Ils croisèrent le vingt-quatrième parallèle et y notèrent les

---

[43] Le *Lime*, le *Pearl*, la *Vengeance*, l'*Ann*, le *Turbet*, l'*Endeavour*, le *Young* et enfin, la *Margaret*, le 5 décembre 1717.

mouvements de troupes anglaises et espagnoles convergeant vers Hispaniola.

« Il paraîtrait que le plus terrible des pirates s'apprête à frapper l'armada », sourit Israël, tout juste nommé second.

Silencieux, Teach fumait, regard perdu à l'horizon. L'homme à la barbe noire guettait son port, son acte deux, sa propre fin. Il dépassa le trentième degré de latitude sans croiser un seul navire militaire et le 29 mai 1718, il prit position devant la rade de Charleston, laissée sans défense.

Les quelque neuf mille habitants venaient de subir une longue guerre contre des Indiens, doublée d'un épouvantable raid signé Charles Vane. Les maisons, brûlées ou saccagées, n'avaient pas encore été reconstruites. Les rues portaient encore les stigmates des affrontements. La flotte noire s'aligna à moins d'un mille du rivage, formant un blocus infranchissable. Barbenoire déploya son étendard et les cloches de la ville sonnèrent. La panique et le désespoir s'emparèrent de Charleston.

Dès le premier jour, un sloop à destination de Londres se risqua à la manœuvre. Il fut intercepté, confiée à Israël, et l'équipage, emprisonné. Le lendemain, deux flûtes, un brigantin et un négrier approchant la rade connurent le même sort. Le jour suivant, la *Queen Anne's Revenge* en bombarda quatre autres et captura l'un des membres du Haut Conseil de Caroline, Samuel Wragg. Barbenoire pouvait admirer son blocus étendu à treize navires surarmés. Des otages plein les cales, stratégiquement intouchable, il avait pris le port en quatre jours et empoché un butin de mille cinq cents livres au passage. Tout le trafic de la zone était interrompu et serait perturbé jusqu'en Europe, pendant des mois. Barbenoire parlait à l'oreille du roi.

Edward Teach humait le parfum du port de Charleston, tellement heureux qu'il s'était endormi avec des larmes de rhum. Il se réveilla en vrac, le cœur au bord des lèvres. Jeune, il s'envoyait des litrons avec sa garnison. Cette foutue île et ses carences lui avaient tout pris. Vautré contre le bastingage, il dégobillait contre l'étrave en tâchant de faire le moins de bruit possible, quand Israël sauta derrière lui. L'ennemi du Nouveau Monde s'essuya dans sa manche et cracha en grognant, comme si de rien n'était. Le soleil l'éblouissait. Sa tête tournait. Le bateau tanguait. Il frissonnait. Israël Hands prévint qu'ils avaient un problème et aussitôt, l'ogre se raidit, serra les poings, oublia ses troubles et bloqua sa respiration.

L'œil morne et la voix pataude, le quartier-maître Miller apparut, son rapport sous le bras. Rien qu'à voir sa mine, Teach sut qu'ils étaient dans le même état. Ils faisaient leur possible pour ne pas tituber, c'est tout. Le réveil avait été dur, la journée serait pire.

— 'Lors… N'a quand même un 'blème ou deux, commença Miller. Y'a quat'-vingts civils dans l'tas, hein. Des passagers. Trois prisonniers ont contracté un' sorte de fièvre, mais y'en a un paquet qu'ont des symptômes… C'est sévère !

Le quartier-maître marqua une longue pause, semblant sonder le vide de son esprit, puis reprit :

— Sur l'brick, y'en a dix-sept qu'ont tenté d'se barrer, c'te nuit. Leurs *Blacks* les ont matés avec nous, c'tait drôle, mais dans l'bazar… Hum ! Garrat en a buté un… V'là ! 'À peu près tout, *cap'tain*.

Court silence. Adossé au parapet, Israël, rieur, se tourna vers son capitaine, épuisé et nauséeux.

— Ah ! gémit le rapporteur. Et oui ! Alors… Greensail a violé une d'filles du *Crowley*… Mais comme ça, hein, il a vu qu'une aut' était en cloque…

Nouveau silence.

> — V'là ! finit Miller. Sinon, l'cambusier dit qu'on est « bons
> en rhum, mais qu'en flotte et en barbaque, à cause qu'ils
> sont quand même plus d'trois cents en tout, ces cons-là,
> bah on va êt' juste à partir de c'soir. » V'là ! Là, c'est
> tout…

Le pacha soupira en caressant son immense barbe, les yeux clos.

> — C'est tout, *cap'tain* ! ajouta subitement Miller. Pardon…

Les ennuis logistiques, éternel fléau de toute opération,
obligeaient Teach à accélérer le rythme. Il sourit, impatient de
passer à la suite, et réclama ses otages les plus utiles : le membre
du Haut Conseil, Samuel Wragg, et le capitaine d'une prise,
Marks.

> — 'Vos ordres ! glapit Miller.

Les transbordements mirent plus d'une heure et les captifs se
présentèrent devant Barbenoire, enchaînés, sales et terrifiés.
Teach les examina de longues minutes, maugréant, puis gronda :

> — Monsieur Marks, quatre de mes hommes vont vous
> conduire à terre où vous vous présenterez au Haut
> Conseil. Pour nos prisonniers malades, vous réclamerez
> une caisse de pharmacie, et pour nous, la permission de
> nous retirer librement.

Dubitatifs, Marks, Miller et Hands scrutèrent le pacha en plissant
les yeux, tandis que Wragg se demandait ce qui allait lui tomber
dessus.

> — Pardonnez-moi, capitaine, s'aventura Marks, mais ils
> n'accepteront pas.
> — Non, soupira Teach en se retournant. C'est pourquoi
> vous insisterez sur les sanctions prévues en cas de refus.
> — Quelles… Quelles sanctions ? s'inquiéta Wragg.

Barbenoire lui sourit, s'avança et changea de regard :

— Nous brûlerons nos prises, répondit-il d'une voix calme et rocailleuse. Nous brûlerons la ville. Les otages seront exécutés et leurs crânes, renvoyés au gouverneur à coups de canons. Nous débarquerons, violerons vos femmes, prendrons vos enfants, vos vivres et vos richesses… Lorsque la ville sera en cendres, nous partirons.

Barbenoire abandonna la dunette, laissant les deux hommes transis d'effroi, avant de conclure :

— Oh, monsieur Miller, veuillez pendre monsieur Wragg au hunier. Sans le tuer, s'il vous plaît. Que ses collègues le voient bien lorsque vous négocierez.

Otages et pirates se dévisagèrent, abasourdis. Un blocus, des morts, trois cents prisonniers et neuf mille innocents pour une caisse de médicaments ?

Tout aussi effrayé que ses sujets, le gouverneur Charles Eden reçut la délégation, protégé par cinquante soldats. À ce stade, il ne pouvait plus se fier qu'à la réputation du terrible, et Barbenoire s'était construit celle d'un homme de parole, épargnant ceux qui se soumettaient et massacrant – ou brûlant vifs – les autres. Le choix fut simple et les membres de son Haut Conseil l'encouragèrent à céder, sans contrepartie. Néanmoins, les ambassadeurs ne rentrèrent pas immédiatement : leur caution (Marks) refusa de quitter le gouverneur et deux pirates se perdirent en chemin, dans un débit de boisson. Les zouaves étaient si rétamés que le quartier-maître mit deux jours à les faire dessaouler, avant de ramener la caisse de pharmacie. Ne les voyant pas revenir, Teach avait redouté une contre-attaque et espacé son blocus. Après que les soiffards furent rentrés, Barbenoire ramena sa flotte à seulement vingt encablures de Charleston et y délivra ses prisonniers. Plus de trois cents personnes pressées affluèrent vers les quais, sur des canots, dans la cohue, les cris et le chaos. Les otages délivrés galopaient dans le port en s'époumonant et des soldats notèrent, un peu tard, que la *Queen Anne's Revenge* s'était vidée. Les fusiliers marins sonnèrent leurs cloches. Célébrant la libération des captifs, la garde de la rade leur répondit en faisant tinter la sienne. Les quais n'étaient que tumulte et désordre et personne ne repéra les canots de forbans encapuchonnés, au milieu des rescapés. Cinquante grognards débarquèrent sur les quais, entourant et menaçant Samuel Wragg, toujours prisonnier.

Barbenoire jouait sa troisième variation, avec insolence : tempo deux cent quarante − basse, viole de gambe et clavecin en envolées.

Une colonne de vingt militaires distingua les bandits enturbannés. Les soldats allaient leur tirer dessus, quand ils reconnurent le membre du Haut Conseil avec eux. Barbenoire sauta sur la jetée et rejoignit ses hommes, devant une soldatesque hébétée, paralysée. Le sombre titan s'engagea sur Middle Street : vers le pavillon du gouverneur. La cohorte les rattrapa, les escortant singulièrement à la même cadence : un pas martial. Barbenoire remonta la rue, sans rencontrer d'opposition. Les habitants étaient terrés et grâce à Bostock, le gros des troupes avait été « démobilisé ». Cinquante gardes protégeaient la chancellerie de Charles Eden. Une belle demeure à colonnes sur deux niveaux, avec une grande entrée. Ils s'alignèrent devant le portail, arquebuses en mains. Cernés, les grognards s'arrêtèrent. Barbenoire devança son clan, tenant Wragg par le cou. Le temps se figea.

Barbenoire marcha jusqu'aux grilles, les ouvrit et entra avec les siens. L'implacable bruit des bottes écrasant le gravier résonnait contre les murs. Les bidasses s'écartèrent, déconcertés. Un artilleur plus courageux que les autres visa la Bête au cœur, mais son binôme l'empêcha de presser la détente. La garde prétorienne forma un carré sur le parvis du pavillon, enfermant l'otage. Imperturbable, le regard habité, Teach s'engouffra dans la maison avec ses aides de camp. Israël les suivit au galop. Une partie de la soldatesque resta dehors et garda un œil sur les flibustiers. L'autre rejoignit la dizaine d'officiers stationnant au rez-de-chaussée. Dans l'entrée, l'atmosphère s'alourdit d'un coup. Dans un silence de cathédrale, les gradés observaient l'animal sans oser dégainer. Teach les ignora et traversa le salon comme une flèche. Incrédule, un vieux major s'approcha en levant une main, les yeux grands ouverts, comme s'il avait vu un fantôme :

« Ed' ? s'écria-t-il. Ed', c'est toi ? »

Se faufilant dans l'escalier avec Caesar, Barbenoire fit un geste en sa direction. Aux ordres, Gibbens sauta sur le major et planta sa lame dans sa carotide. Surpris, le vieil officier n'eut pas le temps de se protéger. Il s'affala sur lui-même, dans un torrent sanglant. Ses camarades dégainèrent aussitôt, prêts à le venger. Gibbens et Israël brandirent leurs pistolets. Un concert de cliquetis résonna dans la cour. Les officiers y aperçurent Wragg, résigné : cinquante mousquets étaient pointés sur son crâne. Tout le monde rengaina lentement et Gibbens se précipita à l'étage.

Sidéré, Israël lui emboîta le pas et trouva une scène tout aussi surréaliste. Caesar tenait en respect deux soldats. Réunis autour d'une table, cinq lords attendaient sagement, têtes basses, tels des enfants avant la punition : le gouverneur Charles Eden, le trésorier, son avocat, un colonel et un lieutenant Commander de la Navy, Matthew Munthe. Tous regardaient leurs souliers silencieusement.

Tête penchée, le terrible restait immobile, derrière Munthe. Le lieutenant sentait son souffle chaud sur sa nuque et commençait à frémir dans son beau manteau. Teach plongea sa main dans une poche et en sortit sa balle de mousquet. Il joua avec, sourit, grogna et la déposa délicatement devant l'officier. Munthe déglutit et Teach fila sur le balcon, le regard perdu sur le port. Il claqua des doigts et Gibbens tira brutalement la chaise du lieutenant, l'obligeant à se lever. L'officier obéit, effrayé. Le grognard lui arracha sa cape de lieutenant Commander et le rassit. Mortifié, humilié, Munthe se laissa faire sans broncher. Barbenoire laissa tomber sa sombre veste et son adjoint déposa sur ses épaules le long manteau rouge à boutons d'or. Il ne le quitterait plus jamais. Appuyé à la balustrade, Barbenoire contemplait sa mer. Il ferma les paupières, bascula la tête en arrière et laissa échapper un interminable soupir.

La Bête était apaisée.

XXI

261

XXIV

IX

La balade de Charles Vane

Nassau valait bien un sacre. Le rivage flibustier s'était vidé de ses forbans. Des soldats défilaient sur la Promenade, dans les auberges et les bordels, et des bataillons entiers stationnaient dans la baie, sous pavillon anglais. Le *Duke* et la *Duchess* de Woodes Rogers paradaient devant le fort, pour célébrer la recolonisation des Bahamas.

La confrérie s'étant déchirée après la rencontre de Providence, Charles Vane n'avait tenu le bastion qu'une quinzaine de jours. Quand la Navy avait investi Nassau, il lui restait les hommes pour se défendre, mais plus de vivres ni de munitions. Il avait fui, pas capitulé. Le temps pour Hornigold de rentrer à Nassau, où ne lui restait plus qu'une issue : le pardon du roi.

Le 6 février 1718, Woodes Rogers et lui se tenaient sous la *khaïma* de Vane rafistolée aux couleurs de la Navy, pour la cérémonie d'intronisation du nouveau gouverneur. Vautré dans un fauteuil face à la mer, sa chienne à ses pieds et sa rapière à côté, l'ex-commodore tétait son rhum devant un ballet d'officiels. Avocats, marchands, juges, armateurs, capitaines, banquiers et trésoriers, tous ceux qui avaient intérêt à se présenter au légat défilaient. Dans le tas, Ben crut même reconnaître des recéleurs. À sa gauche et vissé à un siège identique, Woodes arborait fièrement les insignes de capitaine général et gouverneur en chef des îles. Les sujets s'inclinaient sur le sable en promettant allégeance. Il jubilait. La mort de son petit frère, celle de son dernier-né, les outrages, les procès, la ruine et son divorce… Sa traversée du désert avait duré plus de cinq ans. Il avait touché le fond et pensé au suicide, avant de caresser la renommée d'un roi. Sur le barnum, Woodes avait fait inscrire sa nouvelle devise :

« *Expulsis Piratis, Restituta Commercia*[44] » !

New Providence était « libérée » et le commerce d'Harbour en voie de normalisation, mais pirates et boucaniers campaient encore dans les six cent quatre-vingt-dix-neuf îles de l'archipel. Divisée, la confrérie vivait dans la suspicion et la peur de la délation. Intermédiaires, taverniers, prostituées et simples gabiers, tout le monde pouvait trahir, selon la grille tarifaire.

Le dernier lord trésorier s'agenouilla sur le rivage. Signe que la cérémonie touchait à sa fin, il retira la gigantesque clef qu'il portait autour du cou et l'offrit au légat. Woodes le remercia et se retourna vers celui qu'il avait nommé, en premier chef, bras droit :

— Tu es prêt ?

Tête tombante, Benjamin mit plusieurs secondes à décrocher ses yeux de la mer, ronchonnant :

— Putain mais j'ai l'air de m'en foutre ?

Tout en se grattant l'oreille, la chienne hulula comme pour insister. La foule ayant entendu le pacha, Woodes s'enfonça dans son trône et agita une main nerveuse vers les remparts. Des enceintes, six soldats interprétèrent le geste. Roulement de tambours. Tout Nassau vit le drapeau noir de Jennings descendre

---

[44] Les pirates délogés, le commerce rétabli.

lentement de son mât. Les couleurs de l'Union Jack, doucement hissées, apparurent au sommet et un sinistre silence tomba sur la ville, la plage et la baie. Le flamboyant gouverneur se tourna et tendit sa main à Hornigold :

— Bienvenue en Angleterre, dit-il d'une voix puissante.

Tout le monde scrutait la réconciliation : Woodes affichait un large sourire, tandis que le borgne avait l'œil hagard. Ben l'ignora et pointa vulgairement un sloop, qui se pavanait loin des autres mais plus près du rivage.

— Vous l'avez contrôlé, celui-là ? marmonna-t-il.
— On les a tous contrôlés, chuchota le gouverneur agacé.

Avachi, Ben continua à bouder en fixant le navire qui déroutait du chenal, vers la plage. Woodes pencha la tête, incertain. À quarante brasses, la foule constata que le bateau était vide, sans personne à la manœuvre. Dans un sursaut, la garde évacua la plage. De courtes minutes défilèrent. Le public recula calmement, mais Hornigold et le gouverneur durent courir à la Promenade, avec une petite escorte. Le sloop heurta le sable à une dizaine de mètres de la tente protocolaire et s'embrasa, presque instantanément. Les flammes s'emparèrent des voiles et soudain, une explosion mutila le rivage.

Monumentale, la charge éclata la coque en longueur et projeta les mâts sur des passants, du rivage aux premiers pavés de la Promenade. Le souffle coucha les brigades. La *khaïma*, la maison des importations et le bureau des registres s'embrasèrent. Des morceaux de bois se plantèrent dans le sable et les corps, éparpillés. Des pantins en flammes couraient et hurlaient avant de s'effondrer, sous une pluie de cendres.

Vingt morts. Tous civils.

L'attentat, abject et odieux, était signé Charles Vane. Chassé et traqué, il campait au secret des plages d'Abaco, sans autre stratégie que l'anarchie. Il avait attaqué des négociants et attendu que son nouvel ennemi se montre, tout en se cachant de la Navy. Dix-sept jours après, l'infâme personnage fut rattrapé devant Harbour Island par l'*HMS Phoenix*, mieux armé que lui. La foule se rassembla sur les rives, attirée par l'arrestation du terroriste.

« Je suis le colonel Vincent Pierce, cria le militaire sans l'aborder. Le gouverneur des Bahamas m'a chargé de vous délivrer un message. »

Sûrs de finir au fond d'un trou, Vane et ses vauriens écarquillèrent les yeux, aussi surpris qu'amusés.

« Dans sa grande mansuétude et en vertu de l'acte de grâce offert par Sa Majesté, reprit le colonel, le gouverneur Rogers propose d'oublier votre affront si vous consentez à rendre armes, butins, esclaves et navires, ainsi qu'à accepter l'offre de Sa Majesté. »

Les membres du clan se regardèrent, abasourdis, puis s'esclaffèrent. À la stupéfaction générale, le *Phoenix* empanna et laissa les assassins remettre le cap au nord. Les Bahamas restaient un havre pour les forbans et s'il méritait d'être pendu, Charly demeurait une icône : il ne pouvait être arrêté n'importe comment. Comme souvent, Woodes jouait la division par la provocation. Laissés libres, les flibustiers allaient évidemment débattre : le *Phoenix* avait-il eu peur ? Ou cet arrogant gouverneur leur donnait-il du temps ? Le patron était-il toujours cette redoutable brute sanguinaire ? La réponse intervint quinze jours plus tard. Vane revint, dressa un blocus devant Nassau, et se mit à mitrailler tout ce qui bougeait. Il fit dix prises et des centaines d'otages. Les *Man'o'War*[45] s'éloignèrent, mais réceptionnèrent un

---

[45] Vaisseaux de haut-bord ou vaisseaux de ligne de la Navy, souvent équipés de plus de cent canons et nommés ainsi par opposition aux navires marchands, *Man'o'Trade*.

courrier, envoyé dans la nuit par le pirate :

« À Son Excellence, le gouverneur de New Providence,

Votre Excellence se souciera peut-être de savoir que nous sommes prêts à accepter le très gracieux pardon de Sa Majesté aux conditions suivantes :

Que vous souffriez que nous disposions à notre gré de tous les biens à ce jour en notre possession. Que nous ayons de même toute latitude pour l'emploi de ce qui nous appartient et appartenait, comme le spécifie l'Acte de Grâce de Sa Majesté.

Si votre Excellence veut bien nous garantir ces conditions, nous accepterons bien volontiers l'Acte de Grâce de Sa Majesté.

Dans le cas contraire, nous serons obligés de nous défendre.

Charles Vane et sa compagnie

P.-S.- Attendons prompte réponse. »

Quatre heures dix du matin, réunion de crise au dernier étage du fort. À peine réveillé, Hornigold dévisageait Woodes et William Rhett autour d'une table, dans ce qui avait été le théâtre de ses plus belles orgies. À cinquante-deux ans, Rhett avait passé sa vie au service de l'Angleterre et les trois dernières années à chercher un moyen de liquider Hornigold, maintenant devant lui : les aléas du jeu politique... Rhett riait peu, parlait sec et visait juste. Un bon navigateur, surveillant général des douanes aux Indes occidentales et chasseur de pirates intraitable. Il relut le post-scriptum sans en saisir l'ironie : tant que Vane canarderait tout le monde, son mot resterait sans réponse.

Pendant qu'Hornigold luttait contre sa gueule de bois en se demandant si tout cela était réel et que Rhett relisait inlassablement les mêmes mots, Woodes rêvassait :

L'Espagne venait à nouveau d'entrer en guerre contre la Grande-Bretagne. L'une des conséquences avait été l'envoi immédiat d'une flotte d'Hispaniola, pour raser Nassau. Par chance, au même moment et alors que les défenses de New Providence n'étaient pas réparées, l'allié français avait envahi un fort espagnol en Floride, obligeant l'armada à s'y dérouter. Ils l'avaient échappé belle et Woodes avait voulu célébrer.

> — Célébrer quoi ? s'était étonné Rhett. Puisqu'il ne s'est rien passé.
> — Bah ça, avait précisé le légat. Justement. On ne fait jamais la fête, chez vous ?

Aux accrochages diplomatiques, le jeune légat devait ajouter la gestion des armées, des récoltes, des taxes, la comptabilité, l'établissement d'une école, de douanes, les remparts fissurés, et les pirates repentis qui s'ennuyaient... Il tenait le pouvoir au creux de sa main et en ressentait les morsures dans les volutes des coups de canons, saluant chaque exécution. Donner la mort, c'est se condamner à vivre avec elle. Son premier cas avait été John Augur, le « stratège autodidacte » édenté.

Augur était forban, illettré et sot, mais repenti. Le tout nouveau gouvernement de Nassau l'avait chargé de négocier des provisions dans les îles voisines. Chemin faisant, sa clique et lui avaient croisé deux sloops sans défense et manifestement pleins de denrées. Ça tombait bien ! Il aurait suffi de les rapiner et de les couler, puis de se planquer un peu, comme dans le temps. Après, ils auraient rejoint New Providence, mission accomplie et la bourse en poche. Sauf que les deux sloops en question allaient justement à Nassau, pour la réapprovisionner. Augur avait lancé l'abordage et le marchand s'était rendu, en espérant éviter l'hécatombe. L'ex-pirate ne voulant pas de mort non plus, l'accostage se fit en douceur et son clan réalisa trop tard la méprise. Moment de panique chez les ex-citoyens. Espérant pouvoir livrer leur propre version, ils allaient capituler et escorter les sloops, quand l'un d'eux jeta un œil aux soutes. On ne se refait pas...

Cinq cents livres sterling en pièces d'argent eurent raison de leur récente sagesse. Augur avait tout piqué mais laissé les marchands en vie, les menaçant des « pires tourments » si jamais ils les dénonçaient. Tu parles... Les temps avaient déjà changé. Comme elle n'avait décidemment plus de bol, la racaille sur le retour se cherchait une planque lorsqu'une tempête l'avait clouée sur une île déserte du sud des Bahamas.

Un mois plus tard, un vaisseau venu de Nassau les arrêtait. Le procès avait été expéditif et les onze membres d'équipage, capitaine inclus, avaient été condamnés à mort. Craignant une émeute, Woodes avait insisté pour que les choses aillent vite. Appréhension justifiée : Augur et ses joyeux drilles n'ayant pas tué, la sentence avait paru un peu disproportionnée. Sept cents personnes s'étaient massées sur le bord de mer pour assister aux adieux des malheureux copains de boisson. Un public de repentis. Révoltés ou attristés, ils n'avaient pas eu le courage de haranguer le gouverneur avec les suppliciés, au procès. Avec moins de sensibilité qu'une gueuse, Woodes avait pris place sur une estrade, face aux potences.

- Lâches ! avait braillé Morrice, le second d'Augur, à la foule qui l'épiait. Tas de chiens galeux ! Vous êtes la honte du Code d'Henry Morgan !
- Voilà ce qu'il vaut, le pardon du roi, avait crié un autre. Je n'ai tué personne mais volé, certes. Cela mérite-t-il la mort ?
- Il fous cha dupés ! s'était égosillé Augur en pointant ses poignets entravés vers Woodes Rogers. Un fonte de fées pour fous affervir.

Une clameur. La tension était montée d'un coup et la foule avait commencé à gronder. Reprenant rapidement les choses en main, le légat avait tiré une salve de mousquet en l'air. Le brouhaha s'était tu.

- John Augur, s'était écrié Woodes, par un édit de Sa Majesté, vous avez été pardonné de vos actes de piraterie en date du 10 décembre 1717. Malgré notre clémence, vous avez souhaité revenir à votre vil métier et, de ce fait, avez été condamné à mort par un tribunal des Bahamas. Vous repentez-vous afin que Dieu vous accueille dans sa miséricorde ?

Augur avait plissé les yeux en se demandant s'il se foutait de sa gueule.

- En fait, chu comprends fas ch'que ch'dis, machin ? avait demandé Augur. Ch'est cha ?

Hilarité de la foule.

- Oui ! avait tout à coup beuglé un Frère, la corde au cou. Je me repens. Je me repens de tout mon cœur, de ne pas avoir égorgé et violé tous ceux qui m'ont menti et fait croire à une autre vie.

Son courage avait déclenché des hurlements. Surpris par la cohue, Woodes avait même reculé. Un autre forban qui allait mourir avait enchaîné :

- Moi aussi, je me repens de ne pas avoir brûlé, étranglé et battu ceux qui m'ont trahi. Oui, de cela je me repens bien volontiers.
- Je me repens, avait braillé un de plus, j'aurais dû crever ma femme et ma sœur, tant qu'il en était encore temps. Elisabeth ? Où t'es, salope ?

La foule s'était mise à grogner, hurlant des « moi aussi » à l'unisson dans une bousculade visant à sauver les onze infortunés. Woodes avait fait un grand signe au bourreau avant que la situation ne lui échappe. Un craquement sec avait immobilisé le débordement et tandis que la charpente vibrait encore, les spectateurs avaient vu, bouche bée et cœurs serrés, leurs compagnons se balancer sous l'estrade. Mouillant dans la baie, le *Duke* avait obéi aux ordres, saluant les morts de trois coups de canons. Dans un calme pétrifiant et sous les grincements du gibet, Woodes avait été transpercé par les regards les plus noirs de la foule. Toute sa vie, il se souviendrait de ce moment où il avait découvert que pouvoir, clémence et impuissance étaient inextricablement enlacés.

La menace était omniprésente.

Agité, le colonel Rhett arpentait l'ancienne chambre du commodore. Il relut la lettre de Vane encore une fois, gratta sa perruque, furieux, puis vint s'asseoir entre Rogers et Hornigold. Sachant où l'échange les conduisait, Ben recula son fauteuil et se resservit un verre du délicieux vin de Madère, tout en se préparant une pipe.

>   – J'exige… s'emporta le colonel. Non, le roi exige que ce monstre, ce terroriste, ce fou, soit pendu. Pas pardonné !
>   – « Le roi exige… ? » répéta Woodes, surpris.
>   – Oui, enfin, c'est une expression, s'agaça Rhett en se relevant pour refaire les cent pas. J'ai dit ça comme ça.
>   – Il n'y a pas de hasard avec la famille royale, dit le gouverneur d'une voix calme. J'ai publié ma propre expérience là-dessus, si ça vous intéresse.
>   – Monsieur Rogers…
>   – « Monsieur le gouverneur », l'interrompit Woodes en souriant.

Rhett pivota et fixa le gouverneur un moment, assommé. Du coin de l'œil, il vit l'ex-commodore se marrer. Le nouveau patron se foutait de sa gueule, avec la complicité de son vieil ennemi. Pour l'officier, Woodes n'avait rien d'un soldat. C'était un ancien aventurier et auteur, ayant participé à des batailles et trahi la reine en pactisant avec l'ennemi et des pirates, lors de ses tours du monde. Point. À présent, c'était aussi son patron. Vexé, il ravala donc sa salive et se retourna face à une meurtrière.

- Colonel... reprit Woodes afin de rompre cet assourdissant silence. C'est un problème simple.
- Je vous demande pardon ? bondit Rhett, outré.
- Jennings m'a assuré de son aide, poursuivit le légat en rejoignant le militaire près de la fenêtre, mais il est introuvable. Low, Bonnet, Barbenoire, Levasseur et d'autres sont encore dans la nature...
- Levasseur est mort ! tempêta Rhett.

Woodes et Ben échangèrent un regard, peinés. Dehors, c'était l'aube. La brume caressait les flots. Woodes Rogers chassa le souvenir d'Olivier avec ceux de ses dossiers : armée, défense, milices, impôts, agriculture, famine, provisions, constructions... Subitement nerveux, il fronça les sourcils, s'ébouriffa les cheveux et ouvrit la porte afin de congédier ses invités.

- Maintenant, ça suffit, colonel, s'emporta-t-il.

Rhett et Hornigold le fixèrent, interloqués. Le premier ne bougea pas. Le second profita de l'occasion pour se lever, prêt à retourner s'achever au rhum dans son pajot.

- On ne va pas y passer la journée. Je dois protéger les Bahamas, donc dégager ces pirates. Ça tombe bien, vous faites quoi dans la vie ?
- Monsieur le gouverneur, osa opposer l'officier tandis qu'Hornigold passait le seuil. Pour chasser un pirate, il faut un plan, il faut un...
- Ben... coupa le gouverneur. T'as besoin d'un plan, toi ?

L'ex-commodore s'arrêta net et haussa les sourcils, médusé.

Quatre jours après la lettre de Charles Vane, le gouverneur des Bahamas graciait officiellement Benjamin A. Hornigold et son binôme d'antan, John Cockram. Ils reçurent une lettre de marque les chargeant de capturer ou réduire Charles Vane et sortirent du port. Armés d'une somptueuse frégate de quarante canons, le *Willing-Mind*, ils s'élancèrent contre le blocus et ouvrirent le feu. Vane se dispersa et perdit ses prises. Les nouveaux chasseurs de pirates l'auraient poursuivi s'ils ne s'étaient pas lamentablement échoués dans la manœuvre.

Vane avait fui Nassau devant Hornigold, tout un symbole.

Le chef à la peau mate s'isolait dans sa cabine, fumait des herbes, buvait du rhum, et ressassait sa vie. Dès l'enfance, la peur de mourir et les coups de fouet l'avaient poussé à fuir. Il ne s'était jamais arrêté de courir. Il avait trouvé un réconfort invisible chez son père d'adoption, un chef Indien, et plus tard chez celui de substitution, le capitaine Jennings. Sa carrière de corsaire l'avait exalté, l'abandon de lord Hamilton l'avait démoli. La confrérie, Nassau et la tentation du fort lui avaient donné un autre horizon. Un homme inculte et jusqu'au-boutiste comme lui estimait pouvoir trouver sa liberté, s'il n'avait plus rien à perdre. Un suicide programmé. L'histoire ne retiendrait qu'un nom inventé, celui d'un gosse de sang-mêlé, mort en fuite. Noyé, flingué ou pendu ?

Vane fit plusieurs prises [46], dont le *John-and-Elisabeth*, du contrebandier Holford. Épargnant ou tuant les équipages il pilla les marchandises et brûla tous les navires.

    — Vous n'avez pas d'honneur, l'injuria Holford.
    — Si, rit l'infâme capitaine. Un honneur de pirate.

---

[46] Le *Drake* (capitaine Draper), l'*Ulster*, d'Andros (capitaine Fredd), l'*Eagle* (capitaine Brown), le *Lancaster* (capitaine Walt) et le *Dove*, de la Jamaïque (capitaine Harris).

Vane repartit avec un butin de vingt mille livres, un coffre chargé de réaux, frappés à Potosi. Il fit voile vers l'Isla de Pinos pour retrouver sa seconde famille, des Indiens Taïnos. Mais ayant entendu parler de l'attentat de Nassau, ils refusèrent de l'accueillir. Charly descendit tout de même à terre et y enterra son trésor, dans le plus grand secret.

Il se replia ensuite dans un îlot paradisiaque des Turks-et-Caïcos. Sa troupe et lui s'y reposèrent au bord d'une immense cascade, dominée par une roche en forme de tête de mort borgne. Il subit là sa deuxième défection. Après Israël Hands, le bosco Ben Yeats se fit la belle. Rackham faisait les comptes avec Bob Deal, second et époux du capitaine, et s'interrogeait. Le *Lark* était abîmé et, en dépit des abordages, les caisses étaient vides. C'est à ce moment que Charles Vane décida d'attaquer Charleston, peu avant que Barbenoire ne s'en empare. Vane disposa un blocus devant le port et, sans honneur ni courage, fit pilonner la ville sous un orage d'acier. Il débarqua, saccagea et pilla tout sur son passage, puis leva l'ancre avant la nuit, laissant derrière lui une rade à feu et à sang. Il remonta la rivière Cape Fear pour s'y terrer et, y croisant des marchands qui pouvaient donner l'alerte, les tua tous. Discrétion oblige…

Charles Vane laissait de moins en moins de survivants derrière lui, et y perdait son autorité. Au début de l'été, sa compagnie ne comptait plus que soixante forbans. Las de l'extrême cruauté du pacha et ruinés à cause de la soudaine pénurie de recéleurs, les gabiers s'évaporaient les uns à la suite des autres. Vane rencontra Stede Bonnet dans la Cape Fear et apprit que Barbenoire voguait avec son ancien pilote, Israël Hands. Le Code stipulait que tout déserteur, s'il était repris, était passible de mort. L'information rendit les hommes ivres de colère et chacun promit mille tortures à l'ex-barreur.

Stede leur révéla aussi que l'ogre avait pris Charleston à son tour, et qu'il avait soumis le gouverneur. L'idée d'un pacte commença à germer et Charly chercha la Bête, là où on l'avait vue pour la dernière fois. Il mit quinze jours à repérer l'épave d'Edward Teach, dans la baie de Beaufort. Couchée sur des brisants, la *Queen Anne's Revenge* vomissait des flots par tous les ponts. Vane et son clan furent arrêtés à terre et de nuit, par six grognards, à une lieue du bivouac.

Teach se prélassait et fumait un narguilé sur un tapis, en compagnie d'Israël et de trois naïades. Enragés, les intrus commencèrent à menacer leur ancien compagnon.

« Cet homme est à nous », commença Vane en pointant Israël du doigt.

Torse nu sous son manteau rouge et or, Teach tirait d'interminables bouffées et fixait Vane dans les yeux, sans parler. Tout en lui intimidait ; son regard, sa barbe et ses silences, cinglantes réponses. La troupe ne se calmait pas, mais n'osait menacer ni l'ogre, ni ses grognards. Teach et Hands restaient sereins et, déboussolé, Vane chercha un moyen de se replacer dans l'échiquier. Sa seule idée fut d'étendre sa graisse sur le tapis à leurs côtés et de se servir un verre, sans demander. Le malaise s'installa.

> – J'ai toujours aimé ça, vos silences, dit le capitaine bedonnant à son homologue.

Israël se recula légèrement en cherchant, à l'aveugle, la dague cachée sous sa ceinture. Barbenoire se contenta d'un long soupir rauque.

> – Voilà ! reprit l'insolent. Ça ! Ce mépris qui faisait peur au monde.

Israël sourit, Teach se retint.

—   Parce que le monde n'a plus peur, mon ami, continua
Vane. Charleston, peut-être, mais la confrérie doit
reprendre le sentier de la guerre. Et seuls vous et moi
pouvons la mener.

Hands trouva son poignard, sans quitter Vane du regard.
Derrière lui, Bob Deal et sa bande étaient prêts pour la
boucherie. Les grognards aussi. La tension devenait palpable.
Teach inspira bruyamment et planta ses yeux noirs dans ceux de
son invité.

—   Vous n'êtes pas mon ami, rétorqua Barbenoire d'une
voix glaçante. Et la guerre appartient aux hommes. La
guerre, c'est affronter un adversaire pour une cause, pas
tuer à l'aveugle par lâcheté.

Charles s'était souvent targué d'avoir été l'ennemi intime de
Barbenoire. Devant ses hommes, il prit le coup en pleine
poitrine. Sa petite troupe chercha son regard, prête à défendre
son honneur, mais l'infâme ne bougea pas, pétrifié.

—   Vous ne pouvez pas faire la guerre, monsieur Vane,
l'acheva la Bête. Parce que vous n'êtes pas un homme…
Vous êtes un lâche.

Sonné, Charles se releva, lèvres pincées et poings serrés. Certains
de ses marins reculèrent, la main au fourreau, mais conscients
que la garde prétorienne allait les tailler en pièces. Vane en vint
probablement à la même conclusion, puisqu'il s'éclipsa sans un
mot, droit au rivage. Son bord suivit, décontenancé.

Charles leva l'ancre et passa la nuit à noyer son plus vieux rêve, le
fort, dans des bouteilles de rhum. Il s'enivra avec son mari dans
sa cabine, tandis que trente de ses gredins faisaient le point dans
la sainte-barbe. Et le bilan était moyen. En piraterie, tout obéit à
une hiérarchie, y compris les mutineries. Après le second, les
candidats légitimes au poste suprême étaient le bosseman et Jack
Rackham, son quartier-maître. Le bosco avait déserté aux Turks-

et-Caïcos et Jack, quant à lui, n'avait aucune envie d'échouer dans une mutinerie bâclée, contre un capitaine qui scalpait ses propres gars. Occupé à fumer les herbes qui l'endormaient et picoler le rhum qui l'assommait, il ne s'en mêlait pas.

— Jaaaaack ! lui souffla un forban. Tu peux pas dire ? Il est en train de dévisser grave, le 'pitaine. Pas d'accord ?

Ne pouvant lui donner tort, Rackham reprit une longue bouffée de son calumet.

— 'Y nous abandonne, rappela le maître-charpentier Hardwood. 'Y fout l'feu à tout. 'Y nous colle la Navy au cul et quand ces cons-là s'pointent, 'y s'tire ! Oh ? Jack ?

Ça avait, de toute façon, mal débuté avec l'accrochage de l'*HMS Phoenix*, devant Harbour Island. Quand le colonel les avait mis en panne avant de les laisser libres, il les avait humiliés. L'évasion à la barbe d'Hornigold avait été un incroyable coup de chance. Les caisses ne cessaient de se vider, et les rangs, de se dissoudre. Le temps des extraordinaires orgies de la plage paraissait loin. Les revendeurs d'Harbour s'étaient acoquinés avec la Navy et les boucaniers encore en vie restaient au vert. À lui seul, Charles Vane s'était réapproprié la définition de l'anarchie et lui avait donné le sens qu'avaient choisi les rois. Le raid de Charleston avait été d'une sauvagerie sans nom et l'illustre Barbenoire n'avait plus la moindre estime pour lui. Plus personne ne voulait l'accueillir et New Providence n'était plus disposée à le pardonner.

— J'reconnais qu'on est un peu dans la merde, concéda Jack.

Ovation.

— Prends tes responsabilités, p'tit, dit Hardwood. C'est pour ça qu'on t'a élu.

— Oye ! tança le quartier-maître. Ça s'est fait au brelan et vous m'avez laissé gagner parce que j'étais le dernier joueur à savoir lire et compter, rappelle-toi.

Le maître-charpentier opina du chef en frottant son menton, tandis que la trentaine de Frères pouffait de rire.

— Tu vas faire quoi ? s'inquiéta un Frère.
— Si j'me fais buter, rit Jack, vous préviendrez ma femme ?

Fou rire général.

À la fin de l'été, les forbans refirent plusieurs prises[47], dont le *Neptune*, un immense négrier abandonné en pleine mer. Vane vida ses cales et le délesta de son accastillage, quand il devina les mâts du *Willing-Mind* à l'horizon. Hornigold était toujours en chasse. Le négrier n'était qu'un leurre. Vane l'abandonna pour encaper sur la Tortue et le *Willing-Mind* se précipita à sa poursuite, mais Hornigold cogna le *Neptune* au passage. De nouveau échoués, les corsaires durent caréner sur place.

Après ce rendez-vous manqué, Vane comprit que son temps à la tête de la compagnie était compté. Il attaqua et brûla une dizaine de navires dans la baie du Honduras avec l'*Imperator*, son nouveau vaisseau amiral. Il remonta la côte et, le 23 novembre, croisa une frégate française deux fois plus grande et mieux armée. Jugeant qu'ils ne pouvaient se risquer à l'affrontement, il dérouta, et Jack dévoila ses cartes.

— J'demande un vote, siffla le quartier-maître.
— T'as pas compris, *Jacky-boy*, vociféra le pacha avant de hurler à ses gabiers : on empanne !

---

[47] Le *Rose*, le *Shark*, l'*Imperator* du capitaine Powers et le *Neptune*, du capitaine King.

— Wow, non, patron, insista Rackham alors que le Français se mettait en chasse. C'est dans mes prérogatives et j'demande un vote.

Vane traversa sa passerelle en agitant son épée et brailla :

— On ne discute pas les ordres au combat.
— Ouais bah justement… l'agaça le comploteur. On n'y va pas, là ? Si ?
— Négocie avec moi et je ferai rentrer ta longueur dans ta largeur avant l'aube, gronda le capitaine.

« Vote ! » lança un mousse.

Aussitôt, le cri fut repris des soutes aux huniers. Acculé et pressé, Vane ne put protester. Jack organisa les scrutins et les remporta d'autant plus vite que la compagnie, dans l'ensemble, ne savait pas compter. Destitué avant un combat pour manque de bravoure, Vane attendait de connaître son sort dans sa cabine, mortifié. L'*Imperator* changea d'amure et s'élança à l'abordage, emmené par son nouveau capitaine. Épouvanté, Charly se surprit à prier : s'ils perdaient, ils seraient pendus, s'ils gagnaient, il serait maronné. Jack mena l'assaut et dès les premiers morts, le Français rendit les armes.

Les forbans échangèrent les navires et devant des prisonniers sidérés, Rackham refusa à Vane et à ses partisans, tel Bob Deal, la permission de monter à bord :

— Désolé, dit-il, mais en vertu de l'article III et de toutes ces conneries, t'as été déposé en ma faveur.

Le patron s'y attendait. Il était pourtant interloqué. Il bégaya le prénom de son quartier-maître, espérant sans doute le raisonner :

— Jack… *Jacky-boy* ?

Bob Deal et quelques autres dégainèrent. Du bord français, le maître-charpentier et son groupe de mutins en firent autant.

Charly et Jack étaient au milieu, sur la passerelle, entre deux bords. Certains l'avaient peut-être oublié, mais Vane et Rackham ne pensaient plus qu'au trésor du contrebandier Holford, caché quelque part sur l'Isla de Pinos. Seul Charly savait où et Jack n'avait que deux options ; la torture ou la filature. S'ils sautaient tous sur Vane et ses soutiens, ils devraient se battre. Jack ne s'en serait peut-être pas tiré et puisque jusqu'ici, tout se passait bien, il préféra éviter de prendre le moindre risque. Personne ne voulait finir comme Tonio Diaz.

— Non, mais on ne va pas vous balancer sur un lopin de sable, rassura Jack en levant les mains. Que tout le monde baisse son flingue et reste calme. D'accord ? On se calme ?

Une grosse moitié obtempéra. Les autres hésitèrent.

— Tire-toi avec tes pyromanes, ajouta Rackham. Ça sera aussi bien.
— Jack ? Tu ne peux pas me faire ça.
— Charly… soupira son successeur. T'es viré.

Les bateaux se séparèrent et Rackham s'éloigna, sur le vaisseau français qu'il renomma *Kingston*. Cherchant le vent, il allait pister l'*Imperator* vers l'Isla de Pinos, quand une voile aux couleurs de la Navy apparut à l'horizon. Jack vira à l'est et Charles, à l'ouest. Ils s'enfuirent en scrutant dans leurs lunettes la silhouette ou le nom du poursuivant : le *Willing-Mind*. Hornigold n'abandonnerait pas.

– XIII –

L'homme à la barbe noire

Edward Drummond rouvrit les yeux face à la mer, un manteau de lieutenant Commander sur les épaules. Le rêve d'une vie. L'espace d'un instant, il était redevenu lui-même. Il avait respiré à pleins poumons et son cœur s'était allégé. Il avait voulu y croire, mais les politiques derrière lui, mutiques, et la ville à ses pieds, terrorisée, l'avaient rappelé au monstre qu'il avait créé. Appuyé au balcon du gouverneur, il contemplait Charleston d'un œil triste, rattrapé par sa réalité. Il poursuivait un passé effacé.

Blessures et déchirures, un soldat combat sans relâche, jusqu'à la mort. Sa Bête, l'animal en lui, l'implorait de ne rien céder. La Navy l'avait piégé, détruit, la Caroline l'avait condamné à l'oubli, et la Couronne l'avait rayé des archives. Nouveau gouverneur, Charles Eden n'était pas responsable mais, en poste depuis près d'une décennie, les membres de son Conseil savaient tout.

« Amiral… », gronda Barbenoire.

Eden et ses acolytes se dévisagèrent, pantois. Caesar et Gibbens, qui tenaient toujours en respect lords et gardes, eurent un sourire. D'une voix glaçante et monocorde, le terrible poursuivit en restant face à la mer :

« À partir de maintenant, toutes les décisions navales et portuaires de la colonie devront passer par moi. Je serai votre amiral. Vous nous délivrerez des pardons. Vous trouverez des filles pour mes hommes et me donnerez une épouse… À Bath. Vous nous installerez dans un pavillon là-bas. Vous délivrerez les vivres et les matériaux que vous demandera notre quartier-maître, ainsi qu'une deuxième caisse de pharmacie. Nous serons à Bath dans quelques semaines. »

L'ogre se tut, figé sur le balcon. Le légat, l'avocat et le trésorier étaient effarés. L'officier humilié et le colonel cherchaient une parade ou une issue de secours, en vain. Charles Eden capitula et Barbenoire traversa la pièce d'un pas pressé et sans un mot, les mains dans le dos. Les membres du Haut Conseil le regardèrent, interdits, mais soulagés. Teach se retourna avant de disparaître et, tout sourire, les acheva d'un dernier caprice :

« Ah ! Et vous me ferez citoyen d'honneur de la colonie. »

Eden crut que sa mâchoire allait se décrocher. Le colonel et l'avocat allaient protester, mais Edward Teach disparut dans les marches avec ses grognards, en s'écriant :

« Bonne journée, messieurs. »

Le gouverneur avait reconnu dans cette exclamation la voix d'un enfant moqueur, riant avec sa bande. Il aurait trouvé ça drôle, si la vie de milliers de contribuables n'avait pas été entre ses mains. Bath allait se préparer à accueillir l'ennemi public numéro un. À la nuit tombée, le colonel et le lieutenant Commander s'échappaient en Virginie, tandis que Barbenoire libérait son dernier otage et levait son blocus. Ulysse rentrait enfin chez lui. Charleston était fébrile et le gouverneur savait que s'il trahissait le forban, la ville retomberait. Teach avait néanmoins exigé qu'un simple huissier de la colonie l'accompagne dans son voyage, en gage de bonne foi. Le malheureux fut le témoin et le protégé du pirate, durant plus de deux semaines. « Invité première classe » d'un équipage naviguant en pleine débauche, l'huissier ne mit pas longtemps à se laisser aller. L'alcool aidant, il parla du plan qu'avaient échafaudé Eden et le colonel, avant de se séparer : prévenir la France, via la Virginie, que *La Concorde*[48] était entre Charleston et Bath, sous le nom de *Queen Anne's Revenge*.

En plus des troupes qui rentreraient bientôt d'Hispaniola, l'armée française les traquerait pour *La Concorde* et Teach dirigeait une flotte trop conséquente pour leur échapper. Aux grands maux les grands remèdes. Il cabota avec ses gredins dans la baie de Beaufort, l'endroit idéal pour établir un campement et cacher leurs magots. À force de pillages, les canailles s'étaient construit un patrimoine estimé à dix millions d'euros[49].

Le 10 juin 1718, cent-dix de ses compagnons dressaient un bivouac, sur une langue de sable désolée. Pendant qu'ils s'affairaient comme des diables sous un soleil ardent, Teach heurta un récif. Ses grognards déchargèrent ce qu'ils purent dans la précipitation, mais le pacha leur interdit l'accès à sa cabine, donc aux biens les plus précieux. La *Queen Anne's Revenge* sombra en moins de dix minutes, emportant avec elle tous ses trésors, dont un coffre rempli de poussière d'or[50].

Les sinistrés regagnèrent le campement sur un esquif et le soir-même, la garde arrêtait un commando de forbans errant à leur rencontre : Charles Vane et son clan, venus proposer une alliance. L'ignoble espérait une réunion au sommet, Teach en fit

---

[48] À Nantes, son armateur, René Montaudoin, l'avait déclarée volée en mer.

[49] *Forbes*, septembre 2008.

[50] En mars 2009, le bureau d'archéologie de Caroline du Nord retrouva l'or de Dosset (et d'autres butins) sur l'épave de la *Queen Anne's Revenge*. Elle git toujours dans la baie, aux coordonnées 34.676722 et − 76.682041 et par onze mètres de profondeur, dans une zone de courants excessivement violents.

un moment sans intérêt. Après deux jours de bivouac, Barbenoire prit un sloop, bombarda toutes ses prises, et fila au large, seulement accompagné d'Israël et de sa garde prétorienne. Les cent-dix Frères restés sur le sable le maudirent, nageant tant que possible dans une mer assassine. Teach s'éloigna, imperturbable.

*

La peur tue.

La peur naît quand s'éteint la passion, la passion meurt quand l'espoir s'évapore. Hanté par son passé, Drummond ou Teach retrouvait Bath. Un petit hameau de vingt-six maisons en bord de rivière, à quelques centaines de miles de Charleston. Soixante habitants, de vieux planteurs, des marchands, des armateurs... La tête ailleurs et escorté par quinze tueurs, Teach s'enfonçait dans le dédale d'une ville déserte, habitée par la terreur. Il posait ses yeux jaunes et délavés sur l'école, l'église, une vieille bâtisse... Il cherchait ses repères. Sa maison n'était plus là. Il en vit d'autres aux volets tremblants et repéra un grenier à grain qu'il connaissait. Il avança encore, gravit une petite colline, et trouva le cimetière. Une centaine de pierres tombales penchées y étaient alignées, dans un grand jardin verdoyant. Il en connaissait la moitié ou, du moins, se souvenait de l'agencement. Teach se précipita au fond. Sa garde suivit, surprise. Il longea les tombes et lut les noms, comme s'il passait ses troupes en revue. Il s'arrêta à la dernière, silencieux et sombre. Les traîtres à la Couronne n'avaient pas de sépulture. Leurs familles non plus. Il l'avait toujours su mais, au fond de lui, avait gardé un peu d'espoir. Edward Teach quitta le cimetière ravagé, aussi épuisé qu'un naufragé. Sa femme criait encore.

Teach campa dans le jardin de la maison qui lui avait été donnée. Le voisinage contournait soigneusement sa rue, afin d'éviter le monstre et ses grognards. Ils s'approchèrent bientôt un peu plus près, tels des bambins devant l'enclos d'un lion calme, mais capable de se déchaîner. Ils fixaient les loups de mer, déchiffraient leurs tatouages et s'interrogeaient sur leur histoire. Au milieu, Louis Arot, déjà quinze ans, attisait la curiosité. Teach aurait voulu accoster les vieux marins, écouter leurs récits, ou se rendre à la messe, mais l'ogre terrorisait le paroissien, ses nonnes et la petite vieille. Il terrorisait aimablement le doyen, poliment les marchands et respectueusement les maîtresses de maison… Il se comporta du mieux possible, mais terrorisa à peu près tout le monde. Teach se rappelait du poissonnier, d'un curé et d'une aubergiste, mais personne ne le reconnut jamais. Ils ne le regardaient pas dans les yeux, mais dans sa barbe. Ils ne pensaient qu'à son visage, son odeur et son allure. Comme si Edward Drummond n'avait jamais existé.

Le trésorier de la Caroline, Tobias Knight, emménagea dans la maison voisine de celle de Barbenoire. C'était un petit quinquagénaire joufflu, couard et toujours coiffé d'une perruque baroque et d'une veste sombre. Il invita les notables du hameau à souper, en l'honneur du nouvel arrivant. Troublante tentative de socialisation, dès le départ vouée à l'échec. En bout de table, Teach et Knight passèrent une heure en tête-à-tête, dans un silence pesant. Prêt à partir, l'animal blessé souffla :

— On ne dîne pas avec le diable.

Barbenoire se leva et dans un coin de la pièce, ses aides de camp en firent autant. Knight se mordit les lèvres, confus, puis se lança courageusement :

— Allons, monsieur. Personne ne vous voit ainsi.

Teach sourit, et se rassit. Les grognards l'imitèrent. La situation économique de la Caroline du Nord n'avait pas changé depuis des années. Petite sœur pauvre de la Virginie, la colonie participait à l'effort de guerre contre les Indiens et les pirates, mais ne captait pas le tiers de ses rentes commerciales. Se venger et les corrompre, jusqu'à l'anéantissement. La confrérie, la Navy et son ancienne colonie, Teach les entraînait tous avec lui.

— Nous avons retrouvé votre vaisseau, poursuivit Knight avec embarras. J'ignore si c'était volontaire, mais c'est une bonne chose : la France ne devrait plus être gênante.

L'ogre ne dit rien. Angoissé, le trésorier développa :

— Au cas où, et en ma qualité de juge, je vous ai préparé une déposition. Vous n'avez qu'à signer. Elle dit que vous aviez trouvé *La Concorde* abandonnée.

— « Abandonnée ? » répéta Teach, un sourire aux lèvres.

— En vertu des lois maritimes, cela en fait une prise légale et puisqu'elle gît par le fond, l'enquête ne pourra aboutir. Croyez-moi, je sais de quoi je parle.

L'école du crime dispensée par un juge et lord trésorier de la Couronne : la scène était splendide. Barbenoire n'arrivait pas à ravaler son sourire.

— Voyez-vous, reprit Knight, la Caroline n'est pas la mieux alimentée des douze colonies et, vous l'aviez peut-être noté, notre port n'est pas non plus le mieux protégé.

Ils eurent un sourire presque complice, mais Teach demeura silencieux.

— Paradoxalement, continua le juge sans vergogne, des centaines de bateaux « abandonnés » croisent nos côtes chaque année...

— Comme *La Concorde*, ironisa le pirate.

— Absolument ! insista le magistrat. Seulement, nous n'avons personne pour leur « porter assistance ».

Knight se tut et ils se regardèrent dans les yeux, tels deux malfrats se toisant avant un pacte. Teach martela la table avec ses bagues, se redressa et quitta son hôte.

— Vous aurez de mes nouvelles, conclut-il froidement.

« Le dîner s'est bien déroulé », écrivit le trésorier à Charleston. Il attendait les ordres.

Teach se prélassait sous sa tente avec ses hommes et des catins, à longueur de journée. Les braves gens ne voyaient rien mais, affligés par les bruits et les odeurs, se plaignaient au trésorier. Tobias Knight se dépêcha de choisir une épouse, comme promis. Il en chercha une capable de distraire Teach, voire de l'humaniser en société. Qui pouvait savoir à quel point c'était une mauvaise idée ? Elle s'appelait Mary. Mary Ormond, seize ans, fille d'un riche planteur. Triste épitaphe.

Teach l'épousa à Bath, avec Knight, les parents et ses grognards pour seuls témoins. Édifiante cérémonie. L'homme à la barbe noire leva l'ancre pour gagner des criques au sud et s'enferma dans sa cabine avec sa femme, de brèves minutes. À chaque noce, le même scénario : Caesar préparait un poêle pour l'alliance et les musiciens entamaient une variation de la *folia*. Après un couplet ou deux, Teach claquait sa porte, furieux, déchaîné et souvent nu, sous son manteau crème. Il rôdait alors, en soute ou ailleurs. Les grognards captaient le message : la petite n'avait pas fait l'affaire du chef, mais ferait la leur. Ils coinçaient l'ingénue et les artistes jouaient un peu plus fort. S'il séduisait, Edward Teach ne concluait pas. Il épousait des vierges, mais rien n'y faisait et d'aucuns diraient plus tard qu'il était impuissant. Toutes finirent ravagées, égorgées et balancées à la mer. Mary Ormond disparut dans la baie de Beaufort. Bath ne retrouverait jamais son corps.

L'or, l'océan en musique, le rhum, les filles et le viol collectif n'avaient pas suffi à calmer les ardeurs des brutes. La fuite de Nassau, l'abandon des Frères et l'arrivée à Bath avaient exacerbé les velléités de mutineries de quelques grognards. Une nuit, à l'appel de minuit, Caesar découvrit que la moitié de l'effectif s'était fait la belle. Fou de rage, l'ancien esclave retrouva Gibbens dans la sainte-barbe et le bastonna, parce qu'il était de quart pendant la fuite. Le binôme, d'habitude inséparable, se déchira entre les hamacs des Frères, mal réveillés. Dans la cohue, six grognards réalisèrent qu'ils avaient été volés par les évadés. Ils s'en prirent aussi à Gibbens, et c'était parti. Les pirates braillaient et se bousculaient, frappaient le mauvais type, prenaient une beigne et retournaient dans la mêlée. Quelques-uns, tels William Howard ou Tom Miller, restaient à distance. Howard était bosco et Miller, quartier-maître. En cas d'évasion, les seuls fautifs, c'étaient eux.

Pleine de hurlements, la grande cabine sentait le sang. Aucun des hommes n'avait remarqué l'ombre, glissant doucement dans la pièce, avant que le sinistre ne sorte de l'obscurité. Il les observait, silencieux. Emmêlés et poings fermés, ses hommes le dévisageaient, ahuris. Caesar se redressa, les mains ensanglantées, et Gibbens se dégagea, la gueule cassée. D'autres grognaient et rampaient. Miller regardait ses bottes et Howard, le plafond. Barbenoire dégaina un mousquet et le posa délicatement sur la tempe du quartier-maître.

« Je ne voulais pas vous interrompre », gronda-t-il en le fixant dans les yeux.

De longues secondes défilèrent, sans que quiconque n'ose respirer. Pétrifié, Miller n'arrivait même pas à prier. Barbenoire sourit, inclina la tête et pressa la détente. La déflagration traversa la cabine. Miller tomba à la renverse et, derrière un petit nuage de soufre, entendit le ricanement de l'animal. Il s'ausculta, indemne, et se releva, déconcerté. Le pacha rengaina en lui montrant la balle qu'il n'avait pas insérée dans le pistolet, sous les rires jaunes de l'équipage. Le lendemain, les deux seraient simplement rétrogradés.

« Si je reste imprévisible, pensait Teach, ils sont obligés de me craindre. »

Teach s'éloigna de son havre de paix, pour piller et incendier tous les vaisseaux qu'il aperçut, de New York à la Caroline. À chaque vol, la marchandise était déclarée perdue par des marchands ayant abandonné le bateau. Le nom du vaisseau n'était que rarement mentionné, de sorte qu'on ne pouvait savoir s'il avait disparu dans les flammes ou une tempête. Recélant la totalité des rapines au Haut Conseil de la Caroline du Nord, Barbenoire fit de la colonie le complice de ses crimes.

La rage au cœur, ces faux corsaires ne se présentaient pas, ne menaçaient pas, ne demandaient rien. Ils abordaient dans la brume, par surprise, et prenaient tout. Barbenoire massacrait, trucidait, éliminait et brûlait dorénavant ses prises, avec une minutie effroyable. Un été en enfer, sur la mer de tous les carnages. Il ne laissait plus aucun survivant, mais sa légende courait les tavernes, de rades en bordels. Le diable rôdait sur la côte et, surgissant des embruns, emportait équipages et marchandises.

Le pirate ramenait les cargaisons à la Caroline, via l'endroit le plus discret ; Bath. Knight écoulait le fret grâce à l'avocat du gouverneur, Edward Moseley. Teach prélevait sa taxe, puis dressait des bivouacs orgiaques. Sa compagnie se noyait sous des cascades d'alcool avec des filles, puis repartait en chasse. Ils profitaient de la vie. L'Europe et les colonies voisines en ressentirent rapidement le contrecoup et le gouverneur de Virginie réunit diplomates et hauts gradés, aussi souvent que possible. Objet des rencontres : tuer Barbenoire. Le roi George souhaitait cependant que ses lois sur la piraterie soient respectées à la lettre : exécuter les récidivistes et pardonner aux affranchis. Alors, un citoyen d'honneur...

Le 4 octobre, Barbenoire dînait chez le trésorier, en compagnie de l'avocat Moseley et de son beau-frère, le colonel Moore. Les lords commençaient à craindre les conseils de guerre en Virginie et, depuis un mois, cherchaient à ralentir le rythme. Barbenoire avait reçu plusieurs lettres du juge Knight, mais toutes avaient fini au feu. Chacun, autour de la table, y allait de son argument, devant un Teach secrètement comblé.

- — Asphyxier les colonies voisines est totalement contre-productif, expliqua Moseley.
- — Trente plaintes pour « bateaux perdus » ont déjà été enregistrées par des armateurs, précisa Knight.
- — On parle de quatre-vingts dépositions, ajouta Moore.

Teach sourit, mutique. Il n'avait pas touché à son assiette, ni au vin. Il était toujours aussi vif et dangereux, mais son état s'aggravait. Caché dans son manteau, son ventre avait doublé de volume et lui faisait un mal de chien. Il n'avait plus jamais faim, souvent la nausée, du mal à respirer, et son souffle, déjà inquiétant, était de plus en plus rauque. Cette putain d'île le rattrapait.

- — En gros, on aimerait que vous leviez un peu le pied, brava le colonel. On ne peut pas suivre.

Flegmatique, Teach ne réagit pas, mais le juge et l'avocat fixèrent le militaire, estomaqués par son audace. Moore se raidit sur sa chaise et, un peu gêné, conclut en toussant :

- — Sans vouloir vous manquer de respect, amiral.

Le terrible eut envie de rire, mais il ne parvint qu'à gonfler ses poumons, bomber le torse, et tousser comme une bête menaçante. Il cracha, pris dans une quinte de toux tonitruante.

Moore et Moseley se dévisageaient, fiévreux. Les lords se turent un moment et Knight reprit courageusement :

— Nous n'oserions vous dicter vos actes, cher ami, rattrapa-t-il, mais comprenez que nous ne pouvons garantir votre sécurité qu'en Caroline, et non en Virginie.
— Si vous êtes dans les eaux d'une autre colonie, développa l'avocat, vous dépendez des lois de cette colonie. Nous parlons au nom du gouverneur, amiral.
— Et le gouverneur a peur, se permit le colonel, il a peur que vous nous mettiez tous dedans. Heu... Amiral.

Teach se leva, d'un coup, et ses deux aides de camp surgirent de l'ombre. Moore se tut et tressaillit. Moseley déglutit et Knight soupira, consterné. Barbenoire les fusilla du regard, un par un, puis s'éclipsa en soufflant :

— Messieurs.

Les lords restèrent médusés.

Quinze jours plus tard, Stede Bonnet se faisait arrêter. En mission pour Nassau, le colonel Rhett s'était échoué dans les bras de la Cape Fear, où Bonnet radoubait. Rhett lança l'offensive et l'engagement, entre les deux bateaux bloqués, dura six heures. Sept morts chez les soldats, neuf pour les forbans. Stede et sa clique furent enfermés dans la maison du procureur, mais libérés par des hommes de Barbenoire. Au lieu de se faire oublier, l'ex-major ne trouva rien de mieux que de se retirer dans les passes d'O'Sullivan, à la sortie du port de Charleston. Une semaine après, Stede était de nouveau capturé. Comme il n'avait accompli aucun acte de piraterie depuis des mois, il inonda de missives le gouverneur et ses paroissiens. Il y pleurnicha, pria, adora le légat, s'excusa, s'accabla et requit, si ce n'était le pardon du roi, au moins celui des hommes, signant toujours :

« Le plus misérable de vos serviteurs. »

À en croire la vague de protestations qui suivit, cela aurait pu marcher, mais Stede fut reconnu coupable d'au moins deux actes de piraterie. Il continua d'écrire de beaux poèmes au chancelier, mais fut mené à la potence. Il s'évanouit devant le nœud coulant et, cruel hasard, la corde craqua dès le début de la pendaison. Stede s'écroula, étouffé, perdu, mais plein d'espoir. La foule hurla et demanda sa grâce, comme l'exigeait la tradition auparavant, mais l'exécuteur remplaça son petit matériel. Le condamné supplia à genoux, crachant et jurant par tous les saints qu'on ne l'y reprendrait plus. La suite lui donna raison : cette fois, la corde ne céda pas.

*

« 17 novembre 1718, Charleston,

Mon ami,
Si cette lettre vous trouve encore au port, je souhaiterais que vous me rejoigniez, aussitôt que vos affaires vous le permettront. J'ai quelque chose d'important à vous dire qu'à l'heure actuelle, je ne puis écrire ; Ganet vous contera la fin de notre guerre contre les Indiens, et il peut vous expliquer en partie ce que j'ai à vous dire. Référez-vous-en à lui, dans une certaine mesure. Je pense vraiment que ces trois hommes sont sincèrement navrés de leurs désaccords avec vous et seront tout à fait disposés à vous demander pardon. Si je peux me permettre de vous donner un conseil, soyez bons amis, cela vaut mieux que de rompre tout contact entre vous.

J'attends le gouverneur cette nuit ou demain. Je pense qu'il serait, lui aussi, très heureux de vous voir avant que vous ne partiez. Je n'ai pas le temps d'en dire davantage.

Avec mes chaleureux hommages,

Votre véritable ami et serviteur,

Tobias Knight. »

Dans sa lettre alarmiste, Knight faisait allusion au colonel, à l'avocat et au gouverneur, incontestablement inquiets. Barbenoire chiffonna pourtant la missive dans sa poche et planta son regard dans les yeux de Ganet, ex-grognard devenu déserteur, puis messager. Ganet avait fui le bord pour Cuba, seulement il s'était retrouvé en taule à Charleston. Knight prenait de la distance mais, protégeant son trafic de contrebande, il n'avait pas trouvé meilleur messager qu'un ancien membre d'équipage.

« Dans une certaine mesure », reprit le capitaine.

Autour du patron, la trentaine de compagnons encore présents ricanait, prête à faire respecter le Code. Ganet, lui, restait de marbre, sûr que son ex-patron voudrait entendre ce que Knight lui avait confié. Un tir ! Personne ne vit le mouvement. La déflagration résonna le long du bord de mer. Une deuxième détonation. Ganet écarquilla les yeux, effaré. Il avait deux balles dans le ventre et faisait des bulles de sang. Barbenoire avança, lâcha ses pistolets, et en dégaina deux autres. Il les pointa sur le front du déserteur. Chancelant, Ganet balbutia :

« Et le juge ? »

Deux salves de plus, et l'ancien grognard bascula par-dessus bord, sous les cris de joie de ceux qui avaient été ses Frères.

Barbenoire ne dormait plus. Il projetait d'emmener son vaisseau aux Antilles, mais sentait une boule au fond de lui le retenir. Il n'avait pas besoin de Tobias Knight pour savoir que la Couronne voulait en finir. Elle devrait le débusquer, l'affronter et le tuer, une fois pour toutes. L'heure était venue et il n'arrêtait pas d'y penser. Une nuit, Teach convia Israël Hands à une partie de cartes, avec trois marins. Tout allait bien, jusqu'à ce que le pacha provoque son second, sans raison. Ne sachant que répondre, Israël proposa d'arrêter le jeu. Barbenoire le remercia en déchargeant deux pistolets sous la table, semblant tirer à l'aveugle. Une balle se ficha dans le pied d'une chaise et l'autre éclata la rotule d'Israël. Tombant à la renverse et hurlant à s'en arracher les cordes vocales, Hands renversa la table, les jetons, les verres et les bouteilles. L'ogre imprévisible se redressa et, rengainant ses armes encore fumantes, vociféra :

« Monsieur Hands, je vous retire la permission de monter à bord. Mettez-moi ça dehors. »

Éructant, Israël voulut se défendre, mais n'en trouva pas la force. Il fut débarqué, la jambe en charpie, sans que Teach ne donne de raison. Était-ce la colère ? La maladie ? La folie ? Ou le fait qu'il avait été son ami et son seul témoin sachant lire et écrire ? Six semaines de sursis et Israël tomberait dans une geôle de Virginie.

Incapable de fuir, Edward Teach offrait des fêtes somptueuses à ses fidèles sur le sable d'Ocracoke, sans les retenir pour autant. Certains disparurent, d'autres furent simplement arrêtés. Les interrogatoires d'Alexander Spotswood, gouverneur de Virginie, étaient réputés plus expéditifs que ceux du sergent Raúl : découpé en dés, tout le monde finit par craquer. Piégé dans une taverne, William Howard se faisait torturer, tandis que Spotswood convoquait son Conseil. Héroïque, Howard donna la localisation de l'avant-dernier bivouac et un jeune lieutenant proposa un plan audacieux : prendre le pirate à son propre jeu. Au lieu de *Man'o'War*, envoyer des sloops légers et désarmés, avec des troupes d'artillerie mobile. En clair, l'aborder.

Le soir du 21 novembre, la *Jane* et le *Ranger* du lieutenant Maynard rentraient bredouilles de Beaufort, et s'égarèrent dans les nappes d'Ocracoke, au cas où. Le lieutenant y trouva l'*Adventure* de Barbenoire, au repos sur une langue de sable, devant un camp. Calme, l'officier amena prudemment ses sloops dans le chenal mais subitement, s'enlisa.

« Merde ! » cracha-t-il.

À quelques encablures, hors de portée de tirs et dans la nuit noire, les vingt-cinq derniers grognards s'enivraient sur le rivage. Des musiciens jouaient à fond et des filles dansaient sur le sable, sous le regard hypnotisé des pirates. Teach trinquait avec marchand d'armes et de vin. Il observait la fête, récurrent et épuisant manège, quand une lueur dans l'obscurité réveilla la Bête en lui. Un briquet à amadou, le reflet de la lune dans une longue-vue ou une lanterne, n'importe quoi sauf une vague, brillait à un mille, pile dans le chenal. Teach eut un regain d'énergie. Il siffla dans ses doigts et congédia son invité, en vérifiant les alentours.

> — Mais ? s'alarma le vendeur. On n'allait pas baiser ?
> — Non, lui dit Teach. Il y avait peu de chances.

Caesar et Gibbens accoururent. Le pacha claqua des doigts et leur désigna le chenal. Gibbens se gratta la tête et Caesar se mit au garde-à-vous. Barbenoire posa son index sur ses lèvres et ses intendants galopèrent aux chaloupes, chuchotant aux Frères de se préparer. La troupe se rua à bord et largua les amarres, mais s'ensabla aussitôt. À l'aube, Maynard n'avait pas encore attaqué. La marée remonta. L'*Adventure* et la *Jane* se dégagèrent, mais pas le *Ranger*. Le lieutenant continua avec seulement soixante soldats. Sa tactique s'était enlisée. Il improvisait.

Maynard fonça à l'abordage sans vent. Il avait trente guerriers sur le pont, face aux grognards vociférant de Barbenoire. Trente autres attendaient ses ordres, fébrilement tapis sous le tillac. Les premiers mèneraient la charge, les seconds serviraient de renfort. Ils étaient habitués aux missions à haut risque, la traque de flibustiers, de contrebandiers ou de Marrons, à terre comme en mer. Des opérations délicates et par définition, pleines d'imprévus.

« Le premier qui sort avant mon appel, j'le tue, rappela Maynard. Celui qui reste planté après mon appel, j'le tue. »

Son groupe répliqua par un monumental et retentissant :

« Oui monsieur ! »

Une clameur, tonnant sur l'océan. À sept encablures, l'ombre gigantesque apparut à sa proue et de sa voix caverneuse, y répondit :

— Maudits soyez-vous, vilains. Qui êtes-vous ? Et d'où venez-vous ?

Sidéré par sa stature, Maynard se précipita au bastingage et s'époumona :

— La réponse flotte dans nos couleurs.

Distillant ses ordres dans une succession de mouvements saccadés, Teach tourbillonna sur sa passerelle et l'*Adventure* entama son approche. Un silence de mort s'empara de la baie, entrecoupé par les premiers coups d'arquebuses. Les pirates se mirent à brailler, brandissant fièrement cimeterres et mousquets :

« Ahu ! »

Quatre encablures. Sa barbe tressée en cinq longues nattes, Teach s'arma jusqu'aux dents et enfila son manteau rouge. Caesar le coiffa d'un foulard beige et de son tricorne, autour duquel fumaient quatre mèches allumées. Il bondit à sa balustrade et mugit :

— Que je sois damné si je vous fais quartier !

De la *Jane*, les brigadiers écoutaient le titan les défier. Conscient qu'il savait détruire le moral avant d'aborder, Maynard rétorqua sur-le-champ :

— Nous n'en attendons pas de votre part et ne vous en ferons aucun en retour.

Cent brasses. Quelques minutes avant l'impact. Juché sur sa dunette, Barbenoire contemplait ses grognards, à peine dessaoulés. Perchés dans les haubans, des forbans tuèrent deux tuniques rouges. Barbenoire leva un bras. Ses gabiers balancèrent des grenades et des bouteilles enflammées, accompagnées par deux salves de canons. Ils firent plusieurs morts et l'*Adventure* effleura l'étrave de la *Jane*, l'abordant sans élan. Impact ! Forbans et soldats s'élancèrent pour croiser le fer. Maynard siffla. Huit artilleurs sautèrent contre le parapet et embrochèrent des assaillants, javelots en mains. Criant sa haine à l'unisson, la flibuste repartit à l'attaque. Sautant d'un pont à l'autre, l'ex-quartier-maître Miller prit une balle en pleine tête. Les militaires reculèrent sous un déferlement de rage, entre tirs et coups de lames. Maynard siffla encore et ses salopards redressèrent leurs piques, mais reçurent des grenades. Une série d'explosions et Teach vit l'ennemi s'effondrer. Rassuré, le pirate se jeta dans la gueule du loup.

« Abordage ! »

Tricorne fumant et couteau entre les dents, Teach s'élança vers l'autre passerelle. Les féroces envahirent le pont ennemi avec une exceptionnelle bestialité, dans la nuée suffocante à laquelle ils étaient habitués. Le combat fut « si acharné que la mer se teinta de pourpre à l'entour du bâtiment »[51]. Perdus dans le tumulte, les guerriers se regroupèrent au centre du tillac et la flibuste les chargea.

Barbenoire avait atterri contre la barre. Tout en plantant son sabre dans le dos du pilote, il avait égorgé le barreur, dégainé

---

[51] *The Outer Banks of North Carolina*, David Stick.

deux mousquets, et tiré sur Maynard et son second. Le second prit le plomb dans le crâne et Maynard, au cœur. Barbenoire affronta une colonne de dix soldats, avant que d'autres forbans ne lui viennent en aide. Il ouvrit le feu. Deux tirs et il se précipita contre les huit autres qui, à leur tour, déchargèrent leurs mousquets. Un concert d'explosions retentit, provoquant une nappe de fumée. Si l'acier résonnait sur le pont, la poupe fut prise d'un silence saisissant.

Soudain, le diable surgit de la brume et rugit, sabre au clair. Les moucheurs, sûrs de l'avoir atteint, n'avaient pas rechargé. Certains essayèrent de dégainer une lame ou un pistolet. En dix secondes, Barbenoire embrocha les premiers, décapita le suivant, coupa le bras et la jambe du quatrième, trancha le cou du cinquième et planta les trois derniers. Titubant, ivre de sang, le visage et la barbe écarlates, l'animal exultait.

Il restait vingt pirates, pour dix soldats. Victoire. Teach allait ordonner de les terminer quand brusquement, trois sifflements secs retentirent, en même temps qu'un tir. Il ressentit une piqûre dans l'avant-bras droit et baissa les yeux, étonné. Il tenait fermement son sabre, rougi. Une balle avait traversé son épaule, du sang dévalait son bras. À la même seconde, trente militaires jaillirent de sous le tillac, épées en main et, déchargeant leurs pistolets. Ils fondaient sur la flibuste.

Teach se retourna et découvrit, ahuri, Maynard, mousquet en main. Il l'avait seulement blessé à l'épaule. Sept soldats sautèrent à la passerelle pour aider leur chef. Teach les ignora et le chargea, comme un diable. Assailli d'une pluie de coups, Maynard failli céder. L'un des soldats sauta sur le dos de l'animal et voulut l'égorger. Barbenoire se plia en deux, le fit basculer et transperça ses boyaux. Maynard en profita pour lui tirer à nouveau dessus, à bout portant, en plein cœur.

Barbenoire vacilla.

Il y eut un flottement. Des tirs sporadiques sur le tillac. Les derniers tintements de fer. Caesar courait saborder l'*Adventure*. Gibbens gisait, mort, devant les marches. Jack Richards était recroquevillé contre le grand mât, les tripes à l'air. La tête basse mais le souffle chaud, Barbenoire poussa un grognement, puis repartit à la charge. La première passe fut d'une étincelante férocité et Maynard brisa sa rapière. Le pas du colosse ralentit. Reculant, le capitaine fixait, hébété, la plaie au cœur, d'où coulait une rivière de sang. Un militaire se coucha et chercha le tendon d'Achille du pirate, avec son tranchant. Teach lui fit perdre la tête avant. Deux autres s'agrippèrent à son dos, plantant un canif dans ses reins et une dague dans ses côtes. Barbenoire les projeta par-dessus bord. Il allait achever Maynard, quand un dernier coup de feu l'arrêta. Babines retroussées, Barbenoire avisa le trou à sa cuisse gauche, mais brandit encore son sabre. Coincé à la proue, Maynard se défendit avec son poignard et un artilleur se rua sur le monstre, frappant sa nuque de son couteau. Teach perdit son tricorne fumant et tomba à genoux. Le soldat en profita pour le transpercer encore, et l'animal s'écroula dans un râle. La Bête était morte.

Incertain, un membre du commando retourna l'incroyable cadavre : six impacts de balles et vingt-deux coups de lames. Même inerte, la dépouille continuait d'effrayer. Alors que les derniers pirates se rendaient et qu'une escouade s'emparait de l'*Adventure*, Maynard lui fit couper la tête. Enfermé dans un filet de pêche d'où dépassaient ses tresses de barbe, le crâne d'Edward Teach fut suspendu au mât de poulaine. Le lieutenant fouilla le cadavre et dans sa poche, trouva la lettre chiffonnée de Tobias Knight. La dépouille fut ensuite rendue à la mer. Les soldats enchaînèrent les prisonniers, radoubèrent et poursuivirent l'inventaire. Sous la *khaïma*, ils déterrèrent plus de deux mille livres sterling en argent.

Ils reprirent le large en direction d'Hampton Port et rejoignirent la Virginie, devant une foule circonspecte. Toujours suspendue à la poulaine, la tête du diable avait pourri au soleil. Il aurait été méconnaissable si ses nattes de barbe, fouettées par les vents, n'avaient cessé de caresser l'étrave. Sinistre adieu à la foule, venue se rassurer ou se faire peur une dernière fois. L'illustre crâne fut ensuite placé sur un pieu, à l'embouchure de l'Hampton, accompagné d'un panneau de mise en garde.

Le gouverneur Spotswood tortura les survivants pendant des semaines, et le 12 mars 1719, le tribunal de Virginie les condamna à la peine capitale. Six escouades escortèrent le dernier voyage des grognards. Un attelage conduisit les morts-vivants le long de la Capitole Landing Road[52], où se dressaient les potences. Chacun était assis sur un cercueil personnalisé. Morbide, haineuse et vengeresse, une foule de six cents personnes leur jetait des pierres, accompagnant le cortège d'insultes et de moqueries. L'exécuteur leur passa rapidement la corde au cou et, avant que la plupart n'aient pu prononcer une prière, hissa les barbares. Étranglés à petit feu, ils se débattirent dans une lente agonie avant d'expirer. Dès l'aube suivante, leurs corps étaient encagés et suspendus sur King Street Docks, où ils demeurèrent jusqu'à pourrir.

Apprenant à la dernière minute qu'il savait lire et secondait Barbenoire, Spotswood octroya une grâce à Israël Hands : empêtré dans le fatras de documents entourant l'assassinat du citoyen d'honneur, il fit de lui son principal témoin. Accusé de s'être servi dans le trésor du pirate, le lieutenant Robert Maynard ne toucherait jamais les quatre cents livres promises pour la mission. Spotswood s'empara de tous les biens saisis et les vendit aux enchères, afin de rembourser l'opération. Il accusa la

---

[52] Devenue E. Nicholson Street, Williamsburg, Virginie.

Caroline du Nord de complicité de piraterie, de recel et d'actes séditieux à l'encontre de la Couronne. Le gouverneur Eden, le juge Knight, l'avocat Moseley et le colonel Moore furent arrêtés. Le militaire dut prendre sa retraite et Edward Moseley fut interdit d'exercer pendant quatre ans, puis nommé lord trésorier. Tobias Knight fut interrogé sans relâche et mourut à la fin 1719, innocenté mais malade autant qu'épuisé. Les procédures ne s'arrêtèrent qu'au décès de Charles Eden, trois ans plus tard.

Quant à Israël Hands, la version la plus répandue est qu'il finit mendiant dans les rues de Londres. Une autre, moins connue, avance qu'il retourna dans la baie de Beaufort, où l'homme à la barbe noire et lui avaient caché tous leurs trésors. Il témoigna plusieurs fois pour l'Histoire, mais vécut caché, quelque part en Angleterre, et claudiqua jusqu'à la fin de sa vie. Le diable laisse toujours sa marque.

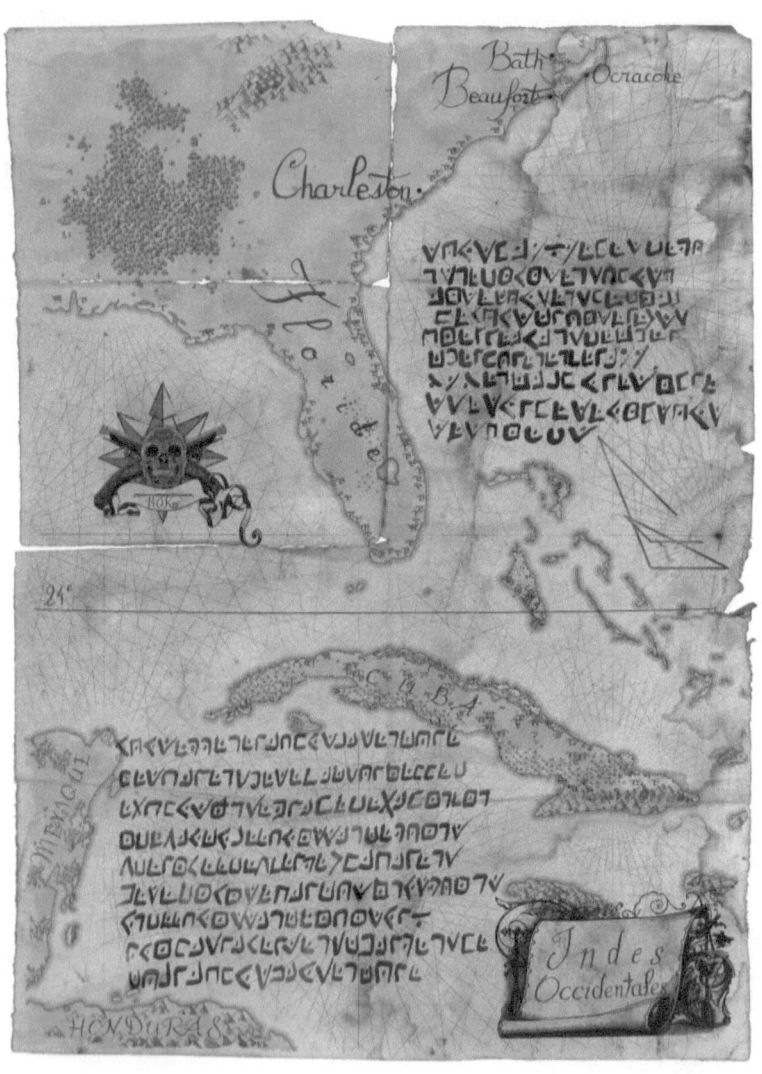

Bath
Beaufort·
Ocracoke

Charleston·

Florida

Hoke

25°

C U B A

Mexico

HONDURAS

Indes
Occidentales

Bon baiser d'Anne Bonny

« Plus jamais sous nos couleurs, mademoiselle. »

La fille aux cheveux rouges était rentrée d'Afrique, terrassée. Des lustres, des tables, des banquettes et des bancs neufs décoraient l'église. Elle était passée dans la nef, tel un courant d'air, et avait filé dans le presbytère comme une flèche, sans rien remarquer, pas même les trois nymphes endormies nues contre l'autel. Joues creuses et regard noir, l'aventurière était harassée, sale et squelettique. Des larmes dévalaient son visage d'ange. Anéantie et aphasique, elle s'enferma dans sa chambre et plongea dans son seul remède contre la peine, l'opium.

Anne frissonnait sous ses couvertures, entre ses bouffées et ses pensées. Elle avait aimé aveuglément, sans concession, mais ne vivait plus que dans ses vaporeux silences, sans plus chercher à comprendre les raisons pour lesquelles elle sombrait. Boire, fumer, mâcher et avaler des plantes pour disparaître, rêver d'une euphorie perdue et vivre sans amour. Celui dont les vieux débris parlent toujours, qui brise les reins, coupe le souffle et donne la foi. L'amour unique, généreux et indéfectible. Elle n'était plus rien.

Nouveau gardien de la chapelle, Nick Fenwick n'avait rien pu lui dire que, déjà, elle s'évanouissait dans ses volutes anarchiques et des songes de flibustiers lui apprenant à rapiner. Nick avait été soldat, coq, tonnelier, forban et intendant, mais à chaque fois, avait eu le même problème : sa couleur de peau. Le gouverneur Rogers ne pouvant garder un Noir libre à ses côtés, il s'était retrouvé sur le carreau. Fauché, le Vieux Tonneau avait transformé le prieuré en tripot. La soldatesque envahissant Nassau avait les mêmes vices que la flibuste qui l'y avait précédée et, coup de bol, Woodes avait interdit les tentes à baise, ce qui avait créé un marché parallèle. Associé à Curtis, Nick continuait à faire tourner le plus vieux commerce du monde sur l'île.

Rebaptisée le *Doux Jésus*, l'église avait été scindée en deux : dans la pénombre, les travées de gauche abritaient les ébats, et les flambeaux des travées de droite éclairaient les buveurs. Le *Doux Jésus* ne désemplissait pas. Tous les matins, Nick faisait sa caisse et se mettait à chanter. Il débarrassait les tables et dansait dessus, remuait le bassin et secouait ses vieilles tresses perlées dans tous les sens. Du rhum aux passes, il empochait l'équivalent d'un mois de solde par nuit. S'il avait su que le crime payait, il serait tout de suite devenu proxénète ! Seul défaut : l'exploitation humaine, à laquelle il ne pouvait qu'être sensible. Sinon, le boulot n'était pas dur :

« Les troufions, ça se biture, ça s'embrouille, ça joue et ça nique, avait scandé Curtis. Au-delà, faut rien leur demander. »

Comme chez les forbans, ils discutaient entre eux, pas avec les tenanciers – encore moins s'ils étaient Noirs. Un soir par semaine, il s'en trouvait toujours un pour humilier Nick ou cogner une fille. Le Vieux Tonneau avait passé l'âge de se laisser faire et l'orgie tournait à la rixe. Trop attachés aux charmes du *Doux Jésus*, les fautifs finissaient par s'excuser et payer.

Pour approvisionner l'établissement et l'aider à le gérer, Fenwick avait embauché un Français ; ex-contrebandier devenu aubergiste, Pierre Bosquet était coiffeur, tailleur et éleveur de tortues. Il alimentait le bar, tapotait l'épaule des clients, surveillait les ébats et assurait une bonne ambiance. Bosquet avait dégoté deux commis, Willy Read et mademoiselle Fulworth. En découvrant Anne Bonny endormie dans un brouillard épicé, les deux jeunes gens s'étaient précipités à la Promenade, où Fenwick et Bosquet vantaient leur établissement.

- L'une des filles de Curtis n'est pas rentrée, avait craché Fulworth, haletante.
- Non, c'est bon, avait rassuré Bosquet. Je les ai toutes réglées.
- Je vous assure, avait alors insisté Read. Elle pionce dans l'presbytère, complètement défoncée.

Le Vieux Tonneau avait brutalement relevé la tête.

- Elle est rousse ? avait-il demandé immédiatement.
- Elle est belle, s'était contenté de répondre Willy.

Tout allait bien, jusqu'au retour d'Anne Bonny. Fenwick expliqua que l'église était à elle et voulut la voir, mais Anne ne se réveilla pas. La nuit tomba, et les clients revinrent. L'un d'eux, notamment.

Jack Rackham était devenu patron, poursuivi par les affres de sa compagnie. Il était resté beau, mais avait pris dix ans en quelques mois. Ses lianes de cheveux avaient blanchi. Elles étaient toujours retenues par le même foulard carmin cachant la moitié de son crâne. Ses bagues en argent et ses bracelets de cuir recouvraient les tatouages qu'il avait aux doigts, aux mains, aux bras. Des lettres et des chiffres, des codes, des secrets et quelques souvenirs, une méduse, une vague, une lame... Il gardait la même chemise de calicot (sale) et ses écharpes vermeilles pendaient à son cou. Rackham était un pirate, un charmeur, un voyou, un roublard et un beau parleur, un bandit déconneur mais surtout, un aventurier loin des instincts meurtriers de ses congénères. Il savait naviguer et tuer, mais préférait épargner. Sa devise :

« Un bon plan, c'est toujours celui qui ne coûte pas de sang. »

Le pire casse-tête de sa vie (la logistique pour conserver les rapines de l'*Urca*) était devenu une farce, après qu'il eut connu Anne. Le cynisme ou le pessimisme sont à la portée du premier con qui passe, quand suivre son cœur demande – *a minima* – du courage. L'Afrique et les folies de Charly les avaient éloignés, mais Jack était revenu pour elle. Il n'avait plus de confrérie, ni de base arrière, plus de recéleurs, mais un trésor, perdu sur l'Isla de Pinos. Il avait bataillé ferme pour convaincre sa clique de le suivre à Nassau, épicentre des dangers, et il avait fallu en passer par un vote, avant de rencontrer un blocus défensif dans la baie. Les pirates avaient empanné à l'est, fuyant devant des intercepteurs. Ils avaient trouvé une passe où cacher leur *Kingston* et Jack avait laissé deux hommes à bord pour surveiller le bâtiment. Une fois à terre, le gros des troupes l'avait abandonné pour les pardons du gouverneur.

Pensant retrouver son adorée, Jack s'élança comme un fou, et entendit les premiers accords de violons. Ses dix derniers camarades et lui entrèrent dans l'église et tombèrent nez-à-nez avec trente tuniques avinées, dansant et chantant avec des sirènes sur un air entraînant. Deux gradés versaient des litres de rhum sur les seins d'une brune et un caporal prenait une naïade contre le bénitier. Les pirates restèrent plantés dans l'entrée, s'espérant invisibles, et Fenwick courut les accueillir.

– Qu'est-ce que c'est que ce bordel ? lui murmura Jack.
– De quoi tu me parles ?
– À ton avis, connard ? Pourquoi c'est plein de bidasses chez ma nana ?
– Ah, ça ? T'en fais pas, ils sont pas vraiment en service…

Les yeux posés sur une partouze de militaires, Jack glissa dans le presbytère. Nick voulut l'avertir que la petite s'était perdue en chemin mais du transept, le flibustier put entendre le cliquetis d'une pipe contre un cendrier : la signature des vrais drogués. Anne frissonnait dans sa chambre, une tige aux lèvres. Elle chassait le dragon, égarée dans ses songes éthérés, incapable de reconnaître l'amour. Jack l'aimait, au point de la nourrir, de céder au moindre de ses désirs et de la laisser partir, si ce devait être son dernier plaisir. Il serait mort pour elle, mais n'était plus son amant, ni même son confident. Plus il l'aimait, plus elle lui échappait.

Rackham et son clan s'installèrent quelques semaines dans la gargote. La troupe ripaillait à l'œil, le capitaine cherchait une solution, Bosquet et Fenwick s'affolaient. Alerté par des jaloux, Woodes Rogers fit irruption au *Doux Jésus*, accompagné d'une escouade de soldats qui enfoncèrent la porte. La police militaire ramassa ses propres débris et fit évacuer les prostituées. Woodes calma ses hommes et salua son ex-intendant, navré :

— Quand je parlais d'opportunités, Nick, je ne pensais pas à ça.
— « Quelle que soit la taille de l'éléphant », bougonna le tonnelier en grattant ses tresses, « ses couilles remplissent la marmite ».
— Où est-elle ? demanda le légat.

Le Vieux Tonneau parut encore plus gêné et, d'une démarche chaloupée, l'emmena au presbytère. Une odeur d'herbes, d'opium, de renfermé, de vomi, de sueur et de merde flottait dans l'air, mais rien n'avait bougé de la chambre. Le secrétaire, la bibliothèque et le nécessaire de cuisine étaient en place. Une poupée de chair et d'os remplissait la couchette. Elle pesait moins de quarante kilos et grelottait, entre des spasmes à s'en décoller les poumons. Ignorant Jack à ses pieds et le jeune homme qui lavait une bassine, Woodes se précipita au chevet d'Anne, qui rêvassait dans un état de semi-défonce, adossée au montant du lit, seins nus. Il tenta de la réveiller avant de la secouer. Elle resta prostrée, hantée par ses pensées. Rackham l'arrêta :

—   Vous lui faites mal.
—   Vous êtes qui, vous ?

Jack se gratta la nuque, embarrassé, avant de lâcher :

—   Un ami, Excellence. Ou la « belle gueule au calicot » qui prend soin de votre amie, si vous préférez.

Le légat bondit, ahuri, et se retourna vers Fenwick.

—   Donc tu reçois des pirates ? Tu sais ce que tu fais ?

Le Vieux Tonneau haussa les épaules, dubitatif. Il ne pouvait pas deviner le parcours judiciaire de ses clients, mais à cette époque et vu sa couleur, la justice aurait éludé ce détail. Woodes avisa l'état de la jeune fille, son matériel de droguée et l'inconnu à la cuvette.

—   Seigneur ! s'exclama-t-il dans un soupir. Et c'est qui, celui-là ?
—   Willy Read, répondit mollement Nick.

Aussitôt, le garçon lâcha son plat, se courba et se présenta :

—   Enchanté, Excellence. On m'surnomme aussi Billy, bottier, messager et intendant.

Le gouverneur l'examina un moment. Billy avait vingt-sept ans, des yeux en amandes, des cheveux retenus par un grand foulard bleu, et des rondeurs masquées par des vêtements amples. Il était mignon. Il avait l'air sot.

—   « Bottier », répéta Woodes, intrigué.
—   Ouais, maugréa Nick, il était aubergiste avant.

— *Les Trois Fers à Cheval*, précisa l'intéressé avec le doigt en l'air. Établissement de qualité, en Hollande.

— Qu'est-ce que vous voulez que j'aille faire en Hollande ? interrogea Woodes, hébété.

— Non mais de toute façon, on a fermé… admit Billy d'un air triste.

— Donc il est devenu messager, dit Nick.

— Oui mais bon, ça non plus, concéda encore le jeune homme, ça n'a pas marché.

— Et 'pis il est arrivé ici, précisa le Vieux Tonneau.

— Je suis devenu bottier, conclut bravement Billy, mais…

— Tu ne savais pas faire ? acheva le gouverneur moqueur.

— C'est-à-dire que les pirates volent aussi les bottes. J'ignorais ça.

— Du coup, on l'a pris au bar et pour veiller la p'tite, expliqua Nick. À cause qu'il faut la faire manger, et tout…

— Ah bah je pense bien ! rit Woodes. Vu le curriculum, en faire un garde-malade, c'était évident : d'autant que ça a l'air de marcher fort, cette fois !

Fenwick se serait mis à rire lui aussi, s'il n'avait pas été question de la rouquine. Pas sûr de comprendre, Billy se gratta la tête en regardant Anne, presque endormie.

— L'avez-vous droguée ? demanda Woodes d'un ton martial.

— Quoi ? s'offensa Jack.

— Patron, tempéra Nick, elle s'est fait ça toute seule.

Fatigué, Woodes tira sa montre, jugea qu'il avait perdu trop de temps et quitta le sanctuaire en menaçant tout le monde. Il ordonna de fermer l'établissement, leur promit les galères (mademoiselle Fulworth y compris) si Anne ne retournait pas chez son mari et, juste avant de disparaître, il prit Fenwick à part :

— Tu délires complètement, mon ami. Si ces gens se font prendre ici, tu seras arrêté avec eux. S'ils sont condamnés, tu le seras aussi et je ne pourrai rien y faire. Je suis le gouverneur, Nick, juste un politique. Je ne t'ai demandé qu'une chose, lorsqu'elle est arrivée : prendre soin d'elle. T'as plus l'air de prendre soin de toi, là. Vire-moi tout ce monde et remets-moi cette conne sur pied. Il y a un avenir pour elle à Nassau et, à terme, il y en aura un pour toi.

— « À terme », répéta Fenwick, interdit.

Son ancien patron lui avait parlé comme s'il était toujours à son service, alors qu'ils ne s'étaient pas vus depuis des mois. Le Vieux Tonneau n'avait pu s'empêcher de se demander si sa peau y était pour quelque chose.

Fenwick et Bosquet s'entendirent pour fermer boutique, mais revenue dans le chœur et accoudée à l'autel changé en bar, Anne les prévint qu'elle n'était pas du même avis. Inquiets, ils tentèrent de la recoucher et d'en profiter pour la nourrir. Accrochée à son whisky, la toxicomane refusa tout. Sans qu'on se l'explique, la venue de Woodes Rogers marqua le début d'une rémission et Anne fut traversée par un éclair de force, comme les accros en ont en de rares occasions. Une émotion, pleine de rage et de tendresse. Un sursaut de vie désespéré, auquel s'accrocher. Jack n'arrêtait pas de lui répéter qu'il avait un bateau, là, caché tout près. La vie de pirate dont elle avait toujours rêvé était à portée de main mais, à peine sur ses jambes, elle commença à disparaître des journées entières avec Billy, le bottier. Une fois, Nick les retrouva dans la brousse, batifolant près d'un marais.

Caractère impétueux, le gosier en tige de botte, les talons qui claquent sur les estrades au son du violon et des bagarres en fin de soirée, la fille aux cheveux rouges reprenait des forces. Elle ne plaisantait plus, demeurait rarement sobre et s'était cruellement endurcie. Incapable de s'amuser, elle s'échinait à essayer. Jack n'avait plus l'initiative amoureuse, mais était redevenu son amant. Jusque dans l'intimité, elle s'emparait de ce qu'elle voulait. Il se laissait faire, sans la reconnaître.

Le *Doux Jésus* faisait un tabac : Anne ne fermerait pas. La furie déambula le long du rivage et en sus des soldats, elle séduisit marins, pêcheurs et affranchis. Un mois après l'ordre de Woodes, la gargote affichait complet. Trop heureux de la voir revivre et occupés à recompter leur fric, Fenwick et Bosquet ne posaient pas de questions. La salle était comble, les musiciens jouaient et dansaient avec les filles dans une folle ambiance, et Anne enflammait des verres de rhum. Un délire de fin du monde où tous finissaient ivres morts, jusqu'à la nuit d'après.

Parmi les nouveaux clients se trouvait le capitaine Turnley, dont un homme avait déserté pour Vane, puis Rackham. Auteur de bains de sang sur la côte du Honduras, Richard Turnley était un dur, fraîchement pardonné, protestant austère et homosexuel refoulé. Il découpait la langue et le nez des gars qui osaient en plaisanter. Turnley croisa son déserteur au *Doux Jésus* et finit sa nuit au fort, où il témoigna des orgies ayant cours dans la maison de Dieu. L'affaire devint officielle et le lendemain matin, une brigade assiégea la vieille église. L'équipe payait les filles, lavait les tables et rangeait les bancs, aux côtés des derniers clients. Par chance, Jack et le Vieux Tonneau échappèrent au coup de filet.

Mademoiselle Fulworth, Anne Bonny, Pierre Bosquet et Willy Read furent enchaînés, chargés dans un clapier et tractés sur la plage, sous l'œil troublé des badauds qui s'y réveillaient. Woodes Rogers reçut les inculpés sur son trône, dans une salle du fort. Quatre chaises d'accusés et vingt-cinq témoins les attendaient. Reconnaissant James Bonny et Chidley Bayard, Anne leva les yeux au ciel et se réfugia dans le tourbillon de stucs dorés du plafond. Vingt gardes cernaient la pièce. Six autres les firent asseoir devant le légat, impatient.

« La Cour des Bahamas, commença-t-il en fulminant, contre Messieurs Bosquet et Read, Mademoiselle Fulworth et Madame Bonny. »

Chefs d'accusation : débauche, sacrilège, blasphème, profanation et, petit plus d'Anne Bonny, adultère. Turnley confirma ses acrobaties avec Rackham, tandis que la barmaid tentait de faire passer Bonny pour une pauvre immigrée irlandaise. Agacé, Woodes écourta l'audience et les prévenus écopèrent d'un avertissement sans menace, sauf une :

« Anne Bonny, Sa très gracieuse Majesté vous condamne à retourner prestement avec votre mari, présent ici en ce jour, ou à recevoir dix-sept coups de fouet. »

Une clameur vibra contre les murs. Anne était abasourdie. Le légat frappa l'accoudoir de sa chevalière et, quittant la salle, tonna :

« Vous aurez jusqu'à mardi pour vous décider ou la sentence sera appliquée sur le parvis de notre église. La séance est levée. »

Cinq gardes repoussèrent l'attroupement et d'autres libérèrent les prisonniers, étourdis. Anne ne parla ni ne bougea, l'œil perdu sur un trône vide. Selon la force du bourreau, le fouet pourrait la laisser en miettes. Elle eut besoin d'une bouteille de whisky et de quelques heures, avant de réaliser. Lorsque ce fut fait, elle conclut :

« On va pas se laisser abattre ? »

À minuit, trois violoneux, deux guitaristes et un flûtiste mettaient une ambiance de feu au *Doux Jésus*, où forbans et soldats chantaient, dansaient et riaient en bramant. S'ils devaient vivre une dernière soirée avant la fin du monde, ce serait celle-là. Mademoiselle Fulworth avait déjà fui dans une autre colonie mais Bosquet, Fenwick, Read, Rackham et ses copains de boisson, toute la troupe s'était réunie pour sauver la fille aux cheveux rouges. Woodes avait transformé la plage en camp militaire et la ville, en quartier général. Jack avait amarré son *Kingston* derrière une passe de Rose Island, mais la baie était coupée en deux par un blocus. Il fallait trouver le moyen d'embarquer à plusieurs, le plus vite possible. Les moins imbibés mirent au point un plan efficace.

Juste avant l'aube, Anne, Nick, Jack et Billy errèrent près des docks et s'invitèrent à bord d'un tout petit sloop : le *Seahorse*, de Richard Turnley. Deux soldats les surprirent sur les quais. Anne poignarda l'un et Jack assomma l'autre. Ses dix gars les rejoignirent, retirèrent les amarres et hissèrent la voile. La coquille s'échappa sur l'eau et Anne Bonny ne put réprimer un cri, tradition marine venue du fond des âges :

« *Sail* ! »

Woodes se levait tous les jours avec le soleil, dont les rayons perçaient les meurtrières de sa forteresse. Il buvait un peu d'eau et sautait dans les escaliers menant aux remparts, habitude matinale d'officiers en mer, sur les gaillards d'arrière. Le chancelier croisa un garde qui le fixa, surpris, et bégaya quelque chose. Woodes se précipita au bord de l'enceinte et vit le *Seahorse* foncer sur le blocus. Les soldats du barrage sonnaient la cloche de garde. À bord du sloop, une quinzaine de silhouettes se balançaient du pont aux vergues. Le gouverneur reconnut Fenwick et Rackham à la barre et Billy Read à la proue, seau en main, occupé à badigeonner quelqu'un. Woodes crut défaillir.

Perchée en amazone sur le beaupré, cheveux au vent, Anne Bonny déboutonnait sa chemise et le bottier lui versait du sang sur le corps. Woodes demanda une longue-vue et aperçut un cadavre décapité, attaché en figure de proue. À deux encablures du blocus, il vit Anne se lever. Ensanglantée de la tête aux pieds, sa chemise ruisselante et grande ouverte, elle brandit une hache et une tête humaine[53], puis hurla à la mort. Soldats, marchands et pêcheurs, tout Nassau observait la fille aux cheveux rouges, hypnotisé par ses seins, pointant vers le soleil.

Passant entre deux *Man'o'War* paralysés par un mélange d'excitation et d'effroi devant ce « démon de sang », le sloop brisa le blocus. La furie reboutonna sa chemise, rejoignit la poupe, et salua ensuite le gouverneur en agitant un grand foulard blanc. Anne Bonny venait d'embrasser la piraterie.

---

[53] À l'exception du bateau de Turnley, tout le matériel de l'opération fut fourni par Bosquet : selon le rapport, on retrouverait chez lui « des tortues d'élevage vidées de leur sang et des mannequins de taille humaine démembrés ».

– XV –

Naissance d'un prédateur

Fin 1718, Olivier Levasseur, John Taylor, Howell Davis et Edward England naviguaient bord à bord, dans le golfe de Guinée et le long de la Côte de l'Or. Le temps de renflouer les caisses, ils y attaquèrent marchands et contrebandiers d'ivoire, d'épices, d'ébène et d'argent.

Les blessures d'Olivier, son aigreur vis-à-vis d'Anne et ses sacrifices l'avaient transformé. Parmi la vingtaine de Fangs, Myènès, Bantous et Pygmées restants, aucun n'avait connu le Levasseur d'avant. Tous assuraient cependant qu'une métamorphose était une séquelle normale des rites vaudous auxquels il avait été soumis. Taylor en était mortifié : le bon Olivier, joueur et rieur, s'était évanoui derrière un Levasseur sombre et intrigant. L'ancien maître de manœuvre remusclait son corps afin de poursuivre sa rééducation, mais boitait constamment. Il cachait ses mains dans son manteau, pour qu'on ne les voie pas trembler. Tonitruantes, ses quintes de toux réveillaient tous les gabiers. Ils l'entendaient rallumer sa pipe et conclure, d'une voix cassée :

« Fume, mon enfoiré ! »

Il lui arrivait de cracher du sang et la vue de son œil droit semblait baisser. Paradoxalement, sa stature s'était imposée à England, au point d'en faire un capitaine de flotte. Porté par une ferveur africaine débordant de prières mystiques, Levasseur devenait une référence de la confrérie, au-delà de sa propre compagnie.

Le Français avait dicté une nouvelle règle aux négriers. S'ils prenaient la fuite en se délestant de la cargaison, ils connaissaient le même sort : à la mer et fers aux pieds. Ceux qui épargnaient leurs esclaves avaient la vie sauve. Cela eut pour triple effet de forger sa légende, de heurter la traite de plein fouet et de liguer enfin la confrérie contre l'esclavage[54].

Parallèlement, Olivier poursuivait sa quête. Dans sa cabine, toutes les côtes africaines étaient dessinées sur les verrières, ainsi que les différents trajets qu'un transport clandestin aurait pu emprunter. La corrélation « *Cassandra* » restait, selon lui, hypothétique, mais il était convaincu que le trésor de Libertalia n'avait pas quitté l'Afrique, ou l'Orient. Bien que l'or eût pu servir Jean V, les équilibres politiques européens étaient encore trop instables. S'il était certain que le butin serait rapatrié à Lisbonne, Levasseur devait en retrouver la piste avant que ne démarre le processus. Décidé à ne plus attendre, il aborda tous les bateaux qu'il avisa entre mars et mai 1719[55].

---

[54] Levasseur, England, Taylor et Davis étaient des exceptions : en dépit de leurs idéaux égalitaires, les Frères de la côte participaient, dans l'ensemble, à la traite négrière.

[55] L'*Eagle*, du capitaine Rickets, le *Bentworth*, de Gardener, le *Buck*, de Sylvester, le *Carteret*, de Snow, le *Coward*, de Creed, la *Charlotte*, d'Oldson, la *Sarah*, de Stunt, le *Two Friends*, le *Mercury* et l'*Elizabeth-and-Katherine*, de Bridge, le *Peterborough*, d'Owen, la *Victoire*, de Ridout, le *Jacob and Jaël*, de Thompson, le *King-James* et le *Robert and Jane*, de Bennet, le *Parnel*, de Morrice, le *Society*, le *Nightingale*, la *Queen Elizabeth*, de Creighton, la *Wyndham Galley* et l'*Indian Queen*, d'Hill, le *Comrade*, le *Duke of Ormond*, etc.

Obsédé par la *Cassandra*, il fouilla chaque prise, des soutes au pacha, en vain. Olivier Levasseur arborait fièrement le drapeau libéri, devenant le seul pirate à s'annoncer sous un pavillon blanc à tête de mort. Partout, les rescapés faisaient le même récit : l'animal leur était tombé dessus à toute vitesse et surgissant de nulle part, telle une buse sur sa proie. Le nom du prédateur était lâché. Il serait bientôt sur toutes les lèvres. La légende était en marche.

Au soir du 26 avril, Levasseur, épuisé, s'affala dans la cabine de la *Sarah*, splendide frégate qu'il avait faite sienne. Il riait encore de la réponse que lui avait donnée le capitaine Stunt, avec un flegme impressionnant malgré le canon sur la tempe :

« Je ne connais pas de Cassandra, non. À part peut-être une pute, vers Luanda… Sinon, 'me rappelle pas. »

Le Français avait retourné le bâtiment et épluché le journal de bord, comme pour tous les autres. Mais rien. Les dorures des deux grands miroirs scintillaient à la lumière des dizaines de bougies qui les encadraient. Aux drogues du balafré, il préférait le vin, dont il venait d'achever une demi-bouteille. Ses pipes de tabac irritaient ses bronches et réveillaient sa toux. Les yeux fixés sur un astrolabe, il laissait dériver ses regrets au fil de ses pensées et, peu à peu, finissait par l'admettre : la vie qu'il s'était imposée n'en était pas une. Rien ne lui ramènerait Sara, ni leurs plus belles années. Le temps défilait, intraitable, insensible aux deuils ou aux peines. Une vague après l'autre, la mer avait effacé les derniers rires, sourires et gouttes de sang du rivage libéri. Ses souvenirs n'étaient plus que mirages. Quand bien même Olivier eût été en mesure de retrouver les joyaux de la république, qu'en aurait-il fait ? Affalé dans le fauteuil du pacha de la *Sarah*, il s'enivrait et se parlait à lui-même :

« Deux cent trente-six millions et deux cent mille livres… Ça ne se recèle pas dans une gargote ou derrière un rocher. Ça ne se recèle pas, bordel de merde ! 'Faudra du temps et un sacré terrain pour tout planquer. Des journées et la confiance de qui, hein ? Parce que personne ne creusera pour ça. Personne n'est assez con. Deux cent trente-six millions... Les gars se retourneront contre moi, le monde entier voudra sa part et je serai déjà mort, putain ! Voler un roi... Voilà ! Ça, c'est une belle idée à la con. »

Une somme à rendre fou, la preuve. La course était lancée et, à quarante-neuf ans, Levasseur ne pouvait plus arrêter. Il avait trop donné pour reculer.

Fin mai, Thomas Cocklyn, le second d'Howell, persuada la compagnie de prendre Bunce Island, un fort anglais sur un îlot à l'embouchure de Tagrin Bay[56]. L'association de pirates attaqua la bastide et le paya chèrement. Morô, Levasseur et Taylor manquèrent d'y laisser leur peau. Au milieu d'une nuit tapissée par les feux orangés des incendies, Howell brava les bombardements pour envoyer une missive au commandant Plunkett. Il lui demandait s'il « n'aurait pas de la poudre, des munitions et de l'or à lui prêter ».

Réponse du militaire :

« Nous n'avons pas d'or, mais suffisamment de munitions pour vous achever ».

Plunkett n'avait pas d'humour mais, blessé, il finit par abandonner la redoute et fut intercepté par Cocklyn. Les troupes bivouaquèrent plus d'un mois dans cet éden, puis retrouvèrent le grand large, toujours plus nombreuses.

---

[56] Freetown, en Sierra Leone.

D'un négrier à l'autre, l'équipage de Levasseur comptait maintenant plus d'anciens esclaves que de Blancs. Animés par une incroyable dévotion, ils le suivaient aveuglément et priaient pour lui. Olivier faisait semblant de ne pas y être trop sensible, mais s'en servait afin d'influencer les votes et mener les assauts. Cocklyn et England le jalousaient, Howell s'en méfiait, et Taylor peinait à redevenir son ami, son confident. À chaque fois que le balafré essayait de l'arracher à ses sombres pensées, le Français s'emportait. Contre le singe, Anne ou lui, contre Hornigold, contre la vie. Il avait l'alcool de plus en plus mauvais et la nuit, John se retrouvait souvent seul, à fumer sa pipe sur un gaillard d'arrière désert. Devenue une guenon de plus d'un mètre pour quarante kilos, Boris jouait dans les haubans, sous l'œil amusé des vigies. John regardait les lignes du sillage en silence, avec un café froid entre ses mains. Il avait espéré retrouver sa lumière mais se noyait doucement, dans ses songes amers. Le Français ne prenait plus le temps de lui parler et seule Morô, tombée amoureuse, savait le réconforter. John était un gamin déraciné, comme elle. La Lucayan le massait, préparait ses pipes et, une tige aux lèvres, lui racontait des histoires dans sa langue natale pour l'endormir. Elle savait être présente ou se retirer, si Taylor voulait être seul ou jouer avec le singe. Le pirate avait alors dans les yeux la même lueur qu'Hornigold, lorsqu'il regardait sa chienne.

Olivier voyait son ami s'éloigner, mais demeurait en colère, focalisé sur ses douleurs insupportables. Ses humeurs gênaient d'autant plus ses homologues que la gestion des troupes se compliquait. Le gang cumulait les abordages et les bouches à nourrir, mais les prises ne se traduisaient pas toujours par de l'argent. Les négriers n'avaient rien à offrir, les capitaines venant de tout claquer en esclaves. Les marchands d'étoffes et d'épices cachaient de l'or, mais il fallait trouver des recéleurs sur la côte, où rôdaient les compagnies des Indes. Il n'y avait jamais assez de vivres pour une semaine et les cambuses fonctionnaient en flux tendu. Un enfer logistique, auquel s'ajoutait la peur de la faim.

Howell et Cocklyn coincèrent England et Taylor en quittant Bunce Island, afin de clore définitivement le sujet. Levasseur devait cesser d'enrôler ou ils iraient marauder ailleurs. John proposa d'aborder la question avec son ami, à sa façon. Le soir même, l'Irlandais convainquit son patron d'amarrer les vaisseaux entre eux et de convoquer les équipages pour une grande bouffe. Il persuada aussi Howell et son état-major de l'attendre avec England sur l'*Indian Queen*, et s'éloigna avec Morô et trois gabiers sur la *Sarah*. Le vaisseau s'écarta d'une centaine de brasses et Olivier quitta sa cabine, alerté par les mouvements du bâtiment, ainsi que les cris et la musique, moins audibles. Il sauta sur le pont désert, éclairé par la lune et une lanterne. Voiles affalées, le bateau dérivait. Il repéra Morô et John sur une plateforme au milieu du tillac, puis l'*Indian Queen* et la vingtaine de prises, au loin.

— Qu'est-ce que vous foutez ? demanda le Français, incrédule.

Au sommet de la *Sarah*, la guenon lui répondit par un cri et se jeta d'un hauban à l'autre. Un mousse contourna la plateforme, un sac plein de balles sous le bras, et un deuxième courut vers Levasseur en lui tendant une crosse, recourbée au bout. Olivier l'inspecta et nota que le couple avait la même.

— On va le rebaptiser « *Reine des Indes* », dit John. Ça brouillera un peu les pistes. Cocklyn pensait changer les panneaux, cette nuit.
— De quoi ? demanda Levasseur en les rejoignant.
— J'espère qu'il n'a pas changé ses plans, poursuivit Taylor dans sa bulle. Si on arrive à en toucher un…

Le gabier mit une balle aux pieds de Morô, qui la fit rouler avec ses orteils et, d'un grand mouvement de bassin, frappa dedans du bout de sa batte. La balle fila en l'air, siffla dans la nuit et plongea dans l'océan. Le gabier en remit une. Morô et John invitèrent le Français à essayer.

— Vous êtes sérieux ? demanda-t-il.
— J'ai regroupé tout le monde, là-bas... dit Taylor en lui indiquant l'*Indian Queen*. Ils bouffent. Ils font la fête.

Levasseur se mit aussitôt en position de tir. Il oublia son œil malade et ses mains qui tremblaient, se cramponna au manche et frappa comme un sourd. La balle ricocha sur le parapet et cogna le ramasseur entre les jambes. Ce dernier s'écroula, sous les rires des joueurs et de leurs complices. Olivier s'appuya sur l'épaule du balafré. C'était la première fois qu'ils se marraient ensemble, depuis une éternité. Deux mousses aidèrent le blessé à se relever et John saisit une bouteille, qu'il donna au Français. La Lucayan remit une balle en jeu et tapa dedans. Le projectile percuta le nom de l'*Indian Queen*, sur le côté du gaillard d'arrière. Morô recula en dansant, fière d'elle.

— La vache ! s'émerveilla Olivier. T'as vu ça ?

Sur l'*Indian Queen*, des forbans bramaient, mais avec la musique et les soiffards affamés, personne ne les entendait.

— Bénis soient les sports indiens, soupira Taylor en se concentrant sur la balle.

John leva sa crosse, comme Morô le lui avait appris, et frappa d'un coup sec. La balle s'envola sur cent brasses et heurta la cabine principale de l'*Indian Queen*. England, Howell et son second en sortirent en courant.

— Joli ! applaudit Olivier en lâchant la jarre pour réessayer. Et c'est écossais, soit dit en passant.
— Non, répliqua John. Comment tu dis, déjà ?
— *Ga-lahs*, répondit Morô en haussant les sourcils.

Elle lui avait expliqué les règles douze fois, mais il ne comprenait pas. Levasseur ajusta ses doigts flageolants, plia ses genoux grinçants, et chercha sa cible : England et Howell qui, à défaut de l'aider, le ralentissaient presque ; Cocklyn et tous les maîtres d'équipage, qui passaient leur temps à s'affoler, râler ou gueuler, pour tout et rien. Une journée normale ne pouvait pas défiler sans qu'un bosco ne se mette à brailler. Levasseur en avait la nausée. Il aurait voulu tous les couler.

- « *Ga-lahs* », répéta John, c'est ça. Sauf qu'eux, ils devaient la mettre dans une cage et se foutre sur la gueule, en plus. Ou quelque chose comme ça.
- Non… gronda Morô, épuisée. Attraper, frapper, d'accord, mais arrière. Ou coucher. Pas balle, courir, balle courir, donner, avant. Pas donner, arrière, coucher.
- Voilà, céda John, j'pige rien non plus, mais vu comme elle tape, c'est bien du golf, non ? Et elle dit que ses dieux faisaient ça. Alors, ça vient d'eux.
- Non ! grogna-t-elle encore. Pas taper. Frapper, courir, donner avant.
- Oui, oui, oui, mais là on est en mer, chérie, s'agaça Taylor. On fait comme on peut.
- Vous allez la fermer et me laisser me concentrer ? gueula Olivier, penché sur son bâton.

Le couple sursauta, ravi de le voir s'amuser. Levasseur se contorsionna du mieux qu'il put, les imita, leva sa batte et frôla la balle de tout son poids. Effleurée, elle roula doucement, jusqu'à chuter et rebondir sur le pont. Fou-rire. Le ramasseur amoché se rassura et en remit une. Olivier releva sa batte et, cette fois, l'envoya à trois mètres, dans l'eau.

- Bien, murmura Morô.
- Elle se fout de ta gueule, traduisit John en reprenant position.
- Je sais, dit Olivier en souriant. Si c'est pas écossais, c'est hollandais, mais pas indien.

– Arrête… plaisanta John en tirant maladroitement.

Le gabier replaça le colis sur le pas-de-tir et Taylor décocha illico. Le projectile plongea en frôlant le panneau arrière. John pesta, Olivier lui rendit sa boutanche, et Morô s'étira.

– J'suis sûr que les Romains aussi, avaient un genre de « golf », poursuivit la Balafre… C'est pas juste écossais. Tout le monde a fait ça avant nous.

– Quoi ? rit Olivier. Taper des balles sur ses hommes ?

– Ouais, pouffa John. Sur ça ou autre chose ? Et puis les Écossais sont des bœufs. Qu'est-ce que tu veux qu'ils inventent, à part un manuel d'enculage de chèvres ?

– Pardon ! l'interrompit Morô, penchée sur son bâton. Moi ? Laisser. « Concentrer » ?

Les pirates se raidirent, les mains sur les coutures. Morô baissa la tête et sourit. Elle pivota avec sa crosse et, d'un coup, projeta sa balle sur l'océan. Tous la perdirent de vue. Le projectile frappa une vigie de l'*Indian Queen* à la poitrine. La victime, justement nichée dans les haubans pour chercher une explication, perdit l'équilibre et tomba de soixante pieds, la tête en avant. Des hurlements emplirent le bâtiment. La musique se tut et Morô lâcha sa batte, anxieuse. Levasseur et Taylor sautillaient, tels deux adolescents ravis, en se retenant de s'esclaffer. S'interrogeant sur la mine d'England, ils demandèrent une longue-vue aux gabiers.

Un long silence recouvrit la nuit. Lunette à l'œil, Levasseur vit l'unijambiste boiter, d'un gaillard à l'autre, et discuter avec Howell. Le vieux tentait de lui expliquer un truc qu'il ne comprenait pas. Cocklyn devait tenir les nouvelles recrues pour responsables, car il houspillait les quartiers-maîtres. Dubitatifs, les boscos allumaient des lampes et auscultaient la vigie. Personne ne regardait du côté de la *Sarah* et John trouva que c'était le moment d'en remettre une couche.

– Ils vont mal le prendre, le prévint le Français.

—   Et après ? balaya l'Irlandais. On est trop nombreux, de toute façon.

Taylor plaça sa balle et le silence devint embarras.

—   Qu'est-ce que tu veux dire ? demanda Olivier.
—   Trois cents membres… expliqua John en se préparant à tirer. On n'a pas la trésorerie, alors on ne passera pas en cour, si on en bute un ou deux dans la nuit.

Le balafré retint sa respiration et frappa. La balle siffla dans les airs, tapa la voilure de l'*Indian Queen*, puis tomba sur son pont, sous les cris des forbans. Morô, Taylor et Levasseur exultèrent et s'accroupirent, dans la pénombre.

—   C'est ce qu'on faisait avec Ben, rétorqua Levasseur. On libérait, avant de s'enrichir.

John agrippa la longue-vue, confus. Howell, Cocklyn et England étaient réunis avec l'équipage, autour du projectile. Ils devisaient âprement, bougeaient les bras dans tous les sens et ne mettraient plus longtemps à comprendre.

—   Ben libre, précisa l'Indienne. Ben riche.
—   Oh, on a souvent raclé les fonds de tiroirs, corrigea le Français.
—   On va avoir besoin de radouber des bateaux et d'en lourder pas mal, dit l'Irlandais. On va avoir besoin de nouveaux maîtres, de matos, de réarmer…

Tout à coup, la voix d'England, un peu bourré, creva la nuit :

« Taylor ! Arrête tout d'suite tes conneries, bordel ! Ou je jure que j'te fais pendre par les couilles au p'tit matin ! »

Nouveaux rires sur la *Sarah*.

—   Putain, il a mis le temps, dit John en s'essuyant les yeux.
—   On est raides ? s'inquiéta Levasseur.
—   Bateaux chers, opina Morô. Esclaves, plus chers.

—   Si tu penses à les lourder, tu vires avec eux, prévint Olivier en reprenant subitement son sérieux.

—   Pas vendre. Libres. Fort libres. Tous libres.

—   Quoi ? s'agaça le Français. Qu'est-ce qu'elle bave ?

John plissa les yeux. Ils la dévisagèrent. Elle se concentra.

—   Ouidah ! cria-t-elle. Ouidah.

Premier port négrier dans le monde, la rade de Ouidah pouvait accueillir plus de vingt navires, sa salle des coffres abritait l'or des colonies portugaises voisines et ses comptoirs y vendaient quotidiennement du tabac, des épices, du brandy et des esclaves... Située sur la côte du Bénin et dépendante de São Tomé, sa forteresse était la mieux armée d'Afrique de l'Ouest et se défendait avec une batterie de soixante canons et cinq escadrons de quatre-vingts soldats. À l'intérieur de la *fortaleza*, le gouverneur conservait les taxes de la traite et des colonies voisines, ainsi que tous les registres de l'armée portugaise, même les plus secrets.

—   Tu veux qu'on se tape fort Ouidah ? demanda John, stupéfait. Tu sais ce que c'est, fort Ouidah ?

—   Si le problème c'est l'argent, rappela le Français, à Ouidah, il y a de l'argent.

Morô hocha la tête et son amant éclata d'un rire moqueur, mais s'arrêta net en découvrant l'air grave de Levasseur.

—   Et pour toi, demanda Olivier, c'est faisable ?

—   Cœur sait, répondit humblement Morô en désignant sa poitrine.

—   Non, non, non, objecta l'Irlandais. Pardon, mais non. J'attaquerai pas Ouidah pour ton p'tit cœur.

—   John... sourit le Français. Si elle te dit qu'elle sait ?

Taylor bondit, ahuri.

– XVI –

« Sur le sable »

Anne Bonny était enceinte de trois mois. Qui était le père ? Jack, Billy le bottier ou Pierre Bosquet ? Ce dernier, en tout cas, ferait un paternel absent. L'éleveur de tortues n'avait pas franchi le blocus avec la troupe. Criblé de dettes et traqué par le gouverneur, Bosquet avait été retrouvé noyé dans la baie, deux semaines plus tard. Billy Read ne prétendit pas non plus au rôle de géniteur, même s'il s'était précipité dans une nouvelle carrière de vigie pour Anne Bonny. À peine avaient-ils atteint les mirifiques cascades des Turks-et-Caïcos que Corner, le commandant en second, le provoqua en duel. Billy ne put se dérober et s'engagea dans un combat au sabre, le long des chutes d'eau. Au terme de l'affrontement, Corner coinça le bras de son adversaire et d'un coup, le fit tomber dans l'eau. Ils plongèrent ensemble et lorsqu'ils se relevèrent, trempés et cherchant leurs épées, Anne retint son souffle. L'équipage poussa un cri, estomaqué :

Billy s'appelait Mary !

Son parcours avait bien commencé à Breda, en Hollande, aux *Trois Fers à Cheval*. En pleine guerre de Succession et alors que son père avait disparu en mer, une escouade française avait rasé l'établissement et violé – à mort – la patronne, sa mère. Mary en avait réchappé et avait quitté la Hollande en se faisant passer pour un valet. Comme la Navy embauchait sans visite médicale, elle s'était engagée contre les Français. Un passage professionnel dont elle omettait de parler, depuis son arrivée aux Bahamas…

Mary repoussa Corner dans l'eau et réajusta son veston sur son chemisier transparent. Anne hésita à prendre sa défense, mais comprit à son regard qu'elle saurait assumer. La jeune vigie retrouva sa lame et fendit la troupe muette et ébahie. Le Vieux Tonneau s'approcha du pacha incrédule et, rieur, lui tapa sur l'épaule :

« Coup double, capitaine ! »

Les gabiers se rinçaient l'œil, médusés. Certains étaient inquiets. Devant les charmes de ce nouveau membre d'équipage, l'équilibre politique – déjà chancelant – de la petite compagnie vacillait de plus belle. Seul à seul avec Anne et Mary, Jack demanda des explications. Elles s'exécutèrent avec un brin d'hésitation, parlèrent d'amour, de mort et de sexe. Elles se dénudèrent et ondulèrent langoureusement contre lui, l'embrassèrent, l'enlacèrent et le firent entrer dans la danse.

« Cette fois, c'est clair, maugréa-t-il, j'vais en enfer. »

Question : comment un capitaine pirate peut-il convaincre ses gars d'enfreindre l'article II, deux fois de suite ?

En restant à terre.

Un marchand français repéra le *Kingston* aux Caïcos et prévint Nassau. Woodes dépêcha deux sloops. Ils bombardèrent si fort les pirates que Jack abandonna ses gens, sans donner un ordre. L'équipage le rattrapa et Rackham évita le lynchage en notant qu'ils étaient à terre, dans un bois hostile et qu'il ne leur restait plus que trois pirogues.

- — Des pirogues ? dit Anne.
- — Celles des pêcheurs sur l'autre plage, sourit-il. Ouais.

—   Et tu comptes aller où ? s'agaça Corner.

S'imaginant automatiquement être le père du bébé, le capitaine voulait prolonger son sursis en jouant sa meilleure carte : la famille d'adoption de Charles Vane, sur l'Isla de Pinos. Six ans plus tôt, Vane avait introduit Rackham chez ces Taïnos. La tribu comptait alors neuf cents Indiens et ils n'étaient plus que vingt sur l'îlot.

—   L'Isla de Pinos, les mecs, proposa Jack. On a oublié un truc là-bas... Le magot d'Holford.

À l'origine, Jack avait espéré courser Vane jusqu'au butin, mais le *Willing-Mind* avait contrarié ses plans. Le patron déchu avait empanné à l'ouest avec Hornigold dans son sillage, et Jack avait perdu l'essentiel de son équipage en touchant Nassau.

Sourire à l'envers et coiffe à plumes sur le front, le vieux Guayacá reçut Rackham et sa bande et ne cilla pas, quand Jack lui confessa sa mutinerie. Vane, l'assassin, n'était plus le bienvenu chez les Taïnos. Puisqu'ils célébraient la vie, Guayacá ne pouvait pas laisser Anne accoucher seule et entourée d'incapables. Épuisé, le capitaine se contenta d'incliner la tête, le remerciant pour ce second souffle :

—   *Danki* !

Jack et son équipage restèrent à terre de longs mois. Ils furent les invités de Guayacá et vécurent dans ces bois, rapinant les bateaux qui passaient au large pour financer leurs petites vacances.

En Europe, commençait la guerre de la Quadruple-Alliance : Philipe V (le petit-fils de Louis XIV fait roi d'Espagne) avait attendu la mort de son grand-père pour faire connaître ses prétentions sur la France. Louis XV étant trop jeune pour régner, la France vivait sous la régence de Philippe d'Orléans et au cas où l'héritier aurait eu un pépin, Philipe V voulait un pacte.

Il aurait bien vu la guerre de Succession s'achever avec un royaume franco-espagnol sous une seule couronne : la sienne, tant qu'à faire. Versailles n'était pas très emballée par l'idée et le reste de l'Europe non plus, alors l'Italie, l'Autriche, la Hollande et même la Grande-Bretagne s'unirent à la France pour contrer l'Espagne. Conséquence : toutes les troupes antipirates envoyées aux Caraïbes se regardaient dans le blanc des yeux, sabords relevés. La Caroline braquait la Floride et la Floride menaçait les Bahamas, coincées entre Hispaniola et Cuba. Derrière Cuba subsistait la menace des comptoirs ibériques et à la Jamaïque, le gouverneur expédiait les affaires de piraterie dans des parodies de procès tenues directement devant le gibet. Une fois de plus, les rois du monde avaient réussi à le mettre en ébullition. Là-dessus et coopération internationale oblige, l'ordonnance de prise de corps émise contre Jack et son équipage fut transmise aux alliés de la coalition. Les dangereux pochetrons du *Doux Jésus* étaient à présent recherchés par toutes les armées, sur toutes les mers.

Devant son clan, Jack jouait le chef de meute mais dans son dos, il échafaudait la moins mauvaise stratégie : comment sauver Anne et le bébé ? À qui pouvait-il encore demander grâce ?

Pendant qu'il installait son amour dans sa *caney*[57], ses pieds nickelés attaquaient des pêcheurs sans parvenir à se refaire. Quelques mois avant son terme, Anne vola une pirogue et s'empara – seule – d'un petit brick sans canons, le *Lion*. Les marchands l'avaient invitée à bord sans se méfier et elle les avait obligé à plonger sous la menace d'un pistolet. Ramenant le brick, elle avait embarqué la bande pour une virée, au cours de laquelle ils en attaquèrent d'autres. Le *Lion* heurta un récif et la fille aux cheveux rouges arrangea un carénage d'urgence, jurant qu'elle

---

[57] Une grande case en bois.

pouvait entendre la quille grincer contre la varangue. L'opération vida les caisses, mais le maître-charpentier lui donna raison. Anne accepta de retrouver sa *caney*, mais devint exécrable avec tous – sauf Mary. Surnommée « la commandante », elle imposait ses plans et s'arrogea carrément le titre, sans passer par un vote. Corner fut ainsi dégradé au rang de quartier-maître.

Personne ne dit rien, jusqu'en mars 1719. L'équipage réclama un vote contre le trio infernal. Jack connaissait ses femmes depuis peu, alors qu'il naviguait déjà avec ses Frères contre l'Espagne. Il ne renoncerait pourtant pas à ses sentiments. Acculé, il évita le pire avec un argument imparable :

« Chaque homme a un droit de vote dans les affaires le concernant, sauf en cas d'urgence ou de combat. Nous sommes recherchés, sans base de repli. Alors au cas où vous auriez un doute, on est dans ce qui s'appelle un foutu cas d'urgence. »

La révolte se calma. Pour combien de temps ?

Traqué, accablé par les siens et les yeux perdus dans un boucan nocturne, Jack Rackham était « sur le sable ». Les vagues roulaient sur la plage et le feu crépitait au milieu de ses amis. À trois cents mètres, les deux filles de Guayacá maintenaient la rouquine accroupie dans une rivière. Malgré les *caneys* qui s'élevaient entre eux, Jack l'entendait crier plus fort que celles qui priaient Atabey[58]. Les contractions s'étaient déclenchées dans l'après-midi et avec sept semaines d'avance, alors qu'Anne avait insisté pour être à bord. Il avait fallu la renvoyer à terre de toute urgence et le Vieux Tonneau avait proposé de faire un boucan, pour célébrer l'événement.

---

[58] Déesse de la fertilité.

Sur un gril reposait un cochon sauvage, attaché les quatre fers en l'air et le ventre ouvert. Des lianes retenaient sa peau aux montants, de sorte qu'il ne se contracte pas sous la chaleur. Avec un long couteau, un pirate écartait délicatement les chairs de son ventre, y versant du jus de citron et des petits piments. D'autres amenaient des braises avec des pelles d'écorce. Pas de métal ni d'instruments, suivant la tradition. Ils piquetaient la peau de l'animal devenu chaudron à intervalles réguliers, sans jamais la percer. Ex-coq, Nick vérifiait la cuisson :

« Il faut laisser cuire très longtemps », expliquait-il à un camarade.

Feignant de relire son livret de comptes, Jack épiait sa compagnie, bavarde. Ils se resservaient des chopes en préparant des assiettes en feuilles de bananier et ramenaient aussi leurs fruits, qui feraient office de pain. Isolée contre la première *caney*, Mary fumait une cigarette, anxieuse. Essoufflée, son adorée n'arrêtait pas de hurler. Rackham n'avait aucun doute sur ce que se racontaient ses hommes :

« Ils l'ont foutu où, c'putain de trésor ? »

« Il serait peut-être temps d'envisager le plan B, les gars ? On enlève le 'pitaine à ses garces et on le torture jusqu'à ce qu'il crache le morceau. »

« On va rester longtemps coincés à cause de sa grognasse ? »

« Tant qu'on peut chercher le butin, c'est plutôt bien, non ? »

Jack ne se faisait pas d'illusions et leur donnait même parfois raison. Le chef indien vint s'adosser à un tronc, à côté du lui :

—   Le plus petit des équipages, dit-il d'une voix moqueuse.
—   Bah c'est pas non plus le meilleur, soupira Jack. Merci encore pour ton accueil.

Guayacá lui sourit. Les Taïnos ayant assez à faire avec leur propre extermination, l'accord qui les liait à la troupe ne pourrait perdurer après l'accouchement. Il fallait trouver un nouvel endroit où s'abriter, sans risquer d'être repérés ou dénoncés. Jack n'en connaissait pas.

« C'est cuit ! » lança Nick alors que près du cours d'eau, Anne s'arrachait les cordes vocales.

Tonnerre d'applaudissements pour le cuistot. Mary en eut un haut-le-cœur. Jack ferma les yeux. Feuilles en mains, les gabiers vinrent se servir. Avec sa lame, Nick découpait très méticuleusement la viande cuite dans sa carcasse, suivant la recette léguée vingt ans plus tôt par le père Labat. Au moindre trou, le boucan était annulé et à la grande époque de Saint-Domingue, le fautif, exécuté. C'était donc toujours au plus expérimenté des boucaniers qu'incombait cette lourde responsabilité.

Jack fit offrir la première assiette, bien garnie, au chef indien. La bande d'affamés se jeta sur les feuilles de bananier qu'on faisait passer et se remit à discuter. Soudain, un terrible râle déchira la nuit. L'équipage frémit et se précipita sur les talons de Mary. Attrapant des flambeaux au passage, ils cherchèrent la silhouette d'Anne Bonny. Deux ombres se dressèrent dans le lit de la rivière, criant pour qu'ils partent. Okao, l'aînée, pria sa déesse un peu plus fort. La fille aux cheveux rouges souffla, et Guayacá écarta le groupe. Les insatiables retournèrent s'empiffrer et les concubins guettèrent l'amour de leur vie, dans la nuit. L'Indien alluma son calumet et prit une longue bouffée, espérant qu'elle le ferait planer. Dans la pénombre, glacés par les hurlements, Mary et Jack commençaient à se demander si leur adorée allait y rester. Guayacá aurait voulu les rassurer, mais il avait entendu trop d'accouchements pour mentir.

Après onze heures de torture, Anne s'évanouit. Les accoucheuses s'acharnèrent quelques minutes de plus et l'une d'entre elles apparut sur la rive. Elle tenait dans ses bras un petit corps, immobile et enveloppé dans un linge blanc. Elle l'apporta à Rackham, navrée, mais précisa que la mère vivrait. Okao priait maintenant le Dieu des morts. Guayacá posa une main compatissante sur l'épaule du pirate et Mary s'éclipsa, pour consoler son amie effondrée. Les yeux pleins de larmes, Jack embrassa celui qu'il appelait déjà son fils. Il le pressa contre son cœur brisé, figé devant ce petit être mort-né.

La meilleure façon de faire oublier une sale histoire, c'est d'en inventer une meilleure. Douze jours seulement après le drame, Anne Bonny ordonnait de quitter l'Isla de Pinos, cap à l'est.

- Wow, wow ! s'écria Rackham. Il y a la Jamaïque à l'est. Et c'est plein à craquer d'Anglais, la Jamaïque, tu te souviens ?
- Et il y a des Espagnols, des Français et tous les autres ailleurs, grogna Anne. On est recherchés par tout le monde, Jack. T'as peur de quoi ?
- Énerver tout le monde ?

Anne plissa les yeux, sourire pincé. La copie crachée d'un ancien maître de manœuvre français. Jack secoua la tête sans comprendre et elle motiva ses Frères à reprendre la mer, promettant or et aventures. Ils en avaient déjà trop eu pour toute une vie d'ivrognes et c'était toujours le même serment, fait d'honneur et d'argent. Sans confrérie ni recéleurs, sans Nassau et avec tous ces militaires, tout avait changé mais qui, à part Anne et Jack, s'en rendait compte ?

- Tu réalises que t'es en train de nous envoyer au gibet ? glapit Jack en la suivant dans sa propre cabine.

— S'il n'y a jamais eu autant de *Man'o'War* dans les parages, c'est pour la Quadruple-Alliance, lâcha-t-elle en cherchant ses cartes dans les tiroirs de son bureau. Nous, ils ne nous attendent pas.

Anne s'arrêta sur le dernier tiroir, fermé à clef. Elle releva la tête. Jack céda et lui donna le rossignol qu'il gardait autour du cou sans qu'elle ait besoin d'insister. Elle ouvrit, trouva le journal de caps, une bouteille et un mousquet. Tous les bons capitaines gardent en réserve une bouteille et un flingue de secours, en cas de mutinerie.

— Tu réalises aussi que t'es dans *ma* cabine ? Et que c'est *mon* bureau ?
— Commande-nous comme un homme pour commencer, lâcha-t-elle.

Jack prit la phrase comme une gifle. Il secoua la tête, sonné, et à bout, la saisit par le bras :

— J'ai passé ma dernière année à te protéger des autres et de toi-même. J'ai pris la tangente une fois, ouais, mais va pas confondre amour et lâcheté.

Carnet en main, Anne se dégagea et, narquoise, lui sourit.

— Mais qui s'en préoccupe ? dit-elle, caustique. Ils n'ont plus peur du « noir », parce que toute la confrérie s'est mise à genoux : c'est le moment de frapper.

Il la regarda quitter la chambre, ahuri. La mort du nourrisson, le temps à terre, les risques de mutinerie, les avaries, l'absence de base arrière et un contexte qu'elle jugeait propice ; Anne Bonny ne manquait pas de raisons de repartir en chasse. Elle avait demandé aux filles de Guayacá de lui confectionner un nouvel étendard. Le drapeau, somptueuse étoffe d'un noir intense, mesurait trois toises de long par une et demie de haut. Dessus était cousue une tête de mort blanche, souriante et soulignée par deux sabres d'abordage s'entrecroisant. Un Jolly Roger magnifique, emblématique et éternel.

Anne mena le *Lion* endommagé au Cap Negril, où la flibuste avisa trois intercepteurs anglais. Elle proposa une stratégie et Jack songea à contrecarrer ses plans par un vote. Il se retint, craignant de perdre son rôle avec le scrutin. Les forbans écoutèrent la commandante et, cachés dans la sainte-barbe, filèrent devant les militaires, toutes voiles dehors et sans personne à la barre. Intrigués par ce « navire fantôme », les vaisseaux de ligne se lancèrent à sa poursuite et à la nuit tombée, l'*HMS Moor* l'aborda en premier. Le *Lion* ayant perdu le vent en dérivant, les soldats l'accostèrent sans mal. Une première batterie de dragons sauta sur le tillac, désert. Scindés en trois équipes, ils fouillèrent le bâtiment, soute par soute. Rien. La sainte-barbe, la cambuse, la batterie désarmée, la fosse à cordages, la cale à vin. Rien. Les officiers, troublés, montèrent sur le *Lion* avec un second bataillon. Ils ne laissèrent alors plus que leurs artilleurs à bord et retournèrent la cabine du capitaine, la cabane du pilote, le faux-pont, l'entrepont… Toujours rien. Pas de rations, d'armes, ni âme qui vive. Brutalement, une décharge de canons rompit les câbles et sépara les bâtiments.

Sur le *Lion*, les officiers ressentirent la secousse, hébétés devant l'*HMS* qui s'éloignait. Peu comprirent. Tous glapirent. Les barreurs de la Navy s'épuisèrent pour freiner l'allure, tandis que les artilleurs se précipitaient en batterie. Les officiers se penchèrent au bastingage et essayèrent de discerner la scène, au travers des sabords. C'est alors que l'un d'eux découvrit une écoutille arrière levée, sur le *Lion* : terrés dans la soute du gouvernail, les coquins avaient profité de l'abordage pour s'échapper par là. Le gradé comprit en même temps que ses hommes étaient piégés dans leur batterie.

Le petit équipage de Rackham s'était scindé en deux. Une moitié entassée dans la cambuse et l'autre, dans la soute du gouvernail. Bateaux amarrés, ils étaient tous passés par l'écoutille pour se faufiler à bord du *Moor*. Tapis dans la cale à vin, les pirates avaient attendu que l'intercepteur se vide, puis Anne avait mené la charge, silencieuse. Ils avaient surpris les canonniers en les poignardant et, ne pouvant trancher les câbles, avaient fait tonner six canons sur le flanc du *Lion*.

Les deux autres vaisseaux de ligne s'approchaient rapidement et les trente derniers soldats du *Moor* s'entassaient devant la porte – verrouillée – de la batterie. Tout à coup, Mary ouvrit et les artilleurs s'engouffrèrent dans la soute à canons. Ils tirèrent quelques salves. Un forban prit une balle dans le bras et Nick, dans la fesse. Anne et les gabiers en tuèrent trois à l'épée et soudain, l'un des soldats devina Jack Rackham, à l'autre bout de la cale. Mèche fumante en main et botte posée sur un canon, le pirate souriait. L'artilleur hésita entre se coucher, se retourner et prier.

« M'sieurs dames ! » beugla Jack.

Les forbans reçurent le signal et se jetèrent au sol. Un boulet souffla la batterie et ses militaires. Il la traversa sur toute sa longueur. Dehors, les officiers le virent jaillir par les vitraux du panneau arrière. Le *Moor* venait de leur échapper et la canaille apparut sur le pont. Derniers soldats à bord, les barreurs, affolés, se jetèrent à l'eau en les voyant. La petite équipe sauta dans les haubans et affala la croix de saint George, tout en prenant le contrôle du bâtiment. Les officiers, fous de rage, menacèrent les pirates et exhortèrent les renforts à les attraper, oubliant que le *Moor* était le plus rapide des trois. La flibuste amusée s'enfuit au large et les salua de ses nouvelles couleurs.

Suite à la mort de Barbenoire, le duel opposant les royaumes à la confrérie avait connu une accalmie. Levasseur avait sonné le dernier *round* en Afrique de l'Ouest et Anne Bonny ravivait la flamme dans les Indes occidentales. La fille aux cheveux rouges avait brisé le blocus de Nassau, couverte de sang et au service du « terrible Jack Rackham ». De Londres aux colonies, des soirées mondaines aux bordels de seconde zone, la même rumeur bruissait : l'un des derniers irréductibles était une femme.

Après avoir volé un navire, les pirates le rebaptisaient. Un nom, « *Revenge* », revenait sans cesse, par cruel manque d'inventivité ou nécessité d'embrouiller les enquêteurs. En renommant le *Moor*, Jack ne dérogea pas à la règle. Plébiscitée pour son audace, Anne Bonny pouvait à présent compter sur le soutien de tout l'équipage, contrairement au capitaine, de plus en plus isolé. Les gredins retrouvèrent l'Isla de Pinos avec un vaisseau de ligne de douze canons. Ils espéraient célébrer l'exploit en offrant un boucan à Guayacá et sa famille mais du large, ils devinèrent toutes leurs *caneys* brûlées. L'expédition de l'armada de Cuba avait rasé ce qu'il restait de Taïnos sur l'île. Des colonnes de fumée s'élevaient des incendies mourants. Une partie de la forêt était en cendres. Des corps déchiquetés étaient éparpillés. Rassemblée au gaillard d'arrière, la bande contempla le théâtre du carnage dans un silence de mort. Jack ravala son émotion et ils établirent un campement dans les cayes, à l'est. Déserte et magnifique, la langue était cernée de récifs et d'interminables plages de sable blanc, empêchant l'armée d'approcher par surprise.

> — C'est par là, dit Rackham, que Charly avait enterré son trésor. Ici, ouais.
> — Où ? s'empressa le maître-charpentier. Où ça ?
> — Bah là… Quelque part dans le coin.

Le groupe le fixait, incrédule.

> — T'as dit que tu savais, brailla Corner.

— Oye ! Les gars ? J'ai pas dit que j'étais à terre avec lui. Vous vous rappelez pas qu'on essayait de convaincre le bosco de rester pendant que Va… ?

Toute la clique le dévisageait, ahurie.

— Mais faites pas cette gueule, rassura Rackham, Charly a bien dû laisser traîner un indice ou un truc… Quelque chose ? Quelque part dans le coin ?

Le bivouac dressé, tout le monde se mit à chercher. Fenwick et Mary faisaient la tambouille, pendant qu'Anne préparait des caps et que Jack animait ses troupes. Le capitaine faisait semblant de fureter avec eux, sans savoir où aller ni quoi observer. Pour retrouver un trésor, il faut entrer dans la tête de celui qui l'a caché. Or le seul homme en l'occurrence capable, c'était Bob Deal, le second du *Lark* et mari de Charles. À l'époque, Jack s'occupait du blé et Bob, de Charly. Deal étant resté avec son époux, Rackham ne pouvait à présent qu'improviser. Heureusement, Anne était d'humeur batailleuse et déconcentrait l'équipage en l'emmenant chasser. Le 19 octobre 1719, elle s'empara de la goélette *Neptune*, du capitaine Thomas Spenlow.

Au-delà des menaces, Spenlow et ses gars ne reçurent aucun mauvais traitement et furent − tous − envoûtés par les « *ladies* pirates ». Au point que l'un d'eux mit Mary enceinte. Cheveux serrés dans un foulard, pantalons et chemisiers échancrés, Mary et Anne avaient pris le *Neptune* sans tirer un coup de feu. Dans leurs récits, les victimes ne parleraient que d'elles, de leurs armes, de leurs jurons et de leur beauté fascinante. Malgré divers tête-à-tête, Spenlow n'en aurait pas autant à dire au sujet de Rackham. Angoissé, le pirate cherchait des informations sur les mouvements de troupes anglais et espagnols. Son obsession : les pardons. La date d'expiration était passée, mais il avait entendu dire que des forbans parvenaient encore à se faire gracier. Spenlow n'eut rien à lui apprendre. Le lendemain, le prisonnier était sur la dunette des flibustiers, quand ceux-ci attaquèrent la *Mary & Sarah* et le *William*. Ils firent du dernier leur vaisseau amiral et rentrèrent avec. À Cuba, Jack reconnut une petite musique, sur laquelle il avait lui-même déjà dansé : la maladie des quartiers-maîtres. Alors qu'ils approchaient des îlots, Corner proposa un vote :

« Puisqu'on n'a toujours pas l'butin, z'êtes d'accord pour dire qu'il sert à rien, le 'pitaine ? »

Le pacha sur la branche pensait pouvoir compter sur ses amantes... Il affronta le vote confiant et, au milieu des mains levées, sentit son cœur imploser. Anne le débarquait ! Une déchirure asphyxiante. Une chute abyssale. Un coup de canif, de bas en haut. Lorsqu'il plantait un prisonnier, Charly lui répétait qu'il fallait remonter le tranchant du nombril au sternum :

« Toujours de bas en haut : sinon, ça fait pas assez mal ! »

Jack resta muet, détruit. Seul le Vieux Tonneau se prononça en sa faveur. S'improvisant nouveau patron, Corner claqua des doigts et les gabiers débarrassèrent Rackham de ses effets, lames et mousquets. Sonné, Jack se laissa faire sans broncher. Corner en profita pour prononcer sa sentence, à la manière des anciens de Nassau :

- John Rackham, commença-t-il solennellement, vous avez été reconnu coupable de manquement grave et nous vous condamnons, ce jour, à être maronné.
- Oh, eh ! objecta Anne en s'interposant avec un naturel déconcertant. Doucement, camarade...

Un forban leva son pistolet vers elle et trois autres suivirent aussitôt. Mary les braqua et en réponse, tous mirent la fille aux cheveux rouges en joue. Au milieu, Nick gratta ses tresses et déclara :

- « Celui qui veut du miel va becter ses abeilles ».

Bonny avait remplacé Corner sans trop de dommages et, bouche entrouverte, contemplait la réalité du Code. Nul ne pouvait s'y opposer. Elle pensait naïvement qu'il aurait un autre poste, qu'il n'y aurait pas de préjudice. Sourcils levés et yeux terrifiés, elle baissa son arme sans quitter Jack du regard. Revenant doucement à lui, le condamné se contenta de secouer la tête, refusant qu'on le défende :

— Ça va aller… murmura-t-il, désespéré. Ça va aller. Tout le monde se calme et ça va aller.

Anne fit un pas en arrière, perdue, confuse, désolée. Chacun rengaina et, encore plus sûr de lui, le nouveau chef donna ses ordres. Rackham fut accompagné par les gabiers sur un confetti désert, à quelques heures de leur base. Les courants violents et l'absence totale d'ombre en faisaient une geôle idéale. Ils le mirent à l'eau et l'obligèrent à gagner le rivage à la nage.

Seul sur son rocher, Jack vit ses gars s'éloigner. Banni, trahi, abandonné, avec la flasque de rhum qui va bien (ou rend zinzin) et un petit mousquet, accompagné d'une seule balle pour se faire sauter le cervelet. Par sécurité, il enterra l'arme et but tout le rhum à la nuit tombée. Il verrait bien le lendemain, avec une gueule de bois comme on n'en fait plus, maronné sur une langue perdue, sous un soleil radieux. Ça ferait forcément une belle journée pour mourir.

L'aurore vint. Le cul sur le sable, Jack était encore plus mal loti qu'au départ. Au seuil de la mort, il tentait d'oublier Anne sans y parvenir. Malgré son chagrin et sa migraine, il dévorait des yeux la mer turquoise et se consolait en se répétant qu'il aurait plus de chance en mourant ici que la plupart des gens qu'il avait connus ou fréquentés. Barbenoire ? Assassiné. Stede Bonnet ? Occis. Bellamy ? Assommé par une vague. Les seuls à s'en être à peu près sortis buvaient le thé avec d'honnêtes citoyens ou étaient partis entre l'Afrique et l'océan Indien.

Écrasé par la chaleur, le pirate errait sur son caillou, s'humidifiant et se protégeant comme il le pouvait, tout en cherchant des poissons. Il fit le tour de l'îlot en dix minutes. Il n'y avait rien. Il allait crever. Jack en était certain jusqu'à ce qu'il heurte une liane enterrée. Abattu, il s'écroula, la tête dans le sable. Rêvant d'une caisse de rhum oubliée par des marchands, il rampa pour déterrer une corde courant jusqu'à la mer. Désorienté, assoiffé et affamé, il se jeta dans l'eau et tomba sur une cage immergée dans laquelle était enfermée une tortue. Il fit une moue désabusée, lâcha le piège et s'assit sur le sable, dépité. Le soleil recommençait à brûler ses chairs à travers ses linges humides et il se déshabilla nerveusement, cherchant à tendre sa chemise de calicot au-dessus de sa tête. La vue trouble, la bouche sèche et les oreilles sifflantes, le ventre creux, les reins en flammes et le corps tout entier affaibli, il s'évanouit. L'étoile n'était pas à son zénith, quand Jack se réveilla, fondant littéralement sur place. Sans parvenir à se faire de l'ombre, il scruta la tortue coincée un peu plus loin, sous l'eau. La solution se tenait devant lui, mais la fatigue l'empêchait de réfléchir, et il mit des heures à réaliser sa chance.

Trop salé, le sang de poisson ne peut pas hydrater un naufragé. Le sang de tortue, lui, contient les mêmes taux de sel et d'eau que le sang humain. Sa viande crue est comestible et son foie prévient le scorbut. En deux jours, Jack releva d'autres cages et dépeça deux dizaines de ces reptiles. Il plaça six carapaces de sorte qu'elles recueillent les eaux de pluie et fit une tente avec le reste.

La température sur ce tas de sable pouvait atteindre cinquante degrés à la mi-journée et il n'échappait ni aux morsures du soleil, ni aux vents salés. Il avait le corps desséché, les lèvres déchirées et la peau brûlée. Certes, il disposait de viande fraîche, de sang en abondance et s'abreuvait des précipitations miraculeuses, mais il étouffait dans la fournaise, s'affaiblissant inexorablement. Le confetti était minuscule, difficile d'accès, et ses cages à tortues, pourries ou presque cassées. Les pêcheurs avaient abandonné leur matériel ou étaient probablement morts. Jack recommença à croire qu'il mourrait là. Il perdit la raison et se mit à se parler à lui-même :

— Ah ! s'emporta-t-il en bondissant sous le cagnard. T'arrives pas à piger comment ça a pu t'arriver, ça ouais !

Absolument seul, l'ex-quartier-maître vérifia que personne ne l'écoutait, puis s'élança dans l'eau, d'un air fou :

— Pour qui tu te prends ? se dit-il en agitant ses bras, couverts de bracelets. Ça a commencé avec Rogers et ses pardons, ducon ! Quand il a dit « délation »…

— Oye ! s'interrompit-il en pivotant. Eh bah quoi ? T'as pensé que c'était gérable ? Que tu gérerais Anne, comme t'as géré Charly ? Et Corner ?

Les larmes aux yeux, la tête brûlante, grelottant, il tituba et tomba, sans voir les pêcheurs qui avaient jeté l'ancre depuis une heure, à quatre encablures devant lui. C'étaient ceux du *Rain Cave*, commandé par Suraïe Hugon ; un mètre quatre-vingt-dix, cent dix kilos, une tête de bulldog, ex-lieutenant de marine mutiné, devenu boucanier et pêcheur de tortues. La tête dans le sable, Jack conclut, dévasté :

— Tu parles… C'était baisé. Tu gérais que dalle.

Hugon mesurait les risques en l'approchant. D'aucuns auraient continué leur route en ignorant le naufragé. La plupart du temps, les maronnés étaient retrouvés morts ou partis pour. Lorsqu'un bateau repérait un décharné sur un îlot, il prenait le temps d'étudier sa condition. En guise de remerciement, certains condamnés n'avaient eu d'autre réflexe que de tuer leurs sauveurs, afin de voler leur vaisseau. Suraïe laissa un mousse à sa barre et débarqua en canot avec les deux autres. Il compta les carapaces formant le camp, calculant son manque à gagner : sa journée était foutue. La pirogue heurta le sable et un matelot sauta dans l'eau, se précipitant vers le corps inanimé.

— Attention ! s'écria Hugon en dégainant un mousquet. Il était debout, tout à l'heure.

Le marin contourna le corps évanoui et avec une rame, le secoua. Pas de réaction. Hugon garda l'inconnu en joue et ses mousses le retournèrent. Visage cloqué, torse, épaules et bras brûlés, Jack gémit sans se réveiller.

— Ramassez-le, dit Suraïe en rangeant son pistolet.

À peine réveillé, Jack s'enduisit des onguents supposés calmer ses brûlures. Interrogé par le pacha dans sa cabine, il confessa avoir été pirate. Les meilleurs mensonges sont emballés de vérité. Par sécurité, Hugon gardait toujours une arme (et une bouteille) de secours à portée de main. Le miraculé ne l'effrayait cependant pas plus que ça, d'autant que Jack le rassura en expliquant avoir été rejeté par ses Frères, car il voulait quitter cette mauvaise vie.

— Donc en réalité, interpréta Suraïe, vous n'avez pas pu signer votre pardon parce que ces brigands vous en empêchaient ?
— Tout à fait, sourit Rackham.
— Je ne sais pas si le délai de grâce s'applique dans ce cas. Si vous aviez pu, vous l'auriez signé, ce papier ?
— Absolument.
— Non… Vous devriez avoir le droit de vous repentir.
— Vous croyez ?
— Ça n'est pas comme si vous étiez Calicot Jack, dit Hugon avec malice.

Il y eut un court silence et avant que Rackham ne demande, Hugon précisa :

— Nassau et la Jamaïque pullulent de repentis qui dénoncent les pirates, qui s'y font pendre. Alors, si j'avais un conseil à donner à ceux qui traînent encore, ce serait d'éviter d'aller là-bas.

Jack pencha la tête, troublé, et avec une élégante pudeur, le pêcheur termina :

— À propos, voulez-vous savoir comment ça s'est terminé pour Vane ?

Resservant à boire, il lui conta ce qui était arrivé à son mentor. L'infâme avait perdu de vue son époux dans un typhon, au large du Honduras. Échoué sur une île, Charly s'était retrouvé avec six rescapés. Il y resta trois longs mois, sans eau, fruits ni tortues. Ils allaient s'organiser pour survivre quand, rendus fous par le soleil, deux de ses hommes s'entretuèrent. Quinze jours plus tard, un cas suspect de scorbut fut noyé pour éviter la contagion et, perdant la tête, Vane étrangla ses derniers compagnons, puis les mangea. Il décora son bivouac avec leurs os et s'étonna lorsque deux bateaux longèrent la côte sans s'arrêter. Il commença à dépérir.

Un contrebandier vint enfin à sa rescousse mais au dernier moment, ils se reconnurent et l'opération changea d'allure. Le sauveur s'appelait Holford. Deux ans plus tôt, Vane lui avait arraché le butin que les gars de Rackham cherchaient encore. Découvrant le pirate en si fâcheuse posture, Holford éclata de rire :

— J'aurais aimé vous sauver, mais ce serait risquer de vous voir conspirer, afin de me rompre le cou et de voler mon navire.

Vane s'offusqua en titubant, gémit en pleurant puis, fidèle à lui-même, il menaça en grondant.

—   Vous pourriez quitter ce rocher, ajouta Holford sans trop approcher, si vous vouliez. Je reviendrai dans un mois. Si vous êtes encore là, l'ami, je vous conduirai en Jamaïque, où je vous ferai pendre.

« L'ami ? » avait répété Charles dans sa tête, sidéré par la douceur du ton employé.

Fallait-il qu'il fût haï, pour qu'en pareille détresse, on prît le temps de le railler !

—   Et comment voulez-vous que je m'en évade ?
—   Allons monsieur, des pêcheurs passent sans arrêt ici… Vous auriez perdu la main ?
—   Vous n'avez pas d'honneur ! glapit Vane.
—   Oh que si ! Un sacré « honneur de pirate » !

Holford laissa l'infâme à son désespoir. Le même jour, un marchand aborda le naufragé et Vane fut arraché à cet enfer, prêt à mourir. Le forban reçut les premiers soins, tandis que le négociant le remettait à Holford.

Vane arriva en Jamaïque des semaines plus tard, en piteux état, pouvant à peine marcher. Il fut transféré dans un hospice, presque mort. Malade, ramolli et devenu dément, il y apprit le sort de son mari, Bob Deal. Rescapé de la même tempête, il s'était réfugié sur un autre îlot et avait été « secouru » par la Navy, gagnant son ticket pour le gibet.

Le 22 mars 1720, bien qu'incapable d'assister à son procès, Vane fut condamné à la peine capitale pour tous ses crimes de piraterie et ses actes barbares. La justice est claire : pour être exécuté, le condamné doit être capable de monter à l'échafaud. Charly et Jack se faisaient soigner. La mort s'impatientait.

Ouidah

Partout dans le monde, les forêts jouxtant les casernes militaires sont pleines de jeunes gens, des civils errant entre les arbres en faisant semblant de rien. Ils ont tous les âges et, à l'abri des feuillages, font le tapin. Ça ne vaudra jamais les bordels de campagne, mais ça permet aux soldats de se détendre avant la prochaine permission. Seuls ou entre copains, les patrouilleurs s'égarent dans le bois, cinq ou dix minutes avant la fin de rotation.

La Lucayan avait appris ces coutumes de Marrons et connaissait les accès du fort : un au sud donnant sur la rade et un au nord, ouvrant sur la jungle. Les esclaves fraîchement arrivés et les roulements de soldats sécurisant le port défilaient par la porte sud – la mieux gardée. La cinquantaine de gardes tournant autour de la citadelle prenait l'accès nord. Dans la nuit sans lumière, le corps enduit de boue, Morô, Taylor et Levasseur avaient longé la lagune de Ouidah à travers la mangrove, avec plus d'une centaine d'hommes. Camouflés dans la brousse et tapis contre la mousse, ils observaient, silencieux, babouins et vervets s'élancer entre les branches en criant. Pourchassés par Boris, les primates affolés prévenaient la forêt de l'arrivée d'un singe de quatre-vingt-dix livres. Vingt-cinq soldats patrouillaient au pied de la forteresse, devant la petite herse d'un pont-levis baissé. Deux forbans se faufilèrent au milieu des fromagers, repérèrent des gigolos dans des bosquets et d'un glissement de lame, les remplacèrent. Des plantons vinrent à leur rencontre et avant sept heures du matin, la flibuste avait récupéré six uniformes.

Tout à coup, plusieurs explosions tonnèrent dans la baie. Hurlements. Cloche d'alarme. Une bordée de plus. Une fine bruine commençait à tomber. Toute la garde se rua à la porte nord. Nouveaux cris. Coups de canons des remparts. Corps et visages peints, la compagnie d'Olivier (des Noirs pour la plupart) guettait des colonnes de fumée s'élevant du bastion négrier. Le crachin devint déluge. Accroupi, John releva ses yeux maquillés de khôl vers le Français.

— Faut y aller ! chuchota le balafré.

Levasseur leva le poing, afin que personne ne bouge. Des dizaines de soldats continuaient d'accourir aux tintements des cloches, contournant l'enceinte et longeant les douves, jusqu'à la herse qu'ils dévoraient tous des yeux. De nouvelles déflagrations retentirent. Sourire aux lèvres, le « Busard » reconnut les canons de sa *Reine des Indes*. Commandée par le vieux Ned pour la bataille, la *Reine* menait six vaisseaux noirs, censés les couvrir et renforcer Howell. Le déluge devint tempête.

— Faut y aller, là ! martela Taylor.

Poing fermé, Levasseur fixa la herse avalant les militaires, qui traversaient la cour du château pour la rade. Trois gardes s'apprêtaient à remonter le pont-levis. Le sourire de La Buse s'élargit, et il donna le signal. Dans la seconde, les faux gigolos cavalèrent dans le sentier et crièrent pour qu'on les attende. La passerelle resta couchée et alors qu'ils se jetaient à la gorge des militaires, une horde de cent cinquante pirates jaillit du bois. La tempête devint cyclone.

*

Avant sept heures du matin, le *Royal Rover* d'Howell Davis était entré dans la lagune de Ouidah, sous l'étendard de l'Afrique anglaise. Il avait dépassé une quarantaine de négriers stationnant au large, croisé deux *Man'o'War* et trois vaisseaux de douane portugais. Les cinq Noirs du *Rover* étaient cachés sous le tillac ; du dernier mousse au bosco, tout le bord portait la tunique bleu, rouge et jaune. À l'approche du fort, Howell envoya l'Union Jack et salua l'armada d'une bordée, comme le faisaient élégamment tous les corsaires. Les canons du bastion répondirent avec la même politesse et le *Rover* entra dans le port de la plus grande ville négrière du monde. Sous le crachin, la terre – si rouge et si belle – du Dahomey [59] se chargeait de gouttes de sang. L'effroyable exploitation s'était organisée, pratiquement industrialisée, de sorte qu'en découvrant Ouidah, Howell et ses hommes peinèrent à comprendre tout ce qu'ils voyaient.

Une vingtaine d'autres négriers mouillaient dans une fosse de la rade, accotés, accrochés et masquant le ciel dans un méli-mélo de vergues, de câbles et de voiles. Entre le *Rover* et eux, quatre sloops de l'armada, parés à intervenir au besoin. Howell passa ces intercepteurs et s'amarra aux premiers quais, sur la rive face au fort et dans le secteur militaire. De la passerelle, il devinait l'impensable tragédie qui se jouait à trois cents pieds, sur la place aux enchères. Sinistres rassemblements aux allures militaires. C'est ici qu'un roi du Bénin avait commencé à vendre ses prisonniers aux Blancs, plutôt que de les nourrir, de les tuer ou de les échanger avec d'autres tribus. La cour était pleine d'esclaves, enchaînés les uns aux autres, des chevilles au cou, par groupes de trente. Howell compta une quarantaine de ces lugubres cohortes. En plein cagnard, les malheureux presque dévêtus ne pouvaient ni s'asseoir ni bouger. Des rangs

---

[59] Bénin.

jaillissaient des prières, des râles, des plaintes et des pleurs. Ceux des femmes, des hommes, et de tant d'enfants… Dans un angle, un petit chef local monté sur une estrade présentait son dernier arrivage avec des arguments de poissonnier. Partout, des dizaines de capitaines, Blancs pour la plupart, mais aussi Noirs et Arabes, gravitaient autour des esclaves. La marchandise devait correspondre aux critères, alors ça soupesait un sein, ça tapait le torse, ça ouvrait la bouche et ça vérifiait l'état des dents à l'aide d'un petit marteau. Ça claquait les fesses et ça n'hésitait pas à foutre à poil devant tout le monde, même les plus jeunes. En bout de chaîne (à tous points de vue), un bourreau d'une ethnie voisine, souvent Fon. Parce que trop Noirs ou pas assez, trop riches ou géographiquement mieux situés, les tortionnaires haïssaient les victimes au point de leur nier, eux aussi, toute humanité.

Les esclaves « choisis » étaient menés devant l'arbre de l'oubli. Ils tournaient autour et y laissaient leur terre, leurs traditions, leur passé. Des geôliers les enfermaient ensuite dans les lugubres « cases de Zomaï ». De taille variable, ces clapiers hermétiques (souvent en fer) accueillaient des centaines d'esclaves, couchés les uns contre les autres pendant un ou deux mois. Parfois quatre. Tout dépendait de la date d'embarquement. À l'intérieur, pas de lumière et impossible de bouger. L'eau et la nourriture tombaient par une trappe. Le jour du départ, on vidait les cellules dans une odeur insupportable, en n'embarquant que les plus robustes, après avoir jeté les cadavres dans une fosse commune. Avant d'être enchaînés à bord, les survivants passaient par l'arbre du retour – seule étape du rituel qui fût à l'initiative des esclaves eux-mêmes. Ils s'agenouillaient devant le double tronc, et priaient en le touchant, afin que leurs âmes regagnent la terre rouge. Ils ne connaissaient rien du monde extérieur et rencontraient ces Blancs pour la première fois, le jour du départ. Ils les pensaient tous cannibales. Quel homme pouvait en asservir autant et si cruellement, si ce n'était un ogre ? Terrifiés, des condamnés se jetaient contre des soldats ou des Fon, dans l'espoir d'être tués. D'autres avalaient leur langue, du sable ou s'étouffaient avec un linge, quand les plus courageux sautaient à l'eau avec leur barda de fer et d'acier.

Ouidah, petit enfer en bord de mer.

Tandis que le *Rover* était mollement amarré, Howell aperçut une frégate achevant son chargement. Des Noirs disparaissaient de son tillac, menottés en file indienne. Des soutes lui parvenaient les plaintes. Ils y seraient cadenassés un peu plus de deux mois — dans le meilleur des cas. Ils se retournaient sans cesse dans l'espoir d'un miracle ou pour capter les dernières caresses d'un soleil réconfortant. Howell frissonna, au point de ne pas tout de suite remarquer les encouragements de la foule. Un esclave s'échappait. Coincé entre les marchands et les Fon, le fugitif se rua vers les anneaux militaires : en direction du *Rover*. Deux cavaliers Noirs et dix soldats déboulèrent à sa poursuite, sabre au clair. Howell les vit arriver avant l'esclave et, ne pouvant bouger, sentit son cœur se serrer. Les cavaliers rattrapèrent le pauvre homme et l'un d'eux lui trancha la tête en le dépassant. Howell se précipita à son plat-bord et la vit rouler sur le quai.

Le meurtrier lança un sombre regard au capitaine et repartit au galop avec son collègue, laissant l'unité ramasser le cadavre. Le commandant du peloton de dix s'approcha du *Rover* et demanda à Howell de mieux amarrer son vaisseau, arguant que ses câbles étaient trop lâches. Ce prétexte lui permit de réclamer les documents du bâtiment, accompagnés de l'ordre de mission. Interloqué, Howell mit plusieurs secondes à détacher ses yeux vairons de cette tête humaine, tombée à la mer après qu'un soldat eut tapé dedans comme dans un ballon.

— *Capitão* ?

– Pardon, balbutia-t-il en se reprenant. Grants, corsaire de Sa Majesté le roi George.

L'officier claqua les talons dans un petit garde-à-vous et avant qu'il n'ait le temps de reprendre, Howell enchaîna :

– Nous avons été commissionnés aux Indes, au printemps de l'année passée. Nous avons déjà appréhendé nombre de ces bandits des mers, qui refusent le miséricordieux pardon royal. Complètement incroyable, n'est-ce pas ? Ces pleutres qui pleurent une fois la corde au cou, alors qu'on consacre notre existence à leur en offrir une meilleure...

– *Capi'* ? interrogea l'officier, hypnotisé par son regard bicolore.

– Les traîtres de la guerre de Succession, reprit Howell en ignorant complètement l'interjection. Et je ne dis pas cela pour vous, hein ! Le Portugal a eu l'attitude qu'il devait avoir, mais tous ces soldats qui ont épousé le drapeau noir... Hornigold était de chez nous, vous le saviez ? Tiens, savez-vous que tout Londres bruisse de la mort de « *Barbanegra* » ? On dit que lui aussi, était un ancien de la maison. Non mais c'est dire le monde dans lequel nous vivons : nous défendons nos rois contre les ennemis qu'ils engendrent...

– *Capitão* ! objecta l'officier, choqué.

– Non mais je ne veux pas vous froisser, monsieur. Je dis simplement que la gestion de votre Couronne paraît plus sensée que celle d'Hampton. Nous, on s'en fiche, on s'entretue pour leur compte. Un Français sur le trône d'Espagne... On rêve ? Pardonnez-moi, je suis bavard et j'en oublie l'essentiel. Avec cette lettre de course, auriez-vous l'obligeance de faire inscrire les cent soixante esclaves que nous apportons à monsieur le gouverneur ?

Devant le nombre exorbitant, le commandant – qu'on avait rarement autant saoulé de paroles – sursauta de surprise.

— Cent soixante ? répéta-t-il interloqué.

— S'il n'y a pas eu de casse depuis le dernier comptage… Une moitié est dans ma cale. L'autre arrive ce soir. Ils sont pour Son Excellence, Dom Jacinto[60]. Il nous a apporté son soutien en janvier, dans une course contre ce chenapan d'Howell Davis. Le flibustier. Vous connaissez ?

Le commandant ne réagissant pas, Howell devint rouge.

— Avec celui qu'on appelle La Buse ?

Le commandant opina du chef. Howell vira écarlate.

— Vous avez entendu parler de La Buse mais pas d'Howell Davis ? s'insurgea le forban. Davis est un marin d'exception. C'est aussi un formidable manipulateur, un usurpateur, un menteur et un faussaire de grand talent, croyez-moi.

Perdu dans son éloge personnel, Howell hésita une seconde. Il se ressaisit et se remit à coasser, imperturbable :

— Nous ne sommes pas des Hanovre ou des Agbo[61]. Pour nous, le jeu en vaut toujours la chandelle. Quoi qu'il en soit, tant qu'il y a la Quadruple-Alliance, on est à peu près tranquilles, alors autant en profiter. Vous savez qu'en trois mois d'occupation aux Antilles, je n'ai rien vu des îles ? Trois mois, bon Dieu ! Si ce n'est pas perdre sa vie à la…

— *Capitão*, beugla le commandant épuisé, je ferai le nécessaire avec le fort pour vos esclaves.

— Ah ? sourit Howell. Je vous remercie.

---

[60]Jacinto Figueiredo e Abreu gouvernait la forteresse de Ouidah, sous la tutelle de Furtado de Mendonça (le nouveau chancelier de São Tomé).
[61] Âgé de dix ans à la mort du roi Akaba, Agbo, le véritable héritier du Dahomey, fut remplacé par un régent, Agadja. Quand Agbo atteint l'âge de gouverner (autour de 1714), le roi Agadja l'exila.

Il se retourna vers son bosseman et grommela :

– Monsieur Anstis, vous croyez que ces soldats ont la journée ? Où est cette satanée lettre de marque ? Elle devrait déjà être au bureau des douanes. Et devinez quoi ? Elle n'y est pas. Arrêtez de me regarder avec vos yeux de poisson mort, ça me donne envie de vous vendre avec ces nègres ! Où vous croyez-vous ? Dans un salon de thé ?

– Ça ira, *capitão*, brailla le commandant alors qu'Anstis feignait de se rendre en cabine.

Fatigué par le jeune homme, le militaire promit d'amener une voiture carcérale pour ses esclaves et tourna les talons, pendant que sa troupe emportait le cadavre décapité. Howell les regarda s'éloigner avec écœurement. Ils regagnèrent la forteresse, sur l'autre rive du bras de mer et le Gallois fixa longuement les défenses de l'immense bastion. Des murailles de dix mètres, cernées par quatre tours percées de meurtrières. Deux gardes et quatre canons par tour. Dix, le long de chaque arête. Deux ponts-levis (un de chaque côté) et des douves, creusées à partir de la lagune. Dans le fortin, une chapelle, la demeure seigneuriale, le pavillon des garnisons et le souterrain, gigantesque case de Zomaï où s'entassaient les esclaves. Trois cent cinquante soldats avec de la chance. Quatre ou cinq cents, sinon.

Douze minutes plus tard, les six vaisseaux noirs d'Edward England apparurent au large et une section de soixante militaires quitta la citadelle, s'élançant vers les quais. L'escorte croisa plus de deux mille riverains, marchands, esclaves, armateurs et mercenaires. Seuls les hommes du *Royal Rover* les surveillaient. L'unité débeula devant les amarres d'Howell, toujours aussi desserrées. Un lieutenant descendit de cheval et demanda à ce que « Grants » décharge et lui apporte son ordre de mission. Une fine bruine tombait de nouveau sur la rade et, levant les yeux au ciel, Howell devina le déluge qui allait s'abattre. Il se pencha au bastingage :

- Un problème, lieutenant ?
- *Capitão*, je vais devoir vous demander de descendre à terre avec vos esclaves.
- Mais naturellement, dit-il en faisant un signe discret au bosco, nous n'attendions plus que vous.

Aussitôt, le maître d'équipage siffla entre ses doigts et les câbles du *Royal Rover* glissèrent hors des anneaux. La brigade n'était pas venue en nombre pour rien. Les soldats s'alignèrent en brandissant leurs fusils. Amarres remontées, le *Rover* s'écarta tout doucement. Le déluge devint tempête et Howell frappa dans ses mains : ses vingt-deux sabords s'ouvrirent d'un coup et la brigade découvrit onze de ses bouches à canons. Vingt-deux détonations foudroyèrent la baie de Ouidah !

Silence.

Les flammes léchaient les voiles et les murailles, sous la pluie. Tous les regards étaient tournés vers le *Rover*, nuage de soufre sous l'averse. L'escadron du quai : décimé. Les négriers au chargement : touchés et sombrant par la poupe. Six boulets dans le rempart sud : éventré. Quatorze corps allongés sur les quais.

La salve donna de l'élan au *Rover* dérivant au milieu de la lagune. L'averse s'intensifia. Panique. Cris. Appels au secours. Cloches de garde carillonnant des enceintes et de la ville, un kilomètre dans les terres. Les hommes libres évacuaient au pas de course et le château recrachait des dizaines de militaires, courant le long des berges ou se ruant dans des chaloupes. Dans la cohue, de nouveaux tirs résonnèrent. Des négriers tuaient des esclaves apeurés, paralysés et incapables d'obéir. Le Gallois affala sa voilure et vira pour échapper aux tirs, mais un ouragan d'acier creva ses voiles. Les boulets explosèrent l'étrave, perforèrent les flancs. Seul contre tous, Howell coordonna la riposte, priant pour que les six vaisseaux du vieux accélèrent.

— On va tous y rester, capitaine, gueula Cocklyn.

La tempête devint cyclone. Emmenée par England sur la *Reine des Indes*, la flotte noire canarda les intercepteurs filant vers Howell. Prise en étau, l'armada portugaise coula dans un déluge infernal, pendant que l'ex-faussaire bombardait les quais.

À l'intérieur du bastion, Levasseur venait de lancer l'assaut. Boris avait quitté les cimes, suivant les cent cinquante pirates et l'Irlandais. Devenue son ombre, la guenon guettait ses réactions jusque dans ses soupirs et s'interposait toujours. Elle combattait près de lui et, avec ses bras et ses dents, faisait un carnage. Malgré son corps brisé, l'excitation, la peur et l'instinct de survie rendaient à Olivier sa vitesse et sa dextérité. Il ne pouvait courir sur plus de cent pas, mais parvenait à esquiver, repousser, attaquer et trancher. Morô, Taylor et lui se protégeaient les uns les autres et croisaient le fer dos à dos. Les Portugais les avaient encerclés et ils se défendaient contre une horde, toujours plus nombreuse, au point qu'aucun ne pouvait voir le reste des hommes.

La pluie, chaude en cette saison, s'intensifiait. Ils tranchaient sans relâche. Entre les gouttes jaillissaient des gerbes de sang. La guenon broyait du bidasse à la chaîne, prémâchant le travail de John qui découpait derrière, quand Levasseur trébucha et frôla un cimeterre qui allait l'embrocher. L'Indienne le vit, mais se retrouva coincée entre deux tuniques. Une épée traversa son épaule. Au même moment, John en devina un qui allait tirer sur le singe : il plongea, roula, planta l'enfoiré et revint dans le rang, prêt à sauver les autres. La rage au ventre, Môro s'était déjà débarrassée de trois soldats avec un seul bras. Elle en égorgea un quatrième avec la pointe de son *tomahawk* et libéra le Français. Levasseur en tua deux de plus, et la guenon bondit au milieu du tumulte, en assommant un dernier. La Balafre ne bougea plus, incapable d'ignorer la réalité :

« J'ai vieilli. »

Boris en aplatit un autre. Pivotant vers John, Olivier hurla :

— Qu'est-ce que tu fous ?

Taylor refit tournoyer sa lame et poursuivit la boucherie. L'effectif ennemi diminuait. Au cœur du chaos, des flibustiers firent tomber les herses. Enfermées dehors, les unités parties couler Howell tentaient de résister et de contenir la révolte d'esclaves, déclenchée par l'offensive. Sous les tirs et face aux Noirs qui se libéraient entre eux, les troupes commençaient à fuir.

Une vengeance contre l'esclavage ; un carnage, une hécatombe. Les pirates tourbillonnèrent dans cet océan de rage, comme dans un jouissif bain de haine, et en moins d'une demi-heure, ils virent les soldats capituler, ramper sur les tuniques empourprées de leurs amis et supplier, implorer grâce. Le blason de Jean V et l'étendard royal tombèrent des remparts, remplacés par le pavillon blanc à tête de mort. Les derniers tirs claquèrent le long des docks. Dehors, la tuerie était plus édifiante. Les voiles d'un bateau en flammes s'étaient envolées et avaient embrasé deux autres vaisseaux. L'incendie se développait, malgré l'averse. Les forbans laissèrent brûler jusqu'à ce qu'ils sombrent avec les négriers, *Man'o'War* et douaniers. Sous une pluie battante, des geysers de fumée s'élevaient des murailles, du marché et des épaves. Un spectacle d'une singulière beauté ; les flammes consumaient la lagune. Sur la place, plus de huit cents esclaves hébétés. Des visages hagards. Déshumanisés depuis des mois ou des années, ils étaient si conditionnés qu'aucun ne comprenait l'improbable vérité : ils survivraient. Terrorisés, ils tentaient de briser les chaînes, quand d'autres achevaient l'œuvre : désarmer, ligoter, tabasser, humilier, étrangler les bourreaux. La terre rouge du Dahomey se gorgeait d'eau et recrachait du sang.

« Inventaire ! » hurla Levasseur.

Le Français divisa les équipages en quatre groupes. Une section sécurisa les quais, une unité chercha d'éventuelles poches de résistance dans la bastide, et une compagnie ouvrit toutes les cases de Zomaï. Howell et John prirent la tête d'un petit escadron suivant les éclaireurs, à la recherche de la salle des coffres. Dans un désordre qui se voulait organisé, les premières mauvaises nouvelles tombèrent. Le gouverneur avait fui via un souterrain, le temps était donc compté. Dans la forteresse, des pirates s'accrochèrent avec des soldats ayant dressé une barricade dans un couloir. Levasseur ordonna qu'on les achève à la grenade. Les explosions provoquèrent un feu qui deviendrait brasier. Les prisons de la rade devaient compter deux ou trois cents cellules, mais ils y découvrirent cinq cents prisonniers. Dans une insupportable odeur de chairs en décomposition, ils délivrèrent ces êtres décharnés et extirpèrent cent cinquante corps inanimés. Des morts de tous âges, avec toujours la même terreur figée sur leur visage. C'est ainsi que les hommes vivent.

Dernier souci et non des moindres : la ville de Ouidah, elle-même. Le fort, la forêt et les premiers bâtiments (geôles, bureaux des douanes et des registres) cernaient les quais et la place du marché aux esclaves. Un kilomètre plus à l'est, vivaient cinq mille personnes affolées. Des familles de civils, des chasseurs (d'hommes comme d'animaux), des religieux, des armateurs, des officiels, des pêcheurs, des bouchers, des planteurs, des esclaves, des marins et des enfants…

« On lève l'ancre avant midi ! » glapit Levasseur.

Il ne fut pas contredit, tant ils redoutaient une riposte des Portugais ou de leurs alliés. Le pire eût été une attaque coordonnée de la Navy et des féroces troupes du roi Agadja. Au-delà du symbole, la prise de Ouidah secouerait l'économie du Dahomey, du Nouveau-Monde et de l'Europe pendant plus de deux ans. Les capitaines replacèrent une batterie de canons sur le rempart est (visant les habitations) et entrèrent dans le château. L'Irlandais et le Gallois les guidèrent à travers ses boyaux tapissés de flambeaux, comme à fort Nassau. Ils démarrèrent la visite en évoquant la salle des coffres, où les gars chargeaient des tas d'or sous l'œil attentif des maîtres d'équipage.

— J'oubliais. À combien en étions-nous ? demanda innocemment Howell en tapant l'épaule de John. Six cent mille, c'est bien cela ?

Morô, England et Levasseur s'arrêtèrent dans le couloir, sidérés. Leurs compagnons se retournèrent, ravis :

— Il y a de quoi voir venir, s'amusa Taylor.
— À vue d'œil, peut-être sept ou huit cent mille en tout, s'extasia Howell.
— Vous plaisantez ? s'écria le patriarche.
— On commence par la salle des coffres ?
— Le bureau du gouverneur, rugit Levasseur.

Le groupe obéit et fila à l'étage, où Boris les retrouva. Ils traversèrent une série de petites pièces obscures que des gabiers retournaient. Tapis, armoires, tables, bibliothèques, tout y passait. Parsemé de vitraux et de meurtrières, le bureau du chancelier occupait tout l'étage de la tour sud, partiellement éventrée. Levasseur s'assit derrière le meuble en chêne, vida les tiroirs à la hâte, renversa une pile de documents et ouvrit plusieurs carnets à la fois. Taylor lut les titres des livres et journaux encombrant les étagères, tandis qu'Howell repérait un coffre cadenassé, caché dans une armoire. Avec sa hache, Morô tenta de faire sauter le verrou. Le vieux Ned se pencha sur un gigantesque globe terrestre verni qui trônait sur le bureau. Il l'ouvrit en deux et en sortit six verres et une bouteille de vin cuit :

— Messieurs ! dit-il en brandissant le précieux liquide.

Tous se réunirent et trinquèrent à la santé du Portugal. Boris but son gobelet d'un trait et son maître la resservit dans la seconde. Le Gallois revint à la malle, England entreprit de fouiller dans les notes, et Taylor tendit un livre bleu à son ami :

— Qu'est-ce que c'est ? demanda Olivier en jetant un œil à la couverture.
— La vie de Barberousse, sourit John.
— La dernière fois qu'on m'a passé un livre, ça a mal fini.
— Un pirate qui protégeait juifs et musulmans des croisés dans la Méditerranée, argua l'Irlandais.
— On est loin des égoïstes de Nassau, rit Howell en matraquant le cadenas avec l'Indienne.

La Buse fixa le jeune homme d'un regard noir, puis répondit en serrant les dents :

— Si nous pouvions oublier les barbus…
— C'est pas possible, bégaya Ned en lâchant la feuille qu'il parcourait.

Ils pivotèrent, face à lui. Aussi surprise, la guenon lâcha l'hémisphère nord du minibar et cria en se pinçant les doigts. John lui tapa sur l'épaule. Elle se tut. England bredouilla :

— Hornigold est mort.

Silence.

La guenon s'assit, inquiète. Les hommes se dévisagèrent, abasourdis. Émue, la Lucayan retint une larme et, arrachant le verre du singe, rouvrit le globe pour remettre une tournée. Trente ans d'amitié, fracassés sur une plage d'Abaco, défilèrent dans l'esprit d'Olivier. Il masqua sa peine dans un sourire triste, s'empara de la bouteille et but au goulot. Il la tendit à Howell et doucement, demanda :

– Le foie ?
– La mer.

Les dernières saisons des ouragans avaient été effroyables. De Rhode Island au sud des Bahamas, des tornades apocalyptiques avaient tout balayé. Elles avaient emporté des flottes, rasé des villes, détruit une partie de Nassau, dévoré Bellamy et cloué Vane sur une île. Elles avaient avalé Hornigold.

À l'été 1719, Ben avait retrouvé Charles Vane, au large du Honduras. Évaluant leurs forces respectives, le corsaire et le forban s'étaient tournés autour plusieurs jours, avant de se lancer dans une poursuite des plus épiques. Une semaine de chasse, à jouer avec les vents et fuir la côte, où s'accrochait l'orage. Sept nuits de ruses, de coups bas, de duels aux canons et d'insomnie. Sept jours de guerre, harcelés par une épouvantable tempête en pleine mer. Le huitième matin, l'aube ne vint pas et les rivaux plongèrent dans l'œil du cyclone. Ils virent une autre nuit s'abattre et restèrent sur un océan de plomb, un court instant.

Ordre de tout affaler ! La tempête revint, plus terrible encore. Vane fit naufrage et Hornigold remercia ses gens, les cantonnant à la sainte-barbe. S'il survenait quelque avarie relevant de leurs services, il sonnerait la cloche d'alerte. Entre la houle et les torrents de pluie, les marins transis d'effroi le saluèrent. Ajustant son cache-œil avant de sortir une flasque de rhum, le capitaine se fit encorder à sa barre avec John Cockram et sa chienne. Mount et lui avaient déjà vécu cette scène des centaines de fois. Ben s'agenouilla et colla sa joue contre l'encolure de l'animal. Ils s'embrassèrent de longues secondes, avant qu'un nouveau roulis ne bouscule le bâtiment. Il n'y avait déjà plus personne sur les ponts. Aux commandes de la frégate et face à la fureur de l'océan, les vieux complices échangèrent un regard défait. Une lame surgit de nulle part. Elle était titanesque, inévitable, fatale.

Charleston. La guerre de Succession. Olivier. Les trahisons. Woodes et ses pardons. Libertalia, son Pain de Sucre et ses Eaux de Lune. Nassau, Magda, Mount… La vague se fracassa contre le gaillard d'avant, arracha la misaine et le beaupré, emporta une partie de l'étrave et brisa le grand mât. L'amarre de sécurité se rompit. Cockram disparut dans les flots. Mount glissa, s'accrocha, griffa, couina. La terre et la mer n'avaient plus de sens, ni de haut ni de bas, et tout devint ténèbres. La frégate piqua du nez. Hornigold réalisa que sa chienne n'était plus là et d'un coup, lâcha la barre. Il ne vit plus que l'océan noir.

« Hornigold est mort. »

- Je n'arrive pas à le croire, murmura Olivier, sonné.
- Dites ! trancha Howell d'un ton ironique en se penchant à une meurtrière. Pardon de vous interrompre, mais si on ne s'occupe pas des prisonniers, on va avoir un problème.

Les pirates et la guenon se penchèrent aux fenêtres. La pluie s'était calmée et en contrebas, deux mille Marrons pleuraient, dansaient et chantaient en tombant dans les bras de leurs familles et de leurs amis. Ils se regroupaient aussi près des anneaux militaires. Protégés par un cordon de forbans, les trafiquants encore en vie y étaient parqués, terrifiés. Jets de pierres, de masses ou de couteaux ; tirs de mousquets ; insultes et menaces ; face à la foule déchaînée, les pirates commençaient à céder. Un Noir se rua dans le tas de prisonniers et en accrocha un. La victime secoua les jambes en poussant des cris stridents, puis finit piétinée par le nombre, lapidée, mutilée, déchiquetée.

- On ne peut pas laisser faire, intervint England.

Levasseur ne répondit pas et retourna au bureau, où il fit plusieurs piles de cahiers et de papiers qu'il glissa dans un sac de toile. Taylor fit de même avec certains livres et Morô se concentra de nouveau sur le cadenas.

— Ils vont tous se faire tuer, là, dehors, insista Howell.

— Évidemment, dit froidement Olivier.

Le vieux et le Gallois fixèrent le Français, interdits.

— Ce sont des êtres humains, tança Ned.

Pas de réponse, mais un silence entrecoupé par les cris venus des quais. England renversa le minibar d'un coup de pied et les derniers captifs disparurent dans d'abominables hurlements. L'Indienne vint à bout du cadenas et, ouvrant la malle, découvrit des carnets de bords, journaux de navigation, livrets de comptes et récits de voyages. Sur le dessus de la pile se trouvait le journal du gouverneur. L'œil du Busard s'illumina : il saisit le carnet, pressé, le feuilleta en soupirant et tomba sur un prénom. Levasseur déglutit, ferma ses paupières et, pris de nausée, crut s'évanouir. Il tenait la feuille de route de la *Cassandra*.

Respire. Un courant d'air s'engouffra dans la pièce. Sara ne réapparaîtrait pas. Anne non plus. Son chagrin pouvait-il s'envoler ? Olivier avait perdu l'un de ses meilleurs amis, et il se dit qu'il serait le prochain. Il s'était égaré, trompé de vie. Il avait couru derrière des bonheurs libéris qui ne l'avaient jamais quitté.

« Plus jamais sous nos couleurs, mademoiselle. »

Deux cent trente-six millions. Respire. Olivier comprit subitement que ses doutes étaient partis. Il prit conscience que John et lui étaient les deux seuls encore capables de faire respecter le testament des Libéris. Il respirait. John bondit pour lui arracher le cahier des mains. L'Irlandais fureta et trouva les deux lignes, ému :

1715 ; São Sebastião : São João Baptista – *Cassandra*, J. Macrae

1716 ; São João Baptista : Goa[62] – *Cassandra*, J. Macrae.

Aussi étourdi, le balafré en lâcha le livret. Ils se dévisagèrent, perdus. De São Tomé à Goa, les chanceliers évitaient soigneusement d'en laisser trop de traces. Le chargement n'apparaissait sur aucun papier et le capitaine n'était apparemment pas Portugais.

— « Macrae », répéta Olivier. C'est anglais ?
— Ça fait plutôt écossais, dit England.

La Balafre se tendit comme un arc :

— Parfait ! souffla l'Irlandais. On le saignera après.
— Ça me paraît approprié, souligna Levasseur.

Après l'avoir entièrement vidé, les pirates abandonnèrent le bureau au pas de course. Le butin avoisinait les huit cent mille livres. Sans ralentir, Levasseur passa dans un escalier en tirant sa montre gousset : neuf heures.

— Vous avez une heure pour charger, mugit-il à l'attention des gabiers.
— Qu'est-ce qu'on fait des civils ? s'enquit Taylor.
— Brûlez tout ! tonna Levasseur en sautant dans la cour sans se retourner.

La troupe s'immobilisa dans l'escalier, ahurie, et Olivier traversa le carré du déshonneur, théâtre d'insoutenables horreurs. Des souterrains, les hommes avaient encore extirpé des cadavres. Une centaine de corps s'entassaient dans un angle de la cour, jetés dans un charnier improvisé avec les innombrables dépouilles de soldats et d'officiers.

---

[62] Capitale de l'Inde portugaise.

—   Tu ne peux pas faire ça, protesta Ned en le rattrapant. Cinq mille personnes vivent ici. Des innocents.

Levasseur s'arrêta net. Il observa les équipages, éparpillés dans la cour et sur les remparts, attendant les ordres.

—   Des innocents ? murmura Levasseur en contemplant le champ de mort qui l'entourait.

S'ils s'étaient sentis capables de convaincre, England et Howell auraient commandé de lever les voiles en épargnant les habitants. Mais ils n'avaient ni son charisme ni son autorité naturelle.

—   Personne n'est innocent, gronda La Buse.

Les huit canons de l'enceinte retentirent tour à tour. De la cour, les patrons virent jaillir les boulets, filant par-dessus la forêt dans un orage de feu. Au loin dans la savane, d'autres cris résonnèrent, accompagnés d'explosions fracassantes. Levasseur fit un signe et John jeta une grenade dans la muraille qu'ils venaient de quitter. La salle des coffres était déjà la proie des flammes. Ses trésors s'envolaient alors que les derniers sacs étaient montés à bord. Dehors comme dedans, la *fortaleza* n'était plus qu'un immense brasier.

Levasseur longea la rive où était amarrée la *Reine des Indes*. Il concentrait tous les regards : la crainte, l'adoration et le respect se lisaient dans les yeux. La Buse grimpa sur sa passerelle, entouré de son équipage d'ébène. Craignant la répression et ne sachant où aller, cent Marrons voulurent les rejoindre. Howell les refusa. Comme ils venaient de s'enrichir, Olivier les accueillit à bras ouverts. La flotte noire s'évapora sur la lagune, où se reflétaient les lueurs scintillantes des dernières réserves de poudre, consumant le château saccagé.

Le soir, la flibuste mouilla à l'ouest de la côte, où ils savaient trouver plus d'alcools, de viande et de sirènes. À quatre cent dix milles des côtes, les pirates et leurs nouvelles recrues célébrèrent le sac de Ouidah et la mort du commodore, à la mesure de leurs audaces et de leurs gloires : dans une orgie babylonienne. Peu avant la nuit, les charpentiers obéirent à Levasseur en mettant un radeau à l'eau. Dessus, reposait un immense drapeau noir. Un forban enflamma l'esquif et le poussa à la dérive. Ned, Howell, John, Olivier et leurs hommes se tenaient aux parapets, suivant silencieusement le voyage étincelant du commodore. Pour beaucoup, le dernier roi de la fraternité avait trahi, et d'aucuns auraient préféré ne lui rendre aucun hommage. Le Français, cependant, y tenait.

À peine sorti de l'enfance, Hornigold avait été pressé[63] par l'équipage du *Great History*, à Bristol. Gabier avec John et Olivier, il avait été l'un des derniers témoins du massacre des Libéris. C'était un jouisseur, un paresseux, torturé et amoureux au cœur tendre ; un mutin pour la Navy, un ami pour sa chienne et une opportunité en or pour les armateurs et les assureurs. C'était un meneur, un chef, un alcoolique, un commodore, un roi. Un mauvais roi, le dernier roi. Les flammes s'élevèrent de plus en plus haut et le sombre étendard s'envola dans le rose orangé du crépuscule. Les tisons moururent dans les vagues et le radeau disparut, avalé par les flots.

Le silence recouvrit la mer. Jouant et s'époumonant, trois violoneux et cinq luthistes sautèrent sur un gaillard d'avant. La fête commença. En moins d'une heure, toute la compagnie était complètement saoule. Des barils avaient été hissés dans les mâtures et des forbans en faisaient ruisseler des cascades de rhum et de whisky. L'or, l'argent et les diamants sautillaient sur

---

[63] Méthode d'enrôlement forcée.

les ponts et diverses drogues s'évanouissaient dans des volutes, le long des voiles. Morô, Howell, Ned et John dansaient sous ces averses éthyliques avec leurs équipages. Les prostituées de la Côte de l'Or n'avaient jamais connu pareille beuverie. Toutes se trempèrent, ondulant sous les torrents de malt aux vibrations des violoneux.

Levasseur s'écarta, gêné par une quinte de toux. Taylor s'approcha, inquiet, et ils échangèrent un regard complice, débordant de tendresse. Le Français repassa à bord de la *Reine des Indes* et John suivit. Olivier lui tendit la feuille de route de la *Cassandra*, ajoutant :

- Le fric n'arrête pas de bouger pour éviter qu'on ne retrouve sa trace. C'est pour ça qu'ils ont besoin de l'Écossais.
- Goa est une capitale aux mains d'un vice-roi[64], rappela Taylor. On n'entrera pas aussi facilement qu'à Ouidah.
- On va attendre qu'ils sortent.
- D'accord, mais il nous faudrait les plans de nav' ?
- Quelqu'un, quelque part, a forcément trafiqué avec la *Cassandra*. On la trouve, on attrape cet Écossais et on le fait chanter en portugais.

Levasseur entra dans sa cabine et Taylor suivit, obnubilé par le journal. Enfin soulagé, Olivier déboucha leur troisième bouteille et, rieur, nota qu'ils allaient boire seuls pour la première fois depuis que John avait adopté une guenon alcoolique. Figé dans l'entrée, l'Irlandais ne répondit pas. Les yeux posés sur le cahier, il blêmit. Levasseur fronça les sourcils en souriant et Taylor arracha une feuille qu'il lui tendit, décontenancé. Le Français l'inspecta, perplexe, puis s'effondra dans son fauteuil.

---

[64] Luís Carlos Inácio Xavier de Meneses, vice-roi, gouverneur, administrateur colonial et comte d'Ericeira.

Bouleversé, John s'assit face à lui, remplit les verres et avala le sien d'un trait. Olivier lâcha l'ordonnance de prise de corps qu'ils venaient de lire :

« Corner, Richard ;

Hardwood, Noah ;

Fenwick, Nicholas, *"Old Cooper* Nick"* ;

Rackham, John, "Calicot Jack", capitaine, cent livres[65] ;

Bonny, Anne, commandante, cent livres ; … »

Assommés, ils ne dirent rien. Il n'y avait rien à ajouter. La flibuste disparaissait des Bahamas à grands renforts de cordes et de pardons royaux. Et comme toujours, Anne n'avait que faire des dangers et croyait échapper à la réalité. La fête battait son plein et ils pouvaient entendre les gabiers hurler. Olivier n'avait plus qu'une idée : les abandonner et empanner pour la sauver. Incapable de le rassurer, John prépara à la hâte une pipe de zamal et la lui tendit. Décomposé et le regard noir, Olivier prit une extraordinaire bouffée qui ne lui fit aucun effet.

— Je ne peux pas la laisser, dit-il dans un murmure. Et si je ne l'arrête pas maintenant…

Un sourire s'étira le long des cicatrices de Taylor. Reprenant son calumet, il rétorqua :

— Si tu pars à l'aube, en quatre ou cinq mois…
— On se retrouverait entre Anjouan et Mayotte ?
— Et moi, reprit John, je retrouve l'Écossais.

Olivier se releva, enflammé par un mélange de détresse et de colère. John l'enlaça et ils retournèrent sur la passerelle, cherchant Ned et Howell au milieu de l'orgie. Avant qu'ils ne les trouvent, Cocklyn les apostropha, véhément :

---

[65] Un peu plus de 10 000 euros.

— Eh, les tourtereaux ! cria-t-il un peu bourré. Ça veut dire quoi, « le fric n'arrête pas de bouger pour éviter qu'on r'trouve sa trace » ? On parle de blé en secret ?

Tourmentés par l'ordonnance, le Français et l'Irlandais l'ignorèrent en inspectant les autres ponts. Furieux, le second d'Howell saisit la manche du Français et explosa :

— Eh ducon ? J't'ai posé une question.

Levasseur posa les yeux sur cette main qui l'empoignait, mâchoires serrées. John s'excusa et expliqua qu'ils avaient une autre urgence, mais Cocklyn ne lâcha pas Olivier pour autant.

— Un trésor ? précisa l'importun. C'est… un trésor ?

Levasseur releva doucement la tête et le foudroya de ses yeux noirs. Cocklyn recula, amusé par la menace.

— Alors c'est comme ça, maintenant ? ajouta-t-il.

Le second se retourna face au tillac, leva les bras et brailla :

— Devinez c'que la Française et sa rouquine nous cachent ?

Aucune réaction. L'heure était à la fête et à la douce défonce musicale sur les ponts. Thomas Cocklyn récidiva, beuglant plus fort. Toujours rien. Alors, il commença à escalader les haubans. John fixait Olivier. Consumé par la rage, immobile et poings serrés, le Busard ne lâchait pas l'agitateur du regard.

— Un trésor, mes Frères ! mugit Thomas à ceux qui l'observaient. Ils chassent un trésor !

Entre la musique, le clapot et les brames, peu entendirent et encore moins comprirent. C'était déjà trop pour Olivier. Le rapace sauta au parapet, saisit la jambe de Cocklyn et y planta son poignard. Le second grogna, lâcha les cordages et chuta. La musique cessa. Howell et Ned accoururent. Levasseur releva sa proie et lui asséna un coup de tête. Thomas recula, le nez ensanglanté, mais Olivier ne le lâcha pas et le frappa à nouveau. Étourdi, Cocklyn tomba à la renverse et, dans un réflexe, entraîna Levasseur par-dessus bord. Une clameur s'échappa des bâtiments.

Levasseur s'accrochait à une échelle de corde, dans le chahut des vagues. D'une main ferme, il maintenait son adversaire sous l'eau, au milieu du tumulte créé par des millions de dauphins et poissons, fuyant les bancs de requins pendant la saison du « sardine *run* ». Affolée par les squales, la troupe chercha par tous les moyens à les remonter. Au bout d'une minute, les derniers soubresauts de Cocklyn se prolongèrent dans le bras de Levasseur, qui saisit l'échelle à deux mains. L'équipage devina les contours du second, glissant dans l'abîme avant qu'une ombre vive ne l'attrape dans sa gueule et disparaisse. John aida Olivier à remonter sur le pont, où Howell l'attendait, décomposé :

« Bien qu'ayant toujours été le plus adroit, gémit le Gallois, il me semble qu'en m'associant à vous, j'ai donné des verges pour me faire fouetter. Puisqu'en affaires, un bon accord ne peut jamais convenir à trois, en amis nous nous sommes connus et en amis, nous nous quitterons. »

Pieds nus, Levasseur examina son homologue de haut en bas et, lui tendant son avant-bras, valida leur séparation. Ned ordonna la fin des festivités, Levasseur annonça son départ imminent pour les Bahamas et Taylor mit le cap au sud. England sut que ce voyage serait son dernier. Howell, quant à lui, partit patrouiller le long de la côte, sous le drapeau de l'Afrique anglaise. Mauvais plan. Le 19 juin 1719, il descendit dans le port de Principe, invité au vin d'honneur du chancelier qu'il avait prévu d'enlever contre rançon. Sur la route, une salve d'artillerie éclata dans son dos. L'ex-faussaire s'écroula. Le capitaine du peloton s'avança. Howell le reconnut à son œil mort et, étonnamment, ils se sourirent. Juste avant d'achever le pirate d'une balle dans la tête, Érico Rolérias lui remémora :

« *Não é pessoal* ! »

– XVIII –

De fer et de feu

Un drapeau bleu, blanc, rouge, claquant au vent. Un bastion rempli de garnisons, doté d'une batterie de canons dominant la baie et les plages de sable blanc. Quelques Frères de la côte pendus le long des quais, face à une mer turquoise sur laquelle la Navy stationnait toute l'année : bienvenue aux Bahamas !

Des hauteurs de Nassau, le cœur à l'envers, un Blanc aux longues tresses châtains scrutait l'Union Jack au sommet du fort ébréché[66]. La barbe touffue, le corps calciné, à peine cicatrisé et caché sous une toge, Jack Rackham dévala les soixante-cinq marches glissantes d'un escalier de terre. L'éblouissante mer des Caraïbes disparut derrière le quartier espagnol et les remparts de la citadelle. À sa droite, il perdit de vue ce qui avait été son village et s'engouffra dans West Street d'un pas vif. Mademoiselle Curtis fumait sa pipe en racolant des officiers. Il croisa des soldats, des docteurs, des pêcheurs, des charpentiers, des hôteliers, des vendeurs et des bouchers... Avec plus de cinquante navires et au moins

---

[66] Ses réparations dureraient trente ans et en 1897, il serait finalement démantelé.

douze mille soldats dans la zone, le roi allait réussir son pari. Pirates, boucaniers et recéleurs avaient déserté l'archipel, enterrant définitivement la confrérie.

Libre, passionnée et trop ivre d'aventures pour admettre la fin de l'utopie, Anne ne l'aimait simplement plus. Jack était hanté, brisé par une effroyable certitude ; l'amour de sa vie lui avait échappé. Il ne reverrait plus son regard enflammé se poser sur lui et l'embraser instantanément. Il n'était plus son guide. Elle n'était plus sa muse. À terre comme en mer, personne n'avait jamais eu raison de lui, avant la fille aux cheveux rouges. Son insupportable douleur l'avait ravagé. Il se sentait lourd, inexistant, transparent tel un fantôme.

Anne voulait s'inscrire dans la légende du drapeau noir et rien ne l'arrêterait. Elle n'avait jamais autant vibré que depuis qu'elle était pirate et ne vivait plus que pour son étendard. Sans elle, Jack ne savait plus respirer. Il rêvait sans arrêt de leurs nuits d'insouciance endiablées. Plus que jamais, il avait besoin de larmes de whisky et des volutes bleutées dansant autour d'un dragon, au bruit des hérons, du clapot ou des violons. Symbole des bonheurs qui s'évaporent, les travaux d'urbanisation commençaient au fond de la plage de Nassau. Bivouacs, poissonniers, marchands et vendeuses de grillades, tout s'était envolé.

Terre de flibuste par excellence, New Providence demeurait le dernier endroit où des pirates pouvaient encore espérer se repentir. Pardonnant finalement bien plus qu'il ne pendait, Woodes Rogers s'était forgé l'image d'un juste, saluée par l'un de ses condamnés, alors qu'on lui passait la corde au cou :

« Notre gouverneur est bon, mais qu'est-ce qu'il est dur ! »

Jack longea les échafaudages des remparts et la Promenade. L'auberge du même nom faisait salle comble et la maison des importations s'était agrandie, engloutissant le bureau voisin. Il emprunta les nouveaux pavés qui descendaient vers la plage et s'arrêta devant un pavillon colonial, gardé par treize soldats. L'un d'eux vint à la grille et demanda ce qu'il voulait.

« Dis à ton maître que la "belle gueule au calicot" est ici. »

Soixante-dix secondes plus tard, Woodes Rogers bondissait sur son patio, ordonnant qu'on l'arrête. Dix soldats se jetèrent sur Jack, arrachèrent sa toge et le jetèrent dans un cachot du bastion.

Seul dans la pénombre, Rackham grattait sa barbe de naufragé et attendait que le légat vienne l'interroger. Partout ailleurs, on l'aurait directement présenté à ses juges pour la forme et condamné à mort. L'heure tournait et comme il s'en était persuadé, rien n'arrivait : le gouverneur voulait des nouvelles d'Anne Bonny. Un homme si occupé avait-il le temps d'instruire son procès et de se déplacer à son chevet ? D'une façon ou d'une autre, elle comptait pour lui.

Bruit – pétrifiant – de serrures. Un jeu de clefs et des bottes qui claquent. La poitrine sur le point d'exploser, Jack soupira et pria pour voir le légat apparaître, plutôt que les soldats qui l'amèneraient devant un magistrat. Woodes se faufila dans le couloir des cellules et se planta avec son escorte devant celle du pirate. Assis une botte posée sur sa couchette, Jack reprit son souffle. Avec une fausse assurance, il lança sans attendre :

— Elle va bien.

Woodes déglutit et ferma ses paupières, une courte seconde.

— Vous savez que personne ne vous aidera à sortir d'ici ? répondit-il.

Jack se leva et s'ébouriffa les cheveux, dans un sourire embarrassé :

— Si... Vous.

Le chancelier, aussi surpris qu'amusé, fit une grimace. Comme le pirate s'approchait des barreaux, il recula en inspectant son visage mutilé.

— Ils vous ont maronné... murmura le gouverneur, sidéré.
— On n'était pas d'accord sur la façon dont ça devait finir, expliqua le flibustier.
— Et comment ça va finir ?
— Pour moi, j'en sais rien, soupira Rackham. Et pour eux, j'en ai rien à foutre. Mais pas pour elle. Pas pour elle...

Woodes s'appuya au mur, soufflé par la puissance des sentiments étreignant le forban. Une grâce ! La poitrine comprimée, la respiration hésitante et la face brûlée, Jack s'était rendu pour négocier la vie d'un amour qui l'avait abandonné. Court silence. Le légat baissa la tête, pensif. Il avait cherché une stratégie dans le secret espoir de sauver Anne Bonny. Puisqu'ils se parlaient à cœur ouvert, Woodes l'avertit :

— Spenlow a témoigné.

Jack se raidit, figé. Thomas Spenlow, capitaine du *Neptune*, avait été entendu par la cour de Port-Royal. Le récit de ses hommes s'attardait sur les *ladies* pirates, mais la plainte avait permis au chancelier jamaïcain de les localiser et d'armer deux frégates. Le piège se refermait.

— Je peux la cacher, dit Jack.

Woodes plissa les yeux et inclina la tête, abasourdi.

— Je peux l'enlever, précisa le forban. L'armée ne la trouverait pas et je vous la remettrais.

— Bien sûr, s'esclaffa le légat, et vous voudriez qu'on vous donne un bateau de combien de canons, avec ça ?

Jack agrippa un barreau dans chaque main et, l'air espiègle, colla son visage contre la grille :

— Vous ne me faites pas confiance.

— Naturellement, souffla Woodes.

— Mais vous faites confiance à votre homologue de Jamaïque pour vous la remettre, dès qu'elle aura été arrêtée ?

Toujours adossé au mur, le gouverneur de New Providence fronça les sourcils et confessa :

— J'ai déjà quelqu'un, là-bas.

— Quelqu'un de fiable ? s'étonna Rackham.

— Elle a fait ses preuves ici.

— Bon, d'accord, vous avez des agents… Et après ? Ce gouverneur qui pend comme on va à la messe, vous lui faites confiance ?

Woodes resta sans réponse. D'une démarche nonchalante, le flibustier retourna s'allonger en traînant des bottes.

— Ouais… conclut-il. J'me disais, aussi.

— Admettons que vous la rameniez, supposa Woodes. Nous devrons tout de même vous juger.

La négociation touchait à sa fin. Le pirate se redressa et gratta ses tresses sales en cherchant la meilleure formule. Puis il se retourna vers le légat avec un sourire triste, et termina :

— C'est ça, le *deal*, gouverneur : vous ne me tuez pas aujourd'hui… Et je vous ramène Anne Bonny.

Seule, assise sur son rocher, Anne, écrasée par la culpabilité, fixait les poissons dansant à fleur d'eau. Elle entendait les gabiers rire alors qu'ils vivaient traqués, ruinés et sans vrai chef. Corner n'avait pas tenu deux semaines et avait été remplacé par un autre, pas plus doué. L'équipage avait fini par admettre son erreur et avait navigué jusqu'au banc de sable où ils avaient laissé Rackham. Ils n'y avaient trouvé qu'un tas de carapaces, des viscères et une flasque de rhum vide. Certains regrettaient sincèrement Jack et d'autres, le trésor de Charly. Seule, assise sur son rocher, Anne pensait à lui, le cœur déchiré.

Des millions de livres et une plantation en héritage ; une planque et un mariage arrangé ; une dernière chance sous la menace du fouet et Jack, maronné… Anne brisait tout ce qui lui était donné. C'était sa nature d'Irlandaise enflammée. Assise sur son rocher, elle pensait à lui, ruminant sa peine et ses regrets, quand elle discerna une voile qui s'approchait. Une chaloupe, avec un seul membre d'équipage. Juché au sommet du mât, il cherchait le rivage. Devinant sa chemise en calicot et ses foulards, elle crut à un mirage mais sauta à l'eau, ahurie, à la fois folle de joie et terrifiée. Jack la reconnut, abandonna son esquif et plongea, lui aussi. Ils se retrouvèrent et s'embrassèrent dans la mer, loin des autres, loin de tout.

Le canot s'échoua sur le rivage et alerta la compagnie. Honteux, hébétés mais ravis de le retrouver, tous nagèrent vers le capitaine pour l'accueillir. Jack exulta et les salua chaleureusement. À l'exception du Vieux Tonneau, il espérait secrètement les voir tous pendus avant lui. Ils étaient imbibés et plus personne ne surveillait leur sloop, le *William*, qu'ils avaient ensablé pour vérifier son étanchéité. Jack avisa le bivouac qu'il avait lui-même installé, six mois plus tôt. Il était plein de cadavres de bouteilles, restes de cochons et autres détritus. Jugeant qu'il avait retrouvé sa place, il demanda qu'on range le camp et l'équipage obéit.

Tout était pardonné, mais Anne nota qu'il avait changé. Jack buvait et riait moins. Il dansait, chantait, et rigolait fort avec les copains, mais tout semblait faux. Il n'était plus en demande, ni de sexe ni d'attention. S'il avait parlé d'avenir, de plans et de caps, elle l'aurait peut-être suspecté d'espionnage, mais c'était sa seule constante : tel un vrai quartier-maître, Jack ne s'intéressait qu'à la logistique et n'avait aucun goût pour les tactiques.

Hormis Anne, seul Nick Fenwick avait remarqué les nuances du capitaine. Il l'approcha après un boucan, de nuit, les pieds dans l'eau.

—   « S'il sort pas de la rivière, même le croco finit par s'noyer », pas vrai ? dit Nick.

Jack s'arrêta, les yeux tournés vers la lune, ému.

—   Tu sais que c'est la première fois que je pige une de tes expressions ? Enfin, j'crois…

Le Vieux Tonneau lui tendit sa bouteille de rhum. Jack la prit et, la débouchant avec ses dents, lui prêta sa pipe. Ils s'arrêtèrent un instant.

—   Je ne vous trahirai pas, mentit le capitaine.
—   Évidemment… fit mine de croire Fenwick. D'autant qu'ils sont trop cons pour demander comment tu t'en es tiré… Du fric et tout est oublié.
—   Mais j'sais pas où est le trésor ! Combien de fois j'vais devoir le répéter, merde ?

- Oh, moi, tu sais… J'm'en fous. Comme Anne regrette son vote, elle ne dira rien non plus, mais il y a tout de même un truc qui m'embête.
- Comment j'm'en suis sorti ? s'inquiéta Jack. Une histoire de tortues… Mais j'ai manqué de rhum ! Vachement, même…
- Comment t'es revenu ?

Rackham reprit la marche en évitant son regard et ils doublèrent le *William*, dans un interminable silence accusateur. Jack déboutonna sa chemise. Il étouffait.

- J'ai trouvé un bateau… balbutia Jack. Et après…
- Te fous pas de moi ! T'as volé un bateau ? T'as braqué un équipage ? À toi tout seul ?
- Non, j'ai trouvé un bateau.
- On t'a largué sur une île déserte, Jack.
- Wow ! s'énerva brusquement le pacha en lui rendant la boutanche. On recommence ? À peine revenu, déjà jugé ?
- Déjà capitaine, capitaine.
- Et t'avais des ambitions ?
- J'pourrais… osa Fenwick. Si t'as conclu un accord.

Ils se connaissaient depuis l'ère de Jennings. Ils avaient combattu, bu, mangé, chanté, prié et pleuré ensemble. Ils s'étaient toujours regardés dans les yeux mais ce soir, Jack baissait la tête. Rackham gratta ses tresses, cracha dans l'eau et releva le menton, l'œil humide.

- Toi et moi, Nick, on est des vieux salopards. On a fait des sales coups, on a vécu plusieurs vies et si on est encore ici, aujourd'hui, c'est parce qu'on a saigné un tas de types…
- Toi, peut-être, protesta le Vieux Tonneau, mais…

- J'te parle pas du mec que tu tiens au bout de ta lame, *amigo*, tança Jack, mais des morts qu'il a fallu pour en arriver là. Fais pas semblant ! Il n'y a que ça, autour de nous. Depuis que t'es né, tu vis avec.
- Et donc ? s'impatienta Fenwick. Où tu veux en venir ?
- La p'tite… souffla Rackham, la voix tremblante. Elle, elle peut encore s'en sortir.
- Quoi ?
- Nous, c'est foutu, Nick. Vois les choses en face : t'es Noir comme la suie, t'es avec moi et ils me prennent pour un sanguinaire, comme Charly. Mais elle… Elle ne vient pas du même monde.

Le Vieux Tonneau s'arrêta net, estomaqué. Corner avait raison depuis le début : entre ses Frères de la grande guerre et son cœur, Jack avait choisi il y a longtemps. Plus aucun d'eux ne comptait et il était rentré pour se venger. Fenwick tourna les talons sans un mot. Jack le regarda filer vers le camp en analysant son nouveau dilemme. Il était sur la sellette, mais il avait l'habitude et songeait à sa meilleure arme, pour tromper ses hommes : l'envie d'Anne Bonny.

*

Une semaine plus tard, seule dans un esquif au milieu d'un océan sans lune, Anne ramait avec énergie. Une vraie furie ! Pas d'arme, ni de lame, elle ne portait qu'un pendentif sur une légère chemise de coton. L'idée lui était venue en pleine poursuite. Le *Royal Queen*, un corsaire lourdement armé avec deux cents soldats, s'accrochait depuis l'aube à leur sillage. Au crépuscule, l'avance des flibustiers avait fondu et le petit équipage commençait à paniquer. L'Irlandaise avait imposé son plan. Le jugeant trop risqué, Mary et Jack s'y étaient opposés, mais elle l'avait emporté par un vote. Amoureuse, possessive, ivre et enceinte jusqu'aux yeux, Mary la suppliait de ne pas y aller. Anne avait embarqué dans son canot sans rien dire. À force de fuir le danger, on ne le voit plus arriver.

Les nuages masquaient les étoiles et Anne ramait comme une forcenée. Elle ne s'arrêtait que pour boire au goulot, essuyer les gouttes de sueur perlant sur son front et ébouriffer ses cheveux, à nouveau coupés court. Elle avisa le *Royal Queen*, voiles à moitié affalées et dérivant de quinze degrés. À défaut de dérouter et sans visibilité, le corsaire relâchait sa course et reposait ses mercenaires, avant le lever du jour. À l'aurore, ils auraient perdu sept à dix milles, rattrapables selon les vents. Elle hissa la petite voile de sa chaloupe et vira toute, cap sur l'assaillant. À quatre heures du matin, elle s'amarrait à son bâbord et escaladait l'échelle de corde, sans être vue. En passant le panneau d'immatriculation, elle sourit : sous le nom du bâtiment était inscrit celui de son armateur, Chidley Bayard.

Ce n'est qu'en basculant contre le parapet qu'elle alerta les deux gardes en faction. Le premier la braqua par réflexe. L'autre se précipita à son secours. Anne chuta lourdement sur les planches de bois, épuisée et nue sous sa chemise à moitié transparente. Les plantons écarquillèrent les yeux, émerveillés. Ils couvrirent sa pudeur et Anne se releva maladroitement, bégayant :

« Les pirates. J'ai échappé aux pirates. »

Les matelots sursautèrent et coururent à la cabine principale. Anne traversa le pont. La porte du patron, Charles Hudson, s'entrouvrit. C'était un quinquagénaire charmant, à peine réveillé, élégant et mal rasé. Le gabier murmura à l'oreille du pacha, qui bâilla à s'en décrocher la mâchoire avant de frémir à son tour. Somnolent, excité et un peu paumé, Hudson toisa la jeune fille dévêtue, de ses cheveux rouges à ses pieds nus, sans rien remarquer. À côté d'un matelot hypnotisé par ses jolies courbes, Anne baissa la tête et, ressassant ses maux, plongea un regard apeuré dans les yeux du capitaine. Hudson remercia sa vigie :

— Amarrez son esquif et faites-moi un rapport de là-haut.

Les gardes firent claquer leurs bottes et sautèrent au bastingage. Le capitaine fit signe à Anne d'approcher. Elle obéit, mine timide, et trottina dans la grande chambre du *Royal Queen*. Il verrouilla derrière elle.

— Et vous êtes ? commença-t-il immédiatement.
— Mary Cork, lâcha-t-elle d'une voix troublée.

Hudson la recouvrit d'un manteau d'officier. Du buffet, il sortit deux verres et une bouteille de bourbon en se frottant les yeux. Anne fixait ses pattes-d'oie, ses cheveux gris et sa barbe de quelques jours. Ses mouvements assurés, son air narquois et ses fines lèvres imprimaient sa rétine. Ailleurs et dans une autre vie, elle se serait jetée sur lui.

— Comment vous êtes-vous évadée ? s'inquiéta Hudson.

Il déposa la jarre et les gobelets, prêt à les ranger, continuant :

— Pardonnez-moi, les combats vont commencer et j'ai des questions importantes, dont dépendent notre survie à tous. J'ai besoin que vous y répondiez.

Certain de jouer là un va-tout inespéré, le patron s'appuya sur le bureau. D'une voix douce, mais sans jamais lâcher Anne du regard, il acheva :

— Je n'ose imaginer ce que vous avez traversé. Et une fois débarrassés de ce fumier, je vous promets de vous déposer où vous le souhaiterez et en sécurité. Mais je vous en prie… Combien sont-ils ?

Anne ne put retenir un léger sourire :

« Dans une autre vie, définitivement. »

— Une dizaine, soupira-t-elle en s'asseyant.

Hudson bondit.

— Comment cela, « une dizaine » ? répéta-t-il en servant les verres. L'amirauté m'a parlé d'une trentaine de pirates.

Anne avala son verre et le lui rendit, assoiffée. Il s'en étonna. Elle releva légèrement ses sourcils, timide. Il se noya dans ses yeux et la resservit.

— Depuis combien de temps étiez-vous prisonnière ?
— Deux semaines. Ils m'ont capturée sur le *Prince*, peu avant notre arrivée en Jamaïque. Mon père est mort en me défendant, ajouta-t-elle avec des trémolos dans la voix.

Hudson s'assit à son tour. Touché, il baissa sa garde. Mâchoires serrées, il demanda :

— Calicot Jack ou ses succubes vous ont-ils violentée ?
— Je… Non ? Un peu ?

Anne écarquilla les yeux, incrédule. Hudson se retourna et fouilla dans sa bibliothèque. Elle arracha son pendentif, en fit sauter le capuchon et jeta la poudre qu'il contenait dans le verre du capitaine. Elle lâcha le collier sous sa chaise et Hudson pivota, papiers en main. Dessus figurait un vulgaire dessin censé la représenter. Mary et Jack y étaient aussi croqués, méconnaissables. Le mercenaire ne se douta de rien.

— Pardonnez mes manières, reprit le pacha. Vous ne les connaissiez pas, je suppose ? Avant, je veux dire...

Curieuse d'entendre la version des autorités concernant son gang, Anne se contenta de pencher la tête, intriguée :

— John Rackham était le quartier-maître du pirate Vane, développa Hudson en reprenant son verre où la drogue ne s'était pas totalement dissipée. Anne Bonny et Mary Read étaient inconnues, jusqu'à l'an passé.

Anne plissa les yeux, faussement intéressée mais subitement passionnée par la vitesse d'effervescence de sa poudre dans un verre de whisky. Hudson but une gorgée, poursuivant :

— Ils ont forcé le blocus de Nassau, défié la Couronne et agressé des dizaines de navires.

Hudson trempa encore ses lèvres, tout en montrant les décrets de prise de corps les concernant, auxquels il avait fièrement joint sa lettre de marque. Anne continua d'épier le verre, prête à l'étrangler s'il réalisait sa méprise avant que la came ne fasse effet.

— Ces gens-là ne sont pas humains, enchaîna Hudson. J'ignore ce qui a pu pousser deux femmes à les rejoindre et c'est pour cela que je vous... Attendez une seconde...

Charles Hudson fit enfin le lien entre la description d'Anne Bonny et la fille aux cheveux rouges, devant lui. Il posa son verre et vacilla. Ses yeux tremblaient déjà. Il s'écroula, en plein coma. Anne le fouilla et arracha son trousseau de clefs, ainsi que sa montre à gousset : cinquante minutes avant l'aurore. Elle lui vola son calumet, et un poignard qu'elle cacha sous sa chemise. Elle fila ensuite sur le pont, où elle retrouva les gabiers. Pipe en main, elle leur demanda du feu. Trop heureux de finir leur quart avec elle, ils ne se méfièrent pas et dans l'étincelle d'un briquet à amadou, passèrent de vie à trépas.

La fille aux cheveux rouges descendit dans le ventre du *Royal Queen*. Sans un bruit, elle déverrouilla la cambuse et y puisa un seau d'eau croupie. Puis elle se faufila dans la soute à canons et imbiba les mèches de toutes les pièces d'artillerie. Enfin, elle vida le seau dans les réserves de poudre. Se ruant au gaillard d'arrière, elle y alluma les huit lanternes de signalement, puis repassa à bord de son canot par l'échelle de corde. Elle se détacha et vogua en sens inverse, attendant que sa troupe la repêche. Mary l'attendait, rétamée au punch et hystérique. Jack la réceptionna, pas moins anxieux. Elle eut le sentiment de remonter sur un bord sans gouvernail, en pleine bataille. Elle pouvait deviner l'ombre du *Royal Queen* à l'horizon : ses efforts ne payeraient qu'un temps.

« Cap sud, sud-est, indiqua Anne au barreur. Il a re-routé d'à peu près quinze degrés. On l'aperçoit déjà, là-bas. »

Mary resta rivée à l'avant, vomissant son rhum et maudissant l'Anglais, qu'elle accusait d'avoir couché avec Anne. Alors qu'ils s'approchaient, Jack continua de s'inquiéter :

- T'es sûre que t'es en état d'aborder ?
- J'en avais déjà marre que tu dises ça quand j'étais enceinte, cracha Anne, alors là, j'te dis pas.
- Tout s'est bien passé, donc ? s'enquit encore Rackham.

— Putain, Jack ! Ils sont vingt fois plus nombreux, tu veux pas te concentrer deux minutes, bordel ?

Le pacha quitta la passerelle et Anne aperçut les voiles du corsaire. Personne sur le pont. L'ennemi dormait encore, les pirates devraient conserver l'effet de surprise et l'approche finale démarrerait en silence. Elle passa le message à voix basse.

« Je jure devant Dieu que si ces fils de putains t'ont fait du mal, je les mets tous en ligne et j'les bute », s'égosilla Mary.

Anne aurait pu la passer par-dessus bord, si elle n'avait tenu la barre. Fenwick vint réclamer les ordres à qui de droit :

— On laisse une mèche longue dans la soute à canons et un seul homme pour allumer tout ça ?
— On a besoin de canonniers, lui dit Anne. Et dis à cette conne de fermer son clapet, ou j'la noie.

Aussitôt, le maître d'équipage fit un signe et trois pirates emportèrent la flibustière éméchée dans la cabine principale.

— Donc je laisse qui en soute ? s'alarma le Vieux Tonneau.
— Démerde-toi, c'est ta soupe. Mais j'te veux à l'abordage avec Noah, Pat' et Dick. En silence, pigé ? Passe le mot.

L'étrave s'approchait doucement du panneau arrière du *Royal Queen*, quand ses premiers matelots émergèrent. Ils se massaient, ahuris, devant les taches de sang laissées sur le tillac. Ils cherchaient leur capitaine, les gabiers, quand l'un d'eux repéra les mâts du *William*.

Alerte !

Changement de programme. Anne finit d'amener son bord contre la poupe adverse, un peu en catastrophe. À cinq brasses, les pirates jetèrent les grappins à la dunette du corsaire et s'élancèrent à l'abordage. La troupe enragée se jeta à la passerelle, tranchant les mercenaires. Ces derniers tentèrent une salve pour décrocher les forbans, mais découvrirent que toutes leurs munitions avaient été sabotées. L'orage ne tonna pas et les morts s'accumulèrent. Anne eut à peine le temps de passer à bord que déjà, l'adversaire lâchait ses sabres. Les vaincus étaient plus nombreux mais, surpris, ils s'étaient agglutinés dans les marches de la passerelle, goulot d'étranglement qui inversait le rapport de force.

Les pirates les firent se désarmer entre eux, avant de les forcer à s'échapper avec leurs propres canots, sans rations. Seul Hudson, toujours dans des vapes opiacées, demeura à bord. Les flibustiers démarrèrent l'inventaire. Rackham investit la cabine supérieure, suivi d'Anne, et ils fouillèrent la chambre du pacha inconscient. Il n'y avait pas d'or. La porte s'ouvrit en grand. Mary glissa dans la pièce, le regard noir, titubante et pistolet en main.

« Il est où ? » cria-t-elle.

Elle repéra le corps désarticulé du patron, allongé contre le tapis. Anne tenta de s'interposer. Jack n'en eut pas l'audace. L'ancienne aubergiste pointa son mousquet sur le crâne du patron endormi et le déchargea. Une détonation. Le corps d'Hudson tressaillit et sa tête explosa dans une gerbe de sang. Tué dans son sommeil : l'un des pires crimes, selon la confrérie.

- Non mais t'es complétement malade ? hurla Anne en écartant son arme. T'as perdu une roue ou quoi ?
- Fallait pas qu'il te touche, justifia la meurtrière.

—   Il n'a pas posé une main sur moi.

—   Tu m'as prise pour une conne ? brailla Mary.

Ne supportant pas qu'on hausse le ton, Jack s'éclipsa en mimant grossièrement de grands pas. Aucune ne le remarqua et la dispute continua.

—   Rien, lança Nick en le croisant. Si, deux malles d'étoffes et huit sacs de sucre.

—   Qu'on ne peut pas revendre… maugréa Rackham. Prenez les voiles, videz la cambuse et servez-vous, partout où cela sera approprié.

La troupe s'exécuta. Dix minutes plus tard, Mary repassait à bord du *William*, toujours furibonde. Inventaire en main, Jack retrouva Anne le long du parapet. Il lui tendit les bons de chargement.

—   On trouvera peut-être un assureur véreux… voulut-il préciser.

Anne déchira les bulletins sans les regarder, et laissa les bouts de papier s'envoler. Jack la dévisagea, atterré.

—   Wow ! cria-t-il. Wow ! T'es cinglée ?

Anne regardait la mer avec un sourire narquois, et Rackham hésita à la balancer dedans.

—   Nom de Dieu ! gueula-t-il encore. Il n'y avait rien à bord de c'putain d'bateau ! Rien qu'ces foutus papiers !

Elle quitta le *Royal Queen* en l'ignorant. Jack était paralysé, plein d'amour et d'incompréhension à la fois. Ce n'était pas pour l'argent. Cela n'avait jamais été pour l'argent.

Anne Bonny guida sa troupe au sud-est de Cuba, où ils établirent un nouveau campement. Fin juillet, Mary donna naissance à un fils, à bord du *William*. Elle descendit à fond de cale, y accoucha et remonta sur le tillac, seule. Tout l'équipage l'attendait. Un silence glaçant envahit le bâtiment.

—   Il va bien ? s'inquiéta Anne.
—   Si les bébés savent nager, pour sûr ! répondit l'ex-aubergiste en crachant sur le pont.

Anne voulut l'étrangler. Rackham crut vomir. L'idylle était définitivement finie. La fille aux cheveux rouges cherchait une issue. Elle rêvait de gloire, sous drapeau noir. Au mauvais endroit au plus mauvais moment et entourée d'un clan plus que branlant, elle se désespérait. La vie lui échappait, seconde après seconde.

Ils cabotèrent jusqu'à fin octobre, mais contraints à l'autarcie, ils cachaient leurs inutiles richesses au secret de splendides plages, cascades, bateaux et montagnes dorées. Mary et les garçons s'y saoulaient, nuit et jour. Anne guettait l'horizon et affûtait son sabre, silencieuse. Elle recommençait à douter. Jack les avait-il balancés ? Sur qui pouvait-elle encore compter ?

Une nuit, sur les coups de vingt-deux heures, deux voiles apparurent au nord. Le *Snow-Tyger* et son escorteur étaient commandés par le capitaine Jonathan Barnet, missionné par la Jamaïque. Seules Anne et Mary repérèrent l'ennemi, croisant vers eux. Elles sautèrent au milieu du bivouac, invectivant les Frères engourdis par le rhum. Les glandus tressaillirent en découvrant les croix de saint George, flottant sous des jets de lune. S'avançant la première, Mary reconnut les dragons : la brigade dans laquelle elle avait jadis servi. Ne pouvant attendre, la fille aux cheveux rouges nagea jusqu'au *William*, afin de trancher ses câbles. Elle n'abandonnerait pas son bâtiment, quitte à combattre seule. Le reste de son clan la rejoignit et ils tentèrent de fuir, malgré un vent contraire. Poussé par les vents, Barnet lança la poursuite. Avant minuit, il était à portée de voix et de tir. De sa passerelle, il ordonna aux pirates de se mettre en panne ou de rejoindre la côte.

Pas de réponse.

Barnet fit préparer ses hommes à l'abordage. Dans la nuit et avec la houle, il ne pouvait voir qu'au même moment, Bonny, Read et le Vieux Tonneau étaient seuls sur le pont. Ils s'échinaient à naviguer, tandis que les autres s'étaient barricadés dans la chambre, la trouille au ventre. Cette fois, ils étaient pris en chasse et n'avaient pas la mer pour eux. Cette fois, c'étaient les dragons. Cette fois, ils étaient – tous ! – totalement ronds. Et cette fois, c'était pour de vrai. Terrés dans leurs hamacs, Rackham et ses compagnons s'encourageaient à coups de rhum :

« Je dis "vote" : pour ou contre la reddition ? »

Profitant d'une accalmie dans la poursuite, Fenwick avertit ses camarades qu'Anne était prête à faire sauter la soute s'ils ne sortaient pas. Rien n'y fit. Minuit trente. Les dragons entamèrent leur manœuvre d'abordage par tribord. Anne sonna la cloche de garde. Rackham, Corner, Hardwood et un autre sortirent, titubants mais armes en mains. L'adversaire n'était plus qu'à une trentaine de mètres. Ils étaient cent et les pirates, treize. Quinze mètres. Tirs de mousquets. À couvert.

Six mètres. Grappins, abordage. Les dragons sautèrent sur les forbans. Hurlements. Gémissements. Coups de feu dans la brume. Des grenades incendiaires embrasèrent les voiles du *William* et du *Snow-Tyger*. Une brève et indescriptible cohue régna sur la mer, avant un long silence enveloppé de fumée.

Au milieu du tillac, Anne faisait tournoyer son sabre en guettant les tuniques. D'un coup d'œil par-dessus l'épaule, elle vit Corner plonger de la dunette. Pleurant à chaudes larmes et hoquetant son rhum, Hardwood était recroquevillé sous la barre, en position fœtale. Il lui manquait un bras. Et Jack ? Les dragons hurlèrent de plus belle, fonçant vers eux sous les lueurs orangées. Anne, Mary et Nick tirèrent leurs dernières balles et les reçurent au fil de l'épée. Blessée, l'enfant de Bréda trébucha. Quatre soldats s'en emparèrent. Anne voulut la secourir, mais une forêt de tuniques se dressa devant elle. Nick la tira en arrière, lui rappelant avec humour :

« Tu la veux vraiment, ta raclée ? »

Anne pouffa avec lui. Ils chancelèrent, blessèrent et trébuchèrent. Une balle claqua. Le Vieux Tonneau s'écroula. Anne remonta sa garde et sous les flammes, une horde de soldats l'enveloppa. Elle en blessa un, puis une lame perça son flanc et une autre, sa cuisse. Anne gémit, cogna, trancha et se courba. Elle tourbillonna, chercha son arme et soudain, ne vit plus que les étoiles.

Nuit noire.

Le 16 novembre 1720, la Haute Cour de justice de Spanish Town (Jamaïque) scellait le sort de Jack Rackham et de son équipage. Tous furent reconnus coupables de félonie, vols, enlèvements et actes de piraterie. Ils ne purent s'entretenir avec un avocat qu'une poignée de minutes, avant le procès. Assez pour que la pirate de Nassau se souvienne de la furie qu'elle était, enfant. Elle se remémora les leçons de droit, dispensées par William Cormac, et plus particulièrement une loi, en vigueur dans tout pays civilisé : afin de préserver le sacré, on ne peut exécuter une femme enceinte. En préambule au procès qui devait les voir condamnées à mort, Anne plaida la grossesse pour Mary et elle-même. En dépit du fait qu'elles avaient été les plus acharnées au combat, les prévenues assistèrent à l'audience mais on reporta leur sentence, *sine die*. Jack s'était rendu au début, profitant de la fumée pour le faire sans être vu. Bien qu'il n'ait pas eu le temps d'honorer sa part du marché, il espérait négocier une amnistie dans les termes évoqués avec Woodes Rogers. Il ignorait qu'ils seraient envoyés dans les geôles jamaïcaines. En fin de séance, le président trancha :

« Accusés, levez-vous. »

Dans un tintement de chaînes, les prévenus se redressèrent mollement, faisant craquer les bancs. L'audience retint sa respiration et le juge déclara :

« Le Conseil vous condamne à vous repentir devant Dieu et à être pendus par le cou, jusqu'à ce que vous soyez morts, morts, morts. »

Tête basse, Jack retomba comme un sac. Le magistrat demanda qu'on fasse évacuer les prisonnières, avant les condamnés. Menottées, Anne et Mary passèrent devant les morts-vivants, aux regards épouvantés. Jack la cherchait des yeux, sans la trouver. Anne s'arrêta et, d'une voix douce, l'acheva :

« Je regrette de te voir dans cet état, mon amour. Mais si tu t'étais battu comme un homme, tu n'aurais pas à mourir comme un chien. »

Jack Rackham baissa les yeux. Plus bas que terre, il se demanda comment il pouvait bien crever encore. Les femmes de sa vie furent raccompagnées en cellule. Le funeste cortège quitta Spanish Town pour les docks de Gallows Point, à Port Royal, vers dix-sept heures. Quand les honnêtes gens pouvaient tranquillement savourer le spectacle.

Jack fit son dernier voyage à l'arrière d'une charrette, dans un concert de chaînes le reliant à ses gars. Liés jusqu'à la fin. Devant une foule haineuse, la soldatesque fit descendre les Frères et les aligna sous les gibets. Au dernier moment, l'ecclésiastique chargé de les accompagner fut introuvable. Des militaires passèrent derrière chaque pirate, et arrangèrent les nœuds coulants. Le protocole prévoyait de laisser un mot aux misérables, mais l'impasse ayant été faite sur le prêche, tout s'enchaîna. Les bourreaux hissèrent les forbans par le cou. Gesticulant dans d'insoutenables spasmes, Jack et ses hommes se balancèrent dans le vide. Ils convulsèrent et agonisèrent pendant une interminable minute, dans ce que les colons appelaient la « *Gallows Dance* ». Jack s'apaisa et ses mouvements ne se prolongèrent plus qu'au fil du foulard noué à sa taille, qui flottait aux vents.

L'exécution achevée, les corps demeurèrent accrochés aux poteaux jusqu'à pourrir. Le 29 mars 1721, ce qu'il restait de l'abominable Charles Vane les rejoignit. La *Boston Newsletter* raconterait avec facétie sa maigreur, son air hagard, ou encore ses jambes flageolantes et ses mains qui faisaient grelotter les chaînes de ses poignets. Nu sous une chemise sale, Charles arriva seul et sans prêtre, sur une carriole, le nœud déjà autour du cou. Il devina les restes de ses anciens matelots et des soldats passèrent sa corde par-dessus un poteau. On positionna l'attelage et, alors qu'ils allaient en faire descendre le condamné, Charles Vane bondit. La garde se précipita sur la corde et la tendit. Le pirate se raidit, ses jambes branlèrent. Il cracha, éructa, vibra. Sa langue sortit de sa bouche et son visage devint bleu. Tout son corps gorgé de sang se gonfla.

Le torse à jamais bombé, il ne bougea plus et son cadavre continua de tournoyer sur lui-même.

« De sorte qu'il ne trouve jamais le repos », sa dépouille fut décrochée, encagée, puis suspendue un an à l'entrée de Port Royal, avec cet écriteau :

« J'étais Charles Vane. Pirates, soyez prévenus. »

Les *ladies* pirates restèrent incarcérées dans la redoute de Spanish Town, où Mary Read contracta une fièvre. Elle y succomba dans la matinée du 28 avril 1721. À partir de cette date, Anne Bonny ne fit plus jamais parler d'elle. Elle disparut de son cachot, de l'Histoire. Volatilisée !

Elle reçut la visite d'une Hollandaise, aux services de Sa Majesté et de son émissaire, un ami de New Providence. La négociation d'une éventuelle libération secrète, impliquant son patrimoine, avait commencé. Rien n'était cependant joué et beaucoup avaient intérêt à la flouer. Derrière les meurtrières d'une geôle jamaïcaine, Anne s'endormait, piégée. Elle écoutait les marchands crieurs et les enfants rieurs, le regard perdu sur un crucifix planté de travers. Épuisée, abattue, abandonnée, elle jurait, pleurait, implorait son étoile. Dehors, la vie continuait et lui échappait. Elle espérait la rattraper et priait, brutalement pressée de vivre. Une nuit, le reflet de la lune dessina un sourire sur le visage du Christ. Anne sourit, le redressa, puis s'assit sur sa couchette en le fixant.

« Qu'est-ce que tu regardes ? », se souvint-elle en se mordant les lèvres.

Un bruit de bottes claqua dans le couloir. Des chaînes résonnèrent. Résignée mais sereine, Anne essuya ses larmes et prit une grande inspiration. Des clefs tournèrent dans la serrure et cinq soldats entrèrent dans sa cellule.

Fin de la deuxième partie.

Poursuivez l'aventure sur

www.le**tresor**de**levasseur**.com

Code

Article I :

Chaque homme a un droit de vote dans les affaires le concernant. Peuvent être soumis au vote : les décisions du capitaine, l'organisation hiérarchique et les caps.

Les pirates sont libres et égaux en droits, quels que soient leurs fonctions ou leur grade, leur âge, la couleur de leur peau, leur obédience religieuse ou leurs opinions politiques.

Amendement 1 – En cas d'urgence ou de combat, aucun vote ne sera permis.

Amendement 2 – La voix du capitaine compte double.

Article II :

Sauf contrordre du capitaine, les femmes sont interdites à bord. Toute femme découverte sur un vaisseau devra immédiatement être débarquée à terre, en lieu sûr. Tout homme ayant emporté une femme à bord à l'insu de ses camarades sera coupable de trahison et passible de sanction – sans procès.

Article III :

Le capitaine, s'il est destitué pour manquements graves, pourra être maronné : déposé en mer sur une île déserte, suffisamment éloignée de toute civilisation pour que la survie lui soit impossible. Il lui sera alors remis une flasque de rhum ou d'eau, un mousquet et une seule balle à employer selon son bon vouloir.

Amendement 1 – Le nouveau capitaine devra être élu au suffrage universel.

Article IV :

Tout acte de vol est puni par le bosco, le second ou le capitaine, qui peut également soumettre la sanction au vote. Les sanctions vont de la découpe du nez et des oreilles à la peine de mort.

Article V :

Les rapines sont divisées en parts égales entre tous les membres du bord. Le capitaine et le second ont droit à une double part. Les maîtres et les spécialistes, à une part et demie. Les autres peuvent voir leur portion augmenter à la juste proportion de leurs blessures ou de leurs infirmités.

Amendement 1 – Le maître charpentier peut voir son lot évoluer s'il doit s'apprêter à réparer, caréner ou mettre en cale le navire. Les mêmes compensations sont à prévoir pour le cuisinier, le maître calfat, le maître voilier et le chirurgien en fonction de leurs prérogatives et besoins.

Amendement 2 – Celui qui devine en premier une voile à l'horizon recevra la meilleure ou la plus chère des armes trouvées à bord de la prise.

Article VI :

Les jeux d'argent et de hasard sont interdits à bord, sauf autorisation du capitaine.

Article VII :

Tout homme a droit de boire et de manger ce qui lui plaît à toute heure, à moins qu'une pénurie n'impose le rationnement pour le bien de tous.

Chaque pirate dispose du droit de boire, manger, jouer, jouir et forniquer comme il l'entend. Il dispose également du droit de piller, voler, tuer ou torturer qui il veut et quand il veut, du moment qu'il ne porte pas atteinte aux intérêts de son capitaine, d'un Frère ou de la communauté.

Article VIII :

Par mesure de sécurité comme pour le rationnement, les chandelles devront être éteintes à partir de huit heures, tous les soirs. Les hommes qui voudront boire ou fumer passé cette heure pourront le faire sur le pont.

Article IX :

Tout pirate devra conserver ses armes propres, en état de marche et à portée de main.

Article X :

Les musiciens, s'ils sont juifs ou le prétendent, pourront disposer d'un jour de repos par semaine pour le sabbat. Les six autres jours, aucune faveur particulière ne leur sera accordée.

Article XI :

À l'exception des capitaines, aucun pirate n'a le droit de tuer un Frère de la côte. Celui qui s'y risque pourra être condamné à mort.

Amendement 1 – Les querelles et les bagarres sont interdites à bord et devront être réglées à terre, si le capitaine le permet, sous la forme d'un duel s'arrêtant au premier sang.

Amendement 2 – Si le combat ne parvient pas à réconcilier les coquins, le quartier-maître conclura l'affaire dans un duel aux pistolets.

Article XII :

Celui qui ne porte pas assistance à ses Frères, abandonne son poste de garde ou quitte le navire sans permission sera jugé pour trahison.

Article XIII :

Les secrets d'un équipage (caches, positions, tactiques et trésors) ne concernent que cet équipage et ne doivent jamais être révélés, même après la dissolution dudit équipage, sous peine de mort, précédée de torture.

Article XIV :

Tout déserteur, s'il est repris, sera passible de mort. S'il s'avère qu'un déserteur est retrouvé dans une autre compagnie, son nouveau capitaine devra immédiatement le remettre à ses anciens compagnons.

Amendement 1 – La dissolution d'un équipage devra faire l'objet d'un vote à l'unanimité s'il est entendu que chacun est en possession d'au moins mille livres afin d'entamer une nouvelle vie.

Bibliographie

« Blackbeard the Pirate: Historical Background and the Beaufort Inlet Shipwrecks », in Tributaries 7, David D. Moore, 1997

Répertoire des Expéditions Négrières Françaises au XVIII Siècle (Paris: Société Française D'Histoire D'Outre-Mer) Jean Mettas

Compte rendu intégral des dépositions, Lieutenant de La Concorde, (Nantes, Archives Departmentales de Loire-Atlantique), Folio, Pierre Dosset, 1718

Compte rendu intégral des dépositions, Lieutenant de La Concorde, (Nantes, Archives Departmentales de Loire-Atlantique), Folio, François Ernaut, 1718

Blackbeard the Pirate: A Reappraisal of His Life and Times (Winston-Salem, NC: John F. Blair Publishing Co.), Robert E. Lee, 1995

Daily Life of Pirates, David Marley

Journals of the House of Commons, Volume 18, Par Great Britain.

Catalogue des manuscrits des anciennes archives de l'Inde française, E. Leroux, 1922

La Nouvelle Revue Française, Journal du chercheur d'or.

Murder and Mayhem in the Holy City, Pat Hendrix

The Diligent: Worlds of the Slave Trade, Robert Harms

Trésors du monde, enterrés, emmurés, engloutis. Robert Charroux, 1963

Les Mascareignes, vieille France en mer indienne. Alix d'Unienville, 1954

Aventures en mer, trésors pirates corsaires et aventures vécues. Paul Fleuriau-Chateau, 2001

Le chercheur d'or. Jean Marie Gustave Le Clezio, 1985

Voyage à Rodrigues. Jean Marie Gustave Le Clezio, 1986

Pirates et corsaires à l'Ile Maurice. Denis Piat, 2010

Histoire générale des plus fameux pyrates. Charles Johnson, 1724

Pirates de tous les pays. L'âge d'or de la piraterie atlantique (1716-1726), Marcus Rediker

Retour sur l'île au trésor à la recherche de Captain Kidd. Barry Clifford, 2005

« L'or de Billy One Hand », « Ouidah », Barry Clifford, 2010

Homeward Bound, Sandra Riley, 2000

Voyage autour du monde, Woods Rogers, 1716

Histoire de la vie et des voyages de Christophe Colomb, Volume 3, Washington Irving

The Outer Banks of North Carolina, David Stick, 1958

Les anges noirs de l'utopie, Michel Le Bris

La république des pirates, Colin Woodard, 2007

Les pirates de madagascar, Thore Hansen, 2007

Bahamas, Hélène Leprisé, 2001

Real Pirates: The Untold Story of the Whydah from Slave Ship to Pirate Ship, Barry Clifford, Kenneth J. Kinkor, Sharon Simpson

Chronology Or The Historian's Companion, Thomas Tegg, 1829

Black Sam: Prince of Pirates, James Lewis

La langue arawak de Guyane, Marie-France Patte

Les conquistadors espagnols, F.A. Kirkpatrick, 1935

Les Chemins de Fortune, Daniel Defoe, 1726

Le Grand livre de l'histoire de La Réunion, Daniel Vaxelaire

Histoire économique de la propriété, des salaires, des denrées et de tous les prix en général, depuis l'an 1200 jusqu'en l'an 1800, Georges d'Avenel

Anacaona, Jean Métellus, 2002

Between the Devil and the deep blue sea, Marcus Rediker, 1987

"The Trials of Eight Persons Indited for Piracy" in British Piracy in the Golden Age, Angus Konstam, 2007

Pirates: Predators of the Seas, Angus Konstam, 2007

Piracy: The Complete History, Angus Konstam, 2008

The World Atlas of Pirates, Angus Konstam, 2009

The Last Days of Black Beard the Pirate, Kevin Duffus, 2008

The Pirates' Pact: The Secret Alliance between History's Most Notorious Buccaneers and Colonial America. Douglas R. Burgess, 2008

Pirate Soul, Pat Croce, 2006

Under the Black Flag, the Romance and the Reality of Life Among the Pirates, David Cordingly, 2006

The Pirate Wars, Peter Earl, Thomas Dunne, 2003

The Pirates, Douglas Botting, 1978

British Royal Proclamations Relating to America, 1603-1783. Volume 12. 1911

Calendar of State Papers Colonial, America and West Indies. Volume 29, August 1716

Calendar of State Papers Colonial, America and West Indies. Volume 29, 3 July 1716

Calendar of State Papers Colonial, America and West Indies. Volume 30, 31 October 1718

Calendar of State Papers Colonial, America and West Indies. Volume 30, 7 February 1718

Calendar of State Papers Colonial, America and West Indies. Volume 28, 14 March 1715

Blackbeard's Queen Anne's Revenge. Tributaries, North Carolina Martime History Council, David D. Moore, 2001

Blackbeard's capture of the nantaise slave ship La Concorde, David D. Moore, 2001

Pirates In Their Own Words, E.T. Fox, 2014

Le Flibustier mystérieux, histoire d'un trésor caché, Charles Bourel de La Roncière, 1624

Deux siècles et demi de l'histoire d'une famille réunionnaise, 1665-1915, Jacques et Gilles Fontaine Les aventuriers, 1664-1729

Pirate Hunter of the Caribbean: The Adventurous Life of Captain Woodes Rogers, David Cordingly, 2011

Seawolves : Pirates & the Scots, Eric J. Graham, 2007

Une histoire des pirates – des mers du Sud à Hollywood, Jean-Pierre Moreau, 2007

Sur la piste des Frères de la Côte, Bibique – Joseph Tipveau, 1988

Les Révoltés de la « Bounty », Charles Nordhoff / JN Hall, 1932

Relation de l'enlèvement du navire le Bounty – journal de bord du capitaine Bligh, William Bligh

L'île, Robert Merle, 1962

Pirates des mers d'aujourd'hui, Jean Michel Barrault, 2007

Dictionnaire universel de commerce, Volume 3, Jacques Savary des Bruslons, Philémon-Louis Savary

Les Diamants de Goa, Yannick Benaben

Pirates, Jean-Pierre Moreau, 2016

L'or des pirates, Robert de la Croix, 2006

Notice historique, géographique et religieuse sur l'île Bourbon ou de la Réunion, 1863

L'île Bourbon pendant la Régence, Albert Lougnon